Einmal Toskana
und nie mehr zurück

Kristina Schmidt

EINMAL TOSKANA UND NIE MEHR ZURÜCK

La Dolce Vita in Lari

Ein Buch für starke Frauen, und die es werden wollen, für Urlauber, Toskanaliebhaber & Ausreiselustige

Engelsdorfer Verlag
Leipzig
2012

Bibliografische Information durch die Deutsche Nationalbibliothek:
Die Deutsche Nationalbibliothek verzeichnet diese Publikation in der Deutschen Nationalbibliografie; detaillierte bibliografische Daten sind im Internet über http://www.dnb.de abrufbar.

ISBN 978-3-86268-861-6

Hergestellt in Leipzig, Germany (EU)

www.engelsdorfer-verlag.de

16,99 Euro (D)

In Liebe

Für meine Söhne Felix, Filippo & Luca

Und für meine wunderbare Mutter

Inhalt

Einleitung 13

Introduzione

Ankunft in der Toskana 14

Arrivo in Toscana

Der Neuanfang 19

Il nuovo inizio

Umberto Tozzi oder wie das Leben so spielt 25

Umberto Tozzi o com` è strana la vita

Romantisches Lari, verliebt in ein Dorf 32

Lari romantica, innammorata di un paese

Wunderbare Pasta – Nudelfabrik Martelli 35

Il pastificio Martelli

Martelli`s Lieblingsrezepte 40

Ricette preferite della famiglia Martelli

Die Bewohner von Lari 43

I Larigiani

Adriano und der Deutsche am Pizzaofen 55

Adriano e l`incontro con il tedesco al forno

Maria immacolata und die schlauen Männer aus Neapel 56

Maria immacolata e gli uomini furbi napoletani

Rosso della Paola, eine Seele geistert auf der Burg von Lari ... 58

Rosso della Paola, un`anima che vaga nel castello di Lari

So blond war die Maria noch nie – das Krippenspiel 59

Maria non era mai così bionda, il presepio vivente

Mein Mann, ein richtiger Italiener 64

Mio marito, un vero italiano

Schöne italienische Familie 73

La bella famiglia italiana

Unser Dorf – ein toskanisches Wolkenkuckucksnest 81

Il nostro paese, una magica culla toscana

Hausausbau in Italien, nur was für starke Nerven 97

Ristrutturare la casa, solo per qualcuno con nervi saldi

Der Weinkeller 101

La Cantina

Kleines Paradies 103

Piccolo paradiso

Hausgeburten 107

Parti in casa

Arbeitsbedingungen 113

Le mie condizioni di lavoro

Die Italiener und ihre Fußballleidenschaft 116

Gli italiani e la loro passione per il calcio

Ein Moment der Besinnung 123

Un momento di riflessione

Das italienische Gesundheitswesen 125

La sanità italiana

Umgang mit dem Tod 136

Rapporto con la morte

Die katholische Kirche und ihre Rituale 144

La Chiesa cattolica e i suoi riti

Allerheiligen 145

Tutti i Santi

Rombesuch 151

Viaggio a Roma

Haussegnung 158

Benedizione delle case

Fußwaschung vor Ostern 162

La lavanda dei piedi

Weihnachten 163

Natale

Geburtstag 176

Compleanno

Die sinnlichen Freuden der Italiener 179

I piaceri degli italiani

Schlachtfest 182

La macellazione

Jagdgeschichten 185

La caccia

Delikatesse Trüffel 191

Una delizia, il tartufo

Olivenernte 193

La raccolta delle olive

Die beste Schokolade der Welt 197

La cioccolata migliore del mondo

Wunderbare italienische Sprache 200

La bella lingua italiana

Hochzeiten 204

Matrimoni

Gruppentänze 210

Balli di gruppo

Der Pizzaofen 214

Il forno a legna

Toskanischer Kalender 219

Calendario toscano

Januar 219

Gennaio

Februar 221

Febbraio

März 225

Marzo

April 227

Aprile

Mai 229

Maggio

Juni 231

Giugno

Sommer in der Toskana – Juli & August 233

Estate in Toscana – luglio e agosto

September 234

Settembre

Oktober 240

Ottobre

November 241

Novembre

Dezember **243**

Dicembre

Das Leben ist so schön **246**

La vita è così bella

Über die Autorin **249**

Sulla scrittrice

Danksagung **250**

Ringraziamento

Einleitung

Introduzione

Mit Freude stelle ich Ihnen heute dieses Buch vor, es ist mein erstes Werk. Weder bin ich Schriftstellerin noch Journalistin. Das Einzige, was ich dahingehend aufweisen kann ist, dass ich Schriftführerin im Gruppenrat in der DDR war, und das trotz miserabler Handschrift.
Klar ist für mich nur eins, ich habe große Lust zu schreiben, und ich MUSS es tun ...

Ich habe hier in dem Land, wo die Zitronenbäume blühen, so viel erlebt, das will einfach aufgeschrieben werden. Oft war mir zum Weinen zumute, und heute, im Rückblick, muss ich über Vieles lachen oder zumindest lächeln.
Als eine Freundin, bevor ich aus Deutschland wegging und von mir gelegentlich wegen ihrer hellseherischen Fähigkeiten zu Rate gezogen, sagte: „Es wird alles ganz anders, als Du Dir das jetzt vorstellst“, maß ich dem damals keine Bedeutung zu. Alles stand fest und war so klar für mich: Unsere kleine Familie wandert aus, und ich mache eine Familienpension in Italien auf.
Als wir uns dann nach meinem ersten Jahr in der Toskana erneut trafen, mein Leben in Trümmern lag und ich mich als allein erziehende Mutter mit einjährigem Kind ohne Geld und ohne Kenntnisse der italienischen Sprache in Lari wiederfand, sagte sie: „Das habe ich alles vorausgesehen, aber ich habe es Dir nicht gesagt, sonst wärst Du ja nicht gegangen“. Stimmt.
Immerhin wusste ich aus früheren Gesprächen, dass sie mich mit mehreren Kindern sah und einem Mann an meiner Seite, der zu mir steht. Also sollte wohl alles so kommen, wie es kam, und vielleicht ist es wirklich so, dass man seinem Schicksal nicht entrinnen kann.
Heute, nach über 13 Jahren in Lari, bin ich eine glücklich verheiratete Frau mit einem strohblonden 15-jährigen Kind von einem deutschen Vater und zwei kleinen Blonden mit kastanienfarbenen Augen von einem Italiener, meinem Mann. Nun befinde ich mich also mit vier „Männern“ in einem Haus und ich sage Ihnen, das ist einfach mächtig lustig und ... anstrengend.

Von meinem Schreibtisch aus blicke ich auf eine bezaubernd romantische Landschaft und abends auf noch romantischere Sonnenuntergänge.
Tja, Superlative werden öfters in diesem Buch vorkommen, denn ich lebe nun mal in einem Land der Superlative!

Unser Bauernhaus befindet sich in einem 120-Seelendorf in der Nähe von Lari, das aufgewertet wird von 150 Rennschweinen. So nenne ich die schwar-

zen Schweine mit dem weißem Fellgürtel, die sich den ganzen Tag im Freien bewegen und einen besonders guten Schinken ergeben.
Es ist ein ruhiges Dorf, in dem es passieren kann, dass man morgens jemanden in Schlafanzug und Pantoffeln auf der Straße antrifft. Und wo man so eng zusammen lebt, dass sich nichts, aber auch gar nichts vor den Nachbarn verbergen lässt.
Bis es dazu kam, dass ich mich hier mit Seelenfrieden niederlassen konnte und all meine Träume verwirklicht sah, war es ein weiter Weg, von dem ich nun erzählen werde.
Lesen Sie das Buch am besten mit allegria und amore, mit Freude und Liebe, und ich wünsche Ihnen und mir, dass Sie dann Land und Leute, die Küche Italiens und die Mentalität der Italiener noch mehr lieben und besser verstehen.
Begleiten Sie mich auf diesem Ausflug nach bella Italia und haben Sie viel Spaß!

Eines ist klar: Als ich mit 13 Jahren im tiefsten Osten in meinem Kinderzimmer in Leipzig aus voller Kehle Umberto Tozzis „Ti amo" mitschmetterte, war mein Lebensweg absolut nicht vorher zu sehen.
Heute erscheint es mir, als war das in einem anderen Leben.

Ankunft in der Toskana

Arrivo in Toscana

Ich gehöre zu den Menschen, die eigentlich keine Veränderungen mögen. Aber habe ich etwas in meinem Leben verändert, dann waren es große Einschnitte.
Und es gibt plötzliche Veränderungen, die weder gewollt noch geplant waren.
Das Leben macht dann eine Kehrtwende von 180 Grad, lässt uns Achterbahn fahren, es schüttelt uns kräftig durch und lässt uns aus Schwindel erregender Höhe hinab sausen, so dass wir meinen, dies nicht zu überleben. Und doch geht es irgendwann weiter und wieder nach oben.

Nach einer langen Fahrt von Leipzig über München kam ich an einem verregneten Tag im Januar 1999 in Lari an. Ich betrat den völlig verwahrlosten Garten und dann das Haus, in dem ich mir meine Zukunft vorgestellt hatte. Das Haus gehörte meinem Lebensgefährten, dem Vater des einjährigen

Kindes, das ich auf dem Arm trug. Hier wollten wir leben, arbeiten und hier wollte ich nie wieder weg, nie mehr! Endlich ankommen, endlich sesshaft werden nach Jahren der Odyssee, die die „Wende" für mich mit sich gebracht hatte.
Ich stand da und Schauer krochen mir über den Rücken, sei es, weil es so feucht und kalt war, oder aus Angst vor dem, was auf mich zukommen würde. War das zu schaffen?
Doch ich fühlte eine unbändige Kraft in mir und dachte: Das schaffst du! Auf geht's!

Die „Casa dei Bambini", ein Ferienhaus mit fünf Doppelzimmern, das Ferien in der Toskana für Familien mit Kinderbetreuung anbot, wollte ich im Mai eröffnen.
Aber noch stand ich vor einem total heruntergekommenen Haus und einem Garten, der diese Bezeichnung nicht verdiente.
Noch in Deutschland hatte ich meinem Freund erzählt, für welche Ideen ich brannte, doch er meinte nur: „Das kriegst Du sowieso nicht hin." Tolle Unterstützung von einem Mann, dem ich jahrelang geholfen hatte, seine Schulden abzuzahlen, und das ohne freie Wochenenden oder je Ferien zu haben.

Ich hatte darauf bestanden, den Umzug gemeinsam zu machen. Gemeinsam anzukommen in diesem neuen Lebensabschnitt schien mir ein Symbol für eine gemeinsame Zukunft zu sein. Bedeutende Schritte sollte ein Paar immer gemeinsam machen.
Aber mein Lebensgefährte sah absolut keine Möglichkeit, mitzukommen.
Dass es dafür einen dunkelblonden Grund gab, ahnte ich damals noch nicht, ebenso wenig, dass ich die Achterbahn bereits betreten hatte.

So brach ich also alle Brücken hinter mir ab und machte mich allein mit meinem Kleinen auf die Reise ins Neue, Unbekannte.
Ich hatte zwar ein mulmiges Gefühl im Bauch, aber beschlossen war beschlossen und es gab kein Zurück mehr.

Es war ein altes, schönes, wenn auch heruntergekommenes Bauernhaus am Dorfrand von Lari mit herrlicher Aussicht und einem großen freien Platz davor.
Wir waren todmüde von der Reise, Felix hatte die letzten anderthalb Stunden im Auto nur gebrüllt, meine Nerven waren zum Zerreißen gespannt. Sicher, was mir besondere Freude bereitete, nämlich liebevolle Empfänge oder Feste für andere auszurichten, das konnte ich hier für mich nicht erwarten. Aber mich in einem eiskalten Haus ohne Strom vor einem schmutzigen Bett zwi-

schen ungefähr 1000 toten Fliegen mit meinem Kleinen wieder zu finden, damit hatte ich nicht gerechnet. Ich schluckte. Unordnung, nein, Chaos, kein liebes Begrüßungszettelchen oder irgendetwas Nettes, das mir Mut gegeben hätte, nichts. Es war zum Heulen!
Ich biss so gut es eben ging die Zähne zusammen, um mir von meinem kleinen Jungen nichts anmerken zu lassen, der sich Wärme suchend an mich schmiegte. Im Dunkeln tastend suchte ich den Stromzähler, stellte ihn an, kehrte die Fliegen weg und machte ein Feuer im Küchenherd. Es war so kalt, dass die Wasserleitungen im Haus eingefroren waren (ja, das passiert auch in der Toskana) und ich am Hahn vor dem Friedhof Wasser holen musste. Eine Heizung gab es nicht und so beschloss ich, mit dem Kleinen nachts vor dem Küchenherd zu schlafen. Alle zwei Stunden musste ich aufstehen, um Holz nachzulegen. Wehe, wenn ich das verschlief. Sofort kroch die bittere Kälte hoch und wir zitterten am ganzen Leib. Felix vor Kälte, ich vor Kälte, lähmender Angst und Einsamkeit.
Mein Lebensgefährte ließ es sich inzwischen in Berlin richtig gut gehen und war bereits dabei, ein Kärtchen aus dem ohnehin maroden Kartenhaus zu ziehen, in dem ich saß. Davon wusste ich allerdings noch nichts und das war auch besser so.

Wovon sollten wir in der nächsten Woche leben? Wie sollte es weitergehen? War es nicht purer Wahnsinn, hierher zu kommen, ohne ein finanzielles Polster, ohne die Sicherheit baldiger Einnahmen, mit einem Mann, den ich liebte und mit dem ich mich gleichzeitig immer weniger verstand. Was hatte ich mir dabei nur gedacht?
Na, besser nicht darüber nachdenken. Anpacken, nach vorn schauen und Träume verwirklichen!
Mein Kleiner wich nicht einen Moment von mir, und so arbeitete ich mit ihm im Tragetuch quasi Tag und Nacht, bis zur völligen Erschöpfung. Ich schlug Putz von den Wänden, riss Fußböden heraus, entsorgte tonnenweise Schrott, Müll, Steine, richtete den Garten her, versuchte, Gemütlichkeit zu schaffen, wo Chaos war, ließ eine Heizung einbauen, Fensterläden anbringen, malerte und strich, was das Zeug hielt. Und das Schönste war, als eines Tages ein riesengroßer LKW kam und Meeressand für das Beachvolleyballfeld im Garten ab lud.

Meine Beziehung war jetzt ein einziger Horror. Wir sahen uns kaum noch. Irgendetwas stimmte nicht, aber ich verstand nicht, was. Ich kämpfte, redete, liebte, hoffte, zweifelte und verzweifelte und arbeitete dennoch an meinem Projekt. Die Eröffnung der „Casa dei Bambini“ stand unmittelbar bevor.

Bei einem seiner Besuche meinte er endlich: „Komm mit, wir müssen reden“. Wir gingen den Hügel hinter dem Haus hinunter, wo die Kirschbäume standen. Es war ein herrlicher Tag, strahlend blauer Himmel, Sonne, Bienchen summten in den rosaweißen Kirschblüten, es duftete nach Frühling.
„Ich habe mich in eine andere Frau verliebt“.
Schlagartig verdunkelte sich die Welt für mich, und es sollte lange dauern, bis ich ihre Schönheit wieder wahrnehmen konnte.

Wie oft hat sich mir in den ersten Jahren in der Toskana vor Schmerz und Traurigkeit der Magen zusammengezogen. Meine Träume waren zerstoben, und ich wusste, hier in diesem Haus, wo ich mein Leben verbringen wollte und das meine neue, gerade im Entstehen begriffene Existenz bedeutete, konnte ich nicht bleiben. Und trotzdem, für meinen Kleinen und meine Ziele musste ich stark bleiben, obwohl ich so gern weich und ganz Frau gewesen wäre, mich irgendwo angelehnt und Schutz gesucht hätte.

Ich dachte jedoch keinen Moment daran, nach Deutschland zurückzukehren. Was hätte mich dort erwartet als allein erziehende Mutter, und wohin hätte ich gehen sollen? Wieder zu meiner Mutter und arbeitslos sein? Nein, das war für mich keine Alternative und so verlagerte ich nach und nach meinen Lebensmittelpunkt nach Italien.

Dies war ein markanter Wendepunkt in meinem Leben, der mir viel Glück bringen konnte, denn so wie bisher wollte ich nicht weiter leben. Das war mir trotz der kaum erträglichen Schmerzen sofort klar.
Jede noch so schwere Situation birgt den Keim für etwas Neues, Positives in sich. So viel Einsicht hatte ich immerhin.
Die andere Frau nahm mir eine Bürde ab, die schon längst zu schwer für mich geworden war und unter der ich früher oder später restlos zusammengebrochen wäre.
Wenn eine Beziehung unglücklich oder krank macht, dann sollte man ganz schnell etwas ändern oder das Weite suchen.

Meine Familienpension habe ich dann eröffnet. Sie lief gut und die Arbeit machte Spaß. Die Gäste waren nett und die Kinder waren wunderbare Spielkameraden für Felix. Wir veranstalteten große Grillabende mit Landwein, pasta, salcicce und bistecche, Würstchen und Steaks, wir kochten mit den Gästen, redeten viel, feierten, besuchten die Nudelfabrik und gingen zu Marco zum Reiten und Pizza backen. Das Beachvolleyballfeld war der herrlichste Sandkasten, den man sich vorstellen konnte, und wenn ich mich nachts völlig erschöpft im noch warmen Sand ausstreckte, die Arme ausbreitete und den klaren Sternenhimmel betrachtete, dann spürte ich fast so etwas wie Glück. Es war ähnlich wie am Meer und ich wusste, jeden Tag wurde mein Leben ein ganz klein bisschen leichter.

Christine, eine rüstige Frau in ihren Sechzigern, und Ilonka, ein fröhliches Mädchen, halfen mir bei der Kinderbetreuung. Die Mängel des Hauses versuchten wir mit Gastfreundschaft und Gemütlichkeit auszugleichen.
In dieser Zeit lachte ich tagsüber und nachts weinte ich.

Die „Casa dei Bambini", gerade eröffnet, fand ihr würdevolles Ende in einem Fernsehbericht des MDR bei „Hier nach 4" kurz vor ihrer Schließung. Es war ein sehr liebevoller Bericht von meinen Anfängen und über mein Bemühen, mich als allein erziehende Mutter in einem verschlafenen toskanischen Dorf zu integrieren.
Ich trennte mich von meinem Partner und verließ das Haus. Die Auseinandersetzungen gingen dennoch weiter. Unser Sohn hätte nach der Trennung einen Vater gebraucht, der sich trotzdem oder gerade deswegen um das Wohlergehen von Kind und Mutter kümmert, denn ein kleines Kind ist nur so glücklich wie seine Mutter.
Wie sehr hätte ich mir gewünscht, dass man in Freundschaft auseinandergeht. Auch wenn eine Beziehung nicht mehr funktioniert, muss es doch möglich sein, dass man gute Eltern bleibt. Ich hätte mir gewünscht, dass er fragt: Braucht Ihr irgendetwas? Es tut mir leid, dass ich Euch in diese schwierige Situation gebracht habe. Kann ich Euch helfen? Ich möchte, dass es Euch gut geht. Aber das Gegenteil war der Fall.

Meine Welt, die gerade anfing zu funktionieren, musste schon wieder neu geordnet werden. Was nun?
Ich sprach immer noch kaum Italienisch und hatte weder Unterstützung und kaum Ersparnisse.
Doch ich war jung, hatte ein Kind, für das es sich lohnte weiter zu machen, und Anpacken war schon immer meine Sache.

Ich zog von dem 200 qm großen Haus in eine winzige 20 qm Wohnung, die feucht und ohne Heizung war, von der wir als Erinnerung bis heute einen immer wiederkehrenden Husten haben, und ich schaffte mir einen R4 an.
Der R 4 war ein herrliches Auto. Ich klappte die Fenster auf und stellte das alte Radio an. Was für ein irres Fahrgefühl! „Annabella" war ihr Name und ich liebte sie.

Manchmal muss man sich den Umständen anpassen, bis es einem wieder besser geht, und einfach das Beste daraus machen. Jammern nützt nichts.
Das Improvisieren hatte ich in der DDR zur Genüge gelernt. Die Mentalität, aus Nichts etwas zu machen, half mir enorm.
Lebensentwürfe ändern sich eben manchmal. Dann heißt es Ärmel hochkrempeln und los.

Der Neuanfang

Il nuovo inizio

Wir wohnten jetzt mitten im Dorf Lari, direkt neben dem Kirchturm. Das ganze Haus grummelte und vibrierte, wenn sich die schweren Glocken in Bewegung setzten, egal, ob wir ausschlafen wollten. Felix war fasziniert von ihnen, und oft legte ich ihn auf meine Unterarme, Blick Richtung Himmel und hielt ihn aus dem Fenster (keine Angst, ebenerdig), damit er die schweren Glocken sehen konnte, sobald sie aus dem Kirchturm heraus schwenkten.
Ich fühlte mich unsagbar kläglich in dieser Zeit, und hätte ich die Möglichkeit zum Jammern gehabt, ich hätte unentwegt gejammert. Aber glücklicherweise hatte ich so viel zu tun, musste mir eine Existenz aufbauen, und das ohne finanziellen Rückhalt oder jemanden, der mir helfen konnte oder wollte, und vor allem ohne Familie, da war kein Platz dafür.
Ohne Familie ist man in Italien wirklich verloren. Die italienische Familie erlebte ich als sehr in sich geschlossen. Es wird alles untereinander ausgemacht: Kinder groß ziehen, Schule, Arbeit, Krankheiten, Arbeitslosigkeit, Probleme jeglicher Art, Hochzeit, Tod.
Und natürlich kam keiner auf die Idee, eine blonde, allein erziehende Mutter zu sich nach Hause in die Familie einzuladen.

Oft wusste ich nicht, wie es weitergehen sollte. So hatte ich mir meine Zukunft in der Toskana nicht vorgestellt. Der Kühlschrank war leer und keine festen Einnahmen in Sicht. Wurden wir doch irgendwo mal zum Essen eingeladen, musste ich mich zwingen, langsam zu essen, denn vor lauter Hunger hätte ich am liebsten alles in mich hinein geschlungen und mir noch wie ein Hamster Vorräte in den Backen zugelegt. Das war mir sehr peinlich, und ich traute mich nicht, jemandem zu sagen, wie erbärmlich es um uns stand.

Nur einmal schien jemand meine Situation zu begreifen. Ich erhielt einen Brief in goldener zierlicher Schrift, in dem jemand mir und meinem Söhnchen Glück wünschte und mir schrieb, dass ich nicht verzagen sollte, ein Engel würde auf mich aufpassen. Der Brief war anonym und ich weinte bitterlich.

Dem lieben Gott, oder dem Engel, sei Dank gelang es mir trotzdem, uns eine neue Existenz zu schaffen. Es schien, als wurde mir alles zugetragen, und ich musste nur an den richtigen Stellen ja sagen und, zugegebenermaßen, richtig ranklotzen.
Vor meiner Familienpension hatten Einheimische oft Autos mit deutschen Kennzeichen gesehen und so fragten sie mich, ob ich nicht auch ihre Apartments in die Vermietung aufnehmen könnte. Als ich also die „Casa dei Bambini“ verließ, konnte ich schon einige Apartments als Ferienquartiere anbieten, und ich bastelte unentwegt an meiner Internetseite.
Zum Glück hatte ich bald einen italienischen Freund, einen fidanzato, einen Verlobten, wie es hier dann gleich heißt. Er war ein lieber, sensibler Junge, und ich war ganz vernarrt in ihn. Er half mir bei meinem Internetauftritt und so bauten wir die Website Toskanaferien.de langsam weiter aus. Ihm habe ich viel zu verdanken. Trotzdem war die Beziehung mit ihm, die vier Jahre dauerte, die nächste Katastrophe.

Um es kurz zu machen, seine italienische Mama wollte mich nicht. Ich war zu blond, ein paar Jahre älter, Ausländerin und allein erziehende Mutter. Das, was bei uns (leider) schon normal war, ein Kind allein groß zu ziehen, das gab es dort noch nicht.
Und wenn Mama „no“ sagt, geht in Italien gar nichts. Das habe ich zwar schon gewusst, das wissen wir ja alle, entspricht es doch genau dem Bild vom Italiener, das wir haben. Aber ich bin von Natur aus dickköpfig und wollte so schnell nicht aufgeben.
Drei Jahre haben mich seine Eltern nicht mal auf der Straße gegrüßt! Ich war entsetzt, denn ich hatte das Klischee von der gastfreundlichen, immer lauten und fröhlichen italienischen Familie vor Augen und rannte nun gegen eine Wand aus Vorurteilen und Abwehr. Auch danach war mein Empfang in der Familie nicht gerade herzlich, obwohl ich doch meistens ein ziemlich verträglicher und lustiger Mensch bin.

Als bekannt wurde, dass die deutsche blonde Frau allein lebt, erfasste ein kleiner Aufruhr das Dorf, und ich bekam Angebote in einer Direktheit, dass ich schier die Welt nicht mehr verstand.

Die Zeiten der Inquisition, wo man Hexen auf dem Scheiterhaufen verbrannte, waren ja zum Glück vorbei, sonst hätte man das mit mir garantiert auch gemacht.

Die Art der Werbung der Männer in Italien unterscheidet sich sehr von der Art und Weise, wie Männer in Deutschland um eine Frau werben. In Deutschland ist man zurückhaltender, in Italien wird offensiv mit Blicken, Gesten und vielen schönen Worten geflirtet. Da wird einem hinterher gepfiffen, gehupt oder „ciao bella“ im Vorbeigehen zugeflüstert. Das tut einer Frau ausgesprochen gut, mein Selbstbewusstsein hat es enorm gesteigert und Spaß kann es außerdem machen. Aber ich wusste, die meisten Angebote stammten von Familienvätern, die ja ach so verbunden mit ihren Familien waren. Diese Doppelmoral erschütterte mich und stellte mein Weltbild auf den Kopf. An was kann man denn noch glauben?
Dazu wird man schnell als eine „poca buona“ bezeichnet, als eine „wenig Gute“ oder ganz Schlimme, denn Offenheit wird oft falsch verstanden. Des-

halb rate ich Frauen, insbesondere auf den Dörfern, niemals Fremde mit dem recht vertraulichen „Ciao" zu grüßen, sondern lieber mit dem distanzierteren „buongiorno (Guten Tag), buonasera (Guten Abend), arrivederci (Auf Wiedersehen)". Und bei ihrer Kleidung sollten sie beachten, dass italienische Männer einfach reizempfänglicher sind.
Ich jedenfalls hatte wirklich anderes zu tun, als mir Liebhaber zu suchen, ich kämpfte um meinen Neuanfang in einem fremden Land und hätte dringend Freunde und menschliche Nähe gebraucht.

Der alte Fleischer Alfonso aus dem Nachbardorf, ja, der schob mir einen dicken Schinken über die Theke, frei nach dem Motto: „Nimm meinen Schinken und gib mir deinen." Und meinte dazu, ich würde immer so viel arbeiten und er wäre doch reich, wenn ich nur wollte, könnte ich es mir gut ergehen lassen. Völlig verdattert nahm ich den Schinken und ernährte damit meine Gäste in der Familienpension eine ganze Woche lang. Den Fleischerladen habe ich danach für mehrere Jahre nicht mehr betreten. Ach doch, einmal ging ich noch hinein, als ich hörte, seine Frau behauptete, ich hätte etwas mit mehreren Männern im Dorf. Hui, gleich von mehreren war die Rede, welch tagesfüllendes Programm!
Da hat mich dann die Wut gepackt und ich bin in den Laden gestürmt, habe seine arme Frau förmlich durchgeschüttelt, mein dürftiges Italienisch zusammen gestottert und sie zur Rede gestellt. Da ich aber, fast wie ein tollwütiges Tier, Schaum vor dem Mund hatte und mein rudimentäres Italienisch mir in diesem Zustand noch weniger von den Lippen ging, verließ ich den Laden wieder, um mich zu beruhigen. Am nächsten Tag ging ich erneut hin, um mich für meinen wüsten aber durchaus nachhaltigen Auftritt zu entschuldigen und ihr ein Gläschen selbstgemachter Marmelade zu bringen, während Frau Fleischer sich ihrerseits auch entschuldigte. Sie hätte so etwas nie gesagt, ich sei doch wie eine Tochter für sie ...
Dieses Gerücht kam übrigens von der „bösen", mir damals nie in die Augen schauenden Schwiegermutter.

Eindrucksvolle Szenen wie diese habe ich wahrscheinlich dem spanischen Blut in mir zu verdanken, denn meine Oma wurde in Spanien geboren. Ich habe davon noch öfter Kostproben geben müssen, zum Beispiel als es hieß, ich hätte etwas mit meinem 70jährigen Nachbarn Silvano. Dieser stand allerdings tatsächlich einmal in meinem Schlafzimmer. Ich hatte den Schlüssel aus Versehen in der Haustür stecken lassen und das lud ihn offensichtlich ein, das Haus, das früher seines gewesen war, mal wieder zu betreten. Er war Zeit seines Lebens ein Schelm und Draufgänger und lachte mich verschmitzt an, als ich

ihn zur Rede stellte. Er und seine Frau, mit der ich über das Gerücht gesprochen hatte, gehören heute mit zu den mir liebsten Menschen hier in Lari.
Auch den Schwätzer, der das Gerücht in Umlauf gebracht hatte, stellte ich zur Rede, natürlich war er völlig unschuldig und ich entließ ihn mit dem Satz: „Ihr Alten habt schöne Träume!“

Silvano aber war einfach zum Liebhaben. Jeden Tag kam er mit seinem großen Traktor mit den rotweißen Radkappen die Straße hochgefahren, nahm beide (!) Hände vom Lenkrad, breitete die Arme weit aus und rief „Feliiiix“. Der war ganz verrückt auf Traktoren. Oft durfte er mit aufsteigen, und sie fuhren ein Stück zusammen.
Maria und Silvano tanzten später auf meiner Hochzeit, die angeblich schöner war als die ihrer vier Kinder. Aber immer der Reihe nach ...
Heute hat Silvano Alzheimer, das ist richtig traurig. Aber mich erkennt er zumindest noch und wenn ich ihn sehe, küsse ich ihn vor den Augen aller Leute, auf die Wangen versteht sich, das macht ihm einen Riesenspaß. Auch wenn langsam alles in Vergessenheit geraten sollte, dass er ein Draufgänger war, wird ihm und allen in Erinnerung bleiben.

Ein anderer Grünschnabel ging in den Circolo, eine von diesen Bars, die fast überall gleich aussehen, mit Fernseher, Neonlicht und Che-Guevara-Poster an der Wand, Überbleibsel aus kommunistischer Zeit. Er prahlte ebenfalls, er wäre mit mir im Bett gewesen. Ein Freund hörte das und erzählte es mir. Auch dieser, zur Rede gestellt, wusste von nichts und konnte sich an nichts erinnern.
Ich erhielt pralle Einkaufstüten, Kinderspielzeug, Telefonkarten als nicht gerade romantische Aufforderung von verheirateten Männern, für die ich mich höflichst bedankte. Ich freute mich auch wirklich, denn ich brauchte jede Hilfe.
Ältere Herren tauchten plötzlich gestylt mit Lederjacke und dunkler Sonnenbrille und umgeben von einer Parfümwolke vor mir auf. Sie schienen ihren zweiten Frühling zu erleben, was mich sehr belustigte.
Mein Weltbild von den heilen Familien und den netten Familienvätern hat jedoch seitdem einen gehörigen Kratzer erhalten.

Es folgte eine Zeit, in der ich völlig verunsichert war. Wie weit muss man sich in einem anderen Land anpassen und kann man das weiterleben, was man in seiner eigenen Kultur gelernt hat? Ich traute mich zum Beispiel kaum noch, mit einem Mann auf der Piazza einen Cappuccino zu trinken. Da sind wir fast Nachbarländer in einem geeinten Europa und doch scheinen die Unterschiede manchmal riesengroß.
Man könnte ja denken, dass ... Und man dachte, dass ... Bei meinen Treffen mit Gästen kam es vor, dass jemand mich fragte, ob es ein Internetcafé gebe,

wo man seine Emails kontrollieren könnte. „Nein, das gibt es natürlich nicht in Lari, aber Du kannst gern kurz bei mir Deine Post einsehen.“ Der erste Mann ging mit zu mir hoch, der zweite ... Beim dritten kam ich selbst ins Grübeln, was die Nachbarn denken könnten. Eine Weile ging ich nicht mal mehr mit Freunden auf die Piazza.

Gerüchten kann man aber ganz einfach vorbeugen, indem man selbst etwas über sich erzählt – so braucht sich keiner etwas auszudenken. Meine offensive Art hat mir dann bald mehr Ansehen im Dorf verschafft. Dass die Leute neugierig sind, kann man ihnen nicht verübeln, das bin ich ja schließlich auch.
Natürlich war ich nicht so taktlos, von all den Angeboten der Männer im Dorf zu erzählen, aber an meinen persönlichen Dramen mit dem untreuen Vater meines Kindes, an meinem Kampf um die Eroberung des „Mammone“, so heißen die Mamasöhnchen in Italien, an meinem Umzug in die bescheidene Wohnung, an der Vermietung von Ferienwohnungen und Plänen mit meinen Gästen habe ich viele Anteil nehmen lassen.
Das hat dann später dazu geführt, dass meine Hochzeit im Dorf zu einem der schönsten Ereignisse wurde. Als wir die Treppe vom Castello herunter schritten, zu dem ich immer aufgeschaut und mir so sehnlichst gewünscht hatte, eines Tages dort zu heiraten, war ich den Tränen der Rührung nah. Eine Menschentraube stand dort. Verwandte, Freunde und das halbe Dorf umringte uns und die Hochzeitskutsche mit dem weißen Pferd. Es war wunderbar, alle freuten sich mit mir und uns.
Ich war angekommen, endlich angekommen. Aber jetzt greife ich ja schon wieder voraus.

Umberto Tozzi oder wie das Leben so spielt

Umberto Tozzi o com` è strana la vita

Wenn mir mit 13 Jahren, als ich nicht genug bekommen konnte von Umberto Tozzis „ti amo, ti amo, ti amo", jemand gesagt hätte, dass ich mal in Italien leben würde, da hätte ich wahrscheinlich genauso ungläubig abgewinkt, wie am 9. November 1989, als mir unsere Nachbarin, Frau Mucke, auf der Treppe sagte, die Mauer sei gefallen. Ich bin einfach weitergegangen, das schien mir so abwegig, auch wenn Frau Mucke bis dahin als geistig zurechnungsfähig galt.

Es war in meiner vom Sozialismus geprägten Kindheit so etwas von unvorstellbar für mich, dass die Dinge im Leben sich massiv ändern können, alles schien statisch, stabil und klar.

Ich wurde im Januar 1966 in Leipzig geboren und wuchs allein mit meiner Mutter auf nachdem sich meine Eltern trennten als ich 2 Jahre alt war. Einen Vater hätte ich mir zwar schon gewünscht, da war ich auch nicht wählerisch, und so sprach ich schon mal den Polizisten auf der Kreuzung an, ob er mein neuer Papa werden wollte. Dennoch wurde ich relativ zufrieden groß, auch ohne männliches Vorbild.
Die Oberschule schloss ich mit Auszeichnung ab. Das war nach meiner Einschulungsprüfung nicht unbedingt zu erwarten gewesen.
Bei dieser Prüfung sollten angeblich Verkehrszeichen abgefragt werden, so hatte das meine liebe Mutter gehört. Und so übten wir täglich Verkehrszeichen, bis ich sie alle wusste. Bei der Prüfung zeigten sie mir aber eine Kaffeetasse und fragten mich, was das sei. Ich antwortete natürlich, das sei ein Verkehrszeichen. Meine Mutter prustete dann auch noch unqualifiziert los. Ich wurde dennoch aufgenommen, ein Glück.
Immerhin waren die Prüfer etwas sensibler als jene Musikschullehrerin, die bei mir bereits im zarten Alter von fünf Jahren eine musikalische Karriere ausschloss, weil ich behauptete, das die obere Saite die sie auf der Gitarre anschlug ein hoher Ton wäre. Das war doch einfach nur logisch. Aber sie war aus irgendwelchen, mir unverständlichen Gründen, nicht damit einverstanden.

In der Schule flog mir dafür alles andere eher zu, ich war ein höfliches nettes Mädchen, lachte gern und war trotzdem ernsthaft, und somit beliebt bei den meisten Lehrern.
Da fiel es nicht weiter auf, wenn ich viele Stunden schwänzte oder von Spickzetteln abschrieb. Insofern ist mein sehr gutes Schulergebnis zu relativieren. Zuhause war ich auch nicht ganz so lieb, wie in der Schule, da kann ich mich getrost als Schrecken meiner Mutter bezeichnen. In die Schule ging ich eigent-

lich gern, wir waren eine dufte Klasse und ich gehörte meist zu den Anführern. In meinem Elternhaus, ich meine Mutterhaus, genoss ich viele Freiheiten, die ich aber nie groß ausnutzte. Ich rauchte nicht, Drogen gab es sowieso nicht, auch tanzen gehen interessierte mich nicht so sehr.
Dafür hatte ich mit 15 meinen ersten Freund, den ich mit 20 heiratete und mit dem ich sehr glücklich war, bis zu unserer Scheidung aus ausreisetechnischen Gründen.

Als Beruf lernte ich Modelltischlerin, ein Männerberuf. Nie im Leben hätte ich einen typischen Frauenberuf ergreifen mögen. Es gefiel mir, so etwas Besonderes zu sein, Holz herum zu wuchten und schwere Maschinen zu betätigen. Fünfzehn Jahre verbrachte ich in Werkstätten und auf Baustellen. Dabei hatte ich Arbeiten und Arbeitsplätze wie Modelltischlerin im Sächsischen Modellbau in Leipzig, später Restauratorin in Bonn und im Kunsthandel in Köln, Praktikantin bei einem Steinmetz in Singen am Bodensee, Kunstdreherin auf Neuseeland, Parkettlegerin in Berlin, Ladenausbauerin auf dem Ku'damm und in der Friedrichstraße. Ich holte mein Fachabitur in Kunst und Gestaltung nach und übernahm nebenbei viele Jobs, die ich nicht missen möchte: Babysitterin in Botschafterfamilien, Kellnerin in einem türkischen Spezialitätenrestaurant, in einem Jazzclub und in einer Diskothek. Aber das war alles später.

In meiner kleinen DDR wuchs ich geborgen auf, und ich gehörte nicht zu den Jugendlichen, die sich arg viel Gedanken darüber machten und nur gen Westen schielten, und auch nicht zu denen, die rebellierten. Meine Urlaube verbrachte ich in sozialistischen Ländern, um die es noch viel schlechter bestellt war, und so kehrte ich nach Hause zurück mit dem Gefühl, dass es uns doch bestens ginge. Zumindest hatten wir ausreichend zu essen, Arbeit und ein Dach über dem Kopf. Und worüber freue ich mich heute noch so wie damals über Nudosi (das ostdeutsche Nutella), Bambina (Milchschokolade, die ich mir bis heute bei meinen Gästen als Mitbringsel bestelle), Bananen, Schweinelende, eine Jeans, einen Pelikanfüller ...
Es gab noch ganz besondere Sachen, die man niemals vergisst, heute hingegen ist vieles so normal und unsere Kinder sind hoffnungslos verwöhnt.

In meinem Leben hat sich in dem Moment etwas verändert, als ich 1987 im jungen Alter von 21 Jahren meinen Reisepass für Spanien in der Hand hielt – oder ganz genau in dem Augenblick, als ich in einem Lokal hoch über dem Fluss Tacho bei Toledo stand und dachte: Hier darfst du vielleicht nie wieder hin!

Nun wird jeder vermuten, dass ich bei der Staatssicherheit war, man hat doch niemanden mit 21 Jahren aus der DDR herausgelassen! Doch dazu war ich viel zu naiv. Aber eine Reise nach Spanien war mein großer Traum. Mein Reisegesuchantrag zum Geburtstag einer Tante wurde zunächst abgelehnt.
Es war das Geburtsland meiner geliebten Oma und so schrieb ich einen sechsseitigen Brief an Erich Honecker persönlich. Für mein Durchsetzungsvermögen war ich schon als Kind bekannt, wohl eher als Alptraum für meine Mutter, aber ich bekam meistens, was ich wollte. Der Brief beinhaltete in Kurzform Folgendes: 1982 war der fantastische Film „Das Luftschiff" von Rainer Simon herausgekommen nach dem gleichnamigen Roman meines Onkels, eines renommierten Schriftstellers in der DDR. Seine Mutter und meine Oma wurden als Töchter eines deutschen Kaufmanns und einer Mutter spanischer Abstammung in einer herrschaftlichen Villa in Bilbao geboren, dort und in Madrid haben wir eine große Familie. Auf dessen Spuren wollte ich, glücklich verheiratete und zufriedene Frau, damals eine Garantie dafür, dass man zurückkam, gern wandeln.

Ich wurde dann aufs Polizeirevier in der Fockestraße geladen. Ich erinnere mich noch genau an die Stimmung dort, eisig und furchteinflößend, selten in meinem Leben habe ich so gezittert vor Anspannung. Und dann drückte man mir tatsächlich meinen Reisepass in die Hand. Ich fürchtete, ohnmächtig zu werden: Das war doch nicht möglich, 1987 und ich durfte ins kapitalistische Ausland reisen! Und so standen wir dann zu Viert, meine Mutter, ich und zwei Tanten, am Flughafen in Berlin-Schönefeld und flogen mit Aeroflot nach Madrid. Das war völlig ungewöhnlich zu DDR-Zeiten.
Im Nachhinein schrieb sich mein berühmter Onkel diese Reise zu, und ich weiß immer noch nicht, ob tatsächlich sein Fürsprechen oder mein Brief an Honecker zum Erfolg, sprich zu meiner Reise geführt hatte.
Denn, 1990, die Mauer war gerade gefallen, rief mich meine Mutter an und sagte: „Kauf Dir sofort den Focus und schlage Seite 40 auf." Dort befand sich ein mehrseitiger Artikel über meinen Onkel und seine Zugehörigkeit zur Staatssicherheit als einer der damals immerhin 150.000 inoffiziellen Mitarbeiter. War das ein Schock! Unser Onkel! War ich unbewusster Nutznießer seiner Machenschaften gewesen, mit denen er angeblich in die Staatssicherheitstätigkeit verwickelt worden war und aufgrund derer er wahrscheinlich einigen Schaden angerichtet hat, denn er war eng befreundet gewesen mit Wolf Biermann, Bettina Wegener, Nina Hagen und ihrer Mutter, Wazlaw Havel und vielen anderen namhaften Persönlichkeiten.
Was macht man in so einem Fall? Ist es an uns, zu richten, oder muss das jeder mit sich selbst ausmachen und das auch wieder ins Reine bringen mit sich und

den anderen? Wir haben beschlossen, unseren Onkel weiter lieb zu haben und ihm einen guten Lebensabend zu wünschen.

Von Spanien ging es zunächst wieder nach Hause, im Kopf aber reifte ein Plan, wie ich das gelobte Land, die DDR, verlassen könnte. Ein Jahr später stellte ich erneut einen Reiseantrag, diesmal in die Bundesrepublik und auch dieser wurde genehmigt. Dorthin reiste ich in der Absicht, mir ein schönes Plätzchen für unser zukünftiges Leben auszusuchen, und so besuchte ich zehn verschiedene Orte. Die Reise finanzierte ich mir mit dem Begrüßungsgeld, das es damals gab, mit Geldgeschenken von Verwandten und dem Verkauf von selbst gefertigtem Holzspielzeug auf einem westlichen Flohmarkt durch Freunde von mir.

Der Zufall wollte es, dass ich einem netten Philosophiestudenten aus Hamburg begegnete, der so fasziniert meinen Geschichten über den Osten lauschte, dass er mit 40 Stundenkilometern über die Autobahn kroch, obwohl alles um uns herum hupte.

Wenig später traf ich mich mit ihm in Berlin, in der ungewöhnlichen Absicht, ihm als bereits verheiratete Frau einen Heiratsantrag zu machen. Eine fingierte Hochzeit war damals ein bewährtes Ausreisemittel. Ich hatte das natürlich mit meinem Mann abgesprochen und der war einverstanden. Natürlich nur unter der Bedingung, dass ich mich sofort wieder scheiden lassen und ihn erneut heiraten würde, was dann aber alles ganz anders kam als geplant. In welch absurde Situationen einen politische Systeme treiben können!

Unser ausgeklügelter Ausreiseplan sah nämlich so aus: Mein Mann beantragt eine Reise in den Westen, bleibt dort, dann haben wir schon mal einen drüben. Ich lasse mich tief empört scheiden, da unsere Ehe angeblich sowieso schon zerrüttet war und ich mich auf meiner Westreise in einen Hamburger verliebt habe, was ich aber erst mal nicht verrate. Den heirate ich dann und gehe ebenfalls in den Westen.

Jedenfalls traf ich meine Hamburger Bekanntschaft in Berlin wieder. Georg lud mich zum Kaviar-Frühstück in ein Grand Hotel ein. Das war mit Sicherheit das bisher schönste Frühstück meines Lebens. Seine Eltern hatten es spendiert. Hätten sie meine Pläne gekannt, hätten sie das wohl niemals getan.

Während mein Mann auf der Straße irgendwo im Regen wartete, saß ich im Hotel ganz oben am Fenster und wurde von sechs Kellnern bedient, die mir zuvor aus meiner Jeansjacke, Modell Stonewashed aus Polen, geholfen hatten. Der Kaviar war sehr köstlich, es gab kleine Eierkuchen dazu und Zwiebelstückchen mit Ei, dazu natürlich Champagner. Bis heute mache ich ein ähnliches Frühstück zu besonderen Anlässen nach. Leider reicht es bis jetzt nur für falschen Kaviar und Sekt, aber irgendwann werde ich mir das andere auch leisten können. Da saß ich nun, das Ostmädchen, in all dem Luxus und über-

legte, wie ich am besten einem Mann, den ich kaum kannte, einen Heiratsantrag machen könnte. Ich ging durch eine aufregende Hölle aus Luxus und quälender Unsicherheit. Eine völlig absurde Situation, aber irgendwann überwand ich mich und er sagte doch wirklich: „Ja". Dafür hat es diesen besonderen Menschen gebraucht, der neugierig genug war auf Abenteuer und ein anderes Gesellschaftssystem. Ein ganz lieber Mensch noch dazu, aber wir passten, zum Glück, nicht zusammen. Wir spielten nur das perfekte glückliche Paar, denn natürlich war er eingeweiht in unsere Pläne. Wir waren neugierig auf das Leben und die Geschichten des anderen und initiierten unser privates Theaterstück.
Alles Weitere folgte wie geplant, mein Mann ging in den Westen, besuchte einen Cousin, der in Wirklichkeit keiner war, und schickte ein Telegramm, dass er nicht zurückkäme. Ich wurde zum dreistündigen Verhör zur Staatssicherheit geladen und musste sehr viele Fragen beantworten. Die Angst war groß, dass man vielleicht etwas Falsches sagte und dann das Tageslicht so schnell nicht wieder sah, stand die Stasi doch im Ruf, einer der besten Geheimdienste der Welt zu sein. Diese Angst kannte ich, ich wurde vorher schon zweimal verhaftet: Einmal mit 15, weil ich nachts um 11 Uhr Flöte spielte, was den Abschnittsbevollmächtigten (das waren Leute, die im Auftrage des Staates in einem gewissen Abschnitt der Stadt für Ruhe und Ordnung zu sorgen hatten) störte, der ausgerechnet über uns wohnte. Und das andere Mal, weil ich Pipi musste und aus Versehen in den Wald lief, der zum Grenzgebiet um Berlin gehörte. Beim ersten Mal verbrachte ich Stunden nachts allein in der Gefängniszelle der Polizei, die nur mit einer 100-Wattglühbirne und einem überdimensionalen Erich Honecker Bild bestückt war und das zweite Mal mit Gewehr im Anschlag vor der Nase an einem Baum. Zum Glück hatten beide Verhaftungen keine Folgen, aber die Angst saß tief.
Als ich dann am Ende des Verhörs erklärte, dass ich mich selbstverständlich von jemandem, der sein Land verrät, scheiden lassen würde, wurde tatsächlich Kaffee und Kuchen gebracht und das bis dahin angespannte Klima lockerte sich. Ja, so nett konnte es bei der Staatssicherheit sein.

Mein Verlobter aus Hamburg schenkte mir einen goldenen Verlobungsring mit Gravur, den mein Mann eigens im Westen besorgt hatte, und er holte mich von meinem VEB (Volkseigenen Betrieb) ab. Meine am Fenster versammelten Kollegen sahen ein glücklich sich küssendes Paar um die Ecke verschwinden. Dort verschwand dann auch mein Verlobter, der sich inzwischen in ein anderes Mädchen richtig verliebt hatte. Wir ließen uns aber dennoch auf verschiedenen öffentlichen Veranstaltungen zusammen blicken, auch dort frisch verliebt, versteht sich.

Es machte die Situation nicht leichter, dass auch ich mich in einen anderen Mann verliebte, und das ziemlich heftig. Es war ein Schulfreund von mir, mit 15 hatten wir uns schon mal geküsst ... Sieben Jahre hatten wir uns nicht gesehen und nun entbrannte eine große Leidenschaft. Man kann sich vorstellen, dass diese Situation immer absurder wurde, noch verheiratet, mit falschem Verlobten und neuem Freund, dazu unter Beobachtung der Staatssicherheit. Das war mehr als anstrengend. Verließ ich meine Wohnung, streute ich sorgsam etwas Asche aus, um eventuelle Spuren zu sehen. Darüber hinaus hatte ich einen Mechanismus entwickelt, dass wenn ich die Tür schloss, eine kleine Nadel auf dem Rahmen lag, die mir durch ihr Kippen angezeigt hätte, ob jemand in der Wohnung war. Auch Wanzen (ich meine Abhörgeräte) fürchtete ich sehr, und niemandem, nicht mal meinen besten Freunden oder Verwandten, erzählte ich die Wahrheit. Man konnte nie wissen, wem wirklich zu trauen war. Wie man an der Geschichte mit meinem Onkel später sah war das Misstrauen mehr als berechtigt. Das war schwierig und traurig zu gleich. Nur meine Mutter wusste Bescheid und trug die schwere Bürde mit mir.

Ich ließ mich also von meinem so geliebten Mann scheiden. Verwunderlich war dabei folgende Episode: Als ich etwas belustigt zu meiner fingierten Scheidung ging, mochte ich die Staatsanwältin auf Anhieb. Von plötzlichem Vertrauen erfasst, erzählte ich ihr, einer Person aus dem sozialistischen Staatsbereich, meine Geschichte, dass ich mich jetzt scheiden lassen würde, aber einen westdeutschen Mann kennengelernt hätte, der mich heiraten wollte. So wie ich es erzählte, war klar, dass es der Plan eines Paares war, das Staatsflucht begehen wollte.
Sie schaute mir fest in die Augen und sagte: „Im November sind Sie draußen. Ich habe Verbindung zu gewissen Kreisen ...“. Es war wohl bemerkt Juni 1989! Ich fiel aus allen Wolken, woher konnte sie das wissen? War der Fall der Mauer etwa ein abgekartetes Spiel?

Die neue Freundin meines Verlobten lernte ich bald darauf kennen, das war noch bevor Georg mit ihr in einer Nacht- und Nebelaktion über die ungarische Grenze kroch. Er wollte eigentlich wieder umkehren, denn da war ja noch die Geschichte mit mir, die er zu Ende bringen musste. Offiziell waren WIR verlobt. Und prompt wurde er erwischt. Und wieder diese Angst – unser ganzer Plan stand auf dem Spiel. Die DDR war aber wohl schon so marode, dass auch diese Sache kein Nachspiel hatte. Man kann sich jedoch vorstellen, was ich für Ängste ausstand, denn meine Zukunft hing von dieser einen Person ab, der ich vertraute und die ich glaubte zu kennen und doch kaum kannte. Manchmal dachte ich, das alles niemals schaffen zu können. Anderer-

seits war ich jung, hübsch, verliebt und es war zu spüren, dass etwas Besonderes passierte.
Es war die Zeit der Unruhen und großen Montagsdemonstrationen in Leipzig, denen ich mich anschloss, auch wenn es hieß: „Heute wird geschossen“. Manchmal war mir ganz schlecht vor Anspannung.

Dann wurde unsere Hochzeit genehmigt, es musste nur noch ein Termin ausgemacht werden, am 17. November hätte ich ausreisen dürfen, die Ausreisepapiere besaß ich schon, und dann kam Frau Mucke mit der Botschaft von der gefallenen Mauer.
Ich glaube, ich hatte nicht einmal mehr Zeit, mich von meinem falschen Bräutigam zu verabschieden. Mit meinem Liebsten, dem Schulfreund, fand ich mich plötzlich und wie im Taumel in einem Konvoi von Trabis auf dem Weg nach Berlin wieder, um dort einen Kleintransporter zu mieten, den wir für den Umzug nach Bonn brauchten. Dort erwartete mich mein Mann, eigentlich nun mein Exmann, mit einer roten Rose. Wir hatten uns unter schwierigsten Bedingungen unglaubliche Liebesbriefe geschrieben, denn offiziell durften wir ja keinen Kontakt zueinander habe. Die Post wurde offensichtlich kontrolliert und wir hatten uns in heimlich geschmuggelten Briefen ausgetauscht. Ja wir liebten uns immer noch und hatten uns doch innerhalb eines halben Jahres ohne Kontakt entfremdet. Meinem ersten Mann habe ich zu verdanken, dass ich nie aufgehört habe, an die große Liebe zu glauben, daran, das Mann und Frau in Harmonie zusammen leben können, auch wenn ich damals zu jung war und zu unerfahren war, um sie in diesem Moment weiter zu leben. Es war eine gute Ehe gewesen und ich bin sehr froh über die gemeinsamen Jahre.

Zwei Jahre verbrachten wir dann noch zu Dritt in Bonn. Zum Teil lebten wir zusammen oder ich pendelte zwischen Beiden. Experimente, die nicht gut gehen, auch wenn sie interessant sind. Es waren zerstörerische Jahre, bis wir uns dann alle trennten.

Georg, meinen „Verlobten“, verlor ich aus den Augen. Wir sahen uns erst Jahre später wieder, als ich in Berlin wohnte und er mich zu seiner Hochzeit einlud. Bei dieser Feier stellte ich mich seinen Eltern als die ehemals falsche Braut vor. Zum Abschied waren sie gerührt: „Wenn wir gewusst hätten, wie nett du bist, hätten wir uns weniger Sorgen gemacht.“
Es war für alle Beteiligten eine unglaublich harte, aber aufregende Zeit.

Später schrieb er mir, ob ich seine alten Briefe noch hätte, eine Freundin würde sie gern im zeitgenössischen Museum in Leipzig ausstellen. Das, was

eben noch Gegenstand heftigster Emotionen war, nun schon reif fürs Museum ...
Ich machte mich auf die Suche und öffnete alte Umzugskartons, die mittlerweile in der Toskana standen und die ich in vielen Jahren bei insgesamt zehn Umzügen mitgeschleppt hatte. Darin fand ich ein Stück Vergangenheit, das zu einem anderen Leben gehörte und das mich doch in mein heutiges Leben geführt hat, in dem ich manchmal Umberto Tozzis „ti amo“ singe wie vor 30 Jahren.

Romantisches Lari, verliebt in ein Dorf

Lari romantica, innammorata di un paese

Als ich 1994 zum ersten Mal nach Lari kam, war ich sofort fasziniert. Genauso hatte ich mir die Toskana in meinen romantischsten Träumen vorgestellt.

Damals ahnte ich noch nicht, dass Lari wenige Jahre später mein fester Wohnsitz werden würde. NIE hatte ich ans Auswandern gedacht, und wenn, dann sollte es nach Neuseeland gehen, wo ich drei Monate im kleinsten Dorf der Nordinsel gearbeitet hatte.
Ich wohnte zu dieser Zeit am Bodensee, arbeitete als Steinmetzin und war als ganz normale Urlauberin in Lari zu einer Sommerparty eingeladen. Kurze Zeit später verliebte ich mich in den deutschen Hausherren, der ein Kollege von mir und sehr charmant war.
Er wollte schon immer in die Toskana ziehen und hatte sich deshalb zusammen mit Freunden ein Haus dort gekauft. Als wir dann zusammen waren, schaute ich mir Lari genauer an.

Ich fand ein kleines, fast verschlafen wirkendes Dorf vor, mit alten Häusern und dicken Burgmauern, auf denen wild ein Kräutergarten wuchs. Kräuter, die ich nicht kannte und die ich nach und nach entdeckte: Kapernpflanzen mit fleischigen Blättern, die sich die Mauern des Castellos hochrankten und wunderschöne orchideenartige Blüten haben, Feigenbäumchen, wilder Fenchel, der herrlich zu Pasta und frischen Tomaten schmeckt, Rucola und Majoran. Staunend erkundete ich alles.
Steigt man die Treppe zum Castello hinauf und hat mit etwas Glück klare Sicht, so gleitet der Blick über herrlichste toskanische Hügel bis in die Ebene von Pisa und man kann sogar den Schiefen Turm und die Piazza dei Miracoli sehen. Noch faszinierender sind die Sonnenuntergänge über dem Meer, das nur 30 Kilometer entfernt liegt, man erkennt die Marmorberge der apuanischen Alpen und die Küstenwindungen bis nach Portovenere und Cinqueterre. Von dieser zauberhaften Aussicht kann man sich nur schwer losreißen.

Von der feinen und berühmten Nudelfabrik Martelli ahnte ich damals noch nichts, obwohl sie seit 1926 zu Füßen des Castellos liegt.
Mein Anziehungspunkt war die Piazza, wo es wunderbares Eis und Cappuccino gab und wo ich bald aufgrund des zu häufigen Genusses desselben Herzrasen bekam. Zu gut schmeckte der!
Aus dem Café ist inzwischen ein Restaurant geworden, aber man kann den Blick aufs Castello auch immer noch auf der Piazza von den Arkaden aus genießen.

Die alten Herren saßen wie eh und je vor den Bars, davon gibt es eine rechts und eine links wenn man nach Lari rein kommt. Damals dachte ich noch, den raueren italienischen Umgangston nicht gewohnt, sie streiten fortwährend. Heute weiß ich, sie scherzen und diskutieren von einer Straßenseite zur anderen, reden über Essen, Wein, Öl, Frauen und Fußball. Da geht es eben etwas emotionsgeladener zu. Gestritten wird jedoch selten, dazu ist man zu höflich, troppo gentile.

Mir gefiel der marode Charme der alten Häuser im Gegensatz zum deutschen Perfektionismus. Das Leben spielte sich vor der Tür ab, hier wurde gelebt, und wie!
Essen, darum dreht sich fast alles, und ich kenne keine Nation, die den kulinarischen Genüssen so verfallen ist, wie die Italiener. Abendfüllende Gespräche über Rezepte, Menüs und Kochkünste. Essen, Schlemmen, stundenlang, genüsslich und sinnlich ...

Es liegt Erotik in der Luft, wo man steht und geht. Die Leute schmücken sich, putzen sich heraus. Die Frauen sind braungebrannt und geschminkt, die Männer präsentieren sich stark und stolz, und sie tanzen mehr als dass sie laufen.
Hier gibt es noch eine recht klassische Rollenverteilung und, ich gebe es zu, nicht böse werden, liebe Feministinnen, viele Aspekte davon gefallen mir.

Idyllische kleine Gassen laden in Lari zum Verweilen ein. Ein tagesfüllendes Programm gibt es hier nicht. Wichtig ist das Alltägliche, das man hier erleben kann: Im kleinen Laden, dem alimentari auf der Piazza, eine ganze Weile anstehen, seine Beobachtungen zur italienischen Mentalität anstellen, genüsslich Käse und andere Köstlichkeiten auswählen; den besten Cappuccino des Ortes bei Michela in der Bottega delle specialitá schlürfen, dabei eine Postkarte schreiben; sich mit Salami und Schinken beim Metzger Cecotti eindecken; in Miriam's Klamottenladen stöbern und garantiert fündig werden; die 92 Stufen zum Castello hinaufsteigen oder sich im Friseurladen bei Cristina oder Massimiliano nach italienischem Schönheitsideal stylen lassen.

Es war so wunderbar, ich hatte ein Kleinod gefunden.
Das, was mir hier so gut gefiel, dieses ruhige Dorf in dieser wundervollen Lage, zentral gelegen zwischen Pisa, Lucca, Florenz, San Gimignano, Volterra und Siena, schnell von der Superstrada, der Schnellstraße, und von den Flughäfen Pisa und Florenz aus zu erreichen, im Nachbarort eine Therme, das Meer in greifbarer Nähe – das musste auch Anderen gefallen, dachte ich Jahre später, als ich mit der Vermietung von Ferienunterkünften anfing.

Lari geht bis auf etruskische Ursprünge zurück. Noch heute finden Leute beim Ausbau ihrer Häuser etruskische Überreste. Diese Scherben oder Terrakottabehältnisse stellen sie dann in den Schrank und verständigen lieber nicht den Denkmalschutz, der ihre Baustelle für Monate blockieren würde.

Aufgrund der strategisch wichtigen Lage seiner Burg aus dem 12. Jahrhundert wurde Lari in der Vergangenheit von den Republiken Pisa und Florenz hart umkämpft.
Während in Deutschland die Dörfer meist geschützt am Fuße eines Hügels liegen, befinden sie sich hier oben auf dem Hügel und berauschen die Sinne mit ihren traumhaften Aussichten.

Und, was ganz wichtig ist, die Larigiani, so nennen sich die Einwohner, sind nette und aufgeschlossene Menschen, die sich über Besucher ihres Dörfchen freuen, denn dann ist endlich mal etwas los. Guckt jemand schief, so nehmen

Sie es keinem übel. Das ist manchmal nur Unsicherheit oder einfach Neugierde.

Wunderbare Pasta – Nudelfabrik Martelli

Il pastificio Martelli

Aus einem ganz kleinen Familienbetrieb, dem der Brüder Martelli in Lari, kommt die Martelli-Pasta, die seit Jahrzehnten von Gourmet-Geschäften in der ganzen Welt bezogen wird. Die Pasta ist eine echte Spezialität, der ich völlig verfallen bin!

Am Fuße der wuchtigen Burgmauer befindet sich die kleinste und beste Nudelfabrik Italiens und somit auch der Welt – das behaupte ich und dem werden viele Gäste zustimmen.

Aber um ganz ehrlich zu sein, Nancys Sohn Yonathan machte mich darauf aufmerksam, dass sie in der Gourmet-Bibel an vierter Stelle steht. Die Ausgabe ist jedoch von 2006 und ich bin mir sicher, dass sie inzwischen auf Platz eins vorgerückt ist.

Filippo, mein Zweitgeborener, bekam die Pasta zum ersten Mal mit sechs Monaten und er war sofort ein Fan. Er hat italienisches Blut, das merkt man spätestens, wenn man ihn Spaghetti essen sieht. Blitzschnell werden die Nudeln gekonnt in den Mund gezogen, das muss in den Genen liegen. Ging es nicht schnell genug, haute er auf den Tisch und öffnete seinen Mund so weit wie er es bei anderen Speisen niemals tat.
Felix hatte es die Nudelfabrik aus noch einem anderen Grund angetan. Ihn faszinierte schon als Winzling der Gabelstapler. „Muletto" war deshalb auch eines seiner ersten italienischen Worte und er fuhr, wann immer er die Chance dazu hatte, mit Mario Martelli damit durchs Dorf, um die großen LKW mit Pasta zu beladen.
Diese Zeiten sind allerdings vorbei. Heute geht alles über Speditionen und Importeure. Das Mehl wird jedoch noch in tonnenschweren Säcken angeliefert und durch das enge Gässchen wie früher mit dem Gabelstapler direkt in die Manufaktur gebracht.

Schon am zweiten Tag meiner Ankunft in der Toskana begann die Freundschaft zur Nudelmacherfamilie. Sie waren mir von Anfang an freundlich zugetan und deshalb empfinde ich eine große Zuneigung für sie.
Aus dem Bedürfnis, meinen Gästen die kleine Fabrik zu zeigen, hat sich die Idee entwickelt, dort Führungen zu machen. Das ist bis heute mein Steckenpferd geblieben, ich mache sie am liebsten selber und nehme mir fast eine Stunde Zeit, um nicht nur über Nudeln, sondern auch über Land, Leute und Kultur in der Toskana zu berichten. Unter anderem durch die Fernsehbeiträge und Zeitungsartikel, die ich organisiert habe, ist ein wahrer Boom auf die Gourmetnudeln losgegangen, und es wird jetzt noch viel mehr Pasta im Dorf verkauft.
Manchmal werden ganze Busladungen von nudelsüchtigen Touristen ausgekippt. Die Bewohner nehmen das noch gelassen hin. Erstens haben dann die Herren, die wie aufgefädelt vor der Bar sitzen, etwas zu schauen, und zweitens tragen die Touristen dazu bei, dass die kleinen Läden im Dorf erhalten bleiben, die sonst schwer ums Überleben kämpfen müssen.

Die Welt schreit mittlerweile nach den Martelli-Nudeln, aber dort geht alles seinen Gang wie eh und je. Denn das Geheimnis der Familie Martelli und ihrer Pasta ist die Langsamkeit.
Hier gilt hundertprozentig: Was man mit Liebe und Ruhe tut, das wird noch mal so gut.

War mir das am Anfang eher suspekt, so weiß ich heute, dass es hohe Lebensqualität bedeutet.

In den kleinen Produktionsraum kann ich mit den Gästen einfach hineingehen, unvorstellbar für deutsche Verhältnisse, und die Herstellung der Pasta direkt mit verfolgen. In den ersten Jahren lag immer noch der Hauskater auf der Trockenanlage und wärmte sich dort sein Fell. Man stelle sich vor, ein Tier in der Lebensmittelproduktion! Jetzt hat der Kater allerdings Hausverbot bekommen.

Betritt man die Pastamanufaktur, verschlägt es einem, vor allem im Sommer, fast den Atem. Es ist so heiß dort und es herrscht eine große Luftfeuchtigkeit, die für die Nudelherstellung unerlässlich ist.
Ganz langsam wird der Teig geknetet und kommt dann in feinen Strähnen aus der Bronzeform. Die Kinder staunen. Es sieht aus wie eine Frau mit langen blonden Spaghettihaaren, und ich habe nicht zu viel versprochen, wenn ich sage: „Jetzt machen wir die Sendung mit der Maus".
Langsam schaukeln die Spaghetti, auf Stangen zum Trocknen aufgehängt, an den Augen der sich freuenden Kinder und Gäste vorbei. Dino, nein, es ist kein Dinosaurier, versichere ich den Kindern, sondern so heißt einer der Martellibrüder wirklich, steht seit seinem 20. Lebensjahr, also seit über 45 Jahren, an seiner Nudelmaschine und macht tagein tagaus dieselben Handgriffe. Nebenbei liest er circa fünf verschiedene Tageszeitungen, studiert die neuesten Gourmetblätter, in denen seine Familie häufig vorkommt, und stürzt gelegentlich ans Telefon, das schrill klingelt und mit ziemlicher Wahrscheinlichkeit einen Unfall in der Gegend ankündigt. Er ist nicht nur der Boss der Nudelfabrik, sondern auch der Misericordia, dem lokalen Rettungsdienst, und er muss sich sofort auf die Ambulanza, den Rettungswagen, schwingen, wenn es klingelt. Dann übernimmt Sohn Luca das behäbige Nudelmaschinenmonster, das zuverlässig von morgens um 8 bis abends um 7 Uhr seinen Dienst versieht. Nur einmal habe ich es ausgehen sehen, das war während eines Gewitters. Ansonsten funktioniert die Technik aus den 60er Jahren einwandfrei, keine Elektronik, kein Schnickschnack. Ab und zu braucht sie mal etwas Öl oder einen neuen Keilriemen, das war's.
Die Martellis arbeiten trotz riesiger Nudelbestellungen seit Jahren mit großer Gelassenheit, immer zu einem Scherz oder Schwätzchen aufgelegt.
Auf dem schwülen, um die 30 Grad warmen Dachboden werden die Nudeln ganz langsam 50 Stunden lang getrocknet. Ein alter Ventilator fächelt ihnen gleichmäßig etwas Luft zu. Auf diese Weise fein getrocknet werden sie wieder vom Dachboden geholt und sorgfältig per Hand verpackt. Die bekannte gelbe

Packung wird zugenietet und ist fertig für den Versand nach Deutschland oder für die noch weitere Reise nach Japan, Indien oder Amerika.
Die Verpackung leitet Dinos Frau Lucia, immer ein freundliches Wort und ein Lächeln bereit, egal, wie viel es gerade zu tun gibt und obwohl schon wieder eine Gruppe Neugieriger im Weg herum steht. Laura, ihre Tochter und Lucas Schwester, ist stets fröhlich und fährt zum x-ten Mal die Martellikisten in den Laden von Michela, um dem Ansturm der Kunden wenigstens einigermaßen gerecht zu werden.
Als ich hier ankam standen die Nudeln ordentlich in den Regalen, und einige Einheimische kauften sie, obgleich sie mit 80 Cent pro Kilo schon damals eher teuer waren.
Heute ist der Preis, wenn auch immer noch gut, deutlich gestiegen. Es ist ein Schuldbekenntnis meinerseits, vielleicht habe ich zu viel Werbung gemacht. Die ganz Schlauen aber bestellen die Nudeln rechtzeitig vor dem Urlaub bei mir vor. Denn einmal Martelli, immer Martelli.

Auch Mario, der zweite Martellibruder, ist meistens im Verpackungsraum zu finden, gemeinsam mit seinem Sohn Lorenzo und seiner Tochter Chiara. Seine Frau Valeria fehlt uns allen sehr. Sie ist 2008 an Krebs gestorben. Ihren ruhigen, immer freundlichen Geist meine ich noch heute zu spüren. Valentina, die andere Tochter, bereist als Stewardess die Welt, und Guido, der Jüngste, ein zur Ruhe gekommener Punker, hat es vorgezogen, eine Automechanikerlehre zu machen.
Ansonsten arbeiten ausschließlich die sieben Martellifamilienmitglieder in der hauseigenen Fabrik, versammeln sich mittags am wenige Meter entfernten Esstisch im Wohnhaus, und, bis auf Lorenzo und Chiara, arbeiten und wohnen alle tagaus, tagein zusammen.

Ab und zu schaut Nonna Rosa vorbei, die Oma, oder Francesco und Federico, Chiaras Söhnchen und vielleicht würdige Martellibrüdernachfahren, machen die Nudelfabrik unsicher.
Ein wunderbares Beispiel für den Zusammenhalt einer italienischen Großfamilie, die mit amore e passione, mit viel Liebe und Leidenschaft, alte Traditionen pflegt.

Luca, Dinos Sohn, ist ebenfalls ein typisches Beispiel für den Familienzusammenhalt in Italien. Mit Ende Dreißig wohnt er noch zuhause, wie hier so üblich, und arbeitet im Familienbetrieb. Er hat zwar zunächst Geschichte studiert und ist ein ganz schlauer Kopf, hat es dann aber vorgezogen, oder es wurde von ihm erwartet, in den Schoß der Familie zurückzukehren und den Familienbetrieb weiter mitzuführen. Seit dem Jahr 2000 steht er jetzt schon an der Spaghettischneidemaschine und schlurft etwas gelangweilt durch die Gegend, aber ich glaube, er liebt seine Arbeit und auch die Abwechslung, die die Gästebesuche mit sich bringen.

Eines Tages machte er mir ein Geschenk der besonderen Art, eine Uniform von einem NVA-Offizier und verschiedene Militärutensilien aus der DDR.
Da denkt man, die Vergangenheit ist ein für allemal vorbei, und plötzlich holt sie einen hinterrücks in einem kleinen toskanischen Dorf wieder ein.
Felix lief dann mit einer Originalspatentasche herum, dazu ein NVA-Käppi mit DDR-Emblem und einer Krawatte von der Staatssicherheit. Ich bekam deren blaue langen Handschuhe und die besagte Uniform mit dicken hellbraunen Lederhosenträgern.
Meine Gäste, die sich an den Spaghetti erfreuen, die aus seiner Maschine fliegen, fragt er immer, ob sie aus dem Westen oder Osten kommen. Sagen sie etwas (warum auch immer) verschämt: „Osten", fangen seine Augen an zu leuchten. Er fragt weiter, ob sie denn bei der NVA oder gar Staatssicherheit (hat komischerweise noch nie jemand zugegeben) waren und kann immer gar nicht verstehen, dass das nicht so begehrt war. Er ist ganz wild auf einen Stahlhelm, aber ich weigere mich, ihm einen mitzubringen, nicht nur wegen des Gepäcklimits bei Flügen.
Luca Martelli will auch immer wissen, aus welcher Stadt meine Gäste stammen und er erzählt ihnen dann etwas über ihre Heimat oder er surft sofort im Internet, wenn er etwas nicht weiß, zum Beispiel woher Berlin seinen Namen hat, von „Bärenfeld" gibt er dann bekannt. Es passiert auch, das wir das Fliegerlied von DJ Ötzi oder ein deutsches Volkslied mit ihm singen. Auch deutsche Volksmusik von Andrea Berg, mir bis dahin völlig unbekannt, hat er mir nahe gebracht.
Ein bisschen Spaß muss sein.

Ja, auf Ostvergangenheit in einem winzigen toskanischen Dorf zu treffen, ist schon eigenartig.
Unter der Brücke in Ponsacco stehen manchmal Polen, die allerlei Krimskrams verkaufen. Dort kann man gelegentlich irgendwelche Medaillen, Abzeichen, Fotos von Mussolini und Hitler neben dem Bild vom Papst sehen. Die Dramen der Weltgeschichte werden so zu einem skurrilen Sammelsurium.
Auch in meinem Leben, wenn ich mich in einem Drama verwickelt sah, dachte ich manchmal: In ein paar Jahren wird sich das Ganze, das jetzt so schrecklich erscheint, auf ein paar Sätze reduzieren lassen: „Ich hatte zwei große Lieben, meinen ersten Mann und meinen Schulfreund, und dann war da noch der Vater meines Kindes, mit dem ich in die Toskana auswandern wollte, der mich betrogen hat, und so ich bin allein in der Toskana gelandet."

Martelli's Lieblingsrezepte

Ricette preferite della famiglia Martelli

Familie Martelli hat mir ihre Familienlieblingsrezepte verraten, jeweils eines für eine der vier Nudelsorten, die sie herstellen. Die Zutaten sind für 4–5 Personen gerechnet. Und das Geheimnis der italienischen Küche ist längst bekannt: ganz frische Zutaten und bestes Olivenöl.

So kocht man Martellinudeln typisch italienisch:

- 100 g Pasta auf 1 l Wasser (man rechnet für 1 Person 80 bis 100 g
- Nudeln)
- Salz erst ins Wasser geben, wenn es kocht
- Nudeln nicht abschrecken
- Die Soße, der sugo, wird immer in einer großen Pfanne, am besten mit hohem Rand, stundenlang geköchelt
- Die Pasta wird nach dem Kochen in die Soße gegeben, alles gut vermischen und dann servieren

PESTO ROSSO PER SPAGHETTI, rotes Pesto für Spaghetti

Zutaten: 1 Knoblauchzehe, 1 kleine Peperonischote (kann man auch weglassen, falls zu scharf), 1 Bund Basilikum, 1 Esslöffel Tomatenmarkkonzentrat, 1 Teelöffel Sardinienpaste (pasta d`acciughe aus der Tube), 100 g geriebener Parmesan (oder Grana padano), Olivenöl

Zubereitung (kalt): Knoblauch, Peperoni und Basilikum zerkleinern und in eine große Pastaschüssel geben, die anderen Zutaten dazugeben und alles gut verrühren, die Spaghetti kochen und etwas von dem Nudelwasser in die Soßenschüssel geben. Pasta unterheben und servieren.

SUGO AGLI AROMI PER LE PENNE CLASSICHE – Kräutersoße für Penne

Zutaten: 5 mittelgroße Knoblauchzehen und 1 mittelgroße weiße Zwiebel, 1 Rosmarinzweig, 1 Bund Petersilie, 10 Salbeiblätter, ganz wenig Oregano, 500 g pürierte Tomaten, Olivenöl, 100 g Sahne (panna da cucina), Salz, Pfeffer, Parmesan

Zubereitung: In eine große Pfanne, in der später auch die Pasta geschwenkt wird, Olivenöl geben und darin feine Knoblauch- und Zwiebelwürfelchen glasig dünsten, in der Zwischenzeit Petersilie, Salbei, Rosmarin und Oregano ganz fein hacken (wiegen) und dazugeben, salzen und circa 5 Minuten weiter köcheln lassen, Tomatenpüree dazu und gut einkochen lassen, dann die Sahne unterrühren. Die Penne kochen und etwas vom Nudelwasser in die Soße tun. Penne abgießen und in die Soße geben. Auf Wunsch mit Parmesan abschmecken. Pronto! Fertig!

SPAGHETTINI AL NERO DI SEPPIA – Spaghettini in schwarzer Tinte

Dazu braucht es etwas mehr Mut und wenn Sie das Gericht mit Kindern kochen, sollten Sie sie seelisch und moralisch darauf vorbereiten. Auch diese wunderbare Pasta kocht man am Besten vor Ort und kauft den Tintenfisch mittwochs oder freitags gegen Mittag fangfrisch auf der Piazza in Lari oder bei Alberto in Casciana Terme.

Zutaten: ein frischer Tintenfisch (seppia fresca), circa 500 g schwer mit Tintenbeutel drin, 3 Frühlingszwiebeln (kleine Zwiebeln mit Lauch, cipolline) 1 reife Tomate, Olivenöl, Peperoni, zerkleinerte Petersilie, Salz

Zubereitung: den Tintenfisch putzen und den kleinen Tintenbeutel sorgfältig aufheben (Achtung färbt stark, deshalb sehr, sehr vorsichtig damit sein), die Tinte (ergibt circa eine kleine Kaffeetasse) wird später in der Brühe aufgelöst, den Tintenfisch in kleine Scheiben schneiden, in eine große Pfanne Öl, zerkleinerte Lauchzwiebeln und Peperoni geben, kleingewürfelte Tomaten und Tintenfischscheibchen dazu, salzen und auf kleinem Feuer weiter köcheln, bis der Tintenfisch weich ist. Dann die Tinte dazu geben. In der Zwischenzeit die Spaghettini al dente (nicht länger als 4 oder 5 Minuten) kochen, denn sie müssen die schwarze Soße gut aufnehmen, in die sie gegeben werden, um fertig zu kochen.
Gut vermischen und mit Petersilie bestreuen.

MACCHERONI ALLA TOSCANA – Makkaroni nach Toskanaart

Zutaten: 350 g Makkaroni, 200 g Bauchspeck vom Schwein (pancetta di maiale), 1 mittelgroße Zwiebel, 2 Scheiben Brot (circa 100 g), 12 kleine Kirschtomaten, Parmesan, Olivenöl, Salz, Peperoni

Zubereitung: In einer großen Pfanne, in der später auch die Nudeln Platz haben, Öl, Peperoni und Kirschtomatenhälften geben, köcheln lassen, bis sie weich sind. In einer anderen Pfanne mit reichlich Öl die grob gewürfelte Zwiebel rösten, den Bauchspeck dazu geben und glasig dünsten, das Brot in

Würfel schneiden, auch dazu und goldbraun rösten. Makkaroni al dente kochen und zusammen mit den Tomaten fertig köcheln. Gut umrühren und vor dem Servieren die anderen Zutaten draufgeben. Auf jeden Teller extra Parmesan darüber reiben.

E buon appetito!

Übrigens, wenn Sie des Italienischen nicht allzu mächtig sind und trotzdem ausdrücken möchten, dass es Ihnen richtig gut schmeckt, geht das auch ohne große Worte: Einfach den rechten Zeigefinger in die Wange auf Mundhöhe bohren und drehen (bitte nicht zu weit oben Richtung Schläfe und auch nicht den Mittelfinger benutzen, das könnte schlecht ausgehen ...) oder sich genüsslich den Bauch reiben, das versteht auch jeder.
Allerdings wenn man einen Löffel für die Spaghetti verlangt, könnte das auf Unverständnis stoßen, denn der Italiener dreht die Spaghetti langsam am Tellerrand auf die Gabel und benutzt deshalb keinen Löffel. Der Trick ist, am Anfang nicht zu viele Spaghetti aus dem „Haufen“ zu ziehen, dann lassen sie sich bequem aufwickeln.
Und bei der Führung in der Nudelfabrik lehre ich noch eine ganz besondere Technik zum Nudeln essen, die ich aber hier nicht verrate. Das hole ich dann hier vor Ort nach.

Die Bewohner von Lari

I Larigiani

In Lari scheinen alle miteinander verwandt zu sein. Jeder kennt jeden und alle wissen alles über jeden. Für manche hört sich das erschreckend an, ich empfinde es eigentlich als angenehm. Nein, hier anonym zu bleiben, das geht so gut wie gar nicht. Wer sich jedoch nicht integrieren will, der hat auch seine Ruhe. Immer noch ist es so, dass mich mehr Menschen kennen als ich sie. Immer noch geschieht es, dass mich jemand ganz freundlich grüßt und ich nicht weiß, wer es ist. Nur ganz wenige grüßen mich bis heute nicht. Die meisten sind, nachdem sie ihre anfängliche Skepsis und Scheu verloren und eventuelle Vorurteile aufgegeben haben, ausgesprochen freundlich.

Meine Erfahrung ist dennoch, dass die italienischen Familien es vorziehen, unter sich zu bleiben, und es schwer ist, wirklich Anschluss zu finden. Das merke ich besonders in dem Dorf wo wir jetzt wohnen, das nochmal viel kleiner als Lari ist. Bei uns sind mittlerweile Freundschaften oft wichtiger als die Familie, die meist weit entfernt lebt. Und so haben wir unsere Freunde während hier fast alles in der Familie ausgetragen wird und auch Probleme eigentlich nur dort besprochen werden. Meine besten Freunde sind nach wie vor, leider, Deutsche, Schweizer und Österreicher. Klar, ich kenne unheimlich viele Leute, aber Freunde, mit denen man durch dick und dünn geht, die findet man heute und hier nur schwer.

Jedenfalls mag ich es sehr, ins Dorf zu gehen. Das ist, zugegebenermaßen, immer etwas zeitaufwendig, da man sich natürlich einem Schwätzchen hier und einem da nicht entziehen kann. Aber gerade das macht es ja so nett.

Zum Fleischer gehe ich auch längst wieder. Das Vegetariersein habe ich angesichts der guten Sachen hier längst aufgegeben, und auf meinen Schinken kann ich auch gut aufpassen. In dem Fleischerladen bedient mittlerweile Simone, der Sohn von Dino (ja, richtig, hier ist Simone ebenso ein männlicher Vorname wie Andrea und Nicola) gemeinsam mit seiner liebenswürdigen Frau Barbara. Sie spricht sehr gut englisch, und so kommt sie auch mit ausländischen Kunden gut klar. Ich schwöre auf „meine" Fleischer (ich meine die Fleischerläden). Anfangs war ich zwar schockiert, wenn die Kuh- und Schweinehälften auf der Straße ausgeladen und anschließend im Laden aufgehängt wurden. Da muss man dann aufpassen, dass man nicht an das kühle Fleisch stößt, womöglich von einer schaukelnden Schweinehälfte umgehauen wird, an einem Fleischerhaken hängen bleibt oder auf dem Blut auf dem Fußboden

ausrutscht. Genauso suspekt waren mir die toten Hühner, die komplett mit Kopf und Füssen in den Vitrinen liegen.
Mittlerweile habe ich mich daran gewöhnt und finde es inzwischen befremdlich, im Supermarkt in Frischhaltefolie eingepacktes Fleisch zu kaufen, von dem ich nicht weiß, woher es kommt und wie die Tiere gehalten wurden. Ich gehe immer mehr dazu über, möglichst nur Bioprodukte aus der Region zu kaufen. Das ist vielleicht das Stück Lebensqualität, das ich hier am Meisten schätze: Frischer Käse vom Schäfer, 100% natürliche Kosmetik mit dem Olivenöl unseres Freundes Gianluigi, Obst und Gemüse von Biocolombini, Wein aus den besten Weingütern der Gegend, Öl von Kerstin und Alessandro, Fleisch und Wurst aus dem Dorf. Zwar haben auch die Tiere von Simone keine Namen mehr, aber ich weiß genau, woher sie kommen, dass sie nicht im Stall stehen, sondern auf saftigen Wiesen grasen und jedes Tier sorgsam behandelt wird. Es ist Biofleisch, wenn auch ohne Zertifikat. „Unsere Kunden wissen genau, dass das Fleisch erste Wahl ist. Würden wir das Biozertifikat offiziell erwerben, kostet uns das und somit auch dem Kunden das Doppelte ...“

Leckerer Schinken!

Von der Decke baumeln in der kühleren Jahreszeit die Schinken. Sie werden mit Salz und Knoblauch haltbar gemacht und reifen ein halbes Jahr, bevor sie

verkauft werden. Manche Gäste nehmen sich einen ganzen Schinken mit nach Hause. Er hält sich wunderbar im Kühlschrank, eingewickelt in ein Baumwolltuch.
Frisches Hirn bekomme ich hier auch noch und muss keine Angst vor BSE haben.

Die Weihnachtsgans hingegen kaufe ich bei David, dem anderen Fleischer. Mittlerweile weiß er, dass ich darauf bestehe, sie ausgenommen und ohne Kopf und Füße entgegen zu nehmen. Das hatte ich ihm im ersten Jahr auch gesagt. Ein wahres Grausen erfasste mich, als ich dann in die Tüte schaute und die Gans schaute zurück, mir Kopf und Füße entgegenstreckend und noch ziemlich behaart, mit Federkielen, meine ich. Was tun damit? War ich doch gerade erst wieder unter die Fleischfresser gegangen!
Federkiele brennt man am besten über dem Feuer ab, hatte ich mal gehört. Oh Gott, was für ein Gestank! Und bei den Innereien muss man aufpassen, dass man die Galle nicht zerstört, sonst kann man alles wegwerfen, weil es dann eben gallebitter schmeckt. Aber was ist nun die Galle, ah ja, die sieht grün aus, und wie kriege ich die da raus, und kann ich den Magen mit kochen, und was mache ich, verdammt nochmal, mit dem Kopf und den Füßen? Okay, mittlerweile weiß ich, wie das alles geht, und ich bin überzeugter Fleischesser, ist auch einfach alles zu lecker hier.

Die Pasta von den Martellis verkauft Michela gemeinsam mit ihrem Bruder Ivan und ihren Eltern Grazia und Luciano in der Bar „La bottega delle specialitá", über der „Guido Meini" steht. Am besten gefällt mir die alte Ladeneinrichtung. Sie stammt noch aus der Zeit, als der Laden der Likörfabrik Meini in Lari gehörte. Die Likörfabrik gibt es immer noch. Sie befindet sich am Dorfausgang Richtung Casciana Terme auf der linken Seite. Dort kann man bei Elena auch die Liköre probieren und kaufen, die man bei Michela schon entdeckt hat. Der Kirschlikör (auf Eis im Sommer) und der Kräuterschnaps M 74 (nach einem toskanischen Menü) sind eine Wucht. Sie werden aus puren Kräutern und Fruchtsäften hergestellt, ganz natürlich und ohne Aromen. Das macht sie so besonders.
Im Regal bei Michela stehen bei den Likören große Gläser mit bunten „caramelle", Bonbons, die in allen Farben lose verkauft werden. Am liebsten mag ich die „caramelle gomose", die Geleebonbons.
Daneben befinden sich große Teedosen und auf dem Tresen die riesige Kaffeemaschine, die den besten Kaffee und Cappuccino in Lari produziert. Die Kaffeebohnen kommen frisch von einer Kaffeerösterei aus Livorno, das schmeckt man.

Michela ist eine junge, freundliche Frau die sich von nichts aus der Ruhe bringen lässt, auch nicht von jenen Leuten, die ihren Laden auf der Suche nach Martelli-Pasta stürmen.
Ansonsten bekommt man dort auch Batterien, Telefonkarten, Briefmarken, Seife, kleine Geschenke, Trüffelprodukte, Nudelsoßen, eine gute Auswahl an Wein, Grappa, Vin Santo, eben alles, was in eine richtige italienische Bar gehört. Unbedingt erwähnenswert ist auch die Schokolade von Amadei, einem kleinen Familienbetrieb in Pontedera, 15 km entfernt. Eine von den 20 verschiedenen Sorten wurde gerade mit der Auszeichnung „beste Schokolade der Welt“ versehen! Über diese Familiengeschichte wird wohl in meinem nächsten Buch zu lesen sein.

Gegenüber die Bar „Il Ponte“ von Sara, kleiner, aber auch sehr nett. Auf den Freisitzen kann man gut ausspannen und Menschen beobachten. Bei Michela hingegen spielt sich eher das ganz normale Dorfleben ab. Dort ist unser Kauz Roberto, der Violinenbauer, schon früh morgens beim Weinchen zu finden. Nedo, mit dem ich ein Schwein auseinander genommen und Wein gepresst habe, lehnt an der Theke, Silvano trinkt seinen caffè, nimmt also sein Frühstück zu sich, während die älteren Damen und Herren ihr Schwätzchen halten oder Zeitung lesen.
Als ich hier ankam, war das der Laden von Katia, einer lieben alten Dame. Sie steckte Felix immer Bonbons zu, die sie aus den großen Gläsern angelte. In der Bar auf der Piazza bekam er dazu noch Eis, und ich sah den Zuckerkonsum meines Söhnchens mit Skepsis steigen. Hier fragt man nicht etwa zuerst die Mutter, ob das Kind etwas Süßes haben darf, sondern es wird gnadenlos vollgestopft. Und Felix wusste sehr schnell, wo er was bekam.

Neben Michela, bei Massimiliano im Lebensmittelladen, findet man „un`altra cosa fantastica“, etwas anderes Schönes, nämlich die älteste Pastasorte der Welt. Schon die alten Römer aßen „Testarolo“, einen 50 cm im Durchmesser und 5 mm flachen, auf einer Art Crepes-Platte vorgebackenen Nudelteig. Man schneidet ihn in kleine zentimetergroße Quadrate, wunderbar als „Kinderarbeit“ geeignet, und lässt sie dann ganz kurz für 2–3 Minuten in Wasser ziehen, das gekocht hat und ausgestellt wurde. Sehr lecker, witzig und genial ... Ich bin mir sicher, nicht mal Gourmets kennen diese Pasta, und so platt wie sie ist, passt sie auch in jeden Koffer. Hergestellt wird sie übrigens ganz frisch in der Nähe, in den apuanischen Alpen, und sie schmeckt besonders gut mit einem frischen Pesto. Pesto kann man ganz leicht selbst machen aus Pinienkernen, Knoblauch, Basilikum, Pecorino romano (Hartkäse aus Schafsmilch) und gutem Olivenöl oder man kauft es direkt bei Massimiliano dazu.

Neben Bar und Fleischer liegt die Boutique von Miriam. Sie hat einfach wunderbare Sachen, und ich kaufe fast alle meine Klamotten bei ihr. Das meiste davon wird in Italien hergestellt und ist Markenware zu guten Preisen, vor allem wenn ab Anfang Januar und ab Ende Juni die „saldi“, die Schlussverkäufe, losgehen. Sie kann alles relativ günstig anbieten, denn ihre Ladenmiete in dem Dorf ist recht niedrig.
Miriam hat oft ihren tesoruccio, ihr Schätzchen, dabei, das ist ihr Enkel Gab riel. Ja, so ist das, wenn die Mütter arbeiten und die Omas ebenso. Da werden die Kinder halt mitgenommen und sind ganz selbstverständlich im Alltagsgeschehen dabei. Vor allem in den Schulferien ist das fast überall zu beobachten.

Weiter vorn, direkt an der Ecke der Piazza, ist der Blumenladen von Simonetta. Nicht einfach, meinen Gästen zu erklären, dass hier bei Hochzeiten die Blumen plötzlich das Doppelte kosten oder wenn Feiertage bevor stehen, wie zum Beispiel am Valentinstag, an Ostern und Weihnachten, zu denen man sich ebenfalls gern Blumen schenkt. Bei uns gibt es dann Sonderangebote und hier wird ganz selbstverständlich aufgeschlagen. Sieht man allerdings die liebevollen Kreationen von Simonetta, vergisst man den Preis und erfreut sich einfach nur an den Blumen. Auch bekannt im Dorf sind Simonetta's hellsichtige Fähigkeiten. Sie ist mehrmals der Seele von Rosso della Paola, die auf dem Castello herum geistert(e), persönlich begegnet. Doch dazu später mehr.

Biegt man nach links Richtung Nudelfabrik ab (wohl bemerkt, wir sprechen hier von Entfernungen zwischen ein und zehn Metern), sieht man das Eckgeschäft von Giovanni, dem Juwelier. Er verkauft herrlichen Schmuck. Besonders gefallen mir die Uhren. Aber bislang hat es bei mir nur dafür gereicht, Batterien auswechseln oder Reparaturen erledigen zu lassen. Goldschmuck ist bei ihm allerdings um einiges günstiger als in Deutschland. Woran das liegt, weiß ich nicht, aber wenn ich Angebote für Eheringe für meine Brautpärchen einhole, dann kosten diese nicht mal die Hälfte. Bin ich dort, schwatzen wir über unsere etwa gleichaltrigen Kinder. Auch er hat drei, davon ein Zwillingspärchen. Es gibt immer eine große Show, wenn sie ins Dorf kommen.
Das gibt es allerdings mit fast allen Kindern. Es fällt auf, wie kinderfreundlich die Italiener sind. Den Kleinen werden viele Komplimente gemacht, und wenn sie sich schlecht benehmen, versucht man, sie aufzumuntern oder es wird einfach darüber hinweg gesehen, keiner guckt schief. Das empfinde ich als Mutter dreier wilder Kerle als sehr, sehr angenehm.
Schade nur, dass die Italiener keine Kinder mehr machen. In der europäischen Statistik sind sie an letzter Stelle. Das ist traurig und beunruhigend, aber auch nachzuvollziehen. Mütter und Großmütter müssen heute meist arbeiten, Kinderkrippen sind teuer und die mehr als drei Monate Kindergarten- und

Schulferien pro Jahr ein Riesenproblem. Die Ganztagsschule hat man gerade abgeschafft und außerdem gibt es kaum staatliche Unterstützung für Familien mit Kindern.
Was dann aber mal aus der Wirtschaftskraft Nummer eins in Italien, aus den 100.000en kleinen Familienbetrieben werden soll, ohne den bisher so zahlreichen Nachwuchs, das sehe ich mit großer Besorgnis.

Auf dem Weg zu Martellis kommt man an Cristinas Friseursalon vorbei, meiner Friseurin und mittlerweile ein Geheimtipp bei meinen Gästen. Manche warten extra bis zu ihrem Urlaub darauf, um sich endlich wieder von ihr die Haare machen zu lassen. Sie holt Preise in Mailand, fährt nach London, um sich die neuesten Looks abzuschauen, bringt eine Bräunungsmaschine auf Aloe-Vera-Basis aus Spanien mit, und sie behandelt die älteren Signore, die älteren Damen, denen sie die silbergrauen Löckchen in Dauerwellen legt, genauso hinreißend freundlich, wie die jungen Mädels, die sich die Haare verlängern lassen oder die aufgeregten Bräute aus dem Ausland. Trotz ihrer herausragenden Fähigkeiten ist sie ihrem Dorf treu geblieben.

Nebenan hat Antonella ihre Farmacia, ihre Apotheke, mittlerweile der größte Laden in Lari und leider für meine Begriffe viel zu spärlich mit Natur- und homöopathischen Produkten ausgestattet. Die Dottoressa, die Frau Doktor, war lange Chefin des hiesigen Proloco-Kulturverein, eine Art Heimatverein, und ihr oblagen die Vorbereitung und Ausführung der weithin bekannten Sagra delle Ciliege, des Kirschenfestes, das jeweils am letzten Mai- und ersten Juniwochenende in Lari stattfindet, und des Presepio Vivente, des lebendigen Krippenspiels, am 26. Dezember jeden Jahres. Feste, die wir über alles lieben.

Geht man weiter, unterhalb der Castellomauer und vorbei an der Nudelfabrik, kommt man auf eine weitere kleine Piazza, einen kleinen Platz, an dem rechts ein Weinfass steht. Dort befindet sich die Enoteca „il violino rosso", die kleine Weinstube von Lari, und die MUSS man besuchen, wenn man in Lari ist. Junge Leute haben sie übernommen und es kann sein, dass man zu kulinarischen kleinen Leckerbissen und gutem Wein auch noch Gitarren- oder Klaviermusik zu hören bekommt.
Nebenan hat Roberto seine kleine Violinenwerkstatt. Da er vorher der Besitzer der Enoteca war, hat sie ihm auch ihren Namen zu verdanken.

Folgt man der Straße unter dem Castello, trifft man gleich links auf Mircos Musikaufnahmestudio von nationalem Rang, dass die Künstler wegen seiner Lage in diesem Dörfchen sehr lieben. Mirco ist blind. Das Jagdgewehr seines

Großvaters stand geladen im Schrank und die 3 Geschwister wollten Jagd spielen ...
Ich mag ihn sehr, er ist ein starker, glücklicher Mensch.

Als nächstes kommt man dann an der Gemeinde vorbei. Vorsicht, dort riecht es nach eingeschlafenen Füßen. Ehrlich gesagt schmolle ich mit dem Bürgermeister, dem der internationale Tourismus ziemlich egal ist. Mehrmals habe ich ihm interessante Projekte vorgeschlagen, eine Städtepartnerschaft, eine Zusammenarbeit und ein Tourismusbüro. Aber staatliche und private Aktivitäten lassen sich angeblich nicht vereinen.

Daneben steht die große Dorfkirche, die innen eher schlicht aber sehr schön ist, und zwischen Gemeinde und Kirche befindet sich das Theater. In Lari lebt die älteste Schauspielerfamilie Italiens. Nonna Enza mit über 80 Jahren steht immer noch auf der Bühne, mit ihr alle ihrer 4 Kinder. Sie wurden jeweils in unterschiedlichen Orten geboren, denn die Schauspielerfamilie war jahrzehntelang auf Wanderschaft, bis sie sich dann in Lari niederließ. Das Theater in Lari wurde von ihnen in Eigenarbeit restauriert und erfreut Groß und Klein mit Trommelkursen, Theateraufführungen und Konzertabenden. Loris, einer von Enzas Söhnen, ist auch für die Ausgestaltung des Theater- und Musiksommers in Lari zuständig.
Wenn ich etwas zu entscheiden hätte, dann würden sie auf den ganz großen Bühnen Europas stehen. Ich bin einfach voller Bewunderung für die ganze Gruppe. „Scenica Frammenti“ nennt sie sich, und von der Großmama über Tanten, Onkel, bis zu den Kindern und Enkelkindern spielen fast alle mit. Wieder ein großartiges Beispiel dafür, was eine Familie, wenn sie zusammen hält, alles erreichen kann. Ich gehöre zu ihren größten Fans. In den ersten Jahren waren die „spettacoli“, die Aufführungen, immer gratis, heutzutage bekommen sie immer weniger Förderung von der Gemeinde und müssen somit Eintritt verlangen. Es gibt kaum etwas Schöneres als Theater, Musik, Ballett oder Kino an lauen Sommerabenden auf unserer Piazza. Alle sind mit Kind und Kegel dabei. Die Kleinen gehören, wie überall in Italien, bis weit nach Mitternacht dazu. Solange sie durchhalten, schauen sie begeistert zu, tanzen oder wackeln müde herum, bis sie dann in den Kinderwägen abgelegt werden oder im Arm von Mama, Babbo (toskanisch für Papa), Nonna, Oma, oder Nonno, Opa, einschlafen und von all dem Lärm um sie herum nichts mehr mitbekommen.
Oder Theater vor der Kulisse des Castellos! Da freilich sollte man des Italienischen mächtig sein. Dann erst macht es richtig Spaß.
Jedes Jahr kann ich es kaum erwarten, bis wir wieder auf der Piazza sind. In den dreieinhalb Sommermonaten, in denen keine Schule ist, werden und wir

allesamt zu Nachtschwärmern. Schlagartig ändern sich dann das Leben und die Tagesabläufe.

Auf der Piazza hat auch Alessandra ihr Restaurant, die „Antica Osteria al Castello“, zusammen mit ihrem erheblich älteren Fidanzato, Verlobten, Valerio. Mir fehlt das Café, das sie früher dort betrieben hat, mit Blick auf das Castello. Es hatte mehr als 200 Jahre Tradition, war eines meiner Lieblingsplätze, und nicht nur meiner. Nie hätte die Gemeinde es zulassen dürfen, es in ein Restaurant umzuwandeln und die Freisitze auf der Piazza zu räumen.
Dennoch, Alessandra führt ihr eher nobles Restaurant mit viel Liebe. Dort wird mit Martellinudeln gekocht und so manch anderes, eher ausgefallene Gericht, wie „selbstgemachte Nudeln mit Ringeltaube“ oder „Singdrossel mit Schwein und schwarzen Oliven“ steht auf dem Speiseplan. Und unter den Arkaden lässt sich der Anblick der Burg auch immer noch bewundern.

Direkt daneben befindet sich auf der Piazza Cristinas Pendant, Massimo, der junge Herrenfriseur. Er gehört ebenfalls zu jenen, bei denen man sich fragt, warum bleibt er hier mit seinen Fähigkeiten auf dem Dorf? Aber wir sind natürlich alle sehr froh, dass wir ihn haben. Rasieren mit Seife und Pinsel, schneiden, färben, föhnen? Volentieri, sehr gern. Und für die Kinder ein Stuhl in Pferdeform, einfach hinreißend.

Direkt an der Piazza ist das Lebensmittelgeschäft von Alessandra und Donatella, die ganz darin aufgehen, den kleinen Laden zu führen. Auch bei ihnen geht es meist etwas langsam zu, und man sollte Zeit mitbringen. Meine Favoriten dort: die Käsesorten, fast alle aus der Region und es gibt oft Sonderangebote, und die hauchdünne Schiacchiata (sprich skiatschata, mit Olivenöl gebackenes Fladenbrot, normalerweise 1–3 cm dick, in diesem Fall 1–3 mm). Der Teil, der fast verbrannt aussieht, schmeckt am besten; Kinder mögen das Brot ganz besonders.

Zum Glück haben wir auch so nützliche Einrichtungen wie Bank und Post in Lari. Die befinden sich eine Lage tiefer, das heißt nicht unterhalb von der Burgmauer, sondern unterhalb der „Stadtmauer“. Post und Bank versuche ich tunlichst zu meiden, denn selbst wenn dort niemand oder nur eine Person steht, kann es sein, dass man eine halbe Stunde kostbarer Zeit verliert.

In der Cassa di Risparmio di Volterra sitzt Martina hinter dem Panzerglas am Schalter, und ich freue mich immer über ihre Geduld und Hilfsbereitschaft, wenn der Bancomat, der Geldautomat, wieder mal nicht funktioniert oder meine Karte verspeist hat, weil ich mal wieder zu langsam war, oder wenn ich mich aufrege, weil mir die Bank 40 Euro abzieht, bloß weil ich mein Konto um ein paar Euro überzogen habe. Auch meine Gäste schicke ich zu ihr, wenn ihnen der zehnte Geldautomat bei drei verfügbaren Kreditkarten sagt, die Geheimzahl wäre falsch und sie völlig mittellos in Italien lässt. Ja, mit solchen Spielchen kann man sich hier ausgiebig vergnügen.

Gegenüber von der Bank in der alten Burgmauer hat der über 85jährige Cesare seine Autowerkstatt. Was wären wir ohne ihn! Er ist mir so ans Herz gewachsen. Für viele Jahre durfte ich mein Auto, für das sich selten ein Parkplatz fand, bei ihm abstellen, und er hat es mir eingeparkt, sobald eine Lücke frei wurde. Sein Alter sieht man ihm nicht an, er ist frisch wie eh und je und immer zum Spaßen aufgelegt.
Mit seiner Frau Renata ist er seit fast 70 Jahren zusammen, unglaublich.
Er erzählt mir viel über die alten Zeiten, als im Bankgebäude noch das Kommando der Deutschen untergebracht war und auf der Piazza vor Robertos Violinenwerkstatt ein deutscher Panzer stand. Mehr passten da zum Glück nicht hin.
Auf die Malediven möchte er mit mir in den Urlaub fahren, scherzt er. Nix Malediven, maximal zwischen Oliven würde ich mit ihm wandeln und seinen Erzählungen lauschen. Der liebe Gott möge ihn uns noch lange erhalten.

Wir haben auch einen Bäcker in Lari, aber da sind wir bei einem ganz wunden Punkt von mir angelangt. Bitte, bitte, schickt mir einen mutigen deutschen Bäcker, der hier einen Laden aufmacht. Zu meinem Glück fehlen mir noch knackige Brötchen, frisches Vollkornbrot, am liebsten mit Kürbiskernen, und natürlich ... Sahnetorten!!! Was gäbe ich für ein Kaffeekränzchen nachmittags mit Sahnetorte, Windbeuteln und Rumkugeln. Ja, manchmal nehmen die Gelüste so fernab der Heimat merkwürdige Formen an.
Das brachte mich eines Tages sogar so weit, einem deutschen Bäcker mit unglaublichem Aufwand Wohnung und Arbeit zu besorgen. Und es gab weder ein Dankeschön noch die Sahnetorte, die ich doch schon zum rein Beißen in meinem Träumen vor mir gesehen hatte.
Aber ich schweife ab. Den Bäckerladen erkennt man an dem dunkelroten ovalen Schild an der Tür, und auch da bitte beim Betreten nicht den Unterkiefer herunter klappen lassen, denn das hier ist ein italienischer Bäcker. Von den 40 Brotsorten, die angeblich das alte Rom schon gekannt hat, sind nur wenige klägliche übrig geblieben. Die allerdings sind ausgesprochen lecker. Und auch, dass sie alle ausschließlich aus hellem Weizenmehl sind, kann der Urlauber ja vielleicht mal 14 Tage verkraften. Sollte es zu Verdauungsstörungen oder gar Darmverschluss kommen, so ist das nächste Krankenhaus 15 Kilometer

entfernt, aber dem Thema Gesundheit werde ich mich an späterer Stelle widmen.
Schiacchiata, das Fladenbrot, gibt es hier natürlich ofenfrisch und muss probiert werden.
Ab und zu gibt es Rosinenbrötchen und kleine runde in Olivenöl gebackene Brötchen, sehr lecker, und Weißbrot in verschiedenen Formen, Weißbrot, Weißbrot, Weißbrot ... Das war es schon. Der Ausländer sollte übrigens besser „pane con sale" oder „pane salato", gesalzenes Brot, verlangen, sonst könnte es passieren, dass er das Ungesalzene bekommt, und das schmeckt wirklich nicht oder nur zu den recht salzigen Wurstaufschnitten, Schinken oder Oliven.

Die Gäste, die mir etwas Gutes tun wollen, versorgen mich großzügig mit deutschem Quark, Knackwurst, Weißwein, Apfelmus und Vollkornbrot. Das ist für mich ein wahres Glück, und ich wähle jedes Jahr das beste Brot Deutschlands. Im Moment liegt das Biobackwerk Springer Hamburg an erster Stelle. Man kommt schon auf eigenartige Ideen, wenn man in einer anderen Kultur lebt. Aber es gibt hier endlich auch „Lidl" und „Penny", dort lässt sich notfalls Brotmehl kaufen. Auch „Leberwurst" können meine Kinder seitdem korrekt aussprechen.
Jedenfalls macht ein italienischer Bäcker tendenziell nicht vor 9 auf, denn Brot wird eigentlich erst zur Mittagszeit gebraucht.
Für einen deutschen Bäcker könnten diese Öffnungszeiten vielleicht ein zusätzlicher Anreiz sein, sich hier niederzulassen.

Im Nachbarort Casciana Terme öffnet der Bäcker am Busparkplatz aber bereits um 7.30 Uhr und man kann sich alle Zutaten für ein ordentliches Frühstück besorgen. Dort gibt es ein Brot, hergestellt durch „lievitazione naturale", durch natürliche Gärung. Das schmeckt richtig lecker.
Zum Frühstück gibt es hier landesüblich in Milch eingetunkte Kekse (hat mein Opa allerdings auch in Deutschland zum Frühstück gegessen, als er keine Zähne mehr hatte), oder irgendein süßes Teilchen in der Bar zum Cappuccino. Das geht alles ganz schnell. Aber ich bitte immer um Verständnis, denn wer abends isst wie ein Italiener, kann morgens unmöglich frühstücken wie ein Deutscher!
In Deutschland gibt es deshalb für mich nichts Schöneres, als ausgiebig zu frühstücken. Dabei stopfe ich mich genüsslich so voll, dass mir regelmäßig schlecht wird.
Das Gleiche passiert mir mit Currywurst. Aber nicht zum Frühstück, versteht sich. Obwohl ...

Neben dem Bäcker in Lari findet man die Ferramenta, den Eisenwarenladen von Renzo. Er ist von unschätzbarem Wert. Wo gibt es schon noch einzelne Schrauben und Nägel in allen Größen und Formen zu kaufen? Egal, was ich für ausgefallene Wünsche habe, er sucht eine Weile und dann legt er das Verlangte auf den Tisch. Manchmal schließen die Schlüssel zwar nicht, die ich nachmachen ließ, und die angepriesene Mausefalle funktioniert nicht, aber ich lasse dennoch nichts auf diesen Laden kommen. Kommt man in den Laden rein so sieht man Renzo gemütlich in seinem Liegestuhl ruhen. So viel zu tun gibt es für ihn leider nicht mehr, seit es die großen Baumärkte gibt

Ein paar Schritte weiter, vorn in der Via IV. Novembre, steht das Haus unterm Kirchturm, in dem ich mit Felix die ersten Jahre verbracht habe. Ich sehe zu den Fenstern hinauf und erinnere mich nur ungern daran. Ich sehe hier aber auch meinen Kleinen in seiner weiß-blau karierten Kindergartenschürze in den gelben Pulmino, den Schulbus, steigen oder wie er vor dem Haus hockte und mit einem Schippchen Schnee, eine wahre Seltenheit hier, zu einem winzig kleinen Häufchen zusammentrug und sich herrlich freute.
Natalizia und Gorfredo waren unsere schon sehr alten Vermieter, die Felix wie ein Enkelchen in ihr Herz geschlossen hatten. Gorfredo ist inzwischen von uns gegangen. Er hatte einen eher verschlossenen und herrschsüchtigen Charakter, aber wenn er Felix sah, dann schmolz er förmlich dahin, seine Stimme überschlug sich beim ungewohnt lauten Lachen und in seinen Augen standen Tränen.

Weiter vorn ist der Elektroladen von Rosetta und ihrem Bruder. Rosetta war anfangs unsere Nachbarin und eine gute Freundin von mir. Wir gingen gelegentlich zusammen aus und redeten viel. Seitdem sie aber verheiratet und am Tag nach der Hochzeit mit ihrem Mann zusammengezogen ist, so wie hier oft noch üblich, ist sie wie vom Erdboden verschwunden, einfach weg.
Das Angebot in ihrem Laden hat sich jedoch sehr verbessert in den letzten Jahren und man findet dort alles von der Glühbirne über Batterien, Adapter, Fernseher und Mixer bis hin zu Geschenkartikeln, Terrakotta und landestypisches Porzellan.
Nun hat sie endlich ihr lang ersehntes Kind bekommen, den kleinen Francesco, und deshalb nähern wir uns nun endlich wieder an.

Weiter geht es an der Burgmauer entlang und schon sind wir wieder bei Post und Bank angelangt. Wenige Meter vorher auf der linken Seite vor dem Parkplatz haben wir den Tante Emma Laden von Fiorella. Dort findet man alles, von der Haarbürste über Schminkzeug, Schulbücher, Kinderspielzeug, Topflappen, Pullover, Strümpfe, Unterwäsche, Zahnbürsten, Bücher, Batterien,

Neujahrsknaller, Modeschmuck. Ich bin mir sicher, wie bei Renzo im Eisenwarenladen, es gibt nichts was sie nicht doch am Ende aus irgendeiner Ecke hervor zaubert.

Ein paar Schritte weiter, rechts nach Bank und Post, befindet sich der Hof, in dem Federica mit Mama Rolanda wohnt. Eines der schönsten Fotomotive von Lari. Ein urig romantischer Cortile, ein Hof mit herrlichem Ausblick. Federica hielt ich wegen ihrer blonden Locken für eine Deutsche, als ich sie zum ersten Mal auf der Straße sah. Ich sprach sie an und fand dann zwar keine deutsche Freundin, aber lernte eine Stadtführerin von Florenz kennen, die seitdem kurzweilige Führungen mit meinen Gästen dort unternimmt. Eine große Bereicherung.
In den Hof kann man gern hineingehen und ein Foto machen. Vielleicht steckt sogar Mama Rolanda lächelnd den Kopf aus der Tür.

Damit wäre er auch schon beendet, unser Rundgang, er ist nur wenige Meter lang und beinhaltet doch so viele Geschichten und Begegnungen mit wunderbaren Menschen, die mir alle sehr ans Herz gewachsen sind.

Und hier verrate ich noch ein paar Geheimrezepte der Liquoreria Meini, der Likörfabrik von Lari:

Der Kirschlikör: „Festa di Ciliege"
Im Sommer pur auf Eis zu genießen.

Ponce alla Livornese:
Man nimmt ein Punschglas (bicchiere da gotto), gibt 3 fingerbreit „Ponce alla Livornese" hinein, dazu eine halbe Scheibe Zitrone und 1 kleinen Löffel Zucker, zum Schluss stellt man einen Metalllöffel ins Glas. Dann füllt man es mit heißem Kaffee auf, indem man den Kaffee langsam über den Löffel in das Glas laufen lässt. Passt auch gut nach einem üppigen Essen. Für die Verdauung eines toskanischen Mehrgängemenüs eignet sich aber auch bestens der Kräuterlikör M 74.

Sommerpunsch – Ponce estivo
In einen Shaker zusammen mit 2 Eiswürfeln 25 ml Aprikosenlikör (selbstgebrannt bei Meini), einen Spritzer Vecchia Romana nera (Cognac) und wem es gefällt 1–2 Löffel Zucker tun. Einen etwas größeren, frisch gemachten Espresso hinzufügen. In einem eiskalten Glas servieren. Der Punsch ist gut gelungen, wenn sich Aprikosenduft verbreitet, nach Kaffee sollte er nicht riechen. Tipp: In einem Sektglas servieren!

Adriano und der Deutsche am Pizzaofen

Adriano e l`incontro con il tedesco al forno

Die Geschichten einiger Bewohner sind mir besonders im Gedächtnis, so zum Beispiel die Geschichte von Adriano, der ganz in der Nähe der Enoteca wohnt.

Wenn Sie einem stets gut gelaunten älteren Herrn in Lari begegnen, so könnte das Adriano sein (wenn es hingegen einer mit sehr großer Nase ist und nur einem Zahn, dann ist es Silvano). Er war Deutschen gegenüber nicht immer so offen, um nicht zu sagen, es gab Zeiten, in denen er die Flucht ergriff, sobald er eine deutsche Stimme hörte oder zumindest eine gehörige Gänsehaut bekam.

Das rührt aus der Zeit des Zweiten Weltkrieges, als deutsche Soldaten die Gegend unsicher machten. Damals war er sieben Jahre alt, sein Vater hielt sich in den Bergen bei den Partisanen versteckt und so ging er seiner Mutter zur Hand und wich ihr nicht von der Seite. Eine seiner Arbeiten bestand darin, mit ihr Brot im Holzofen zu backen.

Nun wollte es der Zufall, dass eines schönen Tages ein deutscher Soldat dringend seine Notdurft verrichten musste und sich ausgerechnet hinter besagtem Ofen, dem forno, gänzlich unbeobachtet fühlte. Offensichtlich wusste er nicht, dass in kleinen Dörfern nichts verborgen bleibt, denn irgendwo hinter Gardinen oder Fensterläden findet sich immer jemand, der neugierig ist. Der deutsche Soldat legte also seine Pistole auf dem Sims des Ofens ab und verschaffte sich Erleichterung. Danach vergaß er dummerweise die Pistole und zog von dannen. Das Ganze wurde von einer vorwitzigen Alten beobachtet, die nichts anderes zu tun hatte, als sich sofort hinunter zu schleichen und die Pistole unter der Schürze versteckt in ihr Haus zu bringen.

In der Zwischenzeit kamen Adriano und seine Mutter und begannen, wie jeden Tag, Brot zu backen. Plötzlich aber stand wild gestikulierend und laut fluchend der deutsche Soldat vor ihnen. Er schrie sie in für sie unverständlicher rauer Sprache, mit Sicherheit seine Pistole einfordernd an, und umso verwirrter die Beiden dreinschauten, desto mehr regte er sich auf. Als er sich anschickte, Adrianos Mutter in den bereits brennenden Ofen zu schieben, verteidigte Adriano voller Panik seine Mutter, indem er sich um sich tretend an sie klammerte. Die Alte verfolgte wiederum auch dieses Geschehen und brachte endlich unter großem Zittern die eingeforderte Waffe zurück. Der Deutsche zog schimpfend ab und die anderen blieben völlig aufgelöst zurück. Dieses Erlebnis traumatisierte Adriano natürlich, und ich schenke ihm meine freundlichste Aufmerksamkeit, wenn ich ihn sehe, um etwas wieder gut zu machen, was vor langer Zeit passiert ist.

Er erzählte diese Geschichte übrigens mit einem zwinkernden Auge an einem Abend, an dem sich viele Dorfbewohner auf der Piazzetta vor der Enoteca in Lari zu einer „Veglia" versammelt hatten. „La Veglia", was so viel wie „Wachen, Wache halten" bedeutet, ist ein alter Brauch, bei dem sich Menschen nach dem Abendessen bei Anbruch der Dunkelheit um ein Feuer zusammenfinden, miteinander reden, sich austauschen und somit füreinander da sind. Damals war das etwas ganz Normales und heute versucht man, diesen Brauch wieder ins Leben zu rufen.

Ich bin auf jeden Fall sehr froh, dass mich keiner hier im Dorf den Schaden je hat spüren lassen, den meine Landsleute vor vielen Jahren angerichtet haben.

Maria immacolata und die schlauen Männer aus Neapel

Maria immacolata e gli uomini furbi napoletani

Sie ist die Gartennachbarin von Hans, dem netten Professore aus Kassel, dem ich vor Jahren hier ein Haus besorgt habe, und den ich mit seiner Frau Barbara hier nicht mehr missen möchte.
Maria Immaculata ist mehr als gesprächig und sehr klar mit ihren 80 Jahren. „Noi di napoli siamo stronzi" sagt sie, „wir aus Neapel sind Vollidioten". Ich schrecke zurück, denn „stronzi" ist ein gar hässliches Schimpfwort. Sie erklärt mir aber auch warum, Frauen und Mädchen, meint sie, waren zu ihrer Zeit nichts wert.
Ihr gehört nichts mehr, alles wurde schon vor vielen Jahren von ihrem Mann an den Sohn überschrieben. Sie und die gemeinsame Tochter sind leer ausgegangen, obwohl die Tochter ein schwer behindertes Kind groß zieht. Mir persönlich erscheint die Situation für Behinderte hier in Italien viel besser als in Deutschland. Beobachte ich doch, wie sie ganz natürlich in das Dorfleben integriert werden. Sie gehören einfach dazu, man begrüßt sie, redet mit ihnen, lässt sie an allem teilhaben. In Deutschland kommen Behinderte meist in Einrichtungen, versteckt vor der Welt.
„Ich weiß nicht, was besser ist", meint die alte Frau, deren Augen blitzen, „meine Tochter ist oft so gestresst, dann schlägt sie ihr Kind ..."
Einmal mehr denke ich, was für den einen gut ist, ist es für den anderen noch lange nicht. Die Wahl zu haben zwischen einer Einrichtung für Behinderte oder der Pflege in der Familie wäre ideal, und vor allem müsste es dann so viel Unterstützung geben wie möglich.

Aus Neapel kamen sie, als sie jung waren, um Arbeit zu finden. Ich frage sie, ob sie auch gearbeitet habe. Von unserem Maurer wusste ich, dass die Napolitaner stolz darauf sind, wenn ihre Frauen nicht arbeiten müssen, sondern Heim und Kinder versorgen. „Solo per gelosia“, meint Maria Immaculata, „nur aus Eifersucht“, eine fürchterliche Krankheit der Napolitaner, weshalb die Frauen zuhause gehalten werden. Sie wäre immer anständig geblieben und auch ihrem Mann könne sie nichts nachsagen. Auch wenn er der Pascha war. Brauchte er Zigaretten, ging sie los. Gingen sie mal essen, musste sie alles regeln, er wollte nur essen und trinken und seine Ruhe haben, und abends nach dem Essen in die Bar spielen gehen, Kartenspiele, versteht sich.

Als ihr Sohn geboren wurde, gab es ein Feuerwerk, das abends um 10 Uhr anfing und bis zum nächsten Morgen ging, „hanno sparato i fuochi tutta la notte“. Ich frage sie, ob das auch so war, als ihre Tochter geboren wurde, aber sie winkt nur ab, „niente“, nichts dergleichen.

Eigenartig, das entzieht sich meinem Verständnis. Kinder sind doch fantastisch, egal ob Junge oder Mädchen. Ich fände den fünften Jungen genauso toll wie das erste Mädchen ...

Als sie nach Lari kamen, haben sie sich nach Jahren mühsam eine Wohnung gekauft. Die war sehr klein, zu klein, und so haben sie über Nacht aufgestockt. Bei Vollmond haben sie einfach heimlich ein weiteres Zimmer angebaut, sie und ihr Sohn, da oben zeigt sie, auf dem Dache. Dann war das Zimmer da und es wurde ein bisschen mit Dreck beschmiert, so dass es aussah, als wäre es schon immer da gewesen.

Mir gefällt diese Frau, die sicher ein hartes Leben hatte, aber ihre Augen lachen. Stundenlang könnte ich ihr zuhören, und ich nehme mir vor, mir dafür die Zeit zu nehmen, denn sie ist wie ein lebendes Bilderbuch der Vergangenheit. Ich werde mich neben sie auf ihr Stühlchen neben Roberto's Violinenewerkstatt setzen und mit ihr plaudern und einen Caffé trinken.

Rosso della Paola, eine Seele geistert auf der Burg von Lari

Rosso della Paola, un`anima che vaga nel castello di Lari

Auf dem Castello in Lari geistert eine Seele, die keine Ruhe findet.
Es ist die Seele von Rosso della Paola (der Rote von der Paola), mit richtigem Namen Giovanni Princi. Ein jugendlicher Hitzkopf, der es wagte, auf einer Feier von Faschisten in einer Villa im Dorf erst heimlich das Buffet zu plündern und dann, als er entdeckt und hinaus befördert wurde, Steine zu werfen. Dafür wurde er 1922 in eine Zelle des Castellos gesperrt, die er wenige Tage später auf der Totenbahre verließ.
Der Öffentlichkeit und auch den Eltern, denen der leblose Körper überbracht wurde, teilte man mit, er hätte sich am Fenstergitter erhängt. Eine unwahrscheinliche Geschichte.
Von seinen Verwandten hat nie jemand ausgesagt, und seine Spuren haben sich verloren. Keiner weiß, wo sein Grab liegt.

Am 16. Dezember, seinem Todestag, versammelten sich bis vor wenigen Jahren sensitive Menschen auf dem Castello, um mit ihm in Kontakt zu kommen.
Simonetta, unsere Blumenfrau, hat diese Leute nie getroffen, sie hat ihren eigenen persönlichen Draht zu Rosso della Paola. Ich habe mich lange mit ihr über ihn unterhalten. Ihr ist er mehrmals bei ihren Besuchen auf dem Castello erschienen und hat ihr zu verstehen gegeben, dass er in der Nähe des Brunnens durch Tritte und Schläge umgebracht wurde. Seine Erscheinung war sehr real, strahlte Ruhe aus und forderte immer wieder eindringlich Gerechtigkeit, und dass die Wahrheit ans Licht komme.
Ich kenne Simonetta lange und gut, wir haben viele Hochzeiten gemeinsam vorbereitet, es gibt keinen Grund, ihr zu misstrauen.

Mittlerweile gibt es einige düstere, furchteinflößende Webseiten mit seiner Geschichte. Ihm würden die Haare zu Berge stehen, könnte er das sehen.

Riccardo, ein anderer Dorfbewohner, lebte jahrelang mit seiner Mutter auf dem Castello, bevor es restauriert wurde. Sie hörten mehrmals Kettengerassel und andere Geräusche wie Türenschlagen und Geflüster. Das war für sie ganz normal und alltäglich.

Das Castello hat keine ruhmreiche Vergangenheit, dort wurde verurteilt, eingesperrt und gefoltert. Die dicken noch erhaltenen Prozessakten zeugen davon. Bekannt ist auch die Geschichte der Kräuterfrau und Hebamme Gostanza, sie wurde wegen Kindesmord eingesperrt und verurteilt.

Die Frage, wie man dem Castello eine positive Energie zurückgeben könnte und der ruhelosen Seele seine Erlösung, hat mich sehr beschäftigt.

Ich sprach über Rosso della Paola auch mit Ute, einer sensitiven Deutschen, die hier mit ihrem Mann und mir einen Holzskulpturenkurs organisierte. Kurz darauf erschien er ihr im Traum: Er fegte das Castello, reinigte es so sinnbildlich von unangenehmen Energien, und ließ mir ausrichten, dass ich von ihm nicht mehr als von einem Gespenst reden sollte (war es doch eine nette Geschichte, den Kindern bei meinen Führungen von einem Schlossgespenst zu erzählen), sondern die Wahrheit sagen müsse. Dann erst könne seine Seele Ruhe finden. Ich habe das beherzigt.

Seitdem, oder wie Simonetta sagt, seit den letzten Renovierungsarbeiten, hat sich Rosso della Paola nicht mehr gezeigt und hat nun hoffentlich seine Ruhe gefunden.

Für einen guten Landwein muss sein Name dennoch herhalten, den gibt es jetzt in der Liquoreria.

So blond war die Maria noch nie – das Krippenspiel

Maria non era mai così bionda, il presepio vivente

Bei meinen in der Saison zwei Besichtigungsterminen pro Woche in der Nudelfabrik wurde mir Filippo als Baby meist sofort von Laura, der Martelli-Tochter, abgenommen und durchs Dorf getragen. Dadurch verlangsamte sich zwar die Produktion, aber so viel Zeit musste sein. Alle Martelli-Fans, die auf die rare Ware warten mussten, mögen mir verzeihen.
Laura Martelli war ganz verliebt in unser Kind, er war ja auch zum Fressen süß und ein ausgesprochen freundliches Baby. Von ihr kam die Idee, dass Filippo das Jesuskind beim alljährlichen am 26. Dezember stattfindenden Krippenspiel darstellen müsse. Das beinhaltete natürlich auch, dass ich die Maria war, Riccardo der Josef und Felix ein Hirte.
Ich freute mich riesig über diese Idee, denn es war eine große Ehre für mich. Eine Ausländerin als Maria beim Krippenspiel, das gab es noch nie! Und so blond war die Maria auch noch nie, sagten anschließend alle. Das reizte mich

zu Nachforschungen in den Uffizien in Florenz. Dort ist sie ja unzählige Male abgebildet. Und siehe da, Maria war offensichtlich blond. Ich fand nur eine einzige dunkelhaarige Maria.

Gleichzeitig war mir etwas mulmig, hatte ich doch die Babys der vergangenen Jahre immer bewundert, wie sie da so friedlich und süß schlafend in der Krippe lagen. Jedes Jahr das gleiche Bild, ein Baby, tief schlafend. Was haben die dem bloß gegeben, überlegte ich dann stets. Mein Kind würde doch nie so ruhig daliegen, während die Leute an ihm vorbei strömen.
Na, in diesem Jahr würde ich das Geheimnis lüften, oder die Welt wird ein anderes Jesuskind kennen lernen, eins das neugierig ist und zappelt, lacht, strampelt und zwischendurch herzzerreißende Grimassen zieht, während es die Windel füllt (ein Alptraum, wenn da gerade das Fernsehen dreht), in der Krippe mit durchgedrückten Beinchen steht oder ungeduldig brüllt. Filippo schlief eigentlich wunderbar, aber leider nur zuhause.

Es war unser Jahresabschlussfamilienhöhepunkt, die heilige Familie bei Lari's Krippenspiel zu sein. Uns zum Jahresausklang am 26.12. auf dem Castello wieder zu finden, auf dem wir wenige Monate zuvor geheiratet hatten, die kleine Kapelle als Stall verwandelt mit so vielen Menschen davor (um die 5000 wurden gezählt), die laut ihre Begeisterung äußerten. Das war überwältigend. Wie oft hatte ich mich in den letzten Jahren an diesem Krippenspiel erfreut, die Jesuskinder bewundert und doch auch gelitten, weil ich mich so allein gefühlt hatte. Diesmal war es Glück pur, ich war dort mit meiner Familie und längst nicht mehr allein.

Glück ist vielleicht immer nur ein Moment, aber diese Momente sind unvergesslich, denn man erinnert sich an sie mit all den intensiven Gefühlen, die damit verbunden sind, als wäre es gestern gewesen.

Am gleichen Abend, und weil es so schön war, wird das Jesuskind für das nächste Jahr gezeugt, unser Luca.

Eigentlich sollte der jüngste Martelli-Spross Francesco das neue Jesuskind sein. Doch er brüllte so sehr, dass wir mit Luca schnell einspringen mussten, denn das Fernsehen nahte. Wir hatten zum Glück schon die Kostüme an und mussten Luca nur noch schnell ein weißes Hemdchen über den wollenen Schlafsack mit Kapuze ziehen, während ich versuchte, irgendwie den hellblauen Marienschleier im Haar festzuklemmen.
Luca war ebenfalls ein nicht-schlafendes, aber wunderbares Jesuskind.

Presepio vivente 2005

Diesmal fand das Krippenspiel in einer kleinen Kirche unterhalb des Castellos statt. Sie hat vier stattliche Säulen, und die Tür war weit geöffnet und gab den Blick frei auf die heilige Familie. Wir hingegen sahen die Heiligen Drei Könige schon von weitem hoch zu Ross mit leuchtenden Fackeln heran reiten. Sie näherten sich gemächlich und überreichten uns die Gaben „oro, incenso e mirra", Gold, Weihrauch und Myrrhe, während das Blitzgewitter der Fotografen über uns hereinbrach. Nur diesmal hatten wir den drei Monate alten, sehr munteren Luca in der Krippe liegen und Filippo sprang im Stall herum, nicht weniger munter. Irgendwie bekamen wir das Fernsehinterview trotzdem hin. Menschen strömten vorbei, Freunde riefen uns etwas zu und wir waren glücklich.

Auch im darauf folgenden Jahr fand das „presepio vivente", das lebende Krippenspiel, an einem kalten, sonnigen Tag statt.
Natürlich hatten wir uns wieder alle Kostüme geholt, um an dem Fest teilzuhaben.
Es ist nun das dritte Jahr, das wir dabei sind. Das Jesuskind hat seinen Stall wieder in der kleinen Kirche, wo wir im Jahr zuvor mit Luca waren. Diesmal wurde sie aber als Grotte gestaltet. Die kleine Nische, wo die Heilige Familie

befindet, ist sehr eng, und es gibt ziemlich viel Gedrängel davor. Das Jesuskind ist einer der Zwillinge von Giovanni, dem Goldschmied.
Die Heiligen Drei Könige kommen wieder hoch zu Ross. Wir bleiben vor der Kirche, lassen unsere Kinder spielen. Filippo hat Jonathan, seinen Kindergartenfreund mit seiner Mama, die Schweizerin ist, getroffen und sie machen „casino“, zu Deutsch „Chaos“. Luca rennt dazwischen herum und mischt ordentlich mit. Felix ist deutlich ruhiger in diesem Jahr.
Und dann werden wir wieder gerufen, weil das Jesuskind nach drei Stunden müde ist und zu seiner Mama will.
Dann ist endlich auch für mich Weihnachten, als wir in der Grotte sitzen mit Luca, unserem etwas zu groß geratenem Jesuskind, der immerhin ein Jahr und drei Monate alt ist. Felix ist als Hirte dabei und Filippo sagt: „Luca, Bambino Jesù“ und gibt ihm ein Küsschen.
Und noch jemand ist anwesend, Elisabeth vom Pferdehof in Lari. Sie ist Luxemburgerin, spricht wunderbar deutsch und ich schicke ihr stets gern meine reitfreudigen und Tiere liebenden Gäste. Das kleine schwarze Pferd in der Krippe ist von ihr. Ich kenne niemanden, der mit Tieren liebevoller umgeht. Sie hat ein gutes Herz und füttert auch alte und kranke Tiere durch, so dass sie manchmal selbst kaum weiß, was sie auf ihren eigenen Tisch zu essen bringen soll.

Selian, ein Freund von ihr, kommt vorbei und fragt, ob ich denn immer noch ein rumänisches Kind adoptieren möchte. Das ist mein geheimer Traum. Und so ist es heute in Gedanken auch dabei, hier in der Weihnachtskrippe, das Kindlein, das schon seinen Platz in unserer Familie hat, der noch ausgefüllt werden will. Das macht mich sehr, sehr froh. Ob das Kind schon geboren ist, ob es jemals seinen Weg zu uns finden wird? Im Moment sieht es nicht aus, als ob meine Kraft für ein weiteres Kind reicht.

Es ist Weihnachten, ein Moment der unverhofften Stille und Besinnlichkeit in der Krippe. Aber nur für Sekunden, denn da sind drei Kinder, die gebändigt werden müssen.
Bei uns steht Elisabeths kleines schwarzes Pferdchen Sulinam, das schon vor zwei Jahren dabei war, und die kleine Kuh. Die Kinder sind begeistert. Kirche und Altar sind mit Zitronenbäumchen und vielen Kerzen geschmückt.
Luca isst auf meinem Arm Kekse und spielt dann in der Krippe mit dem Gold, das die Heiligen Drei Könige gebracht haben. Seine Eltern sind froh über diesen magischen Moment und erinnern sich glücklich an die letzten Jahre beim Krippenspiel.

Auf dem Rückweg wärmt Felix sich beim Feuer vom Spanferkel auf, das Carlo, der Postbote und weiterer Sohn von Nonna Rosa aus der Nudelfabrik, am Spieß brät. Das schmeckt uns wenig später köstlich.
Filippo und Luca stopfen sich in beängstigender Geschwindigkeit beim gemeinsamen Essen mit allen am Krippenspiel Beteiligten mit gerösteten Kastanien, Spanferkel, Vitello, Kalb, und Schokocantuccini, Schokokeksen voll. Felix isst wenig und spielt ganz unromantisch Fußball auf meinem Handy. Die Kleinen sind wild und laufen nach dem Essen noch einmal zur Höchstform auf, welch unbändige Energie.

Später gehen wir fröhlich beschwipst mit unseren Kindern nach Hause und freuen uns riesig über dieses erneute Erlebnis, das uns zu Weihnachten beschert wurde.

Und hier zum Nachmachen: Schokocantuccini & Vin Santo

Zutaten: 120 g dunkle Schokolade, 120 g Butter, 2 Eier, 200 g Zucker, 1 Pck. Vanillezucker
335 g Mehl, (Typ 405), 1,5 TL Backpulver, 60 g Kakaopulver, 1 TL Salz
Wer möchte, kann noch süße blanchierte Mandeln darunter mischen, Zubereitungszeit: ca. 20 Minuten
Zubereitung: Butter und Schokolade zusammen schmelzen. Eier mit Zucker und Vanillezucker schaumig rühren. Butter-Schokoladen-Mischung langsam unterrühren. Mehl mit Backpulver, Kakao und Salz mischen und durchsieben, untermischen und alles zu einem Teig kneten. Der Teig lässt sich besser kneten, wenn man die Hände nass macht. Der Teig sollte nicht kleben und sich leicht weiterverarbeiten lassen.
Den Teig teilen und zu zwei gleichlangen Halbstangen formen. Auf ein mit Backpapier ausgelegtes Backblech legen und im vorgeheizten Ofen bei ca. 175 C/ Heißluft 150 C ca. 25 Minuten backen. Die Stangen etwas abkühlen lassen und in ca. 1 cm dicke Scheiben schneiden. Die Scheiben aufs Backblech stellen und nochmals bei 125 C/ Heißluft 100 C 20 Minuten backen. Auskühlen lassen.
Klassisch italienisch tunkt man die Cantuccini in ein Gläschen Vin Santo, ein Dessertwein, ähnlich dem spanischen Sherry. Den gibt es einfach und günstig oder aus natürlicher Gärung ohne Zuckerzusatz aus langer Lagerung und teuer, aber unglaublich gut ...

Mein Mann, ein richtiger Italiener

Mio marito, un vero italiano

Italienische Männer sind fantastisch: Sie gehen nicht, sie schreiten; sie schauen nicht, sie flirten; sie reden nicht, sie säuseln; sie sagen dir 1000 Mal am Tag „ti amo", ich liebe dich, und alles, was du so gern hörst, sie tragen dich auf Händen und du hast dich noch niemals so sehr als Frau gefühlt.
Zumindest bis zur Hochzeit ...

Zitieren wir zunächst ein Sprichwort. Drei Arten von Männern versagen im Verstehen der Frauen: junge Männer, Männer mittleren Alters und alte Männer!

Und um es von vornherein klar zu sagen: Ich liebe meinen Mann, er ist gut, männlich, sportlich und stark, und ich finde ihn sehr, sehr sexy!
Mit dem Verstehen ... Tja, damit habe ich so manchmal mein Problem. Und ich vermute, ihm geht es mit mir genauso!

Frauen sind von der Venus und Männer sind vom Mars, das wissen wir nun schon. Aber wenn wir es nun noch mit einer Deutschen von der Venus und einem italienischen Marsmännchen zu tun haben ... Ich sag Ihnen, das macht die Sache nicht leichter!

Mein Mann versteht zum Beispiel nicht, warum ich Berlusconi misstrauisch und amüsiert gegenüberstehe, warum ich es liebe, lange zu frühstücken, mein Essen immer heiß haben möchte, Sauerrahm, Sahne und am besten auch Würstchen in meine Soßen mische, die Heizung nicht im Januar schon abstellen will, unsere italienische Bettdecke am Fußende immer herausziehe, oder wie ich Salami schon am Morgen essen kann.

Ich verstehe nicht, warum er jeden Sonntag in die Messe rennen muss, niemals Sonnencreme benutzt (im Sommer am Meer, meine ich), immer mit extrem lauter Stimme redet, niemals versucht, zu flüstern, unentwegt Radio Maria hört, jeden Tag zweimal die Wettervoraussage im Internet studiert, fixiert auf Schwimmen ist, sein Essen gern kalt isst, die Tomaten im Garten abnimmt, wenn sie noch nicht reif sind, mir jeden Abend fünf Mal „buona notte", gute Nacht, wünscht und mich damit immer wieder aus dem Halbschlaf reißt.

Das erste Missverständnis gab es schon, als wir uns bei unserem ersten Date zum Frühstück verabredeten. Wir hatten uns im Grand Hotel in Casciana Terme kennen gelernt. Ich betreute dort die Ehefrauen von Managern, die es

sich im Wellnesscenter gut gehen ließen, während ihre Männer ein Seminar besuchten, und Riccardo arbeitete ebendort als Physiotherapeut.
Noch am selben Abend folgte ein zaghafter Anruf von ihm mit der Frage nach einem gemeinsamen Frühstück. Na, wo mit kann man eine Deutsche mehr begeistern, als sie zum Frühstück einzuladen! Dieser wunderbare Mann mit dem bezaubernden Lächeln hatte die beste Idee überhaupt. Neugierig auf seine Wohnung (denn an dieser kann man ja doch auf Geschmack und Charakter eines Mannes schließen, oder?) malte ich mir ein liebevoll gestaltetes Frühstück mit frischen Brötchen, Eiern und Kuchen aus. Das war natürlich kompletter Quatsch, wenn ich mir das so im Nachhinein überlege. Es ging natürlich in eine Bar zum „kleinen Kaffee trinken und Teilchen essen". Die Bar hieß „Chick & Shock", was dann auch namentlich passte. Der nächste Schock war dann auch seine Wohnung. Immerhin wohnte er mit Mitte 30 schon allein. Das ist für italienische Männer eher ungewöhnlich, sagt doch eine Statistik aus, dass über 70% aller Männer ÜBER 35 hier noch bei Mama wohnen. Damals war mir auch noch nicht aufgefallen, dass die Wohnungen hier meistens möbliert vermietet werden und so stand ich ziemlich entsetzt in seinem Zuhause. In der Küche, die sofort hinter der Eingangstür lag, verwirrten mich zunächst der riesige Fleischwolf und eine gigantische Wurstschneidemaschine. Der Vermieter war Fleischer und hatte sie dort abgestellt. Auf dem Tisch lag die geschmackloseste Tischdecke, die ich je gesehen hatte, es roch feucht und die Möbel aus den 70er Jahren verhalfen auch nicht zu einem romantischen Eindruck.
Zum Glück begriff ich dann, dass das nicht sein Geschmack war und bis heute wundere ich mich, wie man möblierte Wohnungen mieten kann. Ich würde mich schwer tun wenn ich nicht meinen eigenen Geschmack einbringen könnte.

Ich kann mir auch nicht verkneifen, loszuschreien, wenn mein Mann mal wieder beim Autofahren begeistert in die Landschaft schaut und mir anschaulich erklärt, was es da alles zu sehen gibt, mit beiden Händen gestikulierend, versteht sich, beim Autofahren und er ist der Fahrer.

Sigmund Freud hat mal gesagt: „Die große Frage, die ich trotz meines dreißigjährigen Studiums der weiblichen Seele nicht zu beantworten vermag, lautet: „Was will eine Frau eigentlich?"
Jetzt frage ich Sie, meine Damen und Herren: Ist das wirklich so schwer zu verstehen, was wir wollen?
Meiner Meinung nach nicht, denn ich zumindest drücke meine Wünsche ganz genau mit Worten und Gesten aus.
Und doch, meistens passiert gar nichts, oder noch schlimmer, das Gegenteil!

Das führt zur nächsten Frage: Soll man sich damit abfinden und still sein? Das wäre die Variante der italienischen Ehefrau. Oder vielleicht die Strategie wechseln? Wenn ja, welche wäre angebracht?
Ich jedenfalls meine, Verschiedenes ausprobiert zu haben, um dem, was ich möchte, Ausdruck zu verleihen: Bitten, freundlich lächeln, stundenlange Erklärungen, tausendfache Wiederholungen, manipulieren, schreien, Gesicht verziehen, ein paar Minuten in scheinbarer Todesnähe verharren, Türen knallend weglaufen – Nichts!
So bleibt mir wohl nur, mich damit abzufinden, dass einiges nicht so läuft, wie ich es gern hätte. Das ist nicht so leicht, denn ich bin ein Dickkopf.

Mein Mann hat den Vorteil, dass man mit ihm auch schön streiten kann, und danach ist alles schnell vergessen. Und schließlich sind wir in Italien, und da muss es ja hoch hergehen. Das Klischee kennt man aus Filmen, und dem wollen wir gerecht werden.
Und man kann mit ihm auch schön lieben, ebenfalls wie im Film.

Schön streiten können wir zum Beispiel über Bettdecken. Ich liebe, logisch, deutsche Bettdecken. Da hat jeder seine eigene Decke oder sein Federbett, und man kann sich herrlich einkuscheln. Mein Mann liebt, logisch, italienische Bettdecken. Die sehen im schlimmsten Fall in einem Hotel so aus: Ein Riesenbettlaken reicht über das ganze Bett und ist am unteren Ende unter die Matratze geklemmt. Darüber liegt dann lose eine Wolldecke. Das kann ich nun gar nicht leiden, denn es dauert nicht lange und ich muss um mein Stückchen Tuch kämpfen. So geht es dann die ganze Nacht hin und her, aber wenigstens nachts will ich mal nicht kämpfen. Irgendwann hat man die Wolldecke am Mund und überlegt sich, wer die wohl einige Nächte zuvor an seiner Lippe hatte und womöglich im Schlaf gesabbert hat, denn es werden ja immer nur die Laken gewaschen. Spätestens am nächsten Morgen ist dann alles komplett verwurschtelt.
Im besten Fall gibt es leichtere oder doppelte Daunendecken, über die wird wie bei uns ein Bettbezug gezogen. Das ist ganz hübsch, denn die sind 2,20 m breit und so braucht man nicht zu ziehen, meistens jedenfalls nicht. Bleibt das Problem, dass sie unten eine Verlängerung haben, die, wie sollte es auch anders sein bei italienischen Decken, unter der Matratze eingeklemmt werden. Meine Füße werden dadurch kochend heiß und, so ich denn auf dem Rücken liege, nach unten gedrückt. Und ich kann sie auch nicht einmummeln, wie ich es gewohnt bin. Das finde ich gar nicht lustig. Demzufolge ziehe ich das Fußende immer unter der Matratze hervor. Mein Mann steckt es wieder rein. Ich ziehe es wieder raus. Mein Mann steckt es wieder rein. Und so weiter. Ist ein recht lustiges Spiel, ebenso wie das mit dem Heizung an- und ausstellen,

siehe weiter unten. Ich scheue dann zur Not auch nicht vor Erpressung zurück: „Riccardo, wenn Du mein Bettdeckenteil immer unter die Matratze stopfst, dann ziehe ich Deines immer raus." Das wirkt eine Weile, aber nicht lange. Dann geht das Ganze wieder von vorne los.
Ich habe übrigens genau 10 Jahre gebraucht, um mich an die erste italienische Decke zu wagen. Riccardo schleppte sie an und sprang aufgeregt wie ein kleiner König um die neue Errungenschaft herum. Da konnte ich nicht Nein sagen, denn ich habe ein weiches Herz.
Bis heute, wenn wir ein paar Tage verreisen, sieht man mich eine große Tüte mit meiner schönen deutschen Bettdecke samt 80x80-Federkopfkissen ins Auto stopfen. Das ist mir zwar ein bisschen peinlich, aber es geht doch nichts darüber, sich richtig ins Bett kuscheln zu können.

Mein Mann hat ein immer sonniges Gemüt, denken alle, und ist ein „tranquillone", „die Ruhe in Person", so wie Balu der Bär, denken alle.
Zuhause ist er eine Bombe! In jeder Hinsicht!
Dennoch ist er ein wirklich positiv denkender Mensch. Das erkennt man schon an seinem Schriftbild, das auffällig nach oben geht, und an seinen wunderschönen Bildern, denn er ist ein leidenschaftlicher Maler. Wenn er seine toskanischen Landschaftsbilder, Stillleben mit Zitronen, Porträts oder 3 Monate lang die heilige Familie malt vergisst er alles. Ich bin froh wenn so manches Werk endlich vollendet ist, denn erst dann ist er wieder für Familienbelange voll erreichbar.

Mein Mann, so wie vermutlich alle italienischen Männer, macht Pipi im Stehen. Ich habe damit nicht so viel Erfahrung, aber das gilt ja in Deutschland, glaube ich, eher als unfein. Hier ist das so Sitte, was ich nach vielen Jahren mit vier „pisellini", Schniedeln, im Haus doch immer noch etwas gewöhnungsbedürftig finde. Die Kleinen haben noch dazu einen Riesenspaß am Kreuzpinkeln im Bidet. „Vieni, incrociamoci", rufen sie begeistert und lachen dabei lauthals. Auch das Bidet war für mich eine Einrichtung, an die ich mich erst langsam annähern musste. So etwas kannte ich nicht. In den ersten Jahren fand ich es zunächst als Kinderwaschbecken und zum Wäsche einweichen äußerst praktisch.

Und mein Mann schnarcht! Ich bin der Meinung, dass auch das doppelt so laut ist, wie bei einem Deutschen, das kann gar nicht anders sein. In den USA ist das ein anerkannter Scheidungsgrund, und dafür habe ich vollstes Verständnis. Wenn man wenigstens die Zeit einstellen könnte! Dann würde ich erst einschlafen wollen und danach kann er los schnarchen. Aber nein, er geht ins Bett, dreht sich um und schnarcht, und das alles innerhalb einer halben Minute.

Schwerwiegend ist jedoch der Verlust an Kuscheleinheiten und die Unmöglichkeit des gemeinsamen Einschlafens in Löffelchenstellung, denn dann laufe ich Gefahr, einen Hörschaden zu bekommen oder Alpträume zu erleiden.
Nun ja, man kann nicht alles haben.

Ein anderes kleines Problem bei der deutsch–italienischen Verständigung ist, dass mein Mann sehr katholisch ist. Sehr katholisch! Um Missverständnissen vorzubeugen, ich habe auch einen festen Glauben, aber mit der Institution Kirche wenig am Hut, auch wenn ich ihr viel Respekt entgegen bringe.
So katholisch war mein Mann anfangs nicht, und ich hinke eindeutig hinter her, mich an den plötzlichen Wandel zu gewöhnen.

Ich kenne nur drei Menschen, die ununterbrochen Radio Maria hören: Einer davon ist die Mama von Mario, dem Jäger, Enrichetta, 98 Jahre alt. Sie klemmt sich ihr kleines Radio unter den Arm und hört Radio Maria, wo immer sie auch ist. Es schallt weit durch die Olivenhaine, wenn sie Oliven pflückt, oder aus dem Hühnerstall, wenn sie Eier holt. Der zweite ist Luca von der Nudelfamilie Martelli und der dritte ausgerechnet mein Mann. Drei Jahre nach unserer Hochzeit hat das angefangen und hält seitdem an, das Radio Maria hören. Und das Schlimmste daran ist, er hört nichts Anderes mehr!
Letztens meinte meine geliebte Mutter, die zu Besuch war, Riccardo hätte vor dem Haus geparkt und so laut Pop-Musik gehört, dass das schon peinlich für sein Alter wäre. Er sei doch keine 15 mehr!
Hoffnung keimte in mir auf und ich spitzte die Ohren. Hatte er wirklich Musik gehört? Das wäre ein zarter Hoffnungsschimmer! Vorsichtig fragte ich bei ihm nach. Aber nicht doch, er hörte, wie zu erwarten, Radio Maria!
Immer, wenn ich in mein Auto steige und Riccardo hat es zuvor benutzt, ist natürlich ebenfalls Radio Maria eingeschaltet! Und das nicht etwa in Zimmer- oder Autolautstärke, sondern nein, 120 Dezibel (Presslufthammerlautstärke) müssen es sein. Jedesmal zucke ich erschrocken zusammen.
Natürlich könnte ich das positiv betrachten, denn noch läuft er nicht mit dem Kofferradio unter dem Arm herum wie Enrichetta.
Sehr schön ist auch, dass er mein Foto in seinem Portemonnaie immer mit sich trägt, direkt neben Padre Pio, versteht sich. Am Anfang teile ich meinen Platz nur mit ihm, mit der Zeit gesellten sich San Michele Arcangelo, die Madonna von Medjugorie, Fatima, Maria di Lourdes und die Povera Santa Gemma dazu und langsam werde ich eifersüchtig.
Die Madonna finde ich auch an den verschiedensten Orten im Haus und sogar unter dem ehelichen Kopfkissen. Immerhin kam mein Mann noch nicht auf die Idee, das in Italien übliche Kreuz über dem Bett aufzuhängen. Das wundert mich etwas, aber ich werde mich hüten, das Gespräch darauf zu bringen.

Der Rosenkranz aber hängt dort schon und der Papst und die Madonna stehen auf dem Schlafzimmerschrank, von wo aus sie milde auf unser Ehebett hinab lächeln. Ich fühle mich leicht blockiert dadurch, aber meine Argumentation prallt an seinem festen Glauben ab. Manchmal drehe ich sie heimlich um.

Die Eigenheiten des Anderen stellt man eben erst nach der Eheschließung fest, da kann man wohl nichts mehr machen ...

Übrigens sind wir hier auf dem Dorfe bisher von Einbrüchen oder Diebstählen verschont geblieben. Nur einmal wurde mein Auto in der benachbarten Kleinstadt aufgebrochen und nicht etwa nur eine Tür, nein alle beide aufgeknackt. Und was wurde gestohlen? Ein billiges Kreuz aus Messing mit Herrn Jesus dran (wahrscheinlich meinte man es sei aus purem Gold), das mein Mann im Auto hatte liegen lassen. Das zeigt: Auch die Diebe sind hier streng katholisch. Wen wundert's!

Mein Mann ist ja, Sie haben es präsent, Italiener und da sind wir beim nächsten Klischee, das ich herrlich bedienen kann: Die Italiener und ihr Handy.
Unser Telefonanbieter für das Handy ist Wind und wir haben „Noi 2", „Wir 2", abonniert. Das heißt, wir können 200 Minuten gratis pro Monat miteinander telefonieren. Dazu kommt noch mein Festnetzanschluss, von dem aus ich für eine gewisse Grundgebühr in ganz Italien kostenlos telefonieren kann. Das führt dazu, dass wir pro Tag circa 20 Mal miteinander telefonieren. Was haben wir nur früher ohne Handy oder schlimmer noch ganz ohne Telefon gemacht? Wie ging das überhaupt? Meist ruft mein Mann mich an und ich muss mich mit „ciao amore" melden. Hier sagt man ja „ciao" auch zur Begrüßung. Lass ich mal das „amore" weg, so werde ich gleich skeptisch gefragt, was denn los sei, ob ich ihn denn nicht mehr liebe. Um das zu vermeiden, antworte ich also immer mit „ciao amore", auch wenn ich gerade tierisch genervt bin.

Unser Haus hat drei Etagen. Dauernd renne ich die Treppen hoch und runter, um mein Handy zu finden (oder eines der anderen Telefone, oder meinen Schlüssel, oder mein Portemonnaie, oder meine Kinder), es könnte ja ein Kunde sein, der anruft. Trepp auf, trepp ab. Oh, wieder Riccardo! Nein, ich kann jetzt nicht, ist es wichtig, ich rufe dich zurück, bis gleich. Ja, Italiener lieben das Telefonieren um des Telefonierens willen. Manchmal gibt es einfach nichts Neues und dann wird eben alles aus dem letzten Telefonat wiederholt, was wiederum bei einer gebürtigen Deutschen auf Unverständnis trifft, und somit zu häufigem entnervten Augenbrauen hochziehen, „dashastdumirdochgeradeschonerzählt" und Hörer aufknallen führt. Erstaunlicherweise entstehen trotzdem Kommunikationslöcher, die dann wiederum Vorwürfe wie „warumhastdumirdasnichterzähltdaswardochsowichtig“ und „wirhabendoch20malmiteinandertelefoniert“ mit sich bringen.

Okay, es gibt ja nichts Schlimmeres als nörgelnde Ehefrauen. Stimmt!
Doch, klar, auch mein Mann beschwert sich über mich. Zum Beispiel darüber, dass ich im Sommer immer nackt schlafe. Im Winter hingegen gehe ich mit langem Schlafanzug und zwei Wärmflaschen ins Bett, darüber beschwert es sich eigenartigerweise nie, obwohl ich nun gerade das verstehen würde. Das wäre „poco erotico“, wenig erotisch, und ich solle mir doch wenigstens einen Slip anziehen, das wäre mehr „misterioso“, spannender. Mit anderen Worten, ich soll auch im Bett eine „bella figura“ machen. Ich bin am Verzweifeln. Was soll ich tun? Bis früh um vier wälze ich mich im Bett herum, versuche die Beine so zu ordnen, dass es doch „erotico“ aussieht, was mir aber nicht gelingt. Ich schwitze mich halbtot, es sind immerhin tagsüber 40 Grad und nachts, scheint mir, auch noch so um die 35. Ich drehe mich hin und her. Quälende Fragen peinigen mich: Bin ich nicht mehr in dem Alter, wo man nackt zu Bett gehen kann? Wie kann ich mich camouflieren, um doch wieder „erotica“ auszusehen, nachts, nach einem langen anstrengenden Tag? Soll ich das mit Spitze verzierte weiße Bettlaken der Schwiegermutter aus dem Schrank holen, das ich meist als Tischdecke benutze, und mich damit dezent verhüllen? Auf jeden Fall weigere ich mich standhaft, mich nachts in Slip und BH zu zwängen oder gar in ein Nachthemd. Oder soll ich doch lieber wenigstens einen Slip anziehen? Habe ich doch gehört, dass Diebe in Pisa in ein Haus eingebrochen sind, das übliche KO-Spray benutzt haben, und die Signorina früh am Morgen einen Zettel vorfand: „mettiti le mutande la notte“, „zieh Dir nachts lieber einen Slip an“! Ja, das wäre ein Grund, mich umstimmen zu lassen.

Mein Mann ist übrigens ein fabelhafter Tänzer. Er kennt alle „balli di gruppo“, „Gruppentänze“, und ich liebe es, ihm zuzuschauen. Dann spüre ich, wie verliebt ich immer noch in ihn bin. Mit seiner Leidenschaft für „latinamericano“ hat er mich schon lange angesteckt, und wir tanzen, wo immer sich die Gelegenheit dazu bietet: auf den Dorffesten, im Strandbad Le Dune bei Paolo in Calambrone bei Mondschein und gelegentlich gehen wir auch tanzen.
Einmal, auf dem Kirschfest in Lari beim Kasatschok, übertreibt Riccardo es allerdings und fliegt dabei rücklings in den Kinderwagen, wo Filippo gerade versucht, einzuschlafen. Mein Mann sinkt mit schmerzverzerrtem Gesicht zu Boden, ein italienischer Fußballer kann das nicht besser. Filippo schreit wie am Spieß, denn er meint, sein Papa hätte ihn absichtlich geschlagen. Ich versuche, ihn zu beruhigen, während Luca bleischwer auf meinem Arm schläft und Felix

sich halbtot lacht. Wir stehen mal wieder im Mittelpunkt der Öffentlichkeit, wie sollte es auch anders sein!

Meine Freunde und Freundinnen finden meinen Mann übrigens ganz toll. Er ist zumindest außer Haus der Sunnyboy schlechthin.
Heidrun schrieb mir nach einem Urlaub bei uns: „Ich habe Riccardo mal wieder als einen sehr engagierten Vater und Ehemann kennen gelernt. Er versucht so oft, Dir eine Freude zu bereiten und ist so ein toller Papa für die Jungs. Natürlich verändert sich eine Beziehung nach einem gewissen Zeitraum, gerade wenn Kinder da sind. Wichtig ist dabei, nicht das Besondere am Partner aus den Augen zu verlieren und sich Wohlwollen ihm gegenüber zu bewahren. Manchmal meine ich bemerkt zu haben, dass Du etwas abweisend reagierst, und er ist sich keiner Schuld bewusst ... Zum Beispiel ist er extra nach Sant`Ermo gefahren, um Deine Tanzschuhe zu holen."
An dieser Stelle muss ich losprusten und erkläre ihr später die Sache mit den Tanzschuhen. Es ist nämlich eine ganz klassische Situation: Riccardo hat zwei Wochen Urlaub und vergnügt sich den ganzen Tag mit den Kindern im Schwimmbad. Ich arbeite hingegen bis zum Umfallen ohne Pause durch. Es ist Hochsaison und ich bin fix und alle.
Schön, dass es sich die Jungs gut gehen lassen. Das Einzige, worum ich sie bitte, ist, am Abend pünktlich zu sein. Wir wollen mit Freunden aus Deutschland nach Casciana Terme zu Francesco unsere Lieblingspizza essen gehen. Darauf freue ich mich schon riesig.
Aber wer nicht pünktlich ist, ist Riccardo mit den Kindern. Also fahre ich leicht entnervt vor. Unterwegs fällt mir ein, dass ich die Tanzschuhe zu Hause vergessen habe und heute ist doch Tanzkurs bei Alessio. Sicherheitshalber rufe ich Riccardo drei Mal an: „Bitte, das Einzige, woran Du unbedingt denken musst, sind meine Tanzschuhe!"
Riccardo kommt. Natürlich ohne Tanzschuhe. Kristina guckt sauertöpfig. Riccardo fährt wortlos zurück nach Hause. Ich habe solange die Kinder und komme nicht zum Essen. Muss ich da wirklich noch lächeln und „amore" sagen?
Nein, ich wäre in dem Moment lieber eine Wespenspinne, die wickelt ihr Männchen einfach ein und frisst es dann auf.
Liebe Madonna, lieber Papst, heute gibt's nix zu sehen. Buona notte!

Wie heißt es so schön: „Ein Mann macht, was er kann, eine Frau, was er nicht kann."

Italienische Häuser werden im Winter niemals so beheizt wie deutsche Häuser, das wäre unbezahlbar, denn wir haben die höchsten Heizkosten von Europa. Aber mein Mann übertreibt es.
Am 28. Januar möchte ich die Heizung noch an haben. Doch er sagt: „Nein, die Heizung wird ganz ausgestellt, es ist ja fast Sommer ..." Burlone! Witzbold! Das Spiel mit der Heizung ist, ähnlich dem mit der Bettdecke, recht amüsant. Riccardo stellt sie aus, bzw. auf 15 Grad, ich stelle sie wieder an, denn ich will mindestens 17 Grad im Haus haben. Für deutsche Verhältnisse ist das immer noch ziemlich kalt. Wir haben 12 Heizkörper auf drei Etagen verteilt. Das Wiederanstellen der Heizung ist also eher Hochleistungssport, aber auch so hält man sich fit oder warm ...

Mein Mann kocht sehr gern und gut. Das ist durchaus nicht selbstverständlich für einen italienischen Mann.
Ich erinnere mich noch genau daran, wie unser Nachbarkind mal bei uns zum Essen war. Sie schaute Riccardo ganz entsetzt an und fragte „Ma, te lavi i piatti?", „Was, Du wäschst Teller ab?" Sie hatte offensichtlich noch nie ihren Papa spülen sehen. Also, gelobt sei mein Mann.
Er würde sich durchaus als Hausmann eignen, aber ich entdecke, dass er verschiedene Vermeidungsstrategien entwickelt. Die Waschmaschine kann er nach fünf Jahren noch nicht bedienen oder tut zumindest so.
Als ich ihm nach der Geburt unseres ersten Kindes vorschlug, zuhause zu bleiben, sich eine Praxis unten im Haus einzurichten, um mir so auch mal den Rücken frei halten zu können, damit ich in Ruhe arbeiten kann, riskierte ich die Trennung. Nein, was in nördlicheren Ländern möglich ist, das kann man einem italienischen Mann noch lange nicht zumuten. Das was woanders ein gängiges Modell ist widerspricht in Italien komplett den tradierten Rollenbildern. Babyjahr? Keine Chance. Er ist zwar schon ein moderner Mann, aber so etwas wäre niemals infrage gekommen. Das Thema wurde mit nur einer typisch italienischen Geste vom Tisch gefegt und ließ eindeutig kein weiteres Gespräch darüber zu. Stattdessen eröffnete er eine eigene Praxis für Physiotherapie in der nächsten Kleinstadt und ist nun mindestens 11 Stunden am Tag fern von zuhause. Wie ich die Vierfachbelastung, Kinder, Arbeit, Hausausbau und Haushalt hinbekommen sollte, das wurde nie besprochen. Und ich habe den leisen Verdacht, dass italienische Männer sich mit der Hochzeit auch absichern, dass sie dann wieder eine Mama haben, die sich um alles aufopferungsvoll kümmert, so wie sie es von klein auf gewöhnt sind.
Die schönsten Komplimente machen mir ohnehin meine Kinder. Felix, zu dem Zeitpunkt immerhin 12, meint: „Mama, machst du auch bei der Miss-Italia-Wahl mit?" Der Vorentscheid findet nämlich jedes Jahr in Casciana Terme statt und auf den Plakaten sind Wochen vorher im Großformat die

schönsten Frauen zu sehen. Und Filippo stellt mich mit folgenden Worten einer Dame vor: „Lei è mia mama, lei e nuova e bella“, „Das ist meine Mama, die ist ganz neu und schön.“
Mit drei Kindern und einem italienischen Ehemann kann man ja gar nicht altern. Obwohl, die Lachfalten sind nun wirklich nicht zu übersehen.

Andererseits ist bekannt, dass die Mamas hier das Zepter in der Hand halten und eine herausragende Stellung genießen. Das versöhnt dann wieder.

Schöne italienische Familie
La bella famiglia italiana

Nach dem Fehlgriff mit der Familie meines ersten „Fidanzato“, Verlobten, in Lari, die mich nicht wollte, werde ich dafür von Riccardos Familie sofort herzlich aufgenommen.
Gerade mal drei Tage sind wir zusammen, da stellt er mich den Seinen vor. Das wird ja auch höchste Zeit, denn nach fünf Tagen ziehen wir zusammen, nach weiteren sechs Wochen werde ich schwanger, nach sieben Monaten kaufen wir ein Haus, eröffnen die Physiotherapiepraxis von Riccardo und nach 15 Monaten heiraten wir. Das ist extrem schnell, denn der gewöhnliche Italiener ist generell circa zehn Jahre verlobt, ohne zusammen zu leben, bevor er sich ewig bindet. Und einige ziehen erst nach der Hochzeit zusammen.

Riccardos Eltern sind getrennt. Mama Sofia ist eine rüstige Frau in den Achtzigern, trotz zweier Hüftoperationen immer mit Stöckelschuhen unterwegs, und lacht gern und oft.

Scheinbar die Ruhe in Person lebt sie mit Riccardos Schwester Letizia und deren kleinem frechen Sohn Francesco zusammen. Dessen Vater hatte Letizia in der Schwangerschaft wegen einer anderen sitzen lassen (kennen wir ja).
Letizia macht im Haushalt gar nichts, steht stundenlang vor dem Spiegel und kämmt ihr schwarzgefärbtes Schneewittchenhaar, guckt Fernsehen bis tief in die Nacht und schläft morgens entsprechend lange. Um den Jungen kümmert sich die Nonna, seine Oma.

Letizia & Nonna Sofia

Mama Sofia stammt aus einer gut situierten Familie aus einem Vorort von Rom, sie war Zeit ihres Lebens zuhause, nur nach der Scheidung musste sie sich ein Zubrot verdienen als Aushilfe in Hotels. Sie bezieht also nur eine Mindestrente. Ihre Tochter ist meist in Kurzarbeit, aber mir scheint, ihr passt das ganz gut. Wovon die drei leben, ist mir ein Rätsel. Glücklicherweise haben sie eine kleine Eigentumswohnung mit zwei Schlafzimmern, Bad, Wohnraum und Küche. Das Geld dafür hatte Sofia von ihren Eltern geerbt. Sie leben äußerst sparsam, trotzdem ist Letizia immer bestens gekleidet und sehr großzügig. Sie schenkt mir Schmuck, Stiefel, Taschen, alles Dinge, die ich mir viele Jahre nicht leisten konnte, obwohl ich sehr viel gearbeitet habe.
Francesco, mittlerweile acht Jahre, genießt alle Freiheiten. Schon als Baby schaute er fleißig mit Fernsehen bis Mitternacht (Letizia liebt blutrünstige Krimis), im Auto wird er nicht angeschnallt, weil er das nicht will, die Ernährung besteht überwiegend aus Coca-Cola und Kindermilchschnitten zu Uhrzeiten, die er bestimmt, und sobald er ein bisschen hustet, bekommt er sozusagen als Nahrungsergänzungsmittel
Antibiotika und Kortison.

Kurzum, wenn meine Kinder ab und zu für einen Tag dort sind, weil ich arbeiten muss, habe ich ein mulmiges Gefühl.

Einmal erzählte mir Filippo, da war er gerade vier und Luca 2,5 Jahre alt, sie hätten einen tollen Film gesehen: Da wäre ein Squalo, ein Hai, gewesen, der hätte erst einem Menschen den Arm abgebissen, dann hätte er ein Kind gefressen und überall wäre ganz viel Blut gewesen. Ich bin entsetzt, frage weiter und stelle fest, dass sie „Der weiße Hai" gesehen haben. Es ist nicht zu fassen!
Zur Rede gestellt meint meine Schwägerin mit unschuldigem Blick: „Sie wollten das doch sehen." Glaube ich gern, sicher wollten sie auch Cola trinken, ununterbrochen Kindermilchschnitten essen und im Auto hatten sie keine Lust, sich anzuschnallen.

Schade, dass sie kein Auto hat, das ununterbrochen tutet, bis alle angeschnallt sind. Aber auch dem kann man abhelfen, erzählte mir ein Bekannter, Italiener, denn das nerve ja fürchterlich. Er hatte einfach den Gurt durchgeschnitten und das Ende in den Gurtverschluss gesteckt. Hat nie wieder getutet.
Was man dann bei einer Kontrolle der Polizei erklärt, weiß ich auch nicht. Wahrscheinlich zieht er dann schnell den ja immer noch vorhandenen Gurt nach unten und klemmt ihn sich unter den Hintern.

Eines Tages kommt Filippo zu mir hoch ins Büro, wo ich am Computer sitze: „Guck mal, was der Papa mir gemalt hat." Äh, Filippo, was ist das? Blöde Frage, ich sehe genau, was das ist, ein Hai, der gerade einem Menschen, der verzweifelt versucht wegzuschwimmen, das Bein abbeißt. Ricccardooooo!!!!
Und wieder die stereotype Antwort, die ich schon von seiner Schwester kenne: „Filippo wollte das doch!"

In Farbe noch viel besser!

Eine italienische Familie ist vor allem eines: laut. Darauf sollte man sich bei einem Besuch seelisch und moralisch einstellen.
Wir haben jedoch den Vorteil, dass bei uns weder jemand oben drüber, noch unten drunter wohnt. Die Nachbarn in der anderen Haushälfte, Silvana und Amelio, schon recht betagt, aber noch sehr fit, sagen, wenn ich mich mal wieder für unseren Lärm entschuldige, sie wären froh, wir würden ihnen „compagnia“, Gesellschaft, leisten, das wäre nett. Ich bin mir nicht sicher, ob das der Wahrheit entspricht.

Erschwerend kommt bei uns dazu, dass Riccardo aufgrund einer Kinderkrankheit einen kleinen Hörschaden hat, und Schwerhörige verstehen ja nicht nur manches nicht, sie gehen auch davon aus, dass andere ebenfalls schlecht hören und demzufolge drehen sie das eigene Volumen auf.
Italienische Kindergartenkinder aber, über 50 in einem engen Raum, müssen sich sowieso den ganzen Tag anschreien, um sich überhaupt Gehör zu verschaffen, und abends können sie den Regler dann nicht mehr runterfahren. Ein arger Stress für Ruhe bedürftige Mamas.

Bei Nonna Sofia, Letizia und Francesco im Haus wohnt jedenfalls noch jemand unten drunter, oben drüber und nebenan. Sie wohnen in der Nähe von Lucca in einem „condominio“ (ein eigenartiges Wort, finden Sie nicht auch?), einem Mehrfamilienhaus. Wenn wir dann noch zu Besuch kommen, geht es hoch her, vier Jungs, mein Mann und wir drei donne, Frauen, auf 20 qm, denn wir halten uns alle in der Küche und im angrenzenden salone (nein, kein Saloon, auch kein Salon), im Wohnzimmer, auf. Ich versuche, wenn ich nicht entnervt oder gar zu müde bin, gute Laune zu verbreiten, aber irgendwann kommt es immer zum Streit, weil Nonna Sofia irgendetwas macht, was Letizia nicht passt und dann schimpft sie ganz arg, manchmal so doll, dass ich die Kinder schnappe und sie aus der Schusslinie ziehe.
Einmal dachten die Nachbarn wirklich: Oh Gott, jetzt haben sie sich erschossen. Letizia und Nonna Sofia waren mitten im dicksten Streit, als figlio, Sohn, Francesco einen Luftballon hat platzen lassen. Es gab einen Riesenknall und alle waren vor Schreck mäuschenstill. Als sie mir das erzählen, müssen wir uns vor Lachen die Bäuche halten.

Eines schönen Tages holen wir bei ihnen eine „libreria“, einen Bücherschrank, ab. Ich habe wochenlang dagegen diskutiert, dieses dunkle Ungetüm mit in unser neues Haus zu nehmen, aber es half nichts. Irgendwann habe ich klein beigegeben, und das will etwas heißen. Der Bücherschrank ist aus den Siebzigern und überhaupt nicht mein Stil. Wir fahren also mit einem Lieferwagen zur Schwiegermama und das Ungetüm wird eingeladen. Zwei Sessel mit grün geblümtem Bezug müssen wir auch noch mitnehmen. Trotz heftigen Protests meinerseits kommt außerdem ein goldbeiniges Tischchen dazu, und die beiden Vasen, die auf dem Bücherschrank standen, müssen da natürlich auch zukünftig stehen. Ich traue mich gar nicht, sie anzusehen. Den Hirsch mit nackter Göttin in Bronze weigere ich mich jedoch standhaft mitzunehmen, da habe ich endlich Erfolg.

Immerhin bekomme ich ein gutes Mittagessen, „Pasta al pomodoro", Nudeln mit Tomatensauce, danach Hühnchen und Buttererbsen. Schwiegermama, die ich abwechselnd „mama", „nonna" oder „Sofia" nenne, macht sich bei mir nicht die Mühe, meine Portion auf einen Teller zu laden, sondern sie gibt mir meist gleich die Schüssel. So spart sie sich das Aufstehen zwischendurch, denn zur Freude einer jeden italienischen Hausfrau esse ich nicht, ich verschlinge ganze Menüs freudestrahlend. Nicht, dass ich wirklich schnell esse, ich beobachte immer wieder mit welcher unglaublichen Geschwindigkeit Italiener vor allem Nudeln in sich verschwinden lassen, ich hingegen verspeise langsam und kontinuierlich große Mengen. Das kommt wohl daher, dass ich sehr selten Zeit finde, ausgiebig zu essen. Mit drei Kindern sitzt man fast nie ruhig am Tisch, sondern man springt bei mindestens zwei verschiedenen Gängen, die es jeden Abend gibt, permanent auf. Deshalb lasse ich mich nur zu gern verwöhnen und gebe das auch laut kund.

Loben habe ich gelernt. Ist man doch in Deutschland eher zurückhaltend, so wird hier viel Wert auf Komplimente gelegt, was ich auch richtig und wichtig finde. Ein Menü zu zaubern bedeutet viel Arbeit, und die sollte gewürdigt werden. Das tue ich zwar schon damit, dass ich viel esse, aber man sollte zwischen Schmatzen und Kauen immer mal: „molto buono, fantastico, meraviglioso, mi piace tantissimo", „sehr gut, fantastisch, das schmeckt mir sehr gut", oder andere Superlative einfließen lassen.

Mittlerweile geht mir das auch schon viel leichter von den Lippen. Enthusiasmus ist in der italienischen Küche auch wirklich angebracht, ist sie doch die beste und gesündeste Küche Europas. Ich frage oft nach Rezepten und koche Gerichte nach. Meist entsteht bei mir jedoch eine deutsch-italienische Variante. Hier wird zum Beispiel die Pasta immer vor dem Servieren mit der Soße vermischt, ich hingegen mache nach wie vor mein Häufchen Nudeln auf den Teller und darauf die Soße. Zum Glück habe ich einen toleranten Ehemann, der sich darüber noch nie beschwert hat. Aber kocht er, dann natürlich so, wie er es gelernt hat.

Dann bekomme ich selbstverständlich meine Nudeln bereits mit der Soße vermischt und nicht extra.

Nonna ist übrigens der Meinung, dass man dem Ehemann nie widersprechen darf. Das wäre sehr unklug. Demzufolge verhalte ich mich sehr oft sehr unklug. Und ich weiß nicht so recht, was besser ist, denn schließlich ist sie ja seit fast 30 Jahren geschieden.
Ihr Mann verließ sie wegen einer Jüngeren, und das zu einer Zeit, als Scheidungen unüblich waren und die Frau vor dem Nichts stand. Heute ist Renato, ihr Exmann, mit Verena zusammen, die Sofia sehr ähnelt. Nur ist die leider eifersüchtig auf seine Kinder, und so bekommen auch unsere Kinder ihren Nonno, ihren Großvater, selten zu Gesicht. Das ist sehr schade, er wäre ein toller Opa und wir hätten so gern Unterstützung und eine typisch italienische Familie, die zusammenhält.

Eines Tages kommen Schwiegermama und Schwester zu Besuch. Das passiert vielleicht ein Mal im Jahr. Letizia will „riso con funghi" kochen, Reis mit Steinpilzen. Riccardo arbeitet im Schwimmbad, und wahrscheinlich meint er, wir verhungern ohne ihn, also schickt er mir liebenswürdigerweise seine Familie.
Ich stehe ein klein bisschen Kopf, denn ich komme gerade aus Hamburg und sehe vor mir einen riesigen Berg an Arbeit.
Na prima, wenigstens kocht jemand, und wir setzen uns an den gedeckten Tisch.
Meine Schwägerin meint: „Eigentlich hätten wir lieber Nudeln mit Tomatensoße gekocht. Ich hätte auch die Soße mitgebracht!" Und sie setzt noch eins drauf. „Beim nächsten Mal bringe ich Dir einen grooooßen Topf Nudelsoße mit", dabei umfasst sie mit den Armen einen imaginären Waschtrog, „der reicht dann für die ganze Woche."
Meine kläglichen Einwände verhallen im Begeisterungstrubel von Nonna und Schwägerin. Mit meinem schwachen Stimmchen gelingt es mir nicht, mir Gehör zu verschaffen. Dabei weiß ich auch nicht so genau, wie ich es ausdrücken soll, dass das doch nicht nötig ist, denn seit sechs Jahren bekommen wir immer und jedes Mal, wirklich jedes Mal bei ihnen, pasta al pomodoro, Nudeln mit Tomatensoße zu essen. Das glaubt mir doch keiner. In Italien!

Übrigens das Wort „Mülltrennung" hat erst mit mir Einzug in die Familie gehalten, allerdings nur das Wort.
So fische ich nach der Kochorgie die leere Spüliflasche, zwei Wasserflaschen und die Reispackungen aus dem Mülleimer.
Da meine lieben Verwandten zuhause keine Spülmaschine haben, waschen sie erst mal alle Teller sehr langsam und andächtig unter fließend kochend heißem Wasser ab und räumen sie dann sorgfältig und sauber in die Spülmaschine. Für

meinen Tick, Flaschendeckel zu sammeln, die Behinderten und Dritte-Welt-Ländern zu gute kommen, werde ich bloß mitleidig angeschaut.
Macht nichts, ich lasse mich nicht beirren, und sie sich auch nicht. Zu einer Änderung ihres Verhaltens führt erst eine massive Strafandrohung der Stadt Lucca, die dort 2010 allen Bürgern Tonnen für die Mülltrennung vor die Tür stellt und mit 1000 Euro Strafe droht, wenn nicht ordentlich getrennt wird. Das allerdings befürchte ich nun auch für unser antikes Dörfchen, in dem kein Platz für bunte Tonnen ist, die außerdem das schöne Dorfbild nur zerstören würden. In Deutschland werden die Müllplätze gleich mit konzipiert, aber hier doch nicht.

Ich ziehe mich an meinen Computer zurück, den unglaublichen Lärm um mich herum versuche ich zu ignorieren. Die drei Jungs springen mit Schwertern bewaffnet durchs Haus. Ab und zu stoße ich einen markerschütternden Schrei aus (denn natürlich habe ich ein gar nicht so schwaches Stimmchen, wenn ich will), um sie von dem goldverzierten Tischchen weg zu jagen. Abwechselnd muss ich auch den einen oder anderen tröstend in den Arm nehmen, wenn er sich weh getan hat.
Nonna und Schwägerin Letizia höre ich derweil sich angeregt unterhalten, das heißt, ich stelle wieder einmal erstaunt fest, dass sie beide gleichzeitig ununterbrochen reden, ohne je eine Pause zu machen. Erst denke ich, dass beide jeweils mit jemandem am Telefon sprechen, und frage mich, warum nicht eine von beiden in ein anderes Zimmer geht, aber dem ist gar nicht so. Sie scheinen in einen wichtigen Dialog, oder besser gesagt, in zwei Monologe vertieft.
Trotzdem scheint die eine, während sie ohne Unterbrechung redet, mitzubekommen, was die andere sagt. Das ist mir ein komplettes Rätsel. Ich bin zwar auch ein guter Multitasker, Frauen sind richtig gut darin, aber DAS kann ich nicht.
Mir fällt unweigerlich der Schlusssatz von Fellinis Film „La voce della luna“ ein: „Wenn wir alle etwas leiser wären, würden wir vielleicht auch etwas verstehen.“

Ich freue mich, dass die Unterhaltung immerhin relativ entspannt verläuft, denn meistens streiten sie lautstark miteinander. Irgendwann steigert sich dann doch das Volumen und so bekomme ich eine Etage höher endlich mit, worum es geht: Ob eine gewisse Schauspielerin nun schön ist, aber nur mit Schminke und ansonsten ganz grässlich aussieht, wie Letizia meint, oder aber wirklich „bellissima“ ist, wie Nonna Sofia meint.
Ist doch erstaunlich, dass man sich über so etwas ereifern kann.
Naja, nach Jahrzehnten „Genuss“ italienischen Fernsehens sind solche Gespräche wahrscheinlich doch mehr als normal. Für mich bleibt es ein Rätsel

wie man sich auch nur einen Abend italienisches Fernsehen anschauen kann. Ich habe es mehrmals versucht, schon weil ich dachte, damit die Sprache besser lernen zu können, aber es ist mir unmöglich. Überall springen vollbusige geliftete Schönheiten herum, die Unwichtiges zum Besten geben und das Ganze wird auch noch von jeweils 10-minütiger Werbung mehrmals unterbrochen. Also ich bin da sowieso nicht auf dem Laufenden.

Endlich erschallt der Ruf nach oben zu mir: „Kristina, noi andiamo via!", „Wir gehen!"
Mein „o, mi dispiace", wie schade", wird übertönt, und das ist auch gut so, denn erstens sage ich es nicht besonders überzeugt und zweitens bin ich froh, dass man nicht bei jeder kleinen Lüge gleich eine lange Nase bekommt wie Pinocchio.

Ich schiebe sie zur Tür hinaus mit vielen „baci, abbracci und ciao, ciao", Küsschen und Umarmungen, und atme tief durch, während ich mich an die Tür lehne und umschaue, ob sie auch ja nichts vergessen haben.

Und natürlich freue ich mich schon auf das nächste Mal mit meiner famiglia italiana! Nach einer Woche werde ich sie bereits schmerzlich vermissen und unheimlichen Appetit auf „Pasta al pomodoro" haben.

Und so macht man sie:
Pasta al pomodoro di Nonna Sofia

Man koche „penne lisce" (das Wort „penne" bitte immer schnell aussprechen, sonst heißt es etwas Anderes und könnte erstaunte Blicke hervorrufen), zu bevorzugen sind natürlich die Penne von Martelli.
In der Zwischenzeit wird der sugo, die Soße, in einer großen Pfanne zubereitet. Dafür schneidet man Zwiebeln klein und dünstet sie in viel gutem Öl, dann gießt man 1 Flasche pürierte Tomaten dazu und lässt das Ganze mindestens ¼ Stunde köcheln, das nimmt den Tomaten das Saure. Dann reibt man Parmesan hinein, gießt die Nudeln ab, verfeinert sie mit einem schönen großen Stück Butter und mischt alles in der Pfanne.
Besser geht's nicht: Ein besonderer Tipp sind die prämierten pürierten Tomaten, „passata di Pomodoro", von Bio-Colombini bei Lari, Via le Prata, Crespina.

Und noch etwas kann Nonna Sofia richtig gut: Eier im Schlafrock – uova in camicia. Diese italienische Variation zum Frühstücksei kann auch als einfacher zweiter Gang nach den Nudeln serviert werden.

Wasser kochen, Ei hineinschlagen, solange kochen lassen, bis das Eiweiß fest, aber das Eigelb noch flüssig ist, gut abtropfen lassen, auf den Teller heben, ein Stückchen Butter darauf und Parmesan (oder Grana Padano) darüber reiben.

Unser Dorf – ein toskanisches Wolkenkuckucksnest

Il nostro paese, una magica culla toscana

In der kleinen Wohnung in Lari wohnen wir schon lange nicht mehr. Das ginge auch nicht, immerhin sind wir mittlerweile zu fünft.
Bevor ich Riccardo kennen lernte, hatte ich eine große Wohnung in einer alten schönen Villa in Cevoli di Lari. Es war die obere Etage, die ehemalige Dienstbotenwohnung. Die Dienstboten wohnten in den Villen immer in den oberen einfacheren Geschossen, was ich nie verstand, denn von dort oben ist die Aussicht am besten. Wir blickten auf einen großen Pappelhain, sanfte Hügel und saftige Wiesen.
Ich habe diese Wohnung sehr geliebt, und auch die Vermieterin Eva.
In dieser Zeit liebte ich auch noch meinen Mammone, aber es gelang mir nicht ein einziges Mal, ihn für eine Nacht dort zu behalten. Das tut man eben nicht vor der Hochzeit!
Dafür liebt man sich im Fiat 500 oder sonst wo im Dunkeln auf irgendwelchen Parkplätzen, als wäre man 15. Ist ja auch nett, aber ich war einiges über 30.
Eines Tages war es dann aus mit ihm. Ich lernte Riccardo kennen. Er war eindeutig ein guter Mensch, ein aufregend liebevoller Mann, und Felix mochte ihn gleich. So machten wir Nägel mit Köpfen, und das sofort.
Filippo wurde in eben dieser Villa geboren und besiegelte unser Glück. Da waren wir noch nicht verheiratet und das ging auch. Aber heiraten, die Vorstellung fanden wir beide schön. Nach Riccardos Heiratsantrag, romantisch italienisch auf dem Vesuv mit Blick auf Napoli und das Meer, taten wir das dann auch. Das dritte Kind, unser Luca, war endlich ein ordentlich in der Ehe gezeugtes und geborenes Kind, und er erblickte das Licht der Welt in dem Haus, in dem wir bis heute leben und wo wir auch alt werden wollen.

Unser Dörfchen ist fünf Kilometer von Lari entfernt und gehört zur Nachbargemeinde Casciana Terme, einem Thermalort mit warmen Schwimmbad, großer Piazza, freskenverziertem Café, netten Restaurants, attraktiven Villen, hübschen Läden, Eisbars und einem Park. Auch dieser Ort, so ganz verschieden von Lari, wächst mir immer mehr ans Herz.

Nach vielen Jahren die ich als Larigiana, als Einwohnerin von Lari, mit Herz und Seele verbracht habe versetzt mich unser Hauskauf in die Nähe dieses Thermalortes der lange Zeit in der Toskana sehr berühmt war. Man versucht jetzt den einstmaligen Glanz wieder aufzupolieren.

Am meisten gefällt mir, wenn ich über Cascianas Vergangenheit nach denke, die Geschichte von der Contessa Matilde di Canossa und ihrer Amsel. Ein Poet namens Donizone hat sie vor über 800 Jahren aufgeschrieben. Die Gräfin muss der Legende nach eine ganz besondere Frau gewesen sein. Liebevoll das „Mädchen Tessa" genannt, sagt man, dass bei ihrem Eintreffen in einen Ort spontan die Glocken anfingen zu läuten und entlang des Weges die Blumen aufblühten. Das erfreut meine so romantische Seele.
Die Contessa hatte eine Amsel, die sie über alles liebte und die sehr krank war. Eines Tages bemerkte sie, dass sie jeden Tag frischer und gesünder wurde und sie entdeckte, dass sich ihre Amsel in einer Quelle badete, die offensichtlich eine heilende und verjüngende Wirkung hatte. So wurde, sagt die Legende, der Thermalort Casciana gegründet.

Am Treffendsten scheint mir die Beschreibung, dass Casciana früher der Salon der Toscana genannt wurde. Wenn man in alten Büchern blättert steigt genau dieses Bild vor einem auf: Unzählige (über 60) Hotels, Herbergen und Zimmer gab es zur Miete. Jeder noch so kleine Raum wurde genutzt, um die Bagnini, die Badegäste zu beherbergen. Leben war auf den Straßen, ein Café reihte sich ans andere, die Balkons waren blumenberankt und auf der Piazza standen große Kübel mit Palmen. Berühmte Gäste hatte der Badeort zu verzeichnen. Die logierten im Grand Hotel, einer riesigen Villa, die im heutigen Park der Therme stand. Im 2. Weltkrieg erlitt sie durch Bomben erhebliche Schäden und in den 70igern riss man sie ab, meiner Meinung nach einer der größten Fehler, die in Casciana gemacht wurden. So ging der Stand vom Nobelort in einen normalen Badeort über.
Damen mit langen wallenden Kleidern flanierten mit Sonneneschirmchen bewaffnet durch die viali, durch die baumbesäumten Alleen, während die ärmere Bevölkerung für ihr Wohl sorgte und ansonsten auf der Bildfläche nichts zu suchen hatte. Sie hielten sich im Hintergrund oder außerhalb des Dorfes auf, z.B. an den Brunnen wo sie zusammen saßen und anschließend Wasserkrüge auf ihren Köpfen nach Hause balancierten, um pünktlich das Abendessen für die Herrschaften zu bereiten.

Man machte wochenlang eine Badekur und erfreute sich der belebenden, heilenden und verjüngenden Wirkung des Wassers.
Zwar sah und sieht man nach einem Bade nicht jünger aus (oder vielleicht doch, weil entspannter) aber man fühlt sich frisch und lebendig. Es wurden wie heute fleißig so viele Feste wie möglich gefeiert, am beliebtesten waren die Karnevalsumzüge. Es gab Rallies und Fußballspiele, Fahrradrennen wurden ausgetragen und natürlich einige Kirchenfeste gefeiert, Musikwettbewerbe veranstaltet, Billiard gespielt und Unmengen Caffé geschlürft.
Mehrmals pro Woche fuhr eine Kutsche oder später ein schmuckes Automobil nach Pontedera, aber auch nach Fauglia und Volterra. Sie dienten als Postverteiler, beförderten aber auch die reisefreudigen Badegäste.

Auch heute noch erfreut sich die Therme großer Beliebtheit. Uns gefällt am meisten das Nachtbaden (Nicht zu verwechseln bitte mit Nacktbaden, so etwas gibt es nämlich gar nicht in Italien und das ist bei den heißblütigen Italienern auch nicht ohne Grund so, bitte auch nie in die Sauna nackt gehen! In der Therme ist Badesachen- und Badekappenpflicht.) im warmen Wasser unterm Sternenhimmel, natürlich die Tanzabende, die Alessio unser Tanzlehrer im Sommer im Park der Therme veranstaltet und das Eis auf der Piazza. Balneum ad aquas, so der Originalname von Casciana Terme, lädt noch heute seine Besucher zum Baden, Kuren und Wohlfühlen ein.

Unser Dorf hingegen ist winzig klein, typisch toskanisch mit Dorfkirche, in der jeden Sonntag und jeden Montag die Messe gelesen wird, einer Piazza davor und so engen Sträßchen, dass zumindest unser Haus ganz zerkratzt ist von den Traktoren, die da gerade mal so durch passen.

Die Einwohnerzahl erhöhte sich mit unserem Zuzug explosionsartig um nahezu 5 % auf 120 Personen.
Seit 1938 gibt es hier erst Strom und seit 1959 Wasser. Bis dahin ging man zum Dorfbrunnen und zum Wäschewaschen an unserem Haus vorbei ins Tal zum Waschplatz. Das war im Winter sicher sehr unangenehm.
Auch in unserem Haus hatte es, wie in den meisten toskanischen Häusern, nie eine Heizung gegeben. Die Häuser haben bis zu 50 Zentimeter dicke Mauern und kleine Fenster, deshalb kühlen sie im Winter nicht so aus und halten im Sommer die Hitze ab. Manche sonnenhungrige Touristen beschweren sich darüber, sie hätten gern mehr Lichteinfall, aber diese Bauweise hat einen ganz praktischen Sinn. Den gleichen Dienst sollen die herrlich grünen Fensterläden erfüllen, die jedes (außer unser) Haus verzieren. Aber der Sinn warum sie auch im Winter fast alle verschlossen sind erschließt sich mir bis heute nicht. Das

muss eine Gewohnheitsfrage sein, die wir sonnenhungrigen Nordländer schwer nachvollziehen können.

Sant`Ermo

Jedes Haus hatte zum Heizen früher einen Kamin, der musste reichen. Andererseits sind die Häuser kaum isoliert, und sie mit der Heizung, die jetzt überall „in moda“, modern, ist, schon auf 18 Grad zu heizen, kostet ein Vermögen. Also zieht man sich eben wärmer an.

Die Einwohner von Sant`Ermo sind etwas ganz Besonderes. Auch wenn wir als Zugezogene leider selten in die Dorfgeschehnisse einbezogen werden, so muss ich doch sagen, dass ich von der Energie mit der hier einige Leute im Dorf viel bewegen, äußerst beeindruckt bin.

Und besonders sind auch die Schweine, von denen es hier 150, also mehr als Menschen, gibt. Sie heißen „maiali di cinta senese“. Es sind dunkle Schweine mit weißem Fellgürtel, eine Rasse, die aus der Gegend um Siena stammt, fast ausgestorben war, und deren Bestand toskanaweit wieder auf 18.000 angewachsen ist. Ich nenne sie Rennschweine, weil sie den ganzen Tag draußen sind, viel laufen und so einen fantastischen Schinken produzieren.

Biegt man von der Hauptstraße, die direkt zum Meer bei Rosignano und Vada führt, ins Dorf ab, sieht man links soweit das Auge reicht Weinberge, die alle zur herrschaftlichen Villa und der Fattoria Sant`Ermo gehören. Vor jeder Rebenreihe wurde ein Rosenstock angepflanzt. Das sieht wunderschön aus und dient ausschließlich dem Zweck, das Auge zu erfreuen. Früher sagte man, das sie auch dazu dienen, den Befall von Schädlingen rechtzeitig zu erkennen aber das sei wohl eine Legende. Lässt man den Blick weiter gleiten, so sicht man einen kleinen Zipfel vom Meer.
Nachts sollte man in der Gegend vorsichtig sein, da kann man schon mal plötzlich Auge in Auge einem großen Wildschwein gegenüber stehen. Auch Stachelschweine wurden gesichtet, und generell sollte man langsam fahren, um nicht eine der mindestens 50 Dorfkatzen zu überrollen.

Nicht zu übersehen ist die Cantina Volpi gleich links im Dorf. „Cantina" sind hier keine Kantinen, sondern Weinkeller. Überall dort, wo Sie das Schild „Cantina" sehen, können Sie normalerweise auch Wein kaufen.

Unser Haus liegt genau an der Straße, die durch das Dorf einmal um die Kirche herumführt. Sie heißt Via Verdi, wie es sie mit Sicherheit in jedem italienischen Dorf gibt. Das kann praktisch sein, denn wir sind so von der Via Verdi in Cevoli di Lari in di Via Verdi nach Sant`Ermo gezogen.
Jedes Mal, wenn ein Traktor durch das Dorf fährt, stürze ich mit den Jungs ans Fenster, und wir betrachten das riesige Gefährt, wie und ob es mit seinen Anhängern, Fräsen und Feldgerät um die enge Kurve kommt. Das von mir erwartete Kratzgeräusch am Haus bleibt erstaunlicherweise meist (aber nicht immer) aus. Irgendwann entschließen wir uns, den Putz vom Haus bis zu einer bestimmten Höhe zu entfernen, denn von den darunter liegenden Natursteinen bekommt höchstens der Traktor Kratzer.
Vom Haus aus sieht man von der einen Seite über unseren Pizzaofen und eine Palme hinweg in der Ferne den Schiefen Turm von Pisa, das Meer, die apuanischen Alpen mit den Marmorsteinbrüchen und die Windungen der Versiliaküste. Von der anderen Seite schaut man in ein wundervolles Tal und die Hügel hinunter, an denen das Meer bei Livorno, Vada und Rosignano anschließt. Es heißt „valle d`oro", das goldene Tal und jeden Abend bei Sonnenuntergang weiß ich, dass es seinen Namen verdient hat.

Das Haus liegt wenige Schritte von der Kirche entfernt, die hier noch mit ihrem Glockenschlag das Dorfleben bestimmt. Auch diese Glocken haben einen herrlichen Klang. Ich kenne keine Glocken, die schöner läuten als die italienischen.

Die Turmuhr beginnt leider morgens um sieben zu schlagen und abends um zehn hört sie auf.
Wenn an Feiertagen noch dazu die Glocken morgens läuten, fällt man fast aus dem Bett. Am Sonntag ärgert mich das manchmal, denn ich würde so gern mal ausschlafen, falls es mir gelungen ist, die Kinder irgendwie anderweitig zu beschäftigen.

Jeden Montagnachmittag vor der Messe erklingt ein wunderbares Glockenspiel und steht eine Beerdigung an, dann weinen die Glocken. Sie spielen eine so traurige leise Melodie, dass mir zumindest, als ich sie zum ersten Mal hörte, die Tränen kamen. Und auch jetzt halte ich stets inne und schicke ein Gebet zum Himmel.

Bei Festen wie Hochzeiten, Weihnachten, Ostern, Christi Auferstehung, läuten alle vier Glocken auf einmal, auch das ist sehr beeindruckend. Wir rennen dann sofort hinaus und stellen uns unter den Kirchturm, beobachten die Glocken, wie sie hin und her schwingen und lauschen ihrem gewaltigen Klang. Ich wundere mich immer wieder über den Kirchturm, wie er seit Jahrhunderten diesen starken Schwingungen standhält.
Im letzten Jahr wurden die Glocken restauriert und dann leider falsch programmiert. Punkt 7 schlug die Uhr nicht nur, sondern auch die Glocken fingen an zu läuten. Zum Glück hatte Don Bruno, der Pfarrer, Verständnis für meine Beschwerde und programmierte sie um. Ich glaube, außer mir hat sich niemand beschwert, ci si arrangia, man arrangiert sich, mit vielem, eigentlich mit allem, das ist typisch italienisch.

Als wir zum Beispiel in unser Haus zogen, hatten wir kaum Wasser. Wenn wir Glück hatten, kam ein kleiner Strahl aus der Leitung, aber meist tröpfelte es nur. Ich stellte fest, dass das kein hausinternes Problem war, sondern dass es allen anderen ebenso erging. Wie sollte ich so meine 3 Kinder abends waschen? Ich besaß zum Glück die private Mobilnummer vom Bürgermeister und habe ihn solange gequält, bis doch tatsächlich das Wasserwerk neue Rohre am Dorfeingang verlegte und wir nie wieder Probleme mit dem Wasser hatten.

Unsere Kirche ist innen restauriert und auf der Altarwand erstrahlt ein ziemlich modernes Gemälde, das das Dorf zeigt. Links vom Altar sieht man Madre Teresa mit einem dunkelhäutigen Jungen, hinter dem Bogen versteckt Papst Johannes Paul II und für die Dame rechts mit den erhobenen Händen hat mit Sicherheit unsere Nachbarin Silvana Modell gestanden. Der Herr links in Jeans dürfte Gastone sein, der früher den Garten vor unserem Haus bewirtschaftet hat, und die Szene in der Mitte muss ich mir erst vom Pfarrer erklären lassen.

Da kniet eine Person nieder und eine andere steht mit erhobenem Schwert vor ihm. Das Ganze ist so eigenartig gemalt, dass ich mich bei jeder Messe bei Überlegungen ertappe, ob er ihm nun die Haare abschneiden oder den Kopf abschlagen will. Der Herr Pfarrer lüftet das Geheimnis: Es ist natürlich Sant Ermete, dem wir den Namen unseres Dorfes zu verdanken haben, ein Märtyrer, und es waren wohl nicht nur die Haare, die ihm abgeschnitten wurden.

Oft habe ich Schwierigkeiten, bei der Messe zu stehen. Ich arbeite viel und fühle mich dann dem Umkippen nah. Also fange ich an, das Gemälde zu studieren. Es stammt aus den 1990ern und die Dorfbewohner scheinen es nicht gerade zu lieben. Troppo moderno! Zu modern.
Man erkennt auf ihm sogar unser Haus und den Hügel mit dem von mir sehr geliebten „Santuario", dem heiligen Ort der Santa Maria dei Monti. Dort wurde in den 1920er Jahren eine Lichterscheinung gesehen. Es ist ein Ort voller Frieden und Stille mit atemberaubender Sicht. Man sollte unbedingt auf dem Weg zum südlichen Meer dort verweilen.

Auf dem Gemälde sind weiterhin Maria, Josef und ein Herr mit einem sehr unglücklich aussehenden Schwein zu sehen. Das ist der heilige Antonio, der Heilige der Tiere.
In der Kirche haben um die 100 Personen Platz, aber meist kamen nur zehn, zwölf. Das änderte sich schlagartig, als Don Bruno aus Rom zu uns versetzt wurde. Er ist wirklich ein Geschenk des Herrn und ich befürchtete anfangs, er würde binnen fünf Jahren eine überzeugte Katholikin aus mir machen. Aber es kam dann doch alles ganz anders.
Während uns der letzte Pfarrer einige Mal wegen unserer kleinen Kinder, wenn sie nach einer Stunde unruhig wurden, aus der Kirche hinaus komplimentierte, predigt Don Bruno: „Ihr Kinderlein kommet, lasset uns werden wie die Kinder". Jetzt stehen sonntags manchmal bis zu 20 Autos vor der Kirche und drinnen wird es eng.

Zu Weihnachten gefällt mir unsere kleine Kirche ganz besonders, da wird eine hübsche Krippe aufgestellt mit wunderschönen antiken Gipsfiguren, unaufhörlich blinkender Lichterkette und einem Spiegel als See.

Die markantesten Dorfpersonen sind Luisa mit ihrem Sohn, dem Junggesellen Alberto. Luisa ist weit über 80, ihr figlio, ihr Junge, Mitte 50. Das Leben hat die beiden zusammen geschweißt. Nick, der Freund von Felix aus Berlin, erschrak fürchterlich, als er Luisa das erste Mal sah und rannte weg. Ja, es fehlt nur noch die schwarze Katze auf der Schulter und sie würde als Hexe durchgehen. Ihr fehlen fast alle Zähne, und wenn sie laut lacht, ist das fantastisch anzusehen und vor allem anzuhören. In einem Buch finde ich ein Foto aus ihrer Jugendzeit, sie war mal ein bildhübsches Mädchen.

Alberto & Luisa

Wir alle haben sie sehr ins Herz geschlossen, sie ist eine Seele von Mensch. Ihre Energie, sie saust immer noch wie ein Derwisch durch die Gegend, nimmt sie von ihrem Glauben an Gott, sagt sie.

In der ersten Weihnachtsmesse, die wir 2005 in unserem neuen Dorf erlebt haben, rutschte sie hinter mir von der Kirchbank auf den Boden und ich dachte: Das war's. Aber sie rappelte sich wieder auf und erfrischt uns nach wie vor mit ihrer Lebensfreude.
Das „Paar" lebt von der Rente des verstorbenen Mannes, Luisa bügelt und putzt gelegentlich bei anderen im Dorf, und Alberto hilft irgendwo bei der Gartenarbeit oder geht für Andere einkaufen. Er läuft meistens geschäftig aussehend durchs Dorf, aber er geht keiner festen Arbeit nach, seitdem er einen Unfall hatte. Es ist ein Rätsel, wie sie finanziell über die Runden kommen.
Es sind die Leute, die mit am nettesten grüßen, es sind die Einzigen die Hilfe anbieten und immer hält man ein Schwätzchen. Manchmal ist das schwierig, wenn man es eilig hat und Luisa sich am Autofenster festklammert, mit ihrem

Lachen, das man sein Lebtag nicht vergessen wird. Den Kindern ruft sie zu, wie „belli e bravi", wie schön und lieb, sie sind. Darüber freut sich Mama natürlich, zweifelt allerdings bei derlei Komplimenten daran, ob man den Italienern wirklich alles glauben darf, was sie so den lieben langen Tag erzählen. So gern sie ein Schwätzchen halten, auf den Dorffesten sind sie nie zu sehen. Da verstecken sie sich lieber, obwohl wir sie so sehr gern dabei hätten.

Abends nach dem Essen geht Riccardo manchmal mit den Kindern zu ihnen oder zu Oriana, der Nachbarin, die in der anderen Richtung 20 Schritte entfernt wohnt. Dort herrschen ähnliche Verhältnisse, Mama über 70, immer sehr leidend, lebt dort mit ihrem Sohn Loris, Mitte 40. Er sieht aus wie die lächelnde Gemütlichkeit, ist in Wirklichkeit aber ein Vulkan, den ich mehr als einmal hinter verschlossener Tür habe explodieren hören. Allerdings ist genauso möglich, dass auch vor unserer Tür schon Nachbarn standen und Ähnliches dachten.

Loris hat eine Freundin, die Morena, aber auch sie hält er eher versteckt, obwohl sie eigentlich ganz nett aussieht. Im Dorf wird sie nie bei offiziellen Anlässen gesehen, von Festen ganz zu schweigen. Loris ist ansonsten ausgesprochen nett und hilfsbereit, und er kann aufs Köstliche Menschen nachmachen wie Rick Kavanian, so dass wir fast platzen vor Lachen. Er imitiert Don Bruno, Renato von der Fattoria und Elisabeth, unsere deutsche Nachbarin. Und wenn er bei denen ist, macht er vermutlich Riccardo und Kristina nach. Einmal hat jemand seine Begabung entdeckt und ihn nach Rom in ein Filmstudio beordert. Er ist nicht hingefahren und arbeitet nun als Nachtportier in einem Hotel. Manchmal hat man in seinem Leben halt nur eine richtig gute Chance. Man sollte immer aufmerksam sein, dass man die nicht verpasst.

Außer Oriana gibt es noch einige ältere Frauen im Dorf, deren Männer schon längst gestorben sind. Sind ihre Kinder weggezogen, wie bei Vanda, dann sind sie sehr allein.

Jeden Donnerstag kommt morgens um 9 Uhr ein kleiner Bus vom Roten Kreuz und holt die Damen ab, um sie auf den Markt nach Casciana Terme zu bringen. Unser gelber Kindergartenbus kommt um die gleiche Zeit, und manchmal helfen wir, die alten Damen einzusammeln, die zu spät dran sind, und winken ihnen dann fröhlich zu. Was werde ich in diesem toskanischen Dorf tun, sollte Riccardo vor mir gehen und ich hier so alt werden? Deshalb finde ich, dass sich Frauen prinzipiell jüngere Männer suchen sollten, sonst ist man zu früh allein. Mein Mann ist genauso alt wie ich, naja, das geht gerade noch so.

Werde ich dann auch immer zwischen Friedhof und Dorf hin und her laufen, irgendwo auf einem Bänkchen sitzen und die Gelegenheit für ein Schwätzchen

nutzen, wenn jemand vorbei kommt? Hänge ich meine Wäsche draußen auf, kehre den Bordstein unserer kleinen Gasse und sitze ich abends allein vor dem viel zu lauten Fernseher?
Die Todesanzeigen werden hier immer groß an die Plakatwand angeschlagen. „Kristina Schmidt“ wird irgendwie komisch aussehen zwischen klangvollen Namen wie „Nello del Canto“, oder „Isabella Rossi“. So ein Quatsch, jetzt darüber nachzudenken, rüge ich mich, doch wie schnell können sich Dinge ändern.

Dann ist da Elisabeth, eine Deutsche, die seit über zwei Jahrzehnten hier lebt. Eine echte Schwarzwälderin, der Italien näher ist als Deutschland, und die ihre drei Kinder hier großgezogen hat. Nur eines von ihnen spricht richtig deutsch. Elisabeths Aussprache im Italienischen ist so ähnlich wie meine, unsere Herkunft lässt sich nicht leugnen. Dennoch will sie nicht mal mit mir deutsch sprechen. Wenn wir uns begegnen, dann spricht sie meist italienisch und ich spreche deutsch. Schade, denn ich würde mich hier gern manchmal mit jemandem in meiner Muttersprache unterhalten können.
Ihre Kinder sind inzwischen erwachsen und so hat sie Zeit, sich für das Dorf einzusetzen. Sie verbringt manche Stunde mit den alten Damen, um die Kirche zu schmücken oder Feste vorzubereiten.
Mir gefallen ihre prägnanten Einschätzungen von Menschen oder Situationen, die meist präzise zutreffen.
Schnell entzieht sie sich jedoch einem engeren Kontakt, was mich etwas traurig stimmt.
Ich sehne mich nach einer guten Freundin in der Nähe.
Zu meiner Freude zieht nun Denise, eine Schweizerin, zu uns ins Dorf.
Und ich werde zusehen, einige Immobilien hier an deutsche Freunde zu verkaufen, und dann veranstalte ich Kaffeekränzchen mit Sahnetorte und Rumkugeln.

Mario, wohnt zwei Häuser weiter, immer winkt er und begrüßt uns fröhlich, manchmal bringt er uns Kirschen, Pflaumen oder Esskastanien. Als sich seine Frau Giovanna beide Hüftgelenke bricht, übernimmt er zusätzlich alle Hausarbeiten und klagt nie. Im Herbst tuckert er jeden Tag mit seinem kleinen Traktor vorbei, beladen mit Olivenkisten oder den schweren Netzen. So einen Opa hätten wir gern. Aber er hat schon zwei nipotini, Enkel, die spielen gern mit Felix, wenn sie Nonno Mario und Nonna Giovanna besuchen.
Mario kann aber auch ganz anders, auch er kann so richtig überkochen vor Wut. Dann wirft er uns samt Kindern aus der Kirche oder schimpft wie ein Rohrspatz weil unser Auto mal wieder im Weg steht.

Und wir haben noch einen Mario. Bis vor ein paar Jahren hat er einen Lebensmittelladen nebst Bar in unserem Dorf betrieben. Anfangs war ich unsicher, ob er überhaupt reden kann. Auf jede Ansprache reagierte er nur mit einem Brummen, und es fiel mir schwer, daraus auf Zustimmung oder Ablehnung zu schließen. War seine Frau nicht im Laden, sondern eine Etage höher, um Essen zu kochen oder ihre Mutter zu pflegen, traf man ihn rauchend vor dem Fernseher an, sichtbar ungehalten, seine „Tätigkeit" unterbrechen zu müssen, und machte einen hilflosen Eindruck. Wie funktioniert die Kaffeemaschine, was kostet die Milch?
Gern aßen wir dort abends im Sommer ein Eis oder tranken einen schnellen caffè oder holten morgens schiacciata, das leckere italienische mit Olivenöl gebackene Fladenbrot für die Kinder. Der Laden fehlt uns sehr.
Mario jedenfalls hat sich als netter Typ entpuppt. Er, von Beruf Elektriker, hat in unserem Haus den Strom verlegt, und so haben wir ihn besser kennengelernt. Verblüfft hat er mich, als er eines Tages zur Tür hinein kam, die Arme ausbreitete und rief: „musica classica, che bello", „klassische Musik, wie schön".
Er pfiff, sang plötzlich mit und lächelte sogar! Die Überraschung stand mir sicher ins Gesicht geschrieben. Ich muss dazu sagen, dass ich in Italien, außer in der Enoteca in Lari, noch nirgends klassische Musik gehört habe, dabei höre ich sie selbst so gern.

Früher gab es noch einen zweiten Laden, den von Silvana. Aber auch sie machte dicht, als sie 76 Jahre alt und ihr Mann immer seniler wurde. Halbblind war Enzo schon lange, aber noch klar bei Verstand erzählte er mir gern aufgeregt von seinem Zusammentreffen mit den Deutschen im Zweiten Weltkrieg. Er versicherte mir, wie sehr er die Deutschen schätze. Im Jahr darauf saß er nur noch vor der Ladentür, und man musste ihn laut anreden, er sah kaum noch etwas und hörte fast gar nichts mehr. Dafür gellte seine Stimme von früh bis abends durchs Dorf: „Silvanaaaaa..." Ein weiteres Jahr später lag er nur noch apathisch im Bett. Es ist sehr traurig, Menschen so verschwinden zu sehen.
Und welch ein Verlust war es, als Silvana ihren Laden schloss. Bis dahin genossen wir den Luxus wie in New York ein Geschäft zu haben, das fast Tag und Nacht offen war, denn uns fehlte immer etwas, Milch, Mehl, Eier, Duschgel, ein Feuerzeug, es gab dort einfach alles.
Die beiden Töchter Antonella und Monica wollten den Laden nicht übernehmen. Denn leben konnte man davon nicht.
Monica ist sehr lustig und intelligent. Sie gräbt ständig neue Geschichten über unser Dorf aus und veröffentlicht ein Buch nach dem anderen darüber. Wir haben sogar einen eigenen Kalender von Sant`Ermo, mit den schönsten Fotos.

Leider fehlt es hier an Kindern und Jugendlichen. Felix hat nur einen Freund in seinem Alter, den leicht behinderten Andrea. Er liebt Felix geradezu abgöttisch und die Beiden gehen sehr nett miteinander um.

Von Antonietta, der wir von unserem Haus aus direkt ins Wohnzimmer schauen könnten (und sie in unseres), wenn sie nicht, wie alle Italiener, immer die Fensterläden zu hätte, haben wir unser Kätzchen Angiolina bekommen. Diese wurde vor unserem Pizzaofen gezeugt und ich kenne es sozusagen von seiner ersten Minute an. Das war amüsant zu beobachten: Katzenmama Polli saß drei Tage auf dem Sims vom Pizzaofen und ließ sich von dem Kater darunter anbeten. Dann hat er sie endlich herum gekriegt, zack, zack, und er hat sich nie wieder blicken lassen.

Antonietta ist nun ganz plötzlich, ebenso wie Mario's Frau Giovanna, gestorben. Dramen die uns sehr mitgenommen haben.

Unsere unmittelbaren Nachbarn (unsere Häuser kleben sozusagen aneinander und es lässt sich nicht mehr feststellen, welches eher da war), sind Silvana und Amelio.
Die Beiden haben uns am Anfang misstrauisch beäugt und jeden unserer Schritte bzw. Arbeitsgänge genau verfolgt. Ob denn das auch alles auch so richtig wäre, und ob wir denn dafür eine Genehmigung hätten. Ja, hatten wir, hat alles seine Richtigkeit und ein Schweinegeld gekostet. Denn in Italien braucht man, wenn man größere Arbeiten an seinem Haus plant, einen Geometer und einen Architekten. Die Arbeit des Architekten haben wir selbst übernommen, aber der Geometer muss Zeichnungen erstellen und Genehmigungen bei der Gemeinde einholen, und die sind richtig teuer. Diese hängt man dann ans Haus, und die örtliche Polizei ist zufrieden und die Nachbarn sind es auch.
Gern hätten wir eine größere Terrasse gebaut, aber dazu hätten wir die Einwilligung von den Beiden gebraucht. Die blieb leider aus, denn dann würden ja in ihren Garten gucken können, in dem sie nie sind. Dass sie jedoch freien Blick in unseren Garten haben, scheint unerheblich.
Jetzt sind Amelio und Silvana freundlicher gestimmt, denn sie merken, wir sind zwar laut, aber bemühen uns, die dörflichen Regeln einzuhalten. Täglich mache ich meine Späßchen mit Silvana, darüber, dass sie im Sommer wie im Winter mit halblangem Rock und Söckchen herum läuft, egal wie kalt es ist, oder über ihre Tür, die immer offen steht.

Sehr gegenwärtig sind im Dorf die Carabinieri und Vigili urbani, die Dorfpolizei. Fast jeden Tag drehen sie ihre Runden, und ich fühle mich dadurch je nach Tagesform gut beschützt oder permanent beobachtet und überwacht.
Mindestens einmal pro Monat stehen sie an der Kreuzung vor dem Friedhof und kontrollieren mit Gewehr im Anschlag die Autos.

Der Friedhof gehört so selbstverständlich zum Dorf wie der Basketballplatz und die Kirche. Friedhöfe befinden sich hier jedoch immer etwas vom Dorf entfernt, das geht noch auf Napoleon zurück. Und vor fast allen findet man Zypressen, die Bäume die für Unsterblichkeit stehen weil sie mit ihrem kerzengeraden Wuchs geradewegs in den Himmel streben. Jeden Tag besucht dort jemand seine verstorbenen Lieben und liebevoll werden die Bilchen auf den Grabsteinen betrachtet. „Cimitero Sa Emo", da fehlen ein paar Buchstaben, steht auf dem Schild am Eingang und darunter die Öffnungszeiten. Abends gehen alle Lämpchen auf den Gräbern an, und das Tor wird abgeschlossen. Es stehen fast immer frische Blumen auf den Gräbern.

Eine Straße ist nach Torquato Cardelli benannt. An seinem Geburtshaus hängt eine Gedenktafel und sein Grab auf dem Friedhof zeigt das Foto eines streng schauenden Jünglings, der ein gutes Leben hätte führen können. Doch er stürmte im Zweiten Weltkrieg bewusst in den Tod, um sein Vaterland zu schützen.
Was hätte ich in diesen Jahren wohl gemacht? Wie hätte ich mich verhalten, wenn ich wehrdienstfähige Jungs gehabt hätte? Ich vermute, ich wäre irgendwohin ausgewandert, wo mich machtpolitische Interessen nicht hätten erreichen können.
Ich bin froh, dass wir in einer anderen Zeit leben, und hoffe, niemals vor solche Entscheidungen gestellt zu werden.
Das Leben ist heute anstrengender als früher, das sagen die Alten hier, aber ihre Probleme möchte ich nicht gehabt haben ...

Richtig gern lebe ich in diesem Dorf und ich mag alte Häuser, denn sie könnten eine lange Geschichte erzählen. Neue Häuser sind komfortabler, aber ohne Seele.
Was könnte unser Haus alles erzählen? Wer ist hier geboren, aufgewachsen, wer gestorben? Wie viele Schmerzens- und Lustschreie hat es gehört? Wer hat hier gestritten, geliebt, gekocht, gewerkelt, gesungen, getanzt, gelacht?

Riccardo und Felix sind im Garten, als sie einen älteren Mann wahrnehmen. Er wandle auf den Spuren seiner Kindheit sagt er, und betrachtet dabei unser Haus andächtig. Hier wohnten seine Nonni, die Großeltern, in den 1940iger und 1950er Jahren.
Das interessiert uns, Riccardo lädt ihn ein, und er erzählt uns einiges über unser Haus. Emo wurde 1943 geboren, mitten im Krieg.
Für mich ist die Zeit zum Teil suspekt, entweder habe ich im Geschichtsunterricht nicht aufgepasst oder die Schule im sozialistischen Deutschland hat mir kein eindeutiges Bild vermittelt. Deshalb bin ich froh wenn mir jemand die Zusammenhänge hier direkt vor Ort erklärt.

Da wir in einem der am höchst gelegenen Häuser wohnen, war dies von strategischem Nutzen. So richteten die Deutschen, die sich 1943 in dem Haus, das einem livornesischen Marineoffizier gehörte, eingenistet hatten, von unseren Fenstern aus ihre Maschinengewehre Richtung Livorno. Von dort rückten die Amerikaner an, denen sich Italien am 08.09.1943 ergab. Die Altstadt von Livorno, als strategisch wichtige Hafenstadt, wurde im 2. Weltkrieg schwer zerstört und alle Kunstschätze gingen verloren.

Ein Kanonenschuss, abgefeuert von Deutschen aus dem Nachbardorf Usigliano, wo das Weingut von unserem Freund Fausto liegt, traf später auch ein

Haus hier im Dorf. Das Glas der durch die Detonation überall zerbrochenen Fensterscheiben landete auch in Emos Wiege, der gerade mal sechs Monate alt war und in der Cantina, dem Weinkeller seiner Eltern friedlich schlief. Zehn Stunden hörte er dann nicht mehr auf zu brüllen.
Um 1941 erhöhte sich die Einwohnerzahl von Sant`Ermo von 530 auf 750, denn Leute aus der Hafenstadt Livorno suchten hier Schutz vor den über 80 Luftangriffen. Unvorstellbar, dass jetzt nur noch 120 Menschen hier im Dorf leben.
Das muss schön gewesen sein: So viel Leben in den Gassen des Dorfes, das auf Einsiedler zurückgeht, die sich hier vor circa 800 Jahren niedergelassen haben.

Emo kannte noch die Zeiten, als Kühe unten bei uns, im ehemaligen Stall, standen. Es war der einzige Raum, in dem es durch den Atem der Tiere im Winter warm war. Auch in den Schweineställen, die im Garten standen, war noch Leben. Und daneben unter der tettoia, dem terrakottagedeckten Wetterdach, stand der Karren. Im Garten lag auch ein alter modriger Pappelstamm, der täglich mit dem warmen Nudelwasser begossen wurde, so wuchsen essbare Pilze auf ihm. In der Küche gab es die madia, einen Backtrog, in dem man den Hefeteigansatz und die Brote aufbewahrte, die dann im Holzofen gebacken wurden.
Familie, Nachbarn und Freunde kamen hier am Holzofen zusammen, um einmal pro Woche Brote, Cantuccini und Pizzen zu backen oder die dicken weißen Bohnen in Steinguttöpfen zu garen. Ein Teil vom Brotteig wurde stets aufbewahrt, um davon neues Brot backen zu können.

Bis etwa Mitte der 1960er Jahre hielten sich diese Bräuche, dann brachen bequemere Zeiten an, und die Leute kauften ihr Brot beim Bäcker, der das Dorf belieferte.
Die großen Tiere wurden geschlachtet oder weggegeben, und nur Hühner und Kaninchen bevölkerten noch den Raum, der heute unser Wohnzimmer ist. An der Holzbalkendecke wurden an unzähligen Nägeln Tomaten, Zwiebeln, Peperoncini und Kräuter getrocknet, in einer Ecke wurden Wein und Öl gelagert. Als wir dort den Fußboden ein Meter ausheben ließen, um ein hier übliches Belüftungssystem anzulegen und die vorgeschriebene Wohnraumhöhe zu erreichen, fanden wir zwei große handgemeißelte Steine, auf denen ehemals Weinfässer lagerten. Einer davon dient uns jetzt als Wohnzimmertisch, der andere wurde als Treppenstufe eingebaut.

Die dicken Mauern gehen auf das 17. Jahrhundert zurück. Wir gehen durch das Haus und überlegen, wo zu welcher Zeit die Eingänge waren, wie es wohl aussah. Überall haben wir bei unseren Bauarbeiten Nischen unter dem bröckligen Putz entdeckt, auch Türbogen aus handgefertigten Terrakottasteinen, verschlossene Öffnungen, die ahnen lassen, wie das Haus mal aufgeteilt war. Wir fanden Fossilien, und in den Mauern Steine mit Abdrücken von wunderschönen großen Muscheln. Vor Millionen von Jahren war hier das Meer.

Wir werden Bruna einladen. Sie kennt zumindest die letzten 80 Jahre des Dorfes und seine Bewohner.
Dem Erdbeben jedenfalls, das 1848 die obere Etage der Villa, die Kirche des Nebenortes Parlascio und viele andere Gebäude zerstört und circa 80 Personen in der Umgebung das Leben gekostet hat, scheint das Haus standgehalten zu haben.
Einmal, als meine Lieben schon schliefen und ich noch am Computer arbeitete, fing es an zu wackeln. Dem Ganzen ging ein unheimliches Grollen voraus. Zum Glück war der Spuk schnell vorbei, war es doch mehr als unheimlich. Es war ein Seebeben gewesen kurz vor Livorno.

Die Ursprünge des Dorfes gehen auf 1200 zurück. Aus der Einsiedelei wurde ein Kloster, aus dem Kloster eine Villa mit römischen Besitzern. Sie wurde gerade für 12 Millionen Euro verkauft. Die letzten ecuadorianischen Eigentümer halten ihr Kleinod, das den Beinamen „Palazzo delle 100 finestre“, „Palast der 100 Fenster“, hatte, unter Verschluss. Das ist sehr schade. Da ich mit den Verwaltern befreundet war, durfte ich die Villa anschauen, und ich träume seitdem davon, darin Hochzeiten auszurichten, die Nebengebäude mit Urlaubern zu bevölkern und so dem etwas verschlafenen Dorf wieder etwas Lebendigkeit zurückzugeben. Renato, der letzte Verwalter, hat dort mit seiner Frau Sandra und seinen Mitarbeitern vieles geschaffen. Die schmucken, mit Rosenstöcken verschönerten Weinberge ringsum sind ihnen zu verdanken. Den Wein sollte man unbedingt probieren. Und wer den Namen von dem besonders guten Wein mit den fünf „c“s, den „bicchicoccho“, nicht aussprechen kann, der zeigt einfach drauf.

Hausausbau in Italien, nur was für starke Nerven

Ristrutturare la casa, solo per qualcuno con nervi saldi

Ein fast 300 Jahre altes toskanisches Bauernhaus auszubauen braucht starke Nerven, Unverdrossenheit und Fantasie.
Für Menschen, die keine Überraschungen mögen, leicht die Nerven verlieren und gar zu cholerischen Ausbrüchen neigen, ist das nichts. Obwohl, ich habe es ja auch geschafft.

Am Anfang steht man davor und denkt: Das wird nie was! So ein Wahnsinn! Und zum Glück weiß man nicht was einen erwartet.
Es regnete durch zwei Etagen hindurch. Alle Fußböden, Stromleitungen, Wasserrohre, die Heizungsanlage, wirklich alles musste neu gemacht, die Wände allesamt komplett restauriert werden. Der Garten war zugewuchert, der Pizzaofen verfallen, die Fassade verrottet.
Die gröbsten Arbeiten haben uns ein paar aufgeweckte Polen gemacht. Sie haben sehr gut gearbeitet, aber an einige Sachen hätten sie sich besser nicht herangewagt. Man will (oder musste in unserem Fall) sparen und am Ende bezahlt man das teuer.
Zunächst haben auch wir selbst bei den schweren Arbeiten mit angepackt. Aber ich zumindest hätte das nicht tun sollen, denn ich war im fünften Monat mit Filippo schwanger und verbrachte dann den Rest der Schwangerschaft mit horrorartigen Rückenschmerzen. Wir ließen zunächst 2 Etagen ausbauen, zogen ein und bauten dann in den nächsten 5 Jahren die untere Etage aus, zogen die Terrasse hoch und machten die hintere Fassade fertig.
Nach den Polen haben wir die besten Maurer der Welt gefunden oder zumindest die Nettesten. Sie stammten aus Neapel.
Das ist ein Männerschlag für sich, wie Maria Immacolata mir ja schon anschaulich berichtet hatte. Sie tragen ihre Frauen auf Händen und wollen ganz Mann, ganz stark sein.
Auch wenn ich mit keinem Neapolitaner verheiratet bin, halfen sie mir, wo sie konnten. Manchmal konnte ich sie für Monate nicht bezahlen, und sie arbeiteten trotzdem weiter und warteten geduldig auf ihr Geld.

Andrea gesteht mir mit einem Lachen, dass er ab und zu beim Baustoffhandel etwas für mich klaut. Wenn keiner hinschaut, lädt er ein, zwei Säcke mehr ins Auto. Das finde ich gar nicht gut und bitte in seinem Namen den lieben Gott um Verzeihung.
Sein Mitarbeiter heißt Rosario. Das bedeutet eigentlich „Rosenkranz", und ich wundere mich über diesen Namen, den ich noch nie zuvor gehört habe. Andrea nennt ihn Rossaaa oder Shrek, letzteres ist auch durchaus zutreffend.

Rosario hat zwar ebenfalls eine Firma, aber er bringt es nicht über den Handlanger hinaus. Er ist 33 und seine Frau 24, sie haben zwei kleine Kinder. Auch bei ihnen frage ich mich: wie machen die das nur, wie kommen die über die Runden? Und trotzdem haben die Kinder die feinsten Sachen an und sitzen in einem schicken Kinderwagen.
Das ist für mich ein Rätsel, das ich noch nicht gelöst habe. Die Italiener achten sehr auf ihr Äußeres, auf ihre Kleidung. Selten sieht man schlecht angezogene oder ungepflegte Menschen. Dabei verdienen sie nur die Hälfte von dem, was die Deutschen verdienen, ihre Grundkosten sind viel höher und es gibt nicht die soziale Absicherung wie in Deutschland. Aber schaut man sich um: Überall schicke Menschen und fast nur neue Autos. Wie machen sie das bloß?

Meine Kinder, die parallel zum Ausbau aufwachsen, haben Freundschaft mit den Maurern geschlossen und wollen nun immer in den Garten „scavare“, „baggern“ gehen. Dabei sind sie natürlich dauernd im Wege, laufen mit großen Hämmern herum und ich rufe sie abwechselnd beim Namen, wenn der Hammer zu nahe am Kopf des anderen vorbei saust. Manchmal müssen wir unsere Arbeiten abbrechen, weil einer mit der Gusche (das ist jetzt sächsisch, ich meine mit der Schnute) im Sand landet oder irgendwo gegen stößt. Ich befreie inzwischen die herrlichen Natursteine vom Putz und entferne dazwischen gesetzte Hohlblocksteine. Vor meinem geistigen Auge sehe ich schon die herrlichen Natursteinwände mit gelblichem Siena-Fugenmaterial verfugt. Am liebsten würde ich jeden Tag alles aufschreiben. Alles ist so anders als in Deutschland. Ich denke an das Buch „Das Paradies heißt Bramasole“ von Francis Mayes und würde gern so romantisch schreiben wie sie, aber das gelingt mir nicht. Ich stecke hier noch mitten im Überlebenskampf, und das ist wenig romantisch. Ich habe mir in den vergangenen Jahren etwas aufgebaut, aber es stand lange Zeit auf wackligen Füßen.
Wir haben Februar und es sind 15 Grad im Haus, weil die Gasrechnungen kaum zu bezahlen sind. Im Kühlschrank herrscht vorwiegend Leere, und ich denke an die gut gefüllten Kühlschränke der Italiener, für die Essen einfach das Wichtigste ist. Dafür achte ich auf Biokost und Mülltrennung. Das steht bei den Italienern nicht unbedingt ganz vorn.
Die Frau von Andrea hütet die Kinder und kocht reichlich für ihren Mann, dessen Abendmahl sich von acht bis Mitternacht hinzieht. Das sieht man ihm nicht an, im Gegensatz zu Rosario. „Wir Männer aus Napoli wollen nicht, dass unsere Frauen arbeiten“. Ich finde das gut, na ja, per „modo di dire“, mal so dahin gesagt, denn natürlich liebe ich meine Arbeit und mein Leben, so wie es ist. Ich bin viel zuhause und mit den Kindern zusammen, aber arbeite auch viel. Wenn mein Mann endlich mal dazuverdient, dürften auch meine Wünsche Berücksichtigung finden.

Wir reißen die alten Schweineställe im Garten ab und ziehen Mauern aus erdbebensicheren Hohlblocksteinen für ein neues Bad hoch; darauf kommt die Terrasse. Dass wir die Erlaubnis bekommen, ist nicht selbstverständlich, denn wir befinden uns im historischen Zentrum des Dorfes, und da darf man generell kaum Veränderungen vornehmen.
Die Terrasse bekommt eine Säule, an der das Geländer befestigt werden soll. Die Säule ist so was von schief, dass man meint, sie fällt gleich um. Und das obwohl Andrea eigentlich präzise ist. Als Rechtfertigung meint er, das sehe doch gut aus, man müsse nur leicht den Blickwinkel verändern, und er begibt sich mit seinem ganzen Körper in gefährliche Schräglage.
Ich staune, wie man so eine schiefe Säule mit einer Wasserwaage überhaupt hinbekommt. Nach meinen 15 Jahren als Tischlerin habe ich einen auf den Millimeter genauen Blick, dem nichts entgeht. Mich tröstet auch nicht darüber hinweg, dass die Steine wunderschön sind, von einem nahe gelegenen Castello geklaut, das aus dem Mittelalter stammt. Sie müssen mit der Flex nochmal begradigt werden.

Andrea schenkt uns dafür zwei Wellensittiche, die ich, wenn es tagsüber wärmer ist, auf die neue Terrasse stellen will. Aber mit Haustieren haben wir nicht so viel Glück.
Natürlich denke ich als Großstadtkind nicht daran, dass es herumstreunende Katzen gibt, die mühelos anderthalb Meter hochspringen können. Und so finden wir nach kurzer Zeit den Käfig leer vor. Das gibt großes Felix-Geheul und es müssen sofort neue Vögel her. Andrea bringt auch diese, der Gute.
Aber auch sie werden nicht alt bei uns. Einer bekommt wenig später einen Herzinfarkt. Wir nehmen wieder einen Zweiten dazu. Diese Beiden fühlen sich anscheinend bei uns nicht ausreichend beachtet, was ich gut verstehen kann, und so hebeln sie eines Tages den Deckel ihres Futternapfes ab und suchen das Weite.
Da wir uns dann entschließen, eine Katze zu nehmen, die die einzige hartnäckige Maus bei uns im Haus fangen soll, bleibt der Vogelkäfig besser unbesetzt. Das nächste Drama wäre sonst vorprogrammiert. Die fast weiße Katze hat einen „Engelsblick" meint Felix, und so nennen wir sie Angiolina. Allerdings verhält sie sich gar nicht wie ein Engel, sondern stellt jede Menge Unfug an. Das hat mir gerade noch gefehlt.

Die Arbeiter, die für Andrea arbeiten, wechseln gelegentlich. Wenn Rosario zu tollpatschig ist, kommt Giro. Der muss aber immer mal wieder nach Napoli vors Gericht wegen des Unterhalts für seine Tochter und vermutlich auch aus anderen Gründen die ich mal lieber nicht wissen will. Dann verschwindet er manchmal für Wochen, um dann urplötzlich wieder aufzutauchen und weiterzumachen. Auch Giovanni ist manchmal da, das ist Andreas kleiner Bruder. Wen wundert's, auch der dreht krumme Dinger, und auch ihn verschluckt der Erdboden, um ihn ebenso plötzlich wieder auszuspucken. Das gleiche passiert mit Luigi, dem Bruder von Andreas Frau Concetta, der mit Drogen in Diskotheken handelte und sich deshalb vor Gericht verantworten muss. Schade, er war der mit Abstand beste Arbeiter, abgesehen von Andrea natürlich. Sie haben bei sengender Hitze in einer Affengeschwindigkeit die hintere Außenfassade auf Naturstein zurückgebracht und dabei noch Lieder gepfiffen und gescherzt, während ich völlig ermattet etwas Kühle im Inneren des Hauses suchte. Im Sommer reiche ich ihnen eisgekühlte Cola, Bier und Eiscreme, im Winter Grappa zum Aufwärmen. Morgens und nach dem Mittagessen brauchen sie einen caffè, einen Espresso. Ich kaufe für sie Kimbo-Caffè, der kommt aus Napoli, und der sei natürlich der Beste. Viel Zucker muss hinein und „girato" sollte er sein, schon fein umgerührt. Diese Prozedur dürfte ich für sie insgesamt so um die 500 Mal veranstaltet haben, wenn's reicht.

Eine Episode, die mir die neapolitanische Mentalität verdeutlicht hat, ist mir sehr in Erinnerung geblieben: Im Juwelierladen eines betagten Herren im Nachbarhaus von Andrea und seiner Familie wurde nachts eingebrochen. Andrea beobachtete das vom Fenster aus und rief nicht die Carabinieri. Das hat mich empört. So viel Zivilcourage muss ein Mensch doch in so einer Situation haben. Ja, vielleicht, nicht aber ein Neapolitaner. Die vertrauen keinem und leben in permanenter Angst. Und „mal-was-mitgehenlassen" oder „sich ausborgen" ist ganz normal, das Feingefühl für Mein und Dein ist leicht gestört. Das habe ich alles erst verstanden, als ich das Buch „Gomorra" von Roberto Saviano gelesen habe. Die Camorra hat ihre Spuren hinterlassen. Und Angst ist auch hier, wie immer, ein schlechter Begleiter.

Dafür sind die Neapolitaner ausgesprochen gastfreundlich und warmherzig. Wer einmal die Gegend um den Vesuv besucht und die Schönheit der Landschaft betrachtet hat, weiß auch warum.
Und wer hier ein Haus ausbauen möchte, dem schicke ich gern Andrea vorbei. Einzige Voraussetzung ist die Anschaffung einer Kaffeemaschine bzw. eines kleines Kaffeekochers, wie er hier üblich ist, und ein bisschen Humor.

Der Weinkeller

La Cantina

Einer der aufregendsten Momente während des Hausausbaues war, als Felix rief: „Mama, die Maurer haben gesagt, Du sollst gleich nach dem Mittagsschlaf runterkommen, sie haben eine Cantina, einen Weinkeller, entdeckt." Die beiden Kleinen, die gerade durch den Lärm von zwei Presslufthämmern geweckt wurden, schreien wie am Spieß, und so wird das Bedürfnis, sofort hinunter zu stürzen, vorerst vereitelt. Dann schnappe ich sie, einen rechts, einen links auf dem Arm, und renne in den ehemaligen Stall, der gerade zur Wohnung ausgebaut wird. Ich habe heute die Futterkrippe zur Hälfte abreißen lassen und dort, wo die Küchenzeile hin soll, 20 Zentimeter über dem Fußbodenniveau, sieht man jetzt einen wunderschön gemauerten Terrakottabogen, zweifellos ein Eingang. Die Vermutung liegt nahe, dass es eine Cantina, ein ehemaliger Weinkeller ist. Auch links in der Wand klafft ein großes Loch. Da wäre ein Stein herausgefallen und deshalb hätten sie nachgeschaut, was da ist, meinen meine treuen Maurer Andrea und Rosario, die nun auch das Buddelfieber gepackt hat. Diese Öffnung hatte mir Stoff für zahlreiche Fantasien gegeben. Ich hatte einen Schatz dort erhofft; die Maurer wohl auch, und deshalb haben sie den Hohlraum geöffnet, während ich ruhte, obwohl ich ihnen das in meiner Abwesenheit untersagt hatte. Nun ist er einfach leer, und ich hoffe, dass er das auch war bis zur Öffnung vor einer Stunde. Bei Neapolitanern weiß man ja nie. Ich bin mir sicher, dass sie, hätten sie etwas gefunden, es sofort weggeschleppt hätten. Nicht, dass man es ihnen verübeln könnte. Bis jetzt hatte ich den Eindruck, dass sich alles die Waage hält: die geklauten Sachen, die sie bei uns eingebaut haben, so die Jahrhunderte alten Steine vom Castello von Santa Luce, die Fußbodensteine vom Nachbarn oder irgendwelche Sachen vom Baustoffhandel, die netten Mitbringsel von Andrea, wie die Wellensittiche oder der Büffel-Mozzarella aus Napoli, und im Gegenzug die bei uns verschwundenen Säcke Putzgrund, Fertigputz, Fliesen, ein Sanitätskasten, Werkzeug, Teile einer Klimaanlage, eine kleine Weinpresse, eine Autobatterie.

So ist es halt im Leben, ein ständiges Nehmen und Geben. Gut, wenn es sich unterm Strich ausgleicht.

Im Falle der Weinkelleröffnung bestehe ich darauf, am nächsten Tag dabei zu sein. Erst mal führe ich ein paar aufgeregte Telefonate, um die Frage zu klären, wer der Eigentümer ist, wenn der Eingang des Weinkellers sich unter unserem Haus befindet, der Keller aber unter dem Nachbarhaus liegt. Mein Freund, Immobilienmakler Martin, meint, der gehöre dem Nachbarn, er läge ja unter seinem Grundstück, ich bin entsetzt. Der Geometer hingegen sagt: Wenn es nur einen Eingang gibt und der bei uns liegt, dann sind wir die Eigentümer. Bleibt die Frage, was ist, wenn man weiter gräbt und einen zweiten Eingang findet.

Nun gilt zu entscheiden, was tun? Graben und Geld ausgeben, das eigentlich für den Ausbau bestimmt war, und dabei nicht wissen, was herauskommt? Der Denkmalschutz kann uns die Baustelle nicht blockieren, auch das Katasteramt nicht, obwohl der Keller auf keinem Plan verzeichnet ist. Auf die Reaktion der Nachbarn freue ich mich nicht, sie sind ohnehin immer so ängstlich, und wenn wir jetzt unter ihrem Haus graben, buona notte, gute Nacht.
Sie scheinen nicht da zu sein, denn sonst schauen sie immer gleich ums Eck, wenn wir Lärm machen. Andrea arbeitet sich mit dem Presslufthammer voran, und ein Haufen Schutt muss bei Seite geschafft werden. Was, wenn das Ding komplett mit Schutt aufgefüllt ist? Was ist, wenn wir da gerade einen Geheimgang freilegen, der von unserem Haus zur Geliebten in der Villa führte, nix mit Weinkeller vielleicht. Was aber, wenn, wie mir der Geometer sagte, vielleicht nur am Anfang Schutt liegt und dann wirklich eine circa 10 Meter lange Cantina zum Vorschein kommt mit herrlichen Gewölben? Ich könnte mich meiner Weinbegeisterung in ganz neuem ungeahntem Ausmaß widmen. Leider teilt das keiner mit mir, weder meine Weinbegeisterung noch mein Buddelfieber. Mein Gatte schaut mich immer bedenklich an, wenn ich mehr als ein Viertel Glas Wein am Abend, zum Essen wohlgemerkt, trinke und meint: „ti imbenzini", oder: „non ti ubbriacare", „tankst Du gerade wieder voll" oder „Du sollst Dich nicht betrinken". Mittlerweile reagiere ich aber nicht mehr tödlich beleidigt. Mit Begeisterung habe ich den ersten Sommelierkurs besucht, aber dann aufgegeben, als ich, schon nicht der deutschen Weinfachsprache mächtig, auch noch die italienischen Fachausdrücke dazulernen sollte. Außerdem kam mir jeweils eine Schwangerschaft dazwischen.
Mein Geschmackssinn hat sich seitdem verfeinert, und ich weiß einen guten Tropfen richtig zu verkosten und zu genießen.

Und nun mein eigener Weinkeller vielleicht zum Greifen nahe, ich bin ganz aus dem Häuschen! Wie wird er aussehen? Lang mit Nischen rechts und links oder ein größeres Gewölbe? Alles gemauert oder wie bei Fausto auf seinem Weingut in Usigliano in Meeressand, genannt Tuffstein, gearbeitet? Was wird der Geometer zur Statik sagen und wie decke ich die Treppe ab, die weit in den Raum hineinragen wird und keinen Platz mehr lässt für Möbel? Im Sommer wird angenehme Kühle aufsteigen, aber das Ganze muss gut verschlossen sein. Ach, ist das aufregend!
Nicht, dass ich einen Weinkeller dringend bräuchte, obwohl ich schon bedauert habe, niemals Wein lagern zu können. Eigentlich wollte ich im Stall zwei

Zimmer für meine Mutter als Überraschung zu ihrem Geburtstag ausbauen, damit sie endlich ihren Freiraum hat, wenn sie uns besucht, und nicht mehr im Durchgangszimmer auf der Couch schlafen muss, aber das Projekt gerät mit der Neuentdeckung ins Schwanken. Ganz billig wird die Schatzgräberei sicher nicht und ist auch im ohnehin schmalen Budget nicht vorgesehen. Aber auch diese neue Hürde würde ich mit Freuden nehmen.

Vor vier Jahren hatten wir das Haus gekauft, seit drei Jahren wohnten wir nun hier und immer noch ist es für Überraschungen gut. Froh wäre ich allerdings, wenn der Ausbau endlich geschafft wäre. Dann fängt ein ruhigeres Leben an.

Riccardo ist nicht so begeistert von der Weinkelleridee. Er ist gerade zu sehr mit der Eröffnung seiner Physiotherapiepraxis beschäftigt.

Jedenfalls lange Rede kurzer Sinn: Es sollte bei einem schönen Traum bleiben. Wir haben ein Stückchen gegraben. Es kamen kleine Nischen in Terrakotta zum Vorschein, ein paar Scherben (die sehr den Scherben etruskischer Fundstücke im Nachbarort ähneln, bis ich das begriff waren sie allerdings schon wieder verschwunden), Patronenhülsen von deutschen Gewehren und jede Menge Schutt. Es war kein Gewölbe oder Ähnliches zu sehen, das uns die Sicherheit gegeben hätte, dass der darüber liegende Fußboden der Nachbarn nicht gefährdet ist, und so haben wir mal lieber, meinerseits mit großem Bedauern, aufgehört zu graben.

Nun werden wir nie so richtig wissen, was sich unter dem Haus befand oder befindet. Es ist und bleibt ein Geheimnis.

Kleines Paradies

Piccolo paradiso

Unser Garten ist sehr übersichtlich, denn er misst nur etwa 20 qm. Gerade richtig für mich. Er braucht nicht viel Pflege, und er hat eine umwerfend schöne Aussicht. Umgrenzt ist er von herrlichen alten Natursteinmauern. Als ich den Garten das erste Mal betrat, wusste ich: Das ist mein Platz.

Es sollte allerdings Jahre dauern bis ich ihn genießen konnte. Zunächst mussten die alten Schweineställe abgerissen, musste das neue Bad hochgezogen, das Dach des Freisitzes erhöht und die Fassade des Hauses erneuert werden. Und als erstes musste der Feigenbaum weg. Eigentlich war da nur noch ein großer Stumpf, aber der trieb noch kräftig aus. Es gibt Deutsche, die finden es ganz toll, einen Feigenbaum in ihrem Garten zu haben. Das ist so südländisch! Wenn sie aber schon mal Wachstum und Ausbreitung eines solchen Baumes erlebt hätten, fänden sie das nicht mehr so lustig. Die Wurzeln sind gigantisch und untergraben alles. Bei uns brachten sie die jahrhundertealten Gartenbegrenzungsmauern fast zum Einsturz. Sie bohrten sich an mehreren Stellen durch sie hindurch, und oben auf der Mauer schabte der Baum bei Wind so lange, bis ganze Steine herausbrachen. Im ersten Jahr habe ich ihn einfach weiter wachsen lassen, nachdem ich 44 Feigen an seinen wenigen Ästen zählte. Als er die dann noch unreif abgeworfen hatte und ich den ganzen Sommer mit wilden Trieben und im Herbst mit dem Laub kämpfte, stand fest: Er muss weg!

Im nächsten Jahr mache ich mich daran, die Natursteinmauern zu restaurieren und entdecke damit eine neue Leidenschaft. Aber das braucht unglaublich viel Ausdauer. Man steht davor und denkt, das wird doch nie fertig. Aber aus Erfahrung weiß man: Auch diese Mühe wird irgendwann Vergangenheit sein.

Ich las in der Zeit gern Frances Mayes, sie schreibt so fröhlich über ihren Hausausbau in der Toskana, alles kommt so leicht daher wie ein frischer Sommerwind. Bei mir nimmt sich das anders aus. Da weiß man nicht, wie den nächsten Zementsack bezahlen, und manchmal auch nicht, wie etwas zu Essen auf den Tisch bringen. Gar nicht zu denken an einen größeren Schuheinkauf für die Jungs, an die Anschaffung neuer Möbel oder weiterer Arbeiten am Haus. Ja, ich hätte gern einen anderen Lebensstil, aber noch ist es nicht soweit.

Eigentlich hätte ich auch gern jemanden, der die Säulen vom Gartentor, die einzustürzen drohen, rettet, damit wir das Tor wieder einhängen können. Aber als ich mich dann aufgrund von Geldmangel selbst an die Arbeit mache, finde ich auch Spaß daran. Und so gehe ich jeden Nachmittag mit den Kindern in den Garten und arbeite bis es dunkel wird, während sie im wenigen Bausand buddeln und ihr übliches Spiel mit den Hämmern treiben und ich die üblichen schrillen Schreie ausstoße: „Nein Luca, pass auf den Kopf auf, Filippo nein, dort nicht hämmern, da sind gute Steine, da ja, brav ..."
Mario kommt vorbei, der nette Nachbar, mit frischem wilden Spargel, den er im Tal gefunden hat und der phantastisch schmeckt. Ich habe noch nie welchen gefunden. Dafür hat er noch nie eine Frau gesehen, die sich als Maurerin

betätigt, er ist sichtlich beeindruckt. Auch Amelio, bei dem ich immer erschrecke, wenn er freundlich ist, kommt vorbei und bleibt stehen. Na, mein Werk kann sich sehen lassen. Ich schlage alte Ziegelstücke heraus, falls sie nicht schon fehlen oder locker sind, und ersetze sie durch andere alte Ziegel, die ich zurecht haue. Dann verfuge ich alles mit gelbem Sienamörtel und wasche mit einem Pinsel nach. Zwischendurch überlege ich, ob es richtig ist, die Steine und Fugen nass zu machen. Wo habe ich das nur gelernt? Die Maurer hier sagen, das wäre nicht nötig, aber für meine Begriffe ist es logisch, weil sich dann Steine und Mörtel besser verbinden.
Zwischendurch fallen mir unweigerlich die Trümmerfrauen ein. Wie haben sie nur in Kriegszeiten diese schwere Arbeit bewältigen können und wie gut geht es mir doch, dass ich so eine Arbeit fast meditativ unter der toskanischen Sonne erledigen kann.
Die brennt heute, Mitte März, so stark, dass ich mich beim Arbeiten hinter der Mauer verstecke, um keinen Sonnenbrand zu bekommen.
Um mit dem Pflanzen, bei zunehmenden Mond, rät meine Mutter, anfangen zu können, müsste ich allerdings Tag und Nacht arbeiten, und es dürfte nicht regnen. Der Mond nimmt schon bedenklich runde Formen an, zur Not muss eben der nächste zunehmende Mond reichen. Dann haben wir April und auch keine Bedenken mehr, was einen kurzen Nachtfrost angeht, der die Blüten zerstört.
Das hatten wir schon einige Male, und da waren vor allem die Obstbäume betroffen, die dann schon in herrlichster Blütenpracht standen. Das schöne Kirschfest in Lari ist dann auch in Gefahr.
Das Gärtnern mit dem Mond ist hier für viele noch eine große Selbstverständlichkeit.

Die eine Eingangssäule ziert ein nicht gerade freundlich blickender Kopf aus Marmor, den einer der letzten Bewohner des Hauses, ein Maurer, gemeißelt hat. Ich könnte ihn jetzt abmontieren, aber ich finde, er macht sich gut als Schutzpatron unseres Hauses. Als ich ihn herunter hebe, um ihn neu einzumauern, bin ich mir nicht mehr sicher, ob es nicht doch ein Frauenkopf ist, ich will den Stein mal gründlich abschrubben. Danach mache ich weitere Arbeit des letzten Maurers zunichte, denn er hatte sich sichtlich Mühe gegeben, die schöne Natursteinmauer mit Zement und allen möglichen Hohlblocksteinstückchen aufzufüllen, die ich nun mühsam heraus hacke, um den ursprünglichen Zustand wiederherzustellen. Auch oben auf den Mauern befindet sich ebenfalls grauer Zement, der nun langsam abbröckelt, aber an einigen Stellen ganz gemein festsitzt. Meine Hände sehen nicht gerade zart und gepflegt aus nach diesen Arbeiten, und manchmal verstecke ich sie lieber. Dazu kommt, dass ich an meiner Nagelhaut kaue, je mehr ich um die Ohren habe. Man sieht es mir also nicht unbedingt an, dass mein Mann ein Wellness-Center betreibt.

Aber je schöner die Mauern werden, desto größer meine Freude. Alles sah anfangs so unglaublich verfallen und verwahrlost aus, aber in meiner Fantasie nahm ich den Zustand vorweg, in den wir hier alles versetzen könnten. Manchmal schien der Ausbau nicht zu schaffen, und ich war verzweifelt. Meine Verzweiflung hielt jedoch nur Minuten an, denn ich hatte, wie immer, keine Zeit dafür, es musste irgendwie weitergehen.

Jahrelang konnte ich im Garten nur provisorisch pflanzen, immer wieder häuften sich Schuttberge darin und seine Struktur veränderte sich ständig.

Mit der Zeit entdeckte ich meine Liebe zu Rosen. Leider, leider hat mir nie jemand einen Rosengarten versprochen, dabei bin ich ganz vernarrt in Blumen, so musste ich ihn mir selber schaffen. Die Gartenbepflanzung ist übersichtlich geblieben: vier Rosenstöcke, zwei Zitronenbäumchen, ein Orangenbusch, eine Kamelie, zwei kleine Palmen, ein deutsches Stammapfelbäumchen, dem es hier nicht besonders gefällt, Rosmarin, fünf Kakteen, zwei Hibiskus, und im Sommer kommen vier Tomatenstauden mit Basilikum, Rucola, Minze und Salbei dazu.
Und im Cortile, dem Hof, wo sich der Pizzaofen befindet, wächst eine Klematis.

Und hier mal lieber noch eine Warnung vor dem schönen Oleander. Ich habe vorsichtshalber zwei Büsche entfernt, denn an ihm ist alles hochgiftig und der Verzehr nur eines Blattes kann einen Mann umbringen. Das mir jetzt bloß keiner auf dumme Gedanken kommt, Beziehungsprobleme kann man doch auch anders lösen. Einige Soldaten Napoleons hat es das Leben gekostet, weil sie Oleanderäste als Spießchen zum Grillen verwendet haben. Nicht mal zum Kaminanzünden sollte man seine Zweige benutzen. Und ein weißer Oleanderstrauch im Schlafzimmer würde reichen, na, ich höre jetzt lieber auf ... Das gleiche gilt übrigens auch für den Jasmin.

Vor dem Haus steht ein Lorbeerbaum. Er ist riesengroß und hat die Form einer Zypresse. Brauche ich ein Blättchen zum Kochen, dann pflücke ich es mir einfach.
Ab und zu schwingt sich Denise, meine Freundin aus der Schweiz, in seine Wipfel und stutzt ihn mir mit der Motorsäge. Ansonsten schabt er bei heftigem Wind, der tramontana, den wir hier oben auf dem Hügel öfters haben, an der Hauswand und verursacht ein schauriges Geräusch.

Unser Haus und unser Hof sind schlicht, aber es wohnen Liebe und Wärme darin. Es gibt viele Geschichten zu erzählen und eines Tages werden wir alle am Kamin sitzen und sie uns anhören.
Eine dieser Geschichten ist die folgende:

Hausgeburten
Parti in casa

Für Schwanger sein, „incinta", gibt es im Italienischen schöne Umschreibungen. Man sagt „in dolce attesa", „in süßer Erwartung" oder „in stato interessante", „in interessantem Zustand".

Die Hausgeburt ist in Italien mittlerweile kaum noch üblich, und die Meinungen der Leute, mit denen ich darüber spreche, sind geteilt. Die Einen erklären mich für verrückt, und die Anderen ernennen mich zur Heldin. Mein Heldenmut verlässt mich natürlich prompt während der ersten Hausgeburt mit Filippo die 15 Stunden dauert. Es sind zwei Hebammen bei uns, die mir nach 12 Stunden sagen, dass ich falsch atme, worauf es dann besser geht.
Immerhin ist die eine Hebamme jetzt relativ wach, sie hatte nebenbei geschlafen, während die andere für alle einen großen Topf Pasta kocht. Die beste Hebamme war Riccardo. Er hat ganz feste mit mir gearbeitet, und so kam der kleine Prachtbursche mit 4250 Gramm, der natürlich immer noch falsch lag, obwohl wir ihn von außen hatten drehen lassen, in einem wunderschönen Rahmen bei Kerzenschein und im Kreise seiner Lieben auf die Welt.
Felix hatte im Nebenzimmer gespannt mit Ilse gewartet und kam sofort hinzu. Seine Rührung zu sehen war wunderbar. Er durfte sein Brüderchen mit Riccardo baden und ich war glücklich mit meinen Jungs und in meiner vertrauten Umgebung.

Es scheint mir wie ein Augenblick, aber natürlich waren inzwischen einige Monate vergangen, und nun war unser nächstes Wunschkind Luca unterwegs! Dazu mein erstes in einer Ehe geborenes Kind!

Es ist so aufregend, im schönsten Bad der Toskana, wer unser Bad kennt, wird das bestätigen, mache ich also den Test. Nichts, komisch. Dann, ganz langsam,

bildet sich eine zarte rosa Linie neben der anderen. Es ist mein 40. Geburtstag, einfach grandios.
Ich kuschele mich an meinen Mann, neben den schlafenden Filippo: „Du, ich glaube, unser Wunsch ist in Erfüllung gegangen." Welch unglaublich schöner Moment!

Unten hatten Felix und meine Mutter meinen Geburtstagstisch gedeckt, und der war im Kerzenschein ganz zauberhaft anzusehen. „Übrigens", meinte ich dann, „nächstes Jahr wird noch einer mehr mit uns hier sein ...".
Felix hat sich gefreut wie ein kleiner König.
Auch wenn ich meine Bedenken hatte, ob er später mit seinen jüngeren Geschwistern immer so froh sein würde. Ein liebevoller und stolzer Bruder ist er auf jeden Fall.

Dann naht er endlich, der Geburtstermin, und ich werde immer aufgeregter. Schließlich waren die beiden anderen Geburten sehr anstrengend gewesen.
In zwei Tagen soll es soweit sein, und ich wünsche mir nur noch Ruhe, da meine Nerven blank liegen. Jedes Mal, wenn es piekst, gerate ich in Panik, weil ich starke Frau überhaupt nicht mit Schmerzen umgehen kann. Mein Testament habe ich, traumatisiert von den anderen Geburten, überarbeitet, wie jedes Mal, denn ich habe diesmal mehr denn je Bedenken, das Ganze nicht zu überleben. Schon bei den ersten Anzeichen tendiere ich, ohnmächtig zu werden und meine Kräfte schwinden dahin.
Jedenfalls zieht es mich zu meinem Ehemann, der mir in seinem „centro", in seiner Praxis, eine schöne Massage verspricht.
Soeben angekommen, kündigen sich dort Michele und Rossana, Freunde von Riccardo an, die das „centro massaggi" noch nicht gesehen haben, auch wenn es bereits seit einem Jahr existiert. Sie müssen es ausgerechnet heute besichtigen.
Ich bestehe trotzdem auf meiner Massage, auch wenn es mir nicht leicht fällt, mich zu entspannen. Bis mich ein Anruf und dann eine Mitteilung aufschreckt: Schwiegermutter im Anmarsch! Wie bitte? Neiiinnn, das kann jetzt nicht wahr sein, ist mein erster Gedanke, der mich minutenlang blockiert. Panik kriecht in mir hoch.
Die ganze Zeit brauchte ich dringend Hilfe. Nun, wo ich alles nahezu allein vorbereitet habe, einschließlich der Kraftanstrengung, meine Männer dazu zu zwingen, jeden Tag etwas im Haus für das anstehende Ereignis zu tun, jetzt, wo alles so weit fertig ist, da kommt sie.
Sie will mir einen Gefallen tun, weil sie hörte, es ginge mir nicht gut. Ist ja lieb. Aber kann sie nicht vorher fragen? Nun kommt sie ausgerechnet am Sonntag,

unserem einzigen Familientag, den ich in Ruhe noch zu viert verbringen möchte.
Wie mache ich es, bloß nichts gegen eine italienische Mama zu sagen und trotzdem meine Interessen zu verteidigen? Keine Chance!

So sitzt sie denn in meinem Auto, aus der Massage war nichts mehr geworden, und redet und redet ...
Ich bitte meinen Göttergatten, doch Mama mit in sein Auto zu nehmen, aber er meint: „Sie sitzt doch schon so bequem". Ich wiederhole meine Bitte leise und flehend, aber Mama Sofia bleibt im Auto und redet weiter wie ein Wasserfall.
Ich schalte das Radio an und versuche, mich auf die Musik konzentrierend, dennoch an den richtigen Stellen „sì" oder „no", „non è possibile" oder „ma dai" einzuwerfen, so dass ich nicht unhöflich erscheine. Sie lebt ja mit ihrer Tochter allein und kann trotzdem nie mit ihr reden, und so bin ich halt dran. Zwischendurch vertraut sie mir Geheimnisse an: „das erzähle ich nicht mal Riccardo oder Renato, dem Nonno ...", aber ich mag nicht zuhören und verpasse somit wahrscheinlich die interessantesten Details.
Zuhause mache ich mich sofort aus dem Staub in die obere Etage, wo sie im Moment mit ihrem Stock nicht hin kann, und bete, dass das Kind nicht in dieser Nacht kommt: zwei Hebammen, eine Freundin, zwei Kinder und noch die Schwiegermutter im Haus, das wäre zu viel!
Unten höre ich sie weiter reden, mit wem weiß ich nicht. Ich bereite ihr Bett vor, obwohl ich kaum noch die Treppen hoch und runter komme. Das hatte ich mir wieder einmal alles ganz anders vorgestellt.

Und morgen mein heiliges Sonntagsfrühstück! Kein Gästetreffen auf der Piazza in Lari, sondern ausschlafen, kuscheln, ein Frühstücksei und ganz langsam den Tag beginnen lassen. Noch die letzten Sachen für die Ankunft des kleinen Luca vorbereiten ... Pustekuchen!

In der Nacht kommt ein Unwetter auf, das seinesgleichen sucht. Es regnet so stark, dass man nichts mehr sieht. Blitze und Donner, Wasser, das durch alle Fensterritzen dringt. Ein Durchkommen wäre jetzt für die Hebammen, für Freundin Ilse, die sich um Filippo kümmern soll, falls er aufwacht, oder gar für einen Krankenwagen völlig unmöglich. So etwas haben wir noch nie erlebt.
Ich werde doch nicht mit Schwiegermutter als Hebamme ...? Riccardo wischt die ganze Zeit die Sturzbäche auf, die durch die noch nicht isolierte Wand kommen, oder sagen wir, er versucht es zumindest. Wie sollte er mir jetzt bei der Geburt helfen, wischen, massieren, wischen, Kind auffangen ... Wenn er

aufhört zu wischen, läuft das Wasser die Treppe herunter, wer weiß, wohin, und ich müsste unter Wehen durch Wasserläufe waten!
Klar, jetzt geht auch noch ein Ziehen im Bauch los ... Ich gucke auf die Uhr, setze mich mit panischer Angst im Nacken auf. Nee, das geht nicht, nicht jetzt! Ich bete, dass es doch zwei Hebammen, eine Freundin, zwei Kinder und eine Schwiegermutter werden, die mir beistehen, denn im hochzivilisierten Zeitalter befinden wir uns gerade auf sehr verlorenem Posten. So schnell kann sich alles ändern.

Nach einer Stunde hören die Kontraktionen auf und ich bin erleichtert.

Inzwischen ist eine Woche vergangen, und ich habe einen weiteren Sonntag in Familie vor mir. Der kleine Luca zieht es vor, im warmen Bauch noch ein paar Gramm zuzulegen.
Riccardo wollte ohnehin unbedingt ein Kind mit Sternzeichen Waage wie er und meiner Meinung nach hat er den Kleinen hypnotisiert. Komisch ist, dass wir nirgends eine exakte Auskunft bekommen, wann das Sternzeichen Waage anfängt, am 23. oder 24. September. Im Internet, in den Zeitungen, überall stehen unterschiedliche Angaben. Na, gut, ein Tag mehr oder weniger, warten wir halt. Es ist nun schon der 23., sechs Tage über dem Termin.
Wichtig ist mir nur, dass an diesem Wochenende weder Schwiegermutter noch andere Personen vor der Tür stehen.
Ich starre auf meinen Bauch und überlege, wie er wohl in zusammengefallenen Zustand aussieht. Ist schon erstaunlich, was eine Bauchdecke so aushält. Nach der Geburt sieht sie aus wie eine alte Orangenschale und nach ein paar Monaten ist sie wieder glatt und straff. Und das, obwohl ich keinen Sport mache, wenn man mal den Fulltimejob, die Kinder und den ganzen Tag treppauf treppab nicht mitzählt.

Ob der Kerle wohl da noch raus kommt? Ich warte und warte. Der letzte Hibiskus, für die Geburt am Strauch neben der Kirche gepflückt, ist schon verwelkt. Die Schokoladenvorräte, heimlich im Schrank für danach versteckt, sind aufgegessen. Der ganze angeschleppte Kühlschrankvorrat, weg.
Irgendwann glaubt man dann gar nicht mehr daran, dass es losgehen könnte.

Das letzte Mal den Bauch so prall zu sehen und bewusst zu erleben, wie das Kind das Licht der Welt erblickt, das wünsche ich mir. Beim letzten Mal war alles nur Schmerz und Anstrengung, abdriften in eine andere Welt, sich einsam fühlen und Angst haben, es nicht zu schaffen. Der Schmerz ist unausweichlich und ich habe Angst, ihm zu begegnen. Ich möchte stark sein und fühle mich so schwach. Zu denken, ich schaffe es nicht mehr und doch muss ich vorwärts.

Es gibt kein Zurück mehr, kein Entrinnen, der Tod ist niemals so klar vor Augen und auch die Lust am Leben nie so gegenwärtig.
Wenn er nur gesund ist, der Kleine, wenn es ihm nur gut geht. Danken will ich mein Leben lang, so wie ich mich an den beiden anderen und meinem Mann täglich freue, trotz Streit, Ärger und Aufregung.

Manchmal vergesse ich das allerdings. So zum Beispiel als mein lieber Mann ausgerechnet an diesem Sonntag beschließt, mit Felix Fahrrad zu fahren. Nicht lange, versteht sich, denn es könnte ja jeden Augenblick mit der Geburt losgehen. Als ich ihn anrufe, haben sie gerade eine herrliche Abfahrt hinter sich und für den Rückweg brauchen sie mindestens anderthalb Stunden. Und wieder bin ich einem hysterischen Nervenzusammenbruch nahe.
Aber Luca bummelt zum Glück noch weiter.

Am Dienstag darauf, endlich, gehen die Wehen plötzlich und sehr heftig los. Es ist halb 11 Uhr abends, und mein Mann ist nur mal eben Milch holen. Das dauert nun aber schon eine halbe Stunde, obwohl der Laden nur 30 Meter entfernt liegt. Felix kann ich auch nicht schicken, er schläft schon lange, ebenso wie Filippo. Also muss ich ihn wohl oder übel selbst holen. Gebückt und mit Schmerz verzerrtem Gesicht schleppe ich mich zum Laden von Silvana, den es damals noch gibt. „Vieni, per favore!", „Komm bitte sofort", bringe ich gerade noch hervor.
Dann geht alles sehr schnell. Die eine Hebamme trifft 20 Minuten vor der Geburt ein, die zweite erst danach. Ilse kommt, um bei den Kindern zu sein, die jederzeit aufwachen können. Andere Freunde kommen ebenfalls die Treppe hoch, während ich es mir vor dem Sofa „bequem" mache. Nix mit Badewanne, wo ich eigentlich so gern hinein wollte, oder in mein gemütliches Bett. Herumlaufen ist nicht mehr möglich. Da, wo ich bin, bleibe ich, und ruck zuck ist der Kerle da. Wir sind so erstaunt, dass wir fast vergessen, auf die Uhr zu schauen. Herrlich ist das!

Gedämpftes Licht, Kerzen, Stille trotz der zehn Personen um mich, denn auch die beiden Geschwister wachen auf und sind bei uns. Felix steht die Freude ins Gesicht geschrieben, Filippo ist mit seinen 1,5 Jahren nicht ganz so begeistert und man sieht, wie er überlegt, wann denn der Schreihals endlich wieder aufhört oder am besten dahin verschwindet, wo er hergekommen ist. Langsam nähert er sich und stupst ihn zuerst an seinem Näschen, dann zieht er ihn am Ohr. Es ist Frieden um uns und unbändiges, reines Glück.
Nur der Champagnerkorken knallt, und Luca weint eine Weile auf meinem Bauch.

Die Nabelschnur pulsiert in Ruhe aus, und wir schneiden sie zusammen durch. Die Nachgeburt kommt relativ leicht, und ich schaue mir dieses Wunder der Natur genau an, das mein Kind neun Monate ernährt hat. Wir vergraben sie später im Garten, das soll fruchtbare Erde und Glück bringen.

Danach kuscheln wir alle zusammen. Luca bleibt ganz dicht bei mir. Alle meine Kinder blieben nach der Geburt und in den folgenden Tagen ganz dicht bei mir. Ich versuche ihnen das zu geben, was ich vermisst habe. Ich kam auf eine kalte Waage, wurde unsanft gewaschen, in ein Plastikbettchen weit weg von Mama gelegt, niemand wiegte mich mehr, kein Herzschlag mehr zu hören, stattdessen irgendeine Glukoselösung in den Mund und Tropfen in die Augen. Und das hielt man damals für richtig.

Seit mehr als 40 Jahren war das die erste Hausgeburt in Sant`Ermo. Sie war wunderbar, genauso, wie ich es mir gewünscht hatte.
Wir befestigen eine große hellblaue Schleife an die Tür unseres Hauses, wie es alle italienischen Familien tun, um das freudige Ereignis kundzutun: È nato Luca! Luca ist geboren!

Arbeitsbedingungen

Le mie condizioni di lavoro

Meine Arbeitsbedingungen sind nun mit einem großen und zwei kleinen Kindern nicht die einfachsten. Bei jedem Kind habe ich aufgrund meiner Selbständigkeit gerade mal fünf Tage pausiert, insgesamt also 15 Tage Mutterschutz bei drei Kindern. Das war hart und ich brauchte ewig, um mich von den Geburten zu erholen. Weiterarbeiten, weiter funktionieren, nahezu ohne jegliche Unterstützung. Die Nerven lagen oft blank und dann dachte ich, es nicht mehr zu schaffen. Und doch, heute muss ich lachen, wenn ich an manche Begebenheit denke, auch wenn ich damals fix und fertig war.

Meine Kinder schleppte ich mangels einer verfügbaren Oma meist immer hinter mir her.

Ich erinnere mich noch wie heute an folgende Situation: Ich bin mit Felix, damals drei Jahre alt, in meiner Lieblingsbar „Il Castello" in Lari (nein, keine Nachtbar, in Italien heißen die Cafés doch so) und Felix muss aufs Klo. Während ich neben ihm stehe, ruft eine Immobilienkundin an, sie sucht eine Villa. Ich hebe ihn auf die Klobrille und gerate sofort ins Schwitzen, denn ich kenne die impulsive Art meines Söhnchens. Die Frau schildert mir also ihre Vorstellungen, beschreibt ihre Traumvilla und ich höre nicht sonderlich konzentriert zu, da ich Felix beobachte, wie er auf der Kloschüssel hin und her rutscht und schließlich sagt: „Mama, gib mir das Klopapier." Na, das kriege ich noch hin. Er fügt aber mit leicht drohendem Unterton hinzu: „Mama, wisch mir den Po ab". Ich gestikuliere wild, um ihn zu beruhigen, und hole zur alles entscheidenden Frage an meine Kundin aus: „Wie viel darf die Villa denn kosten?" Diesmal wird Felix energischer: „Mama, wisch mir den Po ab!"

„Zehn Millionen!" Ich sprach mit einer Kundin, die bereit war, 10 Millionen für eine Villa auszugeben, und wischte zugleich mit einer Hand den kleinen Hintern meines Sohnes ab. Schweißgebadet verließ ich wenig später das nicht gerade stille Örtchen.

Aus dem Geschäft mit der Villa ist leider nichts geworden, aber das lag sicher nicht an Felix.

Ein anderes Mal hatte ich ihn bei einer Immobilienbesichtigung mit Kunden dabei und er kackte sich so furchtbar ein, da war er noch im Windelalter, dass alle Sachen versaut waren. Ich versuchte ihn dann hinter einem Busch mit Gras einigermaßen zu säubern, was auch nicht ohne Protest abging.

Auch Luca brachte mich zum Verzweifeln, sobald er schrie. Keiner meiner Süßen hat ein zartes Stimmchen. Sie schrien immer so laut, dass es in Mark und Bein und vor allem ins Gehirn drang und einen fast wahnsinnig werden ließ. Als Luca eines Tages im Auto los schrie, während ich zu einem wichtigen Termin unterwegs und auch noch zu spät dran war, klemmte ich ihn kurz entschlossen beim Fahren an die Brust, Kissen drunter, und Ruhe war. Falls Sie eine Mutter sind: Haben Sie schon mal beim Fahren gestillt? Das geht eigentlich ganz gut. Aber haben Sie schon mal im dicksten Verkehr rückwärts eingeparkt und dabei gestillt? Ich schon ...
Aber auch das habe ich überlebt.

Bei meinen Führungen in der Nudelfabrik waren meine Kinder immer dabei, und auch bei meinen Gästetreffen, die ich einmal pro Woche für die Neuangereisten, aber auch für Wiederkehrer veranstalte. Und sie kamen ebenfalls mit zum kulinarischen Abend bei Kauz Roberto in der Enoteca. Ich bat sie immer, mit mäßigem Erfolg, recht brav zu sein, da ich arbeiten müsse. Filippo fragte mich irgendwann mal, was ich denn eigentlich arbeiten würde. Mit netten Menschen in der Sonne vor der Bar zu sitzen und Cappuccino zu trinken, Nudeln anzuschauen und zu verkosten, interessante Gespräche zu führen, all das schien ihm nicht als Arbeit einzuleuchten.
Und doch ist es eine, wenn auch eine, ich gebe es zu, äußerst angenehme.

Italien ist ansonsten für mich ein gutes Beispiel für einen der Lieblingssätze meines Urgroßvaters: „Wer Arbeit will, findet auch welche." Mittlerweile sehe ich das auch so. Nun werden vielleicht viele Arbeitslose aufschreien. Aber Millionen Hartz-4-Empfänger durchfüttern, das kann sich eben nur eine Wohlstandsgesellschaft wie Deutschland, das viert reichste Land der Welt, leisten.

Seitdem ich in der Toskana lebe, sehe ich die Dinge anders. In den ersten Jahren kannte ich hier überhaupt keine Arbeitslosen. Ich erinnere mich noch daran, wie ich nach einem Jahr das Wort „arbeitslos" im Wörterbuch nachschlug, um begreiflich zu machen, was in Deutschland los ist. Aus Deutschland kommen die „Horrornachrichten" mit Statistiken zur Arbeitslosigkeit. Ein Thema, das alle Medien beschäftigt, während es hier so gut wie keine Rolle spielt.
Warum ist das so? Vielleicht weil es kein Arbeitsamt oder Sozialamt gibt, das einem monatlich Geld zuschiebt. Werden Rechnungen fällig, muss man sich bewegen und sich etwas suchen. Und wenn einem keiner hilft, dann hilft man sich eben selbst.

Sicher, es sollte Hilfsangebote geben, zum Beispiel für alleinerziehende Mütter genügend Kindergartenplätze. Auch Bafög ist eine wunderbare Sache, die es hier nicht gibt.

In Italien ist es seit jeher so, wie es früher auch in Deutschland üblich war. Die Familie fängt in Notsituationen auf und gleicht aus, und das ist eigentlich ein ganz schönes System. Hier sind die Alten oft noch für die Enkelkinder da, und dafür werden sie fürsorglich bis zum Tod gepflegt. Mittlerweile werden dafür auch Leute aus dem Ausland geholt, weil viele Mütter arbeiten. Bei einem Schulsystem, in dem die Kinder im Sommer mehr als drei Monate Ferien haben, dazu zwei Wochen Weihnachtsferien und mindestens drei ponti, das sind sogenannte Brückentage, die Feiertage mit dem Wochenende verbinden, da ist die Nonna, die Oma, unabkömmlich.

Wir fallen durch beide Systeme, weder Arbeitsamt noch Nonna stehen uns zur Verfügung. Das ist manchmal richtig hart. Doch wie heißt es so schön, was mich nicht umbringt, macht mich stärker.
Ich habe gelernt, mich den Umständen anzupassen und neu anzufangen, und das mit einer Zähigkeit und Ausdauer, die mich davor gerettet hat, nicht verzweifelt aufzugeben. Ich dachte mir, jetzt bist Du ganz unten angelangt und kannst nur noch aufsteigen.
In erster Linie wollte ich stark sein für mein Kind, es hat mich viel lachen sehen, denn meistens ist es mir gelungen, mich zusammenzureißen. Zweitens glaubte ich ganz fest an meine Träume von Glück und Familie. Auch wenn ich über dem Gasherd die klammen Klamotten meines Dreijährigen trocknete, wenn ich den Schimmel an den Wänden überstrich, mit Füßen in einem Wärmschuh steckte und doch am ganzen Körper vor Kälte zitternd am Computer saß: Der Traum nahm Gestalt an und wurde Realität. Und ist bin mir ziemlich sicher, das es ein Gesetz des Universums ist: Wenn man alles für seine Träume tut und ganz fest an sie glaubt, dann werden sie auch wahr. Jeden Tag muss man ein bisschen an seinen Zielen arbeiten ...
Inzwischen ist das Wort „crisi“ jedoch auch hier in aller Munde. Vor allem die vielen familiengeführten Geschäfte und Kleinunternehmen hat es hart getroffen. In Lari kämpfen einige darum, irgendwie am Monatsende anzukommen. Und doch, man richtet das Auge auf das Ende der Krise und versucht durchzuhalten.

Die Italiener und ihre Fußballleidenschaft

Gli italiani e la loro passione per il calcio

Über etwas ganz Wichtiges, das zwischen den beiden Geburten meiner kastanienäugigen Halbitaliener passierte, muss ich aber noch berichten: Die Fußballweltmeisterschaft 2006.
Was den Fußball betrifft, war ich nämlich eine nicht leidenschaftliche Deutsche inmitten einer Horde wild gewordener Italiener.

Das Fußball-WM-Spiel Deutschland gegen Italien verfolge ich in Sant`Ermo, meinem 120 Seelendorf, wo extra auf dem Parkplatz eine Leinwand aufgestellt wurde. Wohlgemerkt, es ist das erste Mal, dass ich mir ein Fußballspiel anschaue, das allererste Mal.
Ich lasse mich darauf ein, um mit meinem Mann dieses scheinbar so bedeutende Ereignis zu teilen. Mir ist es sehr wichtig, mit ihm Sachen zu unternehmen, die uns verbinden. Allerdings geht mir ab, was am Fußball so irre spannend sein soll.
Für wen ich bin? Schwer zu sagen. Die einzige Mannschaft, die ich kenne, ist die Italienische, da mein Sohn Felix mit seinen 9 Jahren ein großer Fan ist. Er hat mir schon oft seine Alben mit Klebebildchen gezeigt, die er uns nach jedem besseren Testergebnis in der Schule abpresst. Da geht es immer nur darum, wie viele Päckchen der heiß begehrten Bildchen er für gute Leistungen bekommt, und dann bricht er in Jubel aus. Beim Thema Fußball bin ich leider eine Rabenmama, die nie verstanden hat, was zehn Leute (pardon, ich wurde sofort korrigiert, 11 Leute) mit einem Ball machen, und warum sie dabei so aus dem Häuschen geraten.
Aber da ich mir gern mal hübsche Männer angucke, kenne ich zumindest die italienische Mannschaft halbwegs.

Am Anfang des Spiels frage ich meinen Mann vorsichtig, wer nun die Deutschen sind und wer die Italiener.
Ich weiß, dass das eine ganz schlechte Frage in einem ganz schlechten Moment ist, aber schließlich, wenn ich schon mit schaue, möchte ich auch etwas davon verstehen. Und der Ballack sieht doch aus wie ein Italiener, hat aber ein weißes Trikot an, und die Blauen müssten doch eigentlich die Italiener sein.
Mein Mann klärt mich leicht ungehalten auf.

Die erste Halbzeit ist relativ ruhig. Ich versuche, dem Spiel zu folgen, aber das gelingt mir nicht immer.
Bei der zweiten Halbzeit verstehe ich erst gar nichts mehr, alles ist plötzlich aus mir unverständlichen Gründen seitenverkehrt, und ich frage meinen Mann

wieder leise, was denn nun los sei, ob die die Seiten gewechselt haben. Aber auch an dieser Frage schien irgendetwas falsch zu sein, komisch.
Meine Gehirnhälften brauchen nun etwas, bis sie dem veränderten Spielverlauf wieder einigermaßen folgen können. Zwischendurch muss ich auch noch dem unberechenbaren Spielverlauf meines 15 Monate alten Söhnchens Filippo folgen, der für seinen Papa gerade Luft geworden ist, und das macht es mir nicht einfacher. Aber dann wird Filippo zum Glück müde und schläft tief und fest in seinem Kinderwagen.
Was mich köstlich amüsiert – aber ich lache natürlich nicht laut, denn das sollte man als einzige Deutsche unter Italienern doch nicht tun – ist, wie oft sich die Italiener scheinbar schwer verletzt mit schmerzverzerrtem Gesicht auf dem Rasen herum rollen.
Sie lieben einfach Showeinlagen und verstehen es auch beim Fußball, sich wirkungsvoll in Szene zu setzen.

Die Deutschen erscheinen mir in der ersten Halbzeit stärker als die Italiener. Das leite ich davon ab, dass vor dem linken Tor mehr Gerangel ist. Ich verfolge das Spiel relativ unparteiisch, vielleicht haben meine Sympathie sogar eher die mir bekannten Italiener.
Dann erhitzen sich die Fans jedoch immer mehr und es fallen Schimpfworte gegen die Deutschen. Da regt sich dann doch mein Nationalstolz, und man darf nicht vergessen, dass ich mich im Ausnahmezustand befinde, nämlich im siebten Monat schwanger bin. Ich verstehe vielleicht fünf Prozent in dem ganzen Lärm, aber ein Satz trifft mich besonders: „Bastardi, dovete morire!" „Bastarde, verrecken sollt Ihr!" Eigenartigerweise ereifern sich am meisten die Frauen, einfache Hausfrauen, die sich aufplustern, als würde es hier für sie um alles oder nichts gehen.

Dazu fällt mir ein Cartoon aus einer deutschen Zeitung ein, in dem ein dicker Mann mit einem Bier vor dem Fernseher sitzt und schreit: „ Lauf doch, du fauler Sack".
Das hilft mir aber nicht wirklich. Kann man sich nicht freuen, wenn man gewinnt, ohne andere dabei schlecht zu machen? Der Fußball bleibt mir ein Rätsel. Dann plötzlich zwei Tore für die Italiener. Das ging so schnell und ich konnte nichts sehen, weil alles vor mir hochspringt, während ich mit meinem dicken Bauch im Stuhl festklemme.

Dann beginnen die Freudentänze. Auch meinen Mann habe ich noch nie zuvor so hüpfen sehen. Was für Emotionen ... Wenn ich sie doch nur teilen könnte! Dann hätte ich es in einer Familie mit vier Männern leichter.

Bislang hatte ich keine Rivalität zwischen Deutschland und Italien gespürt, im Gegenteil, wir Deutschen sind sehr gut angesehen, und plötzlich höre ich so schlimme Worte. Die bleiben auch nicht aus, als wir in die nächste Kleinstadt fahren zum Feiern, denn mein Mann muss natürlich feiern. Ich ziehe es vor, den Mund zu halten, um mich nicht als Deutsche zu erkennen zu geben.
Für meine Freunde freut es mich wirklich, sehen sie doch so glücklich aus. Auch Felix rufe ich gleich an, der umgekehrt als Italien-Fan unter Deutschen in Berlin bei seinem Vater sitzt.

Inzwischen habe ich gelernt, dass man Fußball niemals persönlich nehmen sollte, und dass es egal ist, ob Pisa gegen Livorno spielt, oder Italien gegen Deutschland, es wird geschimpft, was das Zeug hält.

Am Sonntag darauf, das Spiel gegen Frankreich, schaue ich auch noch mit. Zuvor gibt es jedoch Streit mit meinem lieben Gatten, der mich fragt, ob ich die Deutschlandniederlage nun verkraftet hätte. Er war der Auffassung, ich hätte mich schwarz geärgert, weil Deutschland verloren hat. Nachdem ich Stunden mit ihm diskutiert habe, hat er es immer noch nicht kapiert, dass ich mich über die Kommentare seiner Landsleute geärgert habe und nicht darüber, dass Deutschland verloren hat.

Ich fand es großartig, wie der Fußball unser Land vereint hat, und wie herrlich die Stimmung in Deutschland war. Endlich hat man sich getraut, einen gesunden Nationalstolz zu zeigen.
Als Laie das Endfinalspiel betrachtend hatte ich den Eindruck, dass es ein gutes Spiel war, bei dem alle ihr Bestes gegeben und souverän gespielt haben.
Jedenfalls konnte ich mir nicht verkneifen zu meinem Mann zu sagen: „Ich hoffe, Italien wird verlieren." Die Arroganz eines Volkes zu ertragen, dass sich aufgrund eines Spiels anderen überlegen fühlt, fällt mir nicht leicht, und die Massenhysterie ist mir einfach suspekt.

Mein lieber Mann war also vor dem Spiel stinksauer auf mich, trotzdem war es ihm enorm wichtig, dass ich das Spiel zusammen mit ihm wieder auf der Leinwand in unserem Dorf verfolge.
Also sitze ich wieder da und verstehe nicht viel von dem, was ich von der dritten Reihe aus sowieso nur halb sehe. Auch die Kommentare verstehe ich nicht, weil alles redet und die Übertragung übertönt.
Wenige Meter entfernt in unserem Haus steht mein Fernseher, wo ich das Spiel auf Deutsch kommentiert verfolgen könnte.

Die schlimmsten Schimpfworte sind diesmal „ciao“ und „vai“, „Tschüß“ und „Geh“, also harmlos. Aber diesmal fehlen auch die Hausfrauen vom letzten Mal.
Mein Mann beachtet mich nicht. Wenn, dann redet er mit seinem Nachbarn und fachsimpelt eifrig. Wahrscheinlich fürchtet er wieder unsinnige Fragen meinerseits.

Ein schwacher Trost ist, dass die liebe Luisa, unsere 86-jährige, zahnlose Nachbarin kurz vor Schluss fragt, wo denn die Italiener nun hinrennen müssen, damit sie ein Tor schießen. Dem Himmel sei Dank, eine weitere Unwissende!

Als Sidane dem Materrassi die Kopfnuss gibt und der Schiedsrichter die rote Karte zieht, springen alle auf und schreien. Ich verstehe gar nichts mehr und es fällt mir schwer zu unterscheiden, ob es freudige oder wütende Schreie sind. So wie manchmal nicht zu unterscheiden ist, ob es sich um Liebesgestöhne handelt oder um Schmerzen, erst recht nicht bei Italienern. Die Italiener sollen doch froh über diesen Ausrutscher sein, wenn er auch völlig gegen Stolz und Ehre ging, aber damit war der Hauptspieler der Franzosen draußen!
Das versuche ich meinem Mann begreiflich zu machen, der aber nicht mit mir diskutieren, sondern weiter schauen und mich mit mehrfachem „basta“ zum Schweigen bringen will.
Das lasse wiederum ich mir nicht gefallen und will mich beleidigt auf den Heimweg machen. Aber auch das will er nicht, obwohl ich hier doch völlig überflüssig erscheine, und so kommt es zu einer kurzen Rangelei. Schließlich mache ich mich mit Gewalt los und hocke mich zu Hause allein vor den Fernseher.

Zum Elfmeterschießen gehe ich aber zurück auf den Platz und wage keine Frage mehr zu stellen. Wenn etwas Entscheidendes passiert, werde ich es schon an den Reaktionen der anderen mitbekommen. Und so geschieht es auch. Alles was Beine hat, springt plötzlich auf und wild herum. Täusche ich mich oder sehe ich da wirklich meinen Mann laut schreiend bis hoch zur Kirchturmspitze springen? Italien ist Weltmeister!

Ich freue mich vor allem für meinen Sohn Felix, dem das sicher große Freude bereitet.
Wir fahren also wieder in die nächst größere Stadt, nach Pontedera, und die ganze Zeit wird unablässig gehupt. Ich habe etwas Angst vor diesem Ausflug, dickbäuchig wie ich bin. Aber ich hätte ja auch Nein sagen und zuhause bleiben können.

Meinen Bauch schützend schiebe ich mich durch die völlig ausflippenden Massen und weigere mich bald, noch einen Schritt weiterzugehen. Mein Leben und das Leben meines Kindes scheinen mir in Gefahr.
Ich will nur noch weg, den Schauplatz in Windeseile verlassen, Riccardo kann von mir aus das Bad in der grölenden Menge genießen. Ich will nach Hause und endlich schlafen. Riccardo kann bei Freunden übernachten oder in unserem Wellnesscenter, das ist mir egal, Hauptsache, ich kann dem Lärm in unser Wolkenkuckucksnest entfliehen.

Was ich nicht ahne, es ist noch nicht vorbei.
Denn die Spieler müssen ja nach Italien zurück und werden dann nochmal gebührend gefeiert.

Den Montagabend verbringen wir gemeinsam am Meer unter meiner Bedingung, dass wir danach noch zu Hause aufräumen, wo in den letzten Wochen sehr viel liegen geblieben ist.
Wir kommen also vom Ausflug zurück, der sich wieder mal länger hinzog, als geplant, weil wir noch den Sonnenuntergang bei Livorno bewundern mussten. Darauf bestand mein Mann. Mir hätte er (der Sonnenuntergang) heute gestohlen bleiben können, denn ich habe die „confusione", das Durcheinander, im Haus vor Augen und bin voller Tatendrang.
Endlich zuhause angekommen, mache ich den Fehler, meinen Mann Milch holen zu schicken. Nein, nicht nur, dass er ewig nicht zurückkam, er kommt zurück und schaltet den Fernseher ein. Dort läuft die Übertragung der Feier in Rom mit vier Millionen Menschen nach Rückkehr der Spieler. Das muss man natürlich sehen.
Ich kann es nicht fassen, wann hat das ein Ende?!
Zähneknirschend mache ich mich an die Arbeit, Wäscheberge sortieren und ein Zimmer nach dem anderen aufräumen.

Mein Mann lässt sich genau zweimal blicken: Einmal schaut er kurz mit Filippo auf dem Arm vorbei und verzieht sich schnell wieder mit den Worten: „Komm, Pippo, hier atmest Du nur Staub ein." Beim zweiten Mal trällert er unverständliche Zeilen wie: „Un Capitano, c é solo un capitano, si chiama Filippo." „Ein Kapitän, es gibt nur einen Kapitän und der heißt Filippo."
Auch dieser Besuch dauert nicht länger als zwei Sekunden und als ich nachts irgendwann völlig erschlagen ins Bett sinke, meint er doch, ob ich ihm bitte noch etwas den Rücken kraulen könne ...

Er hat einen unbezwingbaren Humor, mein Mann!

Und weiter geht's. Wieder stehen mir mit der Europameisterschaft 2008 Wochen voller Fußball bevor. Aber diesmal habe ich die Strategie gewechselt.

Das erste Spiel ist Deutschland gegen Polen. Ich bin die erste, die den Fernseher anschaltet und darauf besteht, dass das Spiel auf Deutsch geguckt wird. Dieser Kanal hat ohnehin die schöneren Farben.
Beim ersten Tor für Deutschland jubele ich laut, aber da keiner mit mir jubelt, mein Mann stumm bleibt neben mir, halte ich mich beim zweiten Tor zurück.
Diesmal erkenne ich die Mannschaften und manche Regel des Spiels.
Danach will ich mich auch freuen und zu allen sagen: „Wir haben gewonnen!"
Dass beide Tore Podolski schießt, der gebürtiger Pole ist, stimmt mich etwas nachdenklich, und ich male mir aus, wie es ist, wenn Felix, großes Talent mit

Zukunft in seiner Mannschaft, für Italien gegen Deutschland spielt und ich im Zuschauerraum sitze wie Podolskis Eltern.

Das nächste Spiel ist Italien gegen Holland. Ich kann dem leider nicht folgen und bin nicht sicher, ob ich das bedauern soll. Ich habe an diesem Tag eine Hochzeit von Deutschen im Landhaus Il Frutteto, einem meiner beliebtesten Ferienhäuser. Mein Mann soll vor Spielbeginn die Hochzeitstorte für mich aus der Konditorei abholen.
Keine so gute Idee. Er hat natürlich nur das Spiel im Kopf und fährt in den Kurven so schnell, dass die zweistöckige Torte ganz verrutscht ankommt. Ich schaue fassungslos in den Karton.
Mein Mann ist längst über alle Berge, um in Lari mit Felix und der Dorfgemeinschaft das Spiel anzusehen.
Zum Glück habe ich energische Mitstreiter und die Torte wird fix mit einem roten Band zusammengehalten, was ihr einen recht bunten Eindruck verleiht. Ich hoffe inständig, dass das Brautpaar vor lauter Verliebtheit nichts bemerkt.

Ich hatte meinen Mann gebeten, mich bei jedem Tor anzurufen, ich will auf dem Laufenden gehalten werden, das meint auch die gegnerischen Tore. Aber das Telefon bleibt still. Zwei zu null für Holland sickert irgendwann durch, und jetzt weiß ich, warum er nicht anruft.
Später entdecke ich, dass genau vor mir ein kleiner Fernseher steht, und wenn ich ihn etwas umdrehe, kann ich ihn unbemerkt von den Hochzeitsgästen anmachen und das Spiel sehen. Drei zu null für Holland ... Schade, aber so ein ganz klein bisschen Schadenfreude ist auch dabei. Nicht wegen der Spieler, sondern wegen all der Italienern, die sich so großkotzig im letzten Jahr gegeben hatten.
Irgendwann ist mein Mann dann wieder erreichbar und ich frage ihn mitfühlend, ob er denn sehr enttäuscht sei. Nein, meint er lakonisch, er interessiere sich ja eigentlich überhaupt nicht für Fußball, nein, also wirklich nicht.
Das entlockt mir ein breites Grinsen und ich lege besser schnell auf, bevor ich mich dazu äußere.

Ein Moment der Besinnung

Un momento di riflessione

Ich habe einen Tag frei, die Kleinen sind mit unseren Freunden Fabiana und Alessio zur Papstaudienz nach Rom gefahren, die jeden Sonntag um 12 auf dem Petersplatz stattfindet. Ich bin mir nicht sicher (das heißt, eigentlich bin ich mir sicher, aber ich sage es nicht) was interessanter für sie ist, das Zug fahren oder den Papst zu sehen.
Immerhin bemerke ich mit Verwunderung, dass selbst Luca mit noch nicht zwei Jahren das Ave Maria vor sich hin plappert. Das kommt im Stellenwert nach „Mit Fingerchen, mit Fingerchen, mit ganzer, ganzer Hand“ und „Schlaf, Kindlein, schlaf ...“.

Es braucht einen ganzen Tag, um das Haus einigermaßen auf Vordermann zu bringen. Erschöpft sinke ich anschließend vor den Fernseher.
Beim Zappen stoße ich auf ein Konzert von Grönemeyer, und innerhalb von fünf Minuten heule ich mich halbtot. Warum eigentlich? Weil es mich an eine Zeit starker Gefühle erinnert? Meine Art zu lieben hat sich verändert. Sie ist nicht mehr so frei und vertrauensvoll. Grönemeyer ist Erinnerung an meine große Jugendliebe, an den Moment, als ich meinen Liebsten so zur Weißglut gebracht habe, dass er mich über die Schulter geworfen und im strömenden Regen unter die kaputte Dachrinne gehalten hat, während ich strampelte und nach ihm schlug. Erinnerungen an die ersten zarten Keime dieser Liebe, die zunächst im Sande verlief und dann nach sieben Jahren erneut heftig aufflammte, der erste zarte Kuss, das Lachen, die ganze schwierige Zeit der Ausreise, die Streits, die Leidenschaft in den Jahren danach, bis man erschöpft auseinander ging. Heute weiß ich, es war so gut mit uns, so richtig gut. Doch die Zeit lässt sich nicht zurückdrehen. Grönemeyer ruft all das wieder wach, er ist einfach wunderbar, und in Worte gefasst habe ich große Gefühle kaum besser gehört.
In meiner Erinnerung ziehen andere Männer vorbei, die deutliche Spuren in meinem Leben hinterlassen haben: Bernd, mein erster Mann, zu ihm gehört „Am Fenster“, Angelo Branduardi, die Neunte von Beethoven, die musikalische Schlittenfahrt von Leopold Mozart, Genesis, die Moldau von Smetana. Man merkt schon, das war nicht ganz so große Leidenschaft, aber Beständigkeit, riesengroßes Vertrauen, Geborgenheit, die wohl wichtigste Beziehung meines Lebens.
Felixs Vater, die Beziehung zu ihm begann mit Musik von Curtis Mayfield am Lagerfeuer, eine extravagante aber verletzende Beziehung, in der ich sagenhaft viel gelernt habe und ohne die ich nicht wäre, wo und was ich jetzt bin.

Dann war da Emiliano, mein erster Italiener, der wunderbar zärtliche Mammone, zu ihm gehörte Umberto Tozzi mit „Ti Amo“ und i Nomadi, meditation for piano, Jovanotti.

Und welche Musik verbindet mich mit meinem Mann Riccardo? Na klar, Latinamericano. Aufgrund unserer anstrengenden und zeitintensiven Arbeit und der Kinder oder einfach, weil wir älter geworden sind, sind die Gefühle längst nicht mehr so aufwühlend wie früher. Aber kommt diese Musik ins Spiel, explodieren sie auf leidenschaftlichste Art und Weise.

Ein bisschen finde ich es schade, dass die Gefühle nicht mehr so heftig sind, wie in jungen Jahren. Die Schmetterlinge im Bauch sind sanftere Wellen geworden, das einstige Urvertrauen hat sich in häufige Zweifel verwandelt. Ja, ich trauere dem Verlorenen schon nach.
Ich weiß, dass ich es wieder erleben werde, dann als stille Zuschauerin, wenn sich meine Söhne eines Tages verlieben und bei ihnen das Achterbahnfahren losgeht.
Wie lieben die Jugendlichen heute? Ich beobachte sie oft, und mir fällt der liebevolle Umgang untereinander auf. In Italien nimmt man sich viel selbstverständlicher in den Arm, begrüßt sich lachend und mit Küsschen, scherzt zusammen. Sie sind alle so frisch in ihrer Unbekümmertheit.
Übrigens, Küsschen gibt man sich hier bei der Begrüßung 2 und, aufpassen, man fängt rechts an. Wenn man das nicht beachtet kann der Kuss direkt auf dem Munde landen und das kann lustig oder, je nach dem, auch etwas peinlich werden.

Gibt es etwas Schöneres und Wichtigeres als „Amore“? Und sind schöne Erinnerungen nicht der Schatz des Lebens?

Das italienische Gesundheitswesen

La sanità italiana

Um es vorweg zu nehmen: Das italienische Gesundheitswesen ist besser als sein Ruf, viel besser! Um nicht zu sagen, es steht mittlerweile an zweiter Stelle in Europa. In den letzten zehn Jahren hat sich ungeheuer viel verändert. Die technische Ausstattung ist grandios und super modern. Das Behandlungssystem jedoch, die Terminvergabe und die Bezahlung sind unmöglich, völlig untauglich, und diese Kompliziertheit ist für Deutsche kaum nachvollziehbar.

Zunächst muss ich aber erzählen, wie ich zu meiner Krankenversicherung kam. Das lief ganz klassisch italienisch ab.
Ich wollte mich versichern und hatte gehört, dass ein Jahr Krankenversicherung 750 Mark kosten würde.
Ich nahm mein mühsam aufgebrachtes Geld und ging zur Krankenkasse. Der Beamte drückte mir ein Überweisungsformular in die Hand und meinte, ich solle damit zur Post gehen und das Geld überweisen. Gesagt, getan. In der Post meinte man aber dann, so ein Formular noch nie gesehen zu haben. Ich also zurück zur Krankenkasse: „Das Formular haben die noch nie gesehen!“ Der Beamte nahm das Formular, zerknüllte es und warf es in den Papierkorb. Seitdem bin ich krankenversichert.
So einfach und unbürokratisch kann es in Italien manchmal zugehen!

Auch mit meinem neuen Hausarzt, Dottore Cosimo, habe ich Glück. Ich musste lange nach Jemandem suchen, der ganzheitlich heilt, und zudem mit der Krankenkasse verhandeln. Denn eigentlich hat man hier keine freie Arztwahl, sondern wird dem Arzt der Gemeinde zugeteilt. Da das „Revier“ von Dottore Cosimo zwar nicht zu meiner Gemeinde gehört, aber zur angrenzenden, durfte ich wechseln.
Er hat Medizin studiert und ist Kassenarzt geworden, hat jedoch in China Zusatzausbildungen für Kinesiologie und Akupunktur absolviert. Ohne kinesiologischen Test verschreibt er keine Medikamente und, soweit es geht, verwendet er Homöopathie und Naturheilmittel. Das ist genau das, was ich brauche.
Dafür fahre ich dann auch gern die 30 Kilometer zu ihm. Das kommt zum Glück nicht häufig vor, denn als Selbstständige baut man ja einen automatischen Immunschutz auf und wird nur selten krank.

Mein Dottore sieht aus wie ein griechischer Gott, von stattlicher Gestalt mit silbergrauen Löckchen und schelmischem warmherzigen Lächeln.

In seinem Wartezimmer ist es immer rappelvoll, Termine bei ihm sind heiß begehrt. Trotzdem muss ich fast nie warten und er nimmt sich richtig Zeit für mich. Wenn ich bloß eine Überweisung brauche, schicke ich ihm meine Bitte per SMS vom Wartezimmer aus, und prompt folgt die Antwort, ebenfalls per SMS: „Sicuramente". Wenig später halte ich dann das benötigte Formular in der Hand. „Grazie, sei un tesoro", „Danke, Du bist ein Schatz", schreibe ich ihm noch schnell. Meine Zeit rennt, wie immer, dabei fand ich es gerade so interessant, den älteren Patienten zuzuhören, die sich über die heutige Jugend auslassen oder sich Geschichten von Andrea Bocelli, dem berühmten blinden Tenor und Sänger, erzählen, der dort im Dorf aufgewachsen ist.
Es kann aber auch vorkommen, dass man erst abends einen Termin bei ihm bekommt. Eines Nachts verlies ich erst um Mitternacht seine Sprechstunde und hinter mir warteten geduldig noch 2 weitere Patienten.

Einmal nehme ich Filippo mit, der promt Dottore Cosimo fragt, ob er mit ihm zur Rutsche gehen würde. Vor dem Haus ist nämlich ein kleiner Spielplatz. Dottore Cosimo nimmt ihn an die Hand, geht mit ihm vorbei an den vielen Wartenden, und lässt Filippo geduldig rutschen.

Jedes Mittel, das er mir verschreibt, testet er vorher kinesiologisch aus, seien es homöopathische Mittel oder welche der Schulmedizin, diese verschreibt er aber nur, wenn es nicht anders geht.
So bekomme ich nur die Medikamente, die genau richtig für mich sind. Während der Sprechstunde klingelt laufend das Telefon, denn so etwas wie eine Sprechstundenhilfe hat ein Hausarzt hier natürlich nicht. Das heißt "klingeln" kann man das nicht nennen, es erklingt der Ia-Schrei eines Esels.
Einmal probiert er gegen meine ewige Abgeschlagenheit Akupunktur aus. Ich sehe aus wie ein Silvesterfeuerwerk, überall stecken Nadeln und darauf Moxzigarren, und das tut weh. Nee, das ist nix für mich.
Es kann auch passieren, dass Dottore Cosimo mir rät, gegen den Husten Eukalyptusblätter vom nahe gelegenen Baum zu pflücken und daraus einen Tee zuzubereiten, oder dass er mir Qi-Gong-Übungen vormacht, die ich mir leider nicht merke, weil ich zu fasziniert davon bin, wie er mir mit gebeugten Knien vormacht, wie ich eine große imaginäre Lichtkugel in Energie transformieren soll.

Termine bei Fachärzten zu bekommen, ist hingegen sehr schwierig. Ich habe mir endlich einen Termin beim Augenarzt geholt. Meine Sicht hat sich doch erheblich verschlechtert.
Den Termin holt man sich zum Beispiel in der Apotheke oder direkt beim Gesundheitsamt, meiner ist in drei Wochen. Da ich nun schon eine Weile

schlechter sehe, kommt es auf die paar Wochen auch nicht mehr an. Das „Ticket“ kostet mindestens 18 Euro: Üblich ist, es vor dem Arztbesuch zu bezahlen. Vorsichtshalber frage ich noch, ob ich ohne meine Kontaktlinsen zur Untersuchung gehen müsste. Das wäre für mich ein Problem, da meine Brille 20 Jahre alt ist und im Moment ohnehin nicht auffindbar. Vor meinem geistigen Auge sehe ich mich schon liebevoll von meinem Ehemann zum Arzt begleitet, da ich sonst, halbblind wie ich bin, vor Zusammenstößen mit Ecken und Kanten und anderen Menschen, plötzlich auftauchenden Treppen und ähnlichen Hindernissen nicht sicher wäre. Aber hier in Italien ist das völlig normal, die Mama oder der Mann kommen natürlich mit zum Arzt. Ich würde das jedoch gern vermeiden und nicke erleichtert, als die Apothekerin meint, ich könne ruhig mit meinen Kontaktlinsen hingehen. Muss sich das Auge nicht zwei Stunden vor der Untersuchung ohne Linsen erholen, damit man es richtig ausmessen kann? Da ich aber mindestens zehn Jahre nicht beim Augenarzt war, vertraue ich auf den Fortschritt der Technik, die sich bestimmt so weiterentwickelt hat, dass man mit Linsen hingehen kann, ausgemessen wird und fertig.

An einem Mittwochvormittag, es schüttet wie aus Eimern, gehe ich also in das Gebäude der Asl, der örtlichen Gesundheitsbehörde.
Und obwohl ich mit Kontaktlinsen einigermaßen sehe, übersehe ich Sebastiano, den Herren, der mir viele Jahre den Krankenkassenbeitrag erspart hat. Er steht am Kopierer und ruft mich gleich zu sich. Neben ihm ein kleiner Herr, mittleres Alter, Jeans, geringelter Pullover, dunkle Sonnenbrille (wir erinnern uns: draußen regnet es in Strömen und wir befinden uns im Gebäude), Goldkettchen. Aha, der Augenarzt.

Er bittet mich in den Behandlungsraum und nimmt sogar seine Sonnenbrille ab. Als ich mich in dem Raum umsehe, möchte ich am liebsten sofort rückwärts rausgehen, denn dort stehen Messinstrumente, die Museumscharakter haben. Natürlich hätte ich ohne Kontaktlinsen kommen müssen, und so bin ich auch ganz schnell wieder draußen. Der Dottore verabschiedet sich rasch, setzt die Sonnenbrille wieder auf, es regnet zwar immer noch und wir sind drinnen, und weg ist er.
Gut, dass Sebastiano da ist, er streicht den Termin, und ich muss wenigstens das Ticket nicht bezahlen. Er will mir einen Termin bei einer Koryphäe in Pontedera verschaffen. Das geht jedoch nur über Privatticket: 81 Euro! Tut mir leid, das kann ich mir nicht leisten.

Er erzählt, ihm wäre aufgefallen, dass immer weniger Paare heiraten, um Beiträge zu sparen. Da sich auch die Tickets nach dem Einkommen richten und der Freibetrag bei 18.000 Euro liegt, rechnen die Leute eben.
Zum Glück habe ich pro Jahr nur wenige Tickets zu bezahlen, aber wehe dem, der wirklich krank ist. Wie machen die das? Auf jeden Fall wird so vermieden, dass Arztbesuche zu einer Art Volkssport werden.

Er gibt mir noch einen heißen Tipp, wie ich an Unterwassermassagen in der römischen Wanne in der Therme von Casciana komme, die ich so gern mag. Ich muss mir ein bestimmtes Rezept von meinen Hausarzt ausstellen lassen und schon bekomme ich 12 Massagen für 50 Euro. Er erklärt mir, wie die Massage funktioniert und wo der Wasserstrahl überall lang fährt, was er mit seinen Händen auf meinem Rücken, angefangen beim Hintern, genau demonstriert. Er krabbelt gern an mir herum, das weiß ich schon. Ja, auch an den Schenkeln geht der Wasserstrahl entlang. Wenn er mich jetzt da anfasst, knalle ich ihm eine, denke ich, aber er scheint die drohende Gefahr zu ahnen und lässt es.

Später wechselt er in die Hauptabteilung des Gesundheitsamtes, wo Termine vergeben werden. Dafür zieht man eine Nummer und stellt sich zu den mindestens 50 anderen Wartenden im Raum. Wenn ich einen Termin ganz schnell brauche, mache ich Sebastiano von weitem ein Zeichen, wir treffen uns auf dem Gang und schwupp habe ich den nächsten freien Termin. Tja, Vitamin B war auch im Osten schon extrem wichtig. Der nächste Termin kann erst in einigen Wochen oder Monaten sein. Was also, wenn man Schmerzen hat? Dieses System ist bestens für Märtyrer geeignet. Meistens gibt es den „nächsten Termin“ auch nicht im 20 Kilometer entfernten Pontedera, sondern im 40 Kilometer entfernten Volterra, ein jeweils hübscher Tagesausflug, falls die Schmerzen einen diesen genießen lassen.

Eines schönen Tages erhalte ich zuhause ungewöhnlichen Besuch. Nachmittags klingelt es und der Oberkommandant der Stadtpolizei steht vor der Tür. Ich überlege rasch, was ich verbrochen haben könnte. Als Ostkind läuft mir automatisch beim unmittelbaren Anblick eines Gesetzeshüters ein leichter Schauer über den Rücken.
Äußerlich lasse ich mir aber nichts anmerken und lächle ihn freundlich an.
Aus dem Untergeschoss unseres Haus dröhnt der Presslufthammer, die Maurer bereiten gerade die Stromkanäle unter der Fußbodenschüttung vor und die Baugenehmigung gibt es zwar, aber sie ist seit geraumer Zeit abgelaufen. Was einem in Sekundenschnelle doch so alles durch den Kopf saust ...

Der Grund seines Besuches ist jedoch ein ganz anderer: Ich lasse meine Kinder nicht impfen und jetzt soll ich dazu schriftlich Stellung nehmen, deshalb schickt man mir die Polizei ins Haus. Der Oberste der Impfkommission ist der Doktor von Lari, Dottore Mazza, mein Pflichthausarzt, bei dem ich aber nur einmal in der Sprechstunde war. Nur zu gut erinnere ich mich, wie verblüfft ich war, denn er begrüßte mich rauchend hinter seinem Schreibtisch. Wenn wir uns im Dorf sehen, halten wir ein nettes Schwätzchen, gegenseitige Sympathie bekundend, aber eben kontroverse Meinungen zum Thema Gesundheit äußernd.

So, ich habe ja sonst nichts zu tun, also lege ich nun schriftlich meine Meinung über das Impfen dar. Das ist ja schon auf Deutsch nicht so einfach. Wer sich einmal mit dem Thema Impfen ausführlich beschäftigt und einen Impfschaden in der eigenen Familie hat, der zu nahezu völliger Blindheit führte; ein Kind in der Nachbarschaft kannte, das an einer Meningitisimpfung gestorben ist; einen Onkel mit Kinderlähmung hat (richtige Polio und nicht die Impfpolio von heute, die erschreckenderweise dazu gekommen ist) und das Thema von allen Seiten mittels ausführlichen Informationen beleuchtet hat, ist in einer echten Zwickmühle. Bei Felix hatte ich nach der ersten Impfung eine so auffällige Verhaltensänderung festgestellt, dass ich angefangen habe, alles darüber zu lesen. Wer sich einmal damit auseinandersetzt, kann seine Kinder oder sich selbst nicht mehr ruhigen Gewissens impfen lassen. Aber mit ruhigem Gewissen Nichtimpfen geht auch nicht.

Ich bitte in meiner Stellungnahme darum, mir aktuelle Statistiken zu schicken, denn die letzte, die ich von Italien besitze, ist aus dem Jahr 1999 und sicher veraltet. Dort werden 33.000 (!) nachgewiesene schwere Impfschäden, geistig und körperliche Behinderungen und mehrere Todesfälle aufgeführt.

Statt neuer Statistiken bekomme ich allerdings einen zweiten Polizeibesuch, der ebenso freundlich verläuft wie der erste. Die Polizeibeamtin wirkt nach unserem Gespräch zumindest nachdenklich.

Mit drei wilden Jungs landet man schon mal im Krankenhaus, das lässt sich fast nicht vermeiden.

Zum Glück hatten wir nur eher harmlose Vorkommnisse zu verzeichnen.

Luca hatte mit einem Jahr eine richtig schöne große Gräte im Hals, die der Notarzt erfolgreich nach einer Stunde Wartezeit entfernte.

Filippo hatte eine Zecke im Bauch und ein andermal ist er beim Zahnarzt umgekippt, als dort sein großer Bruder behandelt wurde. Nachdem wir dann mit dem Krankenwagen und Tatütata ins Krankenhaus gebracht worden waren, fiel mir ein, dass durch das Warten so viel Zeit vergangen war, dass das arme Kind wahrscheinlich nur Hunger und Durst hatte. Filippo verdaut unheimlich schnell, und bis heute ist es so, dass wir sofort springen müssen, wenn er „fame e sete" schreit, Hunger und Durst, sonst kippt er um. Im Kindergarten hat er das später auch eindrucksvoll demonstriert. Als die Kindergartentanten mich deshalb anriefen, schrie ich nur: „Gebt ihm sofort Wasser und etwas zu Essen!"

Dann ist Luca, kaum zwei, wieder an der Reihe, er reißt sich die Lippe an einer Tischkante auf, und ich muss es irgendwie bewerkstelligen, den Krankenwagen zu rufen, während der kleine Kerl Blut spuckt und sein Bruder aus Mitleid bleich wird und wieder fast umkippt. Im Krankenhaus nähen sie ihn fast ohne Betäubung. Dabei kommt es auch noch fortlaufend zu Stromausfall wegen eines Gewitters. Der arme Kleine schreit wie am Spieß.

Bei Felix wurde im Rahmen einer Sportroutineuntersuchung festgestellt, dass er einen kleinen Herzfehler hat. Solange der nicht behoben wird, kann er keinen Leistungssport machen. Das ist ein Drama für ihn, denn immerhin haben sich fünf Fußballmannschaften um ihn gerissen, und er ist eine der größten Hoffnungen der Region.

Wir müssen zu einer Spezialuntersuchung ins Krankenhaus Santa Chiara, das direkt an der Piazza dei Miracoli, dem Platz der Wunder, in Pisa liegt. Dabei wird ihm eine Sonde durch die Nase bis zum Herz geführt, die feststellen soll, ob die Leitung, die von Geburt an zu viel da ist, mit dem Herzen verbunden ist oder nicht. Das Herz wird dabei stimuliert und mit bester Technik werden verschiedene Tests durchgeführt. Die Schwester fragt fürsorglich, ob es mir gut ginge, denn der Test könne auch für Mamas etwas anstrengend sein. Das finde ich nun überhaupt nicht und natürlich will ich bei meinem Sohn bleiben und ihn unterstützen. Einen Stuhl lasse ich mir aber lieber geben und siehe da, innerhalb kürzester Zeit wird mir schwarz vor Augen. Mit letzter Kraft gelingt es mir, dies anzukündigen, und schon finde ich mich mit den Beinen nach oben am Türrahmen des Arztzimmers, nach ein paar Klapsen ins Gesicht, dümmlich lächelnd wieder. Das ist mir ziemlich peinlich, stehen doch nun alle Ärzte um mich herum, statt sich um meinen Sohn zu kümmern. Zum Glück habe ich einen hübschen Slip an, denke ich noch, als ob es in dem Moment nichts Wichtigeres gibt. Dann werde ich auf eine Liege verfrachtet und darf weder dem so hübschen Arzt noch Felix weiter assistieren. Ärgerlich.

Es ist der 12. Geburtstag meines Sohnes und der beginnt mit der Nachricht, dass eine Operation nötig ist, da die Leitung mit dem Herzen rückgekoppelt ist, was zu einer Arrhythmie führen kann und damit zu dem berüchtigten plötzlichen Tod bei Sport oder Anstrengung. Für Felix ist der Geburtstag gelaufen, auch wenn ich versuche, ihn ihm trotzdem so schön wie möglich zu gestalten.

Nun haben wir zwei Probleme, ich will meine dauernde Schwäche untersuchen lassen, und Felix muss auf den OP-Tisch. Da wir auf seinen Termin drei Wochen warten müssen, mache ich erst mal meine Untersuchungen und stelle dabei das italienische Gesundheitssystem gründlich auf die Probe.
Die erste Hürde ist, wie ich schnell und kostengünstig an die Untersuchungen komme. Veranlasse ich sie selbst, muss ich ewige Wartezeiten in Kauf nehmen und Kosten, die ich nicht tragen kann. Also gehe ich zunächst zu meinem Hausarzt und rücke endlich mit der Sprache heraus: Ich fühle mich nie richtig in Form, um nicht zu sagen, immer kurz vor dem Umkippen, und ab und zu realisiere ich das auch. Dazu sehe ich manchmal leuchtende Punkte, die immer größer werden. Ich muss mich dann sofort hinlegen und warten, bis sie sich langsam wieder auflösen. Und, ich wage es kaum zu sagen, wenn ich nachmittags (Siesta ist natürlich ein Muss, da braucht mich auch niemand am Telefon zu suchen) aus dem Tiefschlaf erwache, sehe ich Hunderte Tierchen, die auf meinem weißen Schrank herum rennen und dann dahinter verschwinden. Manchmal kommen sie auch über die Bettdecke geradewegs auf mich zu. Ob ich wohl verrückt werde, frage ich vorsichtig meinen griechisch göttlich aussehenden Hausarzt, und es ist mir ziemlich unangenehm, ihm das alles zu erzählen. Lachend meint er: „Se uno entra qua ed e normale, lo mando subito nel manicomio", „wenn hier auch nur einer durch die Tür kommt, der normal ist, dann schicke ich den gleich in die Klapsmühle". Na gut, das beruhigt mich etwas, aber nicht ganz.
Dann rät er mir folgendes: Du gehst ins Krankenhaus nach Pisa in die Notaufnahme und sagst, du wärst gerade umgekippt. Dann machen sie alle Untersuchungen sofort mit dir, ansonsten müsstest Du monatelang auf Termine warten und alle Kosten selbst tragen. Gesagt, getan. An einem Samstag finde ich mich also dort wieder, meine Mama begleitet mich, und da in Italien nie jemand allein zum Arzt geht, fühle ich mich diesmal ganz italienisch mit ihr neben mir. Natürlich kommen dauernd Notfälle an und wir warten ewig. Das mit dem „Ich bin gerade umgekippt" fällt mir gar nicht schwer, es ist sowieso wieder einer dieser Tage, an denen es mir durchgehend schummrig ist. Als ich dann gerade beschließe von meiner Pritsche zu springen und abzuhauen, weil mir das Warten zu lange wird, komme ich endlich dran. Wieder erzähle ich alles vom Umkippen bis Tierchen sehen und hoffe natürlich sehr, dass die Ärztin dies für genauso normal hält wie mein Hausarzt – aber ein bisschen komisch schaut sie mich schon an – und die Schwester auch.
Erst mal bekomme ich routinemäßig eine Nadel für einen eventuellen Tropf in den Arm, dann wird Blut abgenommen und ein EKG gemacht. Danach

werde ich wieder auf den Gang geschoben, während meine Mama den Schiefen Turm anschaut – das Krankenhaus liegt ja in unmittelbarer Nachbarschaft.
Ich protestiere, in dem vollen Gang neben eine Frau geschoben zu werden, die sich gerade übergibt und noch andere eindeutige Geräusche unter der Bettdecke macht. Es ist gerade Schichtwechsel, und die Schwestern, die nun gehen, ignorieren den Vorgang und die Neuen bekommen ihn gar nicht mit. Ein übler Geruch zieht durch den Gang, in dem Bett an Bett steht, und ich fange an, die Mücken an der Decke zu zählen. Es sind genau 47. Damit lenke ich mich ab, so wie ich in unserer Kirche immer das Gemälde studiere, damit ich nicht ohnmächtig werde. Hätte ich mir wenigstens ein Buch mitgebracht! Aber es macht sich wohl nicht gut, in der Notaufnahme zwischen lauter Halbtoten ein Buch zu lesen.

Ich muss mal und verschwinde auf die Toilette. Alles ist sehr sauber und ordentlich, nur fehlt an der Ausgangstür der Griff, und ich komme nicht wieder raus. Wer, wie ich, Platzangst hat, weiß, was das bedeutet! Ich klemme mir ordentlich die Finger, und irgendwie gelingt es mir, die Schiebetür auch ohne Griff wieder aufzubekommen.

Als nächstes wird ein Computertomografie mit mir gemacht. Ich staune angesichts dieser Technik und die Schwester klärt mich auf: Das italienische Gesundheitswesen steht an zweiter Stelle in der Weltrangliste und das Krankenhaus in Pisa ist das zweitbeste in Italien. Ich komme aus dem Staunen nicht heraus und muss einsehen, dass in den letzten zehn Jahren wahre Wunder geschehen sind.

Weiter geht die Odyssee zum Psychiater. Mein Verdacht, dass die einen größeren Dachschaden als ihre Patienten haben, findet sich hier mal wieder bestätigt. Die beiden Psychiater provozieren uns zu Lachkrämpfen, Mama ist mit von der Partie, aber angesichts der auch dort nicht vorhandenen Türklinken beherrschen wir uns und suchen lieber so schnell es geht das Weite.

Danach geht es zum Neurologen. Der fällt schon im Wartesaal durch lautes Türe schlagen auf, aber immerhin gibt es Klinken. Der Neurologe macht dann einige Idiotentests mit mir, Reflexe testen und Ähnliches. Ich erzähle wieder von den Lichtern und Tierchen. Er fragt mich, wie lange ich das schon hätte. Ich antworte, so fünf bis sechs Jahre. Ihm fällt der Kinnladen runter: „Wie bitte? Das haben sie schon so lange und dann kommen sie heute, am Samstag, in die Notaufnahme?“

Recht hat er. Soll ich ihm erklären, dass ich jetzt erst anfange, auf mich aufzupassen, weil ich merke, so geht es nicht weiter. Dass ich arbeite wie eine Verrückte und für das Wohl meiner Familie sorge, aber (außer Mama) mich keiner mal verwöhnt?

Oder soll ich ihm verraten, dass mir das mein Hausarzt empfohlen hat, damit ich nicht ewig auf Termine warten und viel Geld bezahlen muss, das ich nicht habe?
Davon abgesehen ist er aber nett und verabschiedet sich dann, um seinen Bericht zu schreiben. „Jetzt sind wir bald fertig“, meint Mama, die jahrelang in der Arztpraxis ihrer Schwester gearbeitet hat. „Er hat auf seinem Computer die Bausteine für seine Diagnose und die muss er nur noch zusammenstellen“. Doch es dauert und dauert. Ob irgendetwas passiert ist? Sieben Stunden sind wir mittlerweile hier. Als er zurückkommt, hält er stolz einen handgeschriebenen riesenlangen Zettel in der Hand. Aha, das spricht nicht gerade für Platz zwei in der modernen Medizin. Das Gleiche gilt für die Krankenwagen. Da möchte man kein Notfall sein oder Schmerzen haben. Eine Federung muss bei diesem Fahrzeugtyp komplett eingespart worden sein und die Ausstattung ist Furcht erregend, auch wenn ich den Hut ziehe vor den Leuten, die diesen Job machen.
Jedenfalls wurde ich mit verschiedenen Überweisungen nach Hause geschickt.

Bei der ersten Untersuchung bekomme ich stinkenden Spiritus auf den Kopf geträufelt, dazu eine Badehaube mit Löchern und Drähten aufgesetzt. Damit wird etwas ausgemessen und ich muss die Augen auf und zu machen und dann hyperventilieren, wobei ich nach 30 Sekunden kurz vor dem Umkippen bin. Bei der zweiten Untersuchung muss ich mich komplett ausziehen, bekomme ein hellblaues Stoffkleidchen an und werde ohne Vorwarnung in eine vorn und hinten offene Röhre gesteckt. Ich kann gerade noch fragen, wie lange das dauert (eine halbe Stunde, oh nein, und meine Klaustrophobie?), dann setzt Discomusik ein, eher Techno würde ich sagen. Ich schließe lieber die Augen, denn es ist Panik auslösend eng um mich und der Arm schläft mir auch noch ein, so dass ich Schwierigkeiten hätte, mit der Hand den Notrufknopf zu drücken.
Auch hier scheint man meine Tierchengeschichte ganz normal zu finden. Oder tun die alle nur so? Hauptsache, sie lassen mich wieder gehen, eigentlich kann ich mit meinen Tierchen auch ganz gut leben ...

Inzwischen haben wir den Termin für Felix und gehen an einem Morgen mal wieder ins Krankenhaus am schiefen Turm. Dort bekommt auch er die obligatorische Nadel für den Tropf in den Arm und schon das tut ihm sehr weh. Wir warten und warten und werden schließlich ins Krankenhaus Cisanello, das auch in Pisa liegt und demnächst das modernste Krankenhaus Europas sein wird, mit einem der beschriebenen Krankenwagen gefahren. Dort warten wir dann lange auf die OP. Alle sind sehr nett und mein Vertrauen in die Ärzte und ihre moderne Technik ist unendlich groß. Der Anästhesist klärt uns über

die Möglichkeiten der Betäubung auf. Von örtlicher bis zur Komplettanästhesie ist alles machbar. Und da ist er wieder, der hübsche Herzspezialist, auch wenn er mich gleich daran erinnert, dass ich bei unserer letzten Begegnung keine „bella figura“ gemacht habe. Trotzdem wollen sie mich in den OP mit hineinlassen, zumindest bis Felix schläft, auch wenn ich mir sicher bin, dass mich der prüfende Seitenblick von Dottore Zuccherino (so heißt er zwar nicht, aber so sieht er aus, und sein Name klingt so ähnlich) treffen wird, weniger, um mit mir zu flirten, um rechtzeitig zu bemerken, wenn ich wieder Richtung Boden rutsche.
Soweit kommt es aber nicht. Das gesamte OP-Team steht um uns herum und Felix sagt: „Ich gehe jetzt, ich mach das nicht, Ihr könnt mich ja nicht zwingen.“ Ich kenne meinen Sohn, der ist in der Lage und zieht das jetzt auch durch. Auch wenn ich denke: Nee, das kannst du doch nicht machen! Aber kein gutes Zureden hilft, nicht vom netten Anästhesisten, nicht von Dottore Zuccherino, von Dottoressa Buongiorni, die die OP selbst ausführt und eine europaweite Koryphäe ist. Das ganze Team verspricht zum ersten Fußballturnier zu kommen, und Frau Doktor erklärt genau die Instrumente und was bei dem Eingriff getan wird. Ich bin von der Technik fasziniert: Durch die Hauptvene im Bein wird eine Sonde bis zum Herzen geführt, die man auf dem Computer verfolgt und so die Stelle findet, wo der zusätzliche Leiter sitzt, den man dann verödet.
Natürlich verstehe ich seine Aufregung, ich tue nur ihm zuliebe so ruhig. Am Tag vorher habe ich geheult und wie gelähmt vor Angst im Bett gelegen. Es ist immerhin ein Eingriff am Herzen und sein Kind bleich und betäubt auf dem OP-Tisch zu sehen, wird jeder Mutter nahe gehen. So ganz garantieren kann ich nicht, dass ich nicht wieder umkippe.
Aber für heute ist das kein Thema mehr, wir gehen nämlich. Felix ist danach verzweifelt, er wäre gern mutiger gewesen, ich weiß. Und wir hätten es so gern hinter uns gebracht ...

Beim nächsten Mal, einen Monat später, klappt dann alles wunderbar. Ich frage, ob er die Anästhesie vor dem OP-Raum bekommen kann, so macht dieser ihm keine Angst. Das Einspritzen des Betäubungsmittels tut ihm sehr weh, aber dann ist er sofort weg. In den OP kann ich nun doch nicht mit rein. Diesmal ist Riccardo bei mir und wir verfolgen den Eingriff von draußen, wo man gut hört, was sich die Ärzte drinnen zurufen.
Alles geht relativ schnell und gut, und dann darf ich wieder zu meinem Schatz, der dabei ist, aufzuwachen.
Die Ärzte haben übrigens alle Kopftücher in verschiedenen Farben und mit lustigen Motiven, die mich zum Teil sehr zum Lachen reizen. Wer hat sich denn das ausgedacht?

Der Arzt mit dem Teddybärchenaufdruck fragt Felix gerade: „Wo spielst Du denn Fußball?“ Und Felix lallt noch völlig benommen: „Forcoli“. Aber nein Felix, du spielst doch in Ponsacco! Also noch mal: Wo spielst du denn nun? Antwort wieder „Forcoli“. Na, pass mal auf, dass dich dein Trainer Matteo nicht disqualifiziert. Ja, und wo wohnst du? Und wieder die stereotype Antwort „Forcoli“.
Es braucht eine Weile, bis er wieder bei sich ist und dann kommt auch schon das größte Übel: Die Plastikleitungen aus Vene und Arterie im Bein ziehen. Viel Schmerz und so viel Blut, dass sich Mama dann doch lieber gleich auf das daneben stehende Sofa legt.

Womit wir nicht gerechnet hatten, waren die Nebenwirkungen der Betäubung. Die bescheren uns noch einige Horrorstunden, eine Horrornacht und eine Wiedereinweisung in das Krankenhaus, aus dem er gerade entlassen worden war.
Allerdings bin ich mir fast sicher, dass der Umstand, dass Felix sich sofort wieder stundenlang an den Laptop gesetzt hat, um sein neues Fußballspiel und Sims 3 auszuprobieren, sein Übriges dazu getan hat.
Mama hatte es ihm verboten, aber eine überaus freundliche Krankenschwester hatte dem Bub angeraten, doch nicht auf Mama zu hören, er könne ruhig die ganze Nacht im Krankenhaus spielen. Das ließ sich der Junge nicht zweimal sagen und stellte brav früh um vier den Computer an. Riccardo, der, wie in Italien üblich, als Familienmitglied neben dem Bett Wache halten sollte, schnarchte währenddessen neben ihm auf dem Liegesessel und bekam von alledem nichts mit. Ach doch, wenn er zu laut schnarchte, bekam er von Felix einen Tritt in den Hintern.
Auch den Bettnachbarn störte es wohl nicht, denn er hatte sein Radio, d.h. einen MP3-Player, mit Kopfhörern die ganze Nacht laufen.

Ich war von den Zimmern übrigens ganz angetan, auch wenn der Bettnachbar, Polizist bei der Finanzpolizei, meinte, in einem anderen Krankenhaus sei das Essen viel besser und jedes Zimmer hätte einen Fernseher gehabt, auf dem man sogar SKY hätte sehen können. Für mich persönlich ein Alptraum: Fernseher im Krankenzimmer!

Übrigens, meine Tierchen haben sich irgendwie aus dem Staub gemacht, nachdem mein lieber Dottore Cosimo kinesiologisch einen Tablettenstoß bei mir ausgetestet hat. Und Felix geht es auch wieder richtig gut.

Umgang mit dem Tod
Rapporto con la morte

Diese Erfahrungen haben uns vor Augen geführt: Das Wichtigste ist die Gesundheit und wir haben großes Glück. Uns allen geht es gut. Den Tod haben wir bisher nur aus der Ferne erlebt.
Mein Verhältnis zum Tod hat sich, seitdem ich in Italien lebe, grundlegend verändert. Darüber bin ich sehr froh.

In Deutschland habe ich nur meine Oma tot gesehen, zu ihr hatte ich keine besondere Beziehung. Ich war noch ein Kind.
Wie sie da so weiß gekleidet hinter Glas lag, das war irgendwie eigenartig. Meinen Opa habe ich nicht noch mal gesehen, aber in der Kapelle während der Totenmesse wurde mir ganz anders zumute, als ich irgendwo eine Bandsäge hörte, deren Geräusch mir als Tischlerin bestens vertraut war. Ich stellte mir vor, dass sie die Toten zersägen. Keine Ahnung, ob sie das wirklich taten. Aber vielleicht doch, immerhin meint auch Jan Weiler in seinem Buch „Maria, ihm schmeckt's nicht", dass der Onkel doch eigentlich viel größer als der Sarg war ...?

Ansonsten sind mir nur meine Wellensittiche gestorben und ich erinnere mich, eine tote Katze auf meinem langen Schulweg gesehen zu haben, sie lag im Schnee, war noch ziemlich klein und tat mir so leid. Ich betete damals: Lieber Gott, wenn es dich wirklich gibt, dann mach diese arme kleine Katze wieder lebendig.
Mit Schauern ging ich am nächsten Tag meinen gewohnten Schulweg, die Katze war weg und ebenso der Abdruck im Schnee. Ich hob meinen Kopf und sah sie im Fenster eines Hauses sitzen ...
Vielleicht war das der Anfang meines Gottvertrauens.

Kurz nach der Geburt meines ersten Sohnes verunglückte eine meiner Nichten tödlich. Ich kannte sie wenig, aber es ging mir sehr nahe, sie war erst 15 Jahre alt. Meine sehr gläubige Halbschwester hatte die Kraft, am Grab zu lächeln und hat uns allen damit zu verstehen gegeben, dass der Tod nichts Endgültiges ist. Welche Stärke!

Als ich in die Toskana kam, hatte ich also kaum Erfahrungen mit dem Tod.

An einem Abend rief ich bei meiner Freundin Ilse an, deren dreijährige Tochter Anna die beste Freundin meines damals vierjährigen Felix war. Ich hatte gehört, dass die Oma gestorben war und dort zuhause lag. Felix sagte mir,

er wolle die Nonna, die er gut gekannt hatte, unbedingt noch mal sehen und ihr Blumen bringen. Ich hatte noch nie eine Tote von Nahem gesehen und das Kind auch nicht.
Etwas unsicher fragte ich Ilse, ob es in Ordnung wäre, wenn wir kämen. Na klar, das fand sie ganz normal. Wir zupften also im Dunkeln ein paar Blümchen und gingen zur Nonna. Im Haus ging es recht lebhaft zu wie immer, und im ersten Stock in einem Zimmer lag die Nonna in ihrem Sarg. Ein kleines Frauchen, das ich im Leben nicht kennen gelernt hatte, sehr bleich und wächsern, es war jedoch eine wunderbare Ruhe im Raum. Überall standen Kerzen und ihr hatte man einen Rosenkranz in die Hand gegeben. Ich berührte ihre Hand und wünschte ihr alles Gute. Irgendwie hatte ich das Gefühl, sie sei noch anwesend. Als der Pfarrer kam, verdrückte ich mich, denn dieser gehörte damals nicht zu meinen Freunden. Auch den Leuten vom hiesigen Beerdigungsinstitut, Renzo und Francesca, die auch den Eisenwarenladen in Lari haben, ging ich aus dem Weg. Es war die Zeit der wilden Gerüchte über mich. Aber sie machten ihre Arbeit sicher gut.
Die Toten bleiben hier bis zu drei Tagen aufgebahrt bei ihrer Familie, so dass alle in Ruhe Abschied nehmen können. Tagsüber schauen Bekannte und Freunde aus dem Dorf vorbei, nachts halten die engsten Verwandten Totenwache. Das ist sehr gut so. Unvorstellbar heute für mich, den geliebten Menschen womöglich nicht noch mal zu sehen oder ihn gleich abholen zu lassen.

Der zweite Tote hier für uns war der Nonno. Das war nicht etwa der Mann von der Nonna, sondern er lebte im Altersheim und spazierte jeden Tag bei uns am Hof vorbei. Viel redeten wir nicht, er war ein eher in sich gekehrter Mensch. Aber Felix stand am Zaun und nahm täglich sein Bonbon in Empfang. Wir haben ihn „Nonno“ genannt, auch wenn man in Italien nicht so wie bei uns zu älteren Menschen Opa oder Oma sagt, sondern wirklich nur zu seinen richtigen Verwandten.
Nonno lag dann in der Kapelle des Altersheims. Dort war es ziemlich kalt, keiner war bei ihm und das war traurig. Wir gingen auch zur Totenmesse in die Kirche und lernten dort seine Familie kennen, die ihren Opa wahrscheinlich seltener gesehen hatte als wir.

Unser dritter Toter war der Gigi, ein freundliches Männlein, das ich wohl mit einem Sack bekleidet in Erinnerung behalten werde, der aussah wie ein Minirock und mit einem Dreschflegel in der Hand. Er gehörte zu einer Volkstanzgruppe, mit der ich öfters zusammen war, den „battitori di grano“ aus Usigliano di Lari, die „Korndrescher“. Gigi drosch das Korn bis zu seinem 93. Lebensjahr.

Dann war er eines Tages tot und wir gingen, um ihm die letzte Ehre zu erweisen. Dort waren viele Nachbarn und Verwandte in dem Zimmer versammelt, die sich gedämpft unterhielten. Es war eine freundliche Stimmung, die ihm bestimmt gefallen hätte oder hat. Wir begleiteten auch ihn zum Friedhof. Er kam in eines dieser typischen Fächer in der Wand, und sein Sarg wurde unter lautem Rumpeln dort hineingeschoben. Dann kletterte der Maurer auf die Leiter, da das Grab in der dritten Etage lag, und mauerte es unter den Blicken aller Anwesenden sorgfältig zu. Das hinterließ bei mir einen eigenartigen Eindruck, wie der Maurer in Latzhose und mit Mörtel seiner Arbeit nachging, währenddessen sich alle unterhielten, von Andacht keine Spur.

Der Friedhof von Lari ist besonders hübsch und wir sind dort öfter hingegangen. Fast alle Erdgräber sowie die Urnengräber in den kleinen Schubfächern sowie die großen Schubfächer mit den Särgen haben Fotos der Verstorbenen. Mit Felix habe ich dann über den Tod geredet.

Im Oktober 2008 stirbt Valeria Martelli, Ehefrau von Mario Martelli, einem der Brüder der Pastafabrik. Der erste Tod in Lari, der mich richtig mitnimmt. Mehrere Wochen sah ich die Familie draußen vor der Nudelfabrik leise miteinander oder mit anderen reden, während ich versuchte, meine Führungen so gut wie möglich zu machen.
Gut sah Valeria bis vor ein paar Wochen noch aus, dann hörte ich, der Krebs sei zurück gekehrt.

Wie schlimm es um sie steht, sagt mir keiner. Ich schreibe ihr einen Brief ins Krankenhaus, spreche ihr weiter Mut und Kraft zu, damit sie bald wieder ins Dorf zu ihren Lieben zurückkehrt. Wenige Tage später kommt sie zurück. Ich freue mich, aber als ich höre, sie sei zum Sterben zurückgekehrt, wird mir ganz anders.
Mario, ihr Mann, verpackt weiter seine Nudeln, während die Kinder bei ihr zu sein scheinen. Laura und Lucia sieht man gelegentlich. Sie sind trotz der Schwere der Situation nett und freundlich, aber stiller als sonst.
Ich frage, ob ich Valeria besuchen könne, aber sie lehnen ab. Zu schlecht geht es ihr.

Luca schneidet weiter die Spaghetti. Als er hört, dass ich Gäste aus Leipzig habe, die bei der Kriminalpolizei arbeiten, holt er Uniformen aus dem Haus und wir überlegen, welche Einheit die wohl getragen haben könnte. Die Gäste versprechen ihm, ihm einen Stahlhelm von der Volksarmee zu besorgen, ein Kilo Nudeln gegen ein Kilo Helm ...

Man merkt kaum, dass nebenan eines der Familienmitglieder im Sterben liegt, nur wenn man ganz genau hinschaut und lauscht.
Dino macht zum ersten Mal keine zweideutige Bemerkung, als ich mit meiner Gruppe zu ihm in die Nudelproduktion komme. Als ich allerdings mit der zweiten Gruppe komme, fragt er mich schon wieder, ob es in der DDR keine Misswahlen gab, bei denen ich doch sicher gewonnen hätte.

Nein, ich will es nicht wahr haben, dass sie bald geht, grüble nachts lange über den Tod nach, über Krebs, den manche besiegen und andere nicht, obwohl sie lange kämpfen.

Morgens rufe ich gleich bei Martellis an, Guido, der jüngste Sohn ist dran und gibt mich gleich weiter an Laura. Das bedeutet nichts Gutes. Valeria ist vor gut einer Stunde gestorben ...

Ich mache Siesta und stelle mir den Wecker, um zur Totenwache zu gehen. Als er klingelt, widerstrebt es mir aufzustehen, ich will nicht wahrhaben, dass sie nicht mehr lebt, dass sich dadurch auch in meinem Leben etwas verändert hat. Wie oft habe ich Gästen die Nudelfabrik gezeigt und beide Martellifrauen waren immer so nett und freundlich.
Seit neun Jahren hatte Valeria Krebs. Ab und zu war sie mal weg, trug ein Kopftuch, und dann schien wieder alles gut.
Oft war ich jeden Dienstag und Freitag dort, wir haben sogar für deutsche Fernsehsender gedreht und manchmal war ich auch bei ihnen zuhause.

Jetzt fahre ich also ins Dorf und verabschiede sie. Ich finde einen Parkplatz direkt vor der Pastafabrik. Giudo, gerade dem Punkalter entwachsen, sitzt auf den Stufen zusammen mit seiner hübschen Cousine Laura. Ich drücke sie und frage, wo Valeria ist. Sie ist gleich im Eingangsraum des Hauses aufgebahrt. Neben dem Sarg sitzt Nonna Rosa, die Mutter von Valeria, andere Menschen sind auch da. Ich nehme Rosa in den Arm und wir weinen bitterlich.
Ich stutze, die Frau im Sarg ist mir fremd, das ist doch nicht Valeria, Valeria war 57 Jahre alt, füllig, mit braunem Haar. Im Sarg liegt eine Frau um die 90, mager, mit weißen Haaren. Es fällt mir schwer, vertraute Züge zu erkennen. Nein, es gelingt mir nicht.
Rosa bedankt sich für den Brief, den ich vor einer Woche geschrieben habe. Valeria hat ihn also bekommen und sich sehr gefreut.
Alle Verwandten kommen abwechselnd herein in den Raum, der normalerweise als Garderobe dient. Rosa weint viel, ist aber doch recht gefasst. Es ist gegen die Natur, wenn die Kinder vor einem gehen. Ich möchte mir nicht ausmalen, wie das sein muss. Wenn jemand stirbt, wird man immer auch daran

erinnert, dass es jetzt zwar gerade andere trifft, aber es wird der Tag kommen, wo man seine eigenen Toten zu beweinen hat.
Rosa erzählt von den letzten Wochen, die sie im Krankenhaus verbracht hat. Jeden Tag am Bett ihrer Tochter, von morgens um acht bis abends um acht, sie hat sich um sie gekümmert, ihr die Füße massiert. Letzte Liebesdienste einer Mama an ihre sterbende Tochter. Nachts haben sich die Kinder, Geschwister und Verwandten abgewechselt, keine Minute hat man die Kranke allein gelassen. Das muss sehr schön sein, in schweren Stunden immer jemanden bei sich zu haben und begleitet zu werden.

Die Besucher kommen und gehen, manchmal sind bis zu 20 Personen im Raum, alle trauern und drücken ihr Beileid aus, jeder erinnert auf seine Art an die Tote, man spricht über Leben und Tod, über Vergänglichkeit, Gottes Willen und die Proben, auf die man gestellt wird, während man auf den Schwingen des Lebens dahingleitet.

Die Beerdigung ist für den Nachmittag des nächsten Tages angesetzt, es ist ihr Wunsch, nicht eingeäschert zu werden.
Die Kondolierenden verschwinden fast alle irgendwann im Nebenraum. Ob sie dort Spenden abgeben? Es wird leise gesprochen, aber ich meine zu verstehen, dass anstelle von Blumen Spenden für einen guten Zweck erwünscht sind. Die ganze Nacht wird Totenwache gehalten und auch am nächsten Tag bis zur Messe.

Ich gehe am nächsten Mittag nochmal vorbei. Mit Rosa hatte ich gesprochen, aber mich von Valeria noch nicht verabschiedet.
Heute empfinde ich mehr Frieden im Raum, ihr Geist ist zu spüren. Der Raum ist angefüllt mit Blumen. Es braucht später mehr als 30 Träger, die die duftenden Gestecke in die Kirche tragen.
Lucia erzählt mir, dass alle in ihren letzten Minuten bei ihr waren. Danach hat sie als angeheiratete Schwägerin zusammen mit Chiara, der Tochter, und Carlo, dem Bruder, die Tote gewaschen und angezogen. Was sie ihr angezogen hatten, gefiel ihnen aber nicht und sie haben sie nochmal umgezogen.
Ich sage ihr, wie positiv für mich sie mit ihren Toten umgehen, wie anders ich das aus Deutschland kennen würde. Noch vor 15 Jahren hätte ich wahrscheinlich, wäre meiner Mutter etwas passiert, den Arzt gerufen und hätte sie sofort mitnehmen lassen.

Ich sprach mit meiner Mutter darüber und sie meinte, dass es sicher schlimm wäre, wenn man mit der Toten nie allein sein könnte. Ich weiß es nicht. Nachts wird es vermutlich ruhige Momente gegeben haben. Und der Totenwache sind

Wochen des Alleinseins am Krankenbett vorangegangen, wo man miteinander reden und die Hand halten konnte – ein langsamer Abschied.

Einen sah ich nie bei der Toten, Luca, er ist der Neffe von Valeria. Auf dem Friedhof gehe ich zu ihm, er hält sich etwas abseits der Familie. Er wollte seine Tante nicht nochmal sehen, nachdem sie gestorben war, sondern sie so in Erinnerung behalten, wie er sie gekannt hatte. Keiner drängte ihn, man akzeptiert das.

Als ich am Nachmittag ins Dorf komme, sind dort viele Menschen. Alle scheinen sie gekommen, die Nachbarn, die Kollegen von der Misericordia mit leuchtend orangenen Westen, Giuseppina aus dem Laden, einfach alle.
Sie versammeln sich entlang der Straße und warten auf den Sarg, die Kirche ist bereits voll besetzt. Ich geselle mich zu meinem alten Nachbarn Silvano. Sein Tod wird irgendwann ein anderes schmerzliches Ereignis für mich werden, aber noch kann ich seine Hände halten, ihm in sein rundes braungebranntes Gesicht mit der großen Nase und dem spitzbübischen Lächeln schauen.

Die engsten Verwandten von Valeria sehe ich hin und her laufen, sie tragen nicht etwa schwarz, sondern ihre ganz normale Kleidung, in denen ich sie auch heute Morgen gesehen habe. Einzig Chiara ist als Tochter ganz in schwarz. Sie versucht am Ende des Zuges in die Kirche zu kommen und wartet geduldig, bis sich ihr der Weg öffnet.
Die Leute von der Misericordia tragen in Zweierreihen die Blumengestecke hinter dem Sarg her.
Don Deri hält eine schöne Predigt, anwesend ist auch Don Armando, der alternative Pfarrer aus Perignano, einige Messdiener, deren Turnschuhe wie immer unter den Messgewändern hervorschauen.
Ich stehe in der Tür und frage mich, wie ich die lange Zeremonie stehend aushalten soll. Am Ende werden die Hostien verteilt und ich wundere mich, dass Luca sie bekommt, der doch gar nicht verheiratet ist. In dieser Hinsicht muss ich mich nochmal schlau machen. Ich habe mich noch nie getraut, vor zu gehen.

Dann verlassen alle die Kirche, und ein Teil der Menschen bleibt am Wegesrand stehen, während die anderen hinter dem Sarg zum Friedhof gehen. Es sind mindestens 500 Menschen da, alle möchten ihr das letzte Geleit geben, das ist schön.

Für einen Moment habe ich Bedenken, dass die am Rand Stehenden sich fragen könnten, was ich als Ausländerin im Zug mache, aber dann ist es mir egal, auch ich möchte Valeria bis zum Schluss begleiten.
Auf der Straße werden die Autos von den Vigili, der Straßenpolizei, angehalten, um dem Trauerzug Platz zu machen, manch einer lässt den Motor weiterlaufen. Typisch, denke ich.
Der Zug teilt sich, da es zwei Eingänge zum Friedhof gibt, aber alle treffen sich am Grab wieder.
Vor lauter Menschen kann ich nichts sehen, ich entnehme jedoch einem Geräusch, dass der Sarg schon in die Erde gelassen wurde und Erde darauf geschaufelt wird. Dann legt plötzlich ein kleiner Bagger los und ich erschrecke über so viel Geschmacklosigkeit.
Das Werk ist schnell vollendet, die Familie ist plötzlich weg und die Leute zerstreuen sich. Ich muss schlucken, das verstehe ich jetzt nicht.

Einige besuchen noch die Gräber ihrer Verwandten und gießen die Blumen. Auf vielen Gräbern entdecke ich Plastikblumen. Wie praktisch, um sie muss man sich nicht kümmern.

Auf geht's, wieder ins Leben, meine Kinder abholen, die heute verstreut sind. Luca war ganze neun Stunden im Kindergarten, Filippo hat der Schulbus zu einer Freundin gebracht und Felix ist beim Fußball. Ich nehme Helmut mit, meinen familienlosen lieben Freund, der auf Besuch da ist, und dem ich gern so viel wie möglich von meinem jetzigen Leben zeigen möchte.
Er kennt meine Anfangsschwierigkeiten und all die harten Kämpfe und stand mir mit seiner ruhigen und aufrichtigen Art immer zur Seite. Du mit deiner Kuhglücksuche, meint er kopfschüttelnd, und zieht allein im Wohnwagen durch die Welt.

Im Auto, während wir die Kinder einsammeln, erzählt er mir seine Geschichte: Jung war sein Vater gestorben, ein lustiger Mensch. Die Familie saß am gemeinsamen Mittagstisch und aß Hackfleischklopse mit Kartoffelbrei, als der Vater plötzlich mit dem Gesicht in den Teller fiel. Die Kinder dachten erst, das wäre einer seiner Späße, doch er hatte einen Herzinfarkt erlitten.
Sein Vater wurde dann im Ehebett aufgebahrt und seine Mutter schlief noch zwei Nächte an der Seite ihres toten Mannes. Das war wohl damals ganz normal. Ich kann mir das gar nicht vorstellen. Und auch er, gerade mal 11-jährig, hat das nur schwer verarbeitet.
Nachts wurde der Vater mit einem Leichentuch abgedeckt und Helmut hatte einen schönen Traum, in dem der Vater sich jäh aufsetzte, das Tuch herunter-

nahm, sich umschaute, seine friedlich schlafende Frau erblickte und sich beruhigt wieder hinlegte ...
Dann blieben er und sein Bruder mit der Mutter allein.
Seine Mutter war eine Frau, die ihre Gefühle nie zeigen konnte, seine Oma bezeichnete er als Gefrierschrank. Auch sein Vater konnte ihm nicht viel Liebe geben, und Helmut, der viel Liebe in sich trägt, hat niemanden, dem er diese Seite zeigen kann. Das finde ich sehr schade.

Abends isst er bei uns und erlebt Familienleben, das er nicht kennt. Die Kinder sind aufgedreht, essen, streiten sich und vertragen sich wieder, Felix springt vom Abendbrottisch auf, weil Riccardo etwas Falsches zum Thema Fußball gesagt hat und muss dann wieder an den Tisch zurück gebeten werden. Filippo zieht Helmut am Bart, gibt ihm ein Küsschen und fragt ihn: „Sei contento?", „Bist Du zufrieden?". Wir bringen die Kinder ins Bett, singen „Schlaf, Kindlein, schlaf", Küsschen, gute Nacht, buona notte, und das A-bendgebet.

Es ist nicht viel Zeit heute Abend und alle sind müde und doch erlebt Helmut eine Wärme, die er zuhause wohl nie gespürt hat.
Ich mache mir Gedanken, ob es ihm in seinem Wohnwagen nun ein bisschen kühl wird und das nicht nur, weil heute der Herbst hier eingezogen ist und es ein trüber Tag war.
Es ist anstrengend in so enger Beziehung mit anderen zusammen zu sein, und doch gibt gerade das dem Leben die Spannung.

Es war ein langer Tag, ein nachdenklich stimmender über den Tod und das Leben. Es gilt jeden Tag, ihn zu genießen und wert zu schätzen.

Der Tod verliert an solchen Tagen auch seinen Schrecken. Ich wünsche mir, alt zu werden und am Ende das Gefühl zu haben, ich habe mein Leben gelebt, ich kann in Ruhe gehen.
Ich möchte von meinen Liebsten hinüber geleitet werden, und ich möchte, dass sie an meinem Grab lächeln, weil sie wissen, es war alles gut, so wie es war, und ich bin in Frieden auch weiterhin mit ihnen verbunden.

Ich gehe in Italien oft auf Friedhöfe, sie sind ein Ort der Besinnlichkeit. Außerdem setzen die Fotos und Inschriften auf den Gräbern die Fantasie frei und erzählen ganze Geschichten.

Dank meiner Erlebnisse hier konnte ich meinem Vater eine würdige Sterbebegleitung geben und Frieden mit ihm schließen. Das war eine zwar traurige aber doch wunderbare Erfahrung, für die ich aufrichtig dankbar bin.
Und sie war mir nur möglich, weil ich in Italien einen anderen Umgang mit dem Tod gezeigt bekommen habe.

Die katholische Kirche und ihre Rituale
La Chiesa cattolica e i suoi riti

Religion dient ja auch immer dazu, und hier in Italien ist das ganz offensichtlich, eine Gruppe zusammen zu halten. Wenn man also in einem anderen Kulturkreis lebt, ist es ratsam, sich den dortigen Lebensgewohnheiten anzupassen oder sich zumindest zu bemühen, diese zu verstehen.
Früher wollte ich mich nie gern „anpassen“, aber mit den Jahren habe ich entdeckt, dass die Zugehörigkeit zu einer Gruppe auch Zusammenhalt und Geborgenheit bedeutet, und das ist etwas sehr Schönes.
Mein Glaube ist ganz natürlich und ohne den Einfluss einer Kirche gewachsen. Ich habe durch mein Leben zu einem tiefen Glauben gefunden, für den ich sehr dankbar bin. Denn der Glaube, so empfinde ich es, vermittelt eine moralische Grundhaltung und Werte, die heute immer mehr verlorenzugehen drohen.
Es gibt eine ordnende Kraft, die über uns steht, sonst wäre alles zu banal.
Mein Gott hat Verständnis für mich, auch für meine Fehler und Fehltritte. Mir ist der Gedanke der Sünde, des „mia colpa, mia colpa, mia colpa“, „Meine Schuld ...“, mit dem sich hier alle schuldbewusst vor die Brust schlagen, fremd. Ebenso fremd, wie zur Beichte zu gehen. Das mache ich lieber im stillen Kämmerlein mit mir und meinem Gott alleine aus. Ich mag auch nicht laut beten, das tue ich im Stillen.
Es kann mir allerdings passieren, dass ich im Kinderzimmer über betende Kinder stolpere, am Eingang zur Kirche staunend beobachte, wie sich alle drei bekreuzigen, Felix auf dem Kniebänkchen vor dem Altar beten sehe, während die Kleinen das Vaterunser aufsagen.
Ich bin der Erde nahe, während Riccardo eher im Himmel zu schweben scheint.

Unser tägliches Leben erhält Kraft, wenn wir die Zeit, die wir haben, Gesundheit und Wohlergehen, als Geschenk betrachten, und uns stets bewusst sind, dass alles der Vergänglichkeit unterliegt.
Das fällt natürlich manchmal schwer, besonders, wenn wir an dem festhalten wollen, was und wen wir haben.
Die Mama von Donna Leon hat wohl auf ihrem Sterbebette auf die Frage ihrer Tochter "Glaubst Du eigentlich an das alles vom Himmel und Gott" gesagt "Es wäre schön, it would be nice". Ich fürchte weiter werde ich auch nicht kommen. Ja, es wäre schön.

Allerheiligen

Tutti i Santi

Der 1. November ist einer der wichtigsten Feiertage in Italien und wird sehr ernst genommen. Man geht selbstverständlich zur Messe und auf den Friedhof.

Wir haben durch Zufall zwei kinderfreie Tage, wundervoll.
Am ersten Tag, dem Tag vor Allerheiligen, möchte Riccardo morgens in die Messe. Aber ich bestehe darauf, dass wir den halben Tag im Bett bleiben, denn das geht sonst nie mit Kindern, und erst am Sonntag in die Messe gehen.
Als ich morgens aufwache, ist er nicht mehr da. Meine Hoffnung, dass er nur im Bad ist, weicht sehr schnell der Gewissheit, dass er in der Messe ist.
Ich bin richtig sauer. Statt die kinderfreie Zeit miteinander zu genießen, nun so was.
Die Halloweenparty am Abend in unserem Tanzclub entschädigt mich etwas, aber nicht ganz.

Am nächsten Morgen wache ich auf und bin noch müde, möchte mich an meinen Mann kuscheln, schmusen und weitere schöne Dinge tun. Doch es ist schon 9 und um 10 fängt die Messe auf dem Friedhof zum Gedenken der Toten an. Da will ich auch hin.
Noch ein bisschen räkeln und schmusen, und schon ist es 10 vor 10. Schnell raus den Federn, anziehen, Kontaktlinsen rein, zwei Kekse auf die Faust und ab zum Friedhof, der etwas außerhalb vom Dorf Richtung Hauptstraße liegt, die zum Meer führt.

Zu Napoleons Zeiten wurden die Friedhöfe alle nach außerhalb der Dörfer verlegt.
Als wir ankommen, habe ich wieder mal den Eindruck, fragende Blicke zu ernten, weil ich hier schließlich keine Toten zu beklagen habe. Aber ich kann mich auch täuschen.

Die kleine Kirche ist bereits voller Menschen und ich höre von der Messe so gut wie gar nichts, außer „mia colpa, mia colpa, mia colpa" (meine Schuld, meine Schuld, meine Schuld) und „mia messa, mia messa, mia messa" (meine Messe, meine Messe, meine Messe). Vor mir steht Monica, die bei der Fußballweltmeisterschaft „Bastardi dovete morire tutti" gebrüllt hatte. Daneben die Nachbarin, die gleich die Carabinieri rufen wollte, als ich, damals hochschwanger und mit meinem siebenjährigen Sohn unterwegs, bei strömendem Regen das Auto zehn Minuten vor ihrem Haus abgestellt habe.
Ich kann nachtragend sein, verkneife mir aber böse Blicke in diesem friedvollen Ambiente.

Wir bleiben vor der Kapelle stehen und ich schaue mir den Friedhof an. Alle Gräber sind schön geschmückt, wirklich alle. Der herrliche Margeritentopf mit den gelborangenen, nach Herbst duftenden Blüten, den ich mir vor zwei Tagen gekauft habe, war also eigentlich als Grabschmuck vorgesehen. Vor Allerheiligen bekommt man tatsächlich die schönsten Blumen. Hinter der Kapelle ein Panorama aus Zypressen, blauem Himmel und Weinbergen.
Die Kinder bauen aus Marmorklötzchen von den Grabmälern und Steinchen Skulpturen und sitzen dabei ganz ungezwungen auf den Grabumrandungen. Direkt vor der Kirche liegt ein Pfarrer begraben, der hier 54 Jahre treue Dienste versehen hat. Die Grabplatte ist aus Marmor und alle versuchen möglichst nicht darauf zu treten. Ein Junge im Trainingsanzug faltet die Hände und steckt sie aber dann doch lieber in die Tasche.
Allmählich kann ich nicht mehr stehen. Es wird gefragt, wie viele die Kommunion möchten, dann wird abgezählt, vielleicht sind die Hostien knapp. Spenden werden gesammelt und die Messe ist bald zu Ende.

Wir treffen viele Bekannte. Alle sind gekommen, um bei ihren Toten zu sein. Wir besuchen die Eltern von Oriana und sehen das Foto vom Bruder ihres Mannes. Er starb auf der Heimfahrt im Bus sitzend. Als der Fahrer ihn ansprach und meinte, nun müsse er aber aussteigen, stellte er fest, dass sein Passagier tot war.
Ich sehe die Fotos kleiner Kinder, und dort liegt Torquato Carducci, der Kanonenfutter im Ersten Weltkrieg war, dafür ausgezeichnet wurde, wovon er aber leider nichts hatte.

Da auf jedem Grab ein Foto des Verstorbenen zu sehen ist, sind die Toten einem näher.
Dieser da schaut lustig, diese Frau eher verbittert, und viele sehen aus wie alten italienischen Filmen entsprungen oder wie man sich Mitglieder der Mafia vorstellt.

Der neue Pfarrer Bruno stellt sich draußen der Gemeinde vor und gibt bekannt, dass am nächsten Samstag der Bischof von San Miniato kommt, um ihn zu ordinieren, er bittet um zahlreiche Teilnahme. Als er seine Ansprache beendet, gibt es großen Applaus. Für mich ist es das erste Mal, dass auf einem Friedhof geklatscht wird. Er begrüßt uns, denn wir haben ihn für den nächsten Tag zu uns zum Essen eingeladen. Ich hoffe, dass ich gelassen bleibe, denn ich gehe nicht immer konform mit den Ansichten der katholischen Kirche.
Am Fenster der Kapelle klebt ein Aushang, der darüber informiert, dass an einem bestimmten Tag alle Gräber der Nische vier geräumt werden. Falls die Nachfahren bei der Öffnung dabei sein möchten, auch für den Falle des Fundes interessanter Grabbeigaben, so können sie dies gern tun. Der Zettel ist allerdings vier Jahre alt.

Ein Kalender von Sant`Ermo mit alten Fotos zum Teil von 1917 wird gerade von Monica verteilt. Der süße Bub auf dem Foto, Mario Rossi, liegt nun schon hier, begraben im Alter von 88 Jahren. Die meisten auf den Fotos gibt es nicht mehr. Die Vergänglichkeit wird einem so bewusst. Silvana und Amelio, unsere Nachbarn, stehen in der Kapelle, dort, wo der Freund ihres Sohnes liegt, er ist 23-jährig im Meer ertrunken. Die Marmorplatte darunter ist das Grabmal seines geistig behinderten Bruders, der mit 47 Jahren gestorben ist. Darüber liegt seine Mutter, die nach den Beiden gegangen ist. Der Vater lebt noch im Dorf.
An dem Gedenkaltar für den jungen Mann ist seine Uhr befestigt, angehalten in der Stunde des Todes, und seine Kommunionsgeschenke, darunter ein Entchen.

Die Familie meiner Schwiegermutter verfügt in der Nähe von Rom auf einem kleinen Friedhof über eine eigene Grabkapelle aus Marmor und rotem Backstein unter einer riesigen Zypresse. Ihre Familie ist dort vereint und hinter der obersten Marmorplatte werden irgendwann ihre Gebeine ruhen. Bis dahin hat es hoffentlich noch Zeit.
Es tut gut, einen Ort der Stille zu haben, wo man ganz bei seinen verstorbenen Lieben sein kann, stelle ich fest. Bislang war ich der Meinung, Asche ins Meer oder unter einem Baum vergraben, und gut ist's.

Amelio zeigt uns das Grab seiner Großeltern. Sie haben eine Gedenktafel an der linken Wand des Friedhofs, weil ihre Gräber kürzlich für neue Tote geräumt werden mussten. Sie waren bei der Öffnung des Erdgrabes dabei, aber es war überhaupt nichts mehr da, weder vom Sarg noch irgendwelche Knochen.
Während bei den Schubfächern, die letztens geöffnet wurden, noch alle Knochen fast vollständig erhalten waren. Ein Mann hatte sogar noch das rosa Seidenhemd an, in dem er bestattet wurde, sagt Bruna.
Für Silvana ist die Bestattung der Toten in den Zementwandkästen mit Marmorplatte davor eigenartig, denn „Asche sollte zu Asche" werden, meint sie.
Ich erzähle, dass es bei uns die Schubfächer nicht gibt. Hier heißen sie Forni, Öfen.
Don Bruno erzählt mir dann tatsächlich, als er uns am Montag besucht, dass sie so heißen, weil sie an die Öffnung eines Pizzaofens erinnern. Das sieht den Italienern wieder ähnlich. Selbst angesichts des Todes denken sie ans Essen.

Die ersten Wandgräber dieser Art gab es vor über 180 Jahren. Früher konnte man sie für 99 Jahre mieten, jetzt, da es weniger Platz gibt, nur noch für 25 Jahre. Ein Wandgrab kostet um die 5000 Euro. Die Särge sind mit Zink ausgelegt, somit mumifizieren die Toten, was eigentlich der katholischen Lehre von der Vergänglichkeit des Körpers wenig gerecht wird.
Die herkömmlichen Särge für die Erdbestattung sind aus Holz und die Gemeinde kann die Grabstätte bereits nach zehn Jahren wieder zurückfordern. Die Überreste werden dann in eine kleine Kiste gepackt und auch in eine Wand getan. Oder es wird nur die Grabtafel als Erinnerung an die Friedhofsmauer gehängt und die wenigen Überreste kommen in den Osario, eine Knochenkammer, zusammen mit anderen Überresten. Übrigens hat jeder das Anrecht auf eine Bestattung.
Die Toten zu verbrennen und ihre Asche in Urnen aufzubewahren, ist hier erst seit wenigen Jahren üblich und wird auch noch von Unbehagen begleitet. Man bringt das mit den Freimaurern in Verbindung, deren Rituale skeptisch betrachtet werden. Der natürliche Kreislauf von Geburt, Leben, Tod wird mit dem Verbrennen abrupt beendet, stattdessen will man seine Lieben doch noch möglichst lange bei sich wissen. Die Vorstellung eines Häufchens Asche als plötzlichen Überrest ist schwer zu ertragen, ebenso, dass die Asche in alle Winde verstreut wird oder an einem anonymen Platz vergraben, so dass man keinen Ort mehr hat für die Zwiesprache mit seinen verstorbenen Lieben.
Je länger ich hier lebe, desto natürlicher und schöner erscheinen mir die alten Rituale.

Auf dem Heimweg vom Friedhof sehen wir Netze unter den Olivenbäumen liegen und eine Frau in einem roten Kleid im Baum, die mit den Anderen Oliven pflückt.
Es ist traumhaftes Wetter, über 20 Grad, und das Anfang November. Wie sehr ich es genieße, hier entlang zu spazieren.

Was ich noch nicht ahne, ein Jahr später wird sich die Szene genauso wiederholen. Wir haben endlich überraschend einen Abend, eine Nacht und den Sonntagvormittag kinderfrei. Was man da alles anstellen könnte: Zuhause feine Sachen kochen und romantisch zu Zweit bei Kerzenschein (schon mal schwierig, denn Italiener mögen keine Kerzen, sondern grelles Neonlicht beim Essen), sich die Häppchen gegenseitig in den Mund schieben, sich mit Wein beschwipsen und dann langsam Richtung Schlafzimmer bewegen, und was weiß ich noch alles machen, und dann aneinander gekuschelt friedlich einschlafen.
Am Morgen zusammen aufwachen, schmusen, reden, sich schöne Sachen sagen, Kaffee im Bett, dann ein ausgiebiges, deutsches Frühstück und anschließend wieder ins Bett. Meine Fantasie treibt die unglaublichsten Blüten.
Und was will mein Mann? Oh doch, er will. In die Messe, und ob. Daran besteht kein Zweifel. Und das sagt er mir knallhart ins Gesicht.
Ich flehe ihn an, bitte und bettle, nichts nützt etwas. Erst lässt er sich zum Schein überreden, um dann zu verkünden, dass er in die Messe gehe, in jedem Fall. Das kann doch einfach nicht wahr sein. Mein Selbstbewusstsein sinkt gegen Null.

Der Abend sieht dann so aus, dass wir in einem schrecklichen Restaurant am Meer bei schrecklicher Rockmusik schrecklich essen, nachts passiert gar nichts, früh kuscheln wir und als ich in einem unbedachten Moment wieder einschlafe, ist er weg.

Mich peinigen derweil schreckliche Alpträume, in denen ich verzweifelt versuche, ein deutsches Frühstück zu bekommen. Ich probiere es in mehreren Cafés, aber alle sind voll, und sobald ich mich an einen Tisch setze, verschiebt er sich, es gelingt mir einfach nicht, Platz zu nehmen. Plötzlich habe ich einen Grill mit Thüringer Rostbratwürstchen vor mir, die ich dankbar und gierig verschlinge, auch wenn ich sonst für gewöhnlich zum Frühstück keine Bratwürstchen esse. Außerdem suche ich die ganze Zeit meinen Mann, der ständig hinter irgendwelchen Ecken verschwindet und anscheinend mein lautes Rufen nicht hört. Das Restaurant, in dem ich endlich einen Platz finde, entpuppt sich als Bus und fährt mit mir weg, ich will aussteigen, muss aber erst die Kinderspielsachen zusammensuchen, verliere dabei die Hälfte und schaffe es nicht,

aus dem Bus zukommen. Dann bin ich endlich draußen, aber stehe auf einem mir völlig fremden Platz. Zu allem Überfluss habe ich auch kein Handy dabei und Geld schon gleich gar nicht.
Als ich schweißgebadet um Viertel nach Zehn aufwache und nach meinem Mann taste, werde ich natürlich gewahr, dass er in die Kirche gegangen ist, wo die Messe gerade anfängt.

Was folgt, als er zurückkommt, ganz logisch, wer mich kennt, ist eine Riesenszene. Ich tobe. Ich gestikuliere besser als jede Italienerin, mein halbspanisches Blut gerät in Wallung. Ich heule vor Enttäuschung.
Und wozu führt das? Meine heimliche Hoffnung ist, dass er verspricht, den Kirchgang mir zuliebe ab und zu mal ausfallen zu lassen. Aber nein, von Empathie nicht die geringste Spur, er schreit noch viel lauter als ich, und zwar: „viva Gesù, viva Gesù" und wieder „viva Gesù, viva Gesù". „Es lebe Christi."
Ich ahne es, er glaubt, der Teufel sei in mich gefahren. Und nun müsse er diesem wirkungsvoll entgegentreten und mich mit wilden „Es lebe Jesus"-Rufen beschützen. Wie er so schreit, sieht er allerdings selber aus wie der Leibhaftige.

Unsere Gefühle kochen in diesem Moment auf ganz großer Flamme und in Gedanken male ich mir aus, dass ich mein nächstes Buch über eine Scheidung in Italien aufgrund Einmischung der katholischen Kirche in die Privatsphäre schreiben werde. Aber wahrscheinlich werde ich damit so viel Erfolg haben wie die italienische Familie, die beim europäischen Gerichtshof den Beschluss erwirkt hat, alle Kreuze in den italienischen Schulen abzuhängen. Daraufhin ging der Verkauf der Kreuze erst mal sprunghaft in die Höhe.
In dem Falle habe ich dafür sogar fast Verständnis, denn das Kreuz ist auch ein Symbol für die Identität Italiens, einem Land, in dem der Katholizismus seit 1929 Staatsreligion ist.
Manche sagen die Kirche sei hier so stark, weil die Regierung so schwach sei. Das kann ich nicht beurteilen, aber welche Macht die katholische Kirche hat, bekomme ich quasi am eigenen Leib zu spüren.

Ich kann es jedoch nicht lassen und suche Don Bruno auf. Wir treffen uns in der dunklen kalten Dorfkirche und ich möchte gern wissen, ob es die Kirche wirklich so genau nimmt mit der Pflicht, jeden Sonntag an der Messe teilzunehmen.
Meine geheime Hoffnung ist, dass er meinem lieben Gatten sagt, dass man die sonntägliche Messe auch mal ausfallen lassen darf, um dafür mit seiner Frau die Ehe zu pflegen oder andere wichtige Sachen zu machen, an denen Gott seine Freude hätte. Auf Don Bruno würde mein Mann hören, mehr als auf

mich. Und dieser wird mir ganz sicher beipflichten, dass uns der liebe Gott nach unseren Taten beurteilt und nicht nach unseren Sakramenten oder gar eine Strichliste führt, wann wer bei der Messe war oder eben nicht war.
Die Hintertür, durch die ich kommen will, klappt leider zu. Natürlich darf man keine Messe ausfallen lassen. Das wäre ja noch schöner. Wenn man 167 Stunden pro Woche für seine Frau hat, dann muss eine Stunde für den lieben Gott bleiben, und zwar sonntags zur Messe. Dummerweise vergesse ich zu fragen, wie das ist, wenn mein Mann 1500 Stunden pro Jahr mit dem lieben Gott hat (Radio Maria hören gehört doch auch dazu, oder?) und nur zehn mit mir, ob man damit nicht eine Ausnahmeregelung, sprich einmal nicht zur Messe zu gehen, erwirken könne.
Stattdessen renne ich heulend aus der Kirche und fluche vor mich hin, dass ich nun garantiert keinen Fuß mehr in diese (gerade noch verklemme ich mir das Wort „verdammte") Kirche setzen werde. Die erste Kirchentür knallt leider nicht, auch wenn ich sie mit Wucht hinter mir zuschlagen will, und die zweite ist zu groß, um sie ins Schloss krachen zu lassen. Danach drohe ich meinem Mann endgültig mit Scheidung und weine wie ein Kind, das sein Lieblingsspielzeug nicht kriegt.

Rombesuch

Viaggio a Roma

Einen anderen Tutti Santi, einen Allerheiligenfeiertag, wollen wir in Rom verbringen. Aber nicht, um den Papst zu besuchen, sondern weil Nonna Sofia 80 Jahre alt wird. Es ist der 31. Oktober, als wir losfahren. Mit dabei haben wir drei halbkranke Kinder und Nonna Sofia, optimale Ausgangssituation für entspannte Ferien in Campagna, auf dem Lande.
Nonna stammt aus einer angesehenen Familie in Nazzano, einem Dorf 40 Kilometer nördlich von Rom. Wir übernachten dort in einem Agriturismo, den wir schon lange kennen, direkt am Fluss Tiber. Agriturismi sind Bauernhäuser, die zu Ferienhäusern umgebaut wurden. Dafür gab der Staat eine Zeitlang sehr günstig Kredite. Allerdings unter der Auflage, dass die Besitzer weiterhin Landwirtschaft betreiben, von der allein heute sonst kaum noch jemand leben kann. Agriturismi funktionieren wunderbar und die Landflucht wird so wirkungsvoll verhindert.

Wir erkunden erst mal das Dorf und lassen uns aus Nonnas Vergangenheit berichten. Sie und ihr Sohn, der mein Mann ist, treffen jede Menge alte Bekannte und Verwandte.
Die Suppe habe ich mir selbst eingebrockt, die Reise war meine Idee, denn ich dachte, es muss doch schön sein, am 80. Geburtstag an den Ort der Kindheit zurückzukehren. Noch dazu finde ich Familie zunehmend wichtiger und so besuchen wir nun fleißig alle Verwandten.
Das ist allerdings ziemlich anstrengend. Schon die Hinfahrt hat es in sich, vier Stunden Fahrt und keiner der Kleinen will ein Auge zu tun. Stattdessen wollen sie abwechselnd „in Collo", toskanisch für „auf den Arm", was aber nicht geht, da sie angeschnallt bleiben müssen.
Zunächst besuchen wir Zio Pino, Onkel Pino, Mitte 70 und Bruder von Nonna, der mit Cugina, Cousine, Francesca und ihren zwei Kindern zusammenlebt. Zio Pino besitzt angeblich einige Immobilien, aber das Haus ist in einem so erbärmlichen Zustand, dass ich mir überlege, was ich ihnen zuerst schenken würde, eine neue Küche oder ein neues Sofa oder vielleicht doch lieber Stühle, denn zwei davon krachen zusammen, als wir uns darauf setzen wollen. Die Einrichtung ist uralt, bis auf Fernseher und Playstation, die sind nagelneu. Das Geburtstagsmenü für Nonna Sofia essen wir jedoch von Plastiktellern. Wobei ich dazu sagen muss, dass Plastikteller in Italien ganz normal sind. Es ist auch ebenso üblich, die Reste eines üppigen Mahls in einem großen schwarzen Sack verschwinden zu lassen und diesen gut verschnürt in der Hausmülltonne oder aus Versehen auch in der Papiertonne zu entsorgen. Frei nach dem Motto: Nach mir die Sintflut.
Immerhin geschieht ein Wunder, der Fernseher wird ausgemacht zum Essen. Ich hatte mir schon überlegt, wo ich mich am besten hinsetze, um das Fernsehbild nicht zu sehen und auch so wenig wie möglich davon zu hören. Weghören ist aber generell eher unmöglich, wenn eine italienische Familie am Mittagstisch sitzt, denn dann beträgt der Lärmpegel so um die 120 Dezibel.
Es gibt frische Pasta mit Ragù in Tomatensoße (was sonst?) und einen Fleischgang, danach eine Geburtstagstorte für Nonna, klar, auf einem Plastikteller. Ich versuche, ein Foto von ihr zu machen, aber sie rennt immer weg oder schlägt die Hände vors Gesicht.

Unseren Verdauungsspaziergang unternehmen wir auf dem Friedhof zur familieneigenen Grabkapelle und wir lassen uns nochmal alle Bildchen und Personen erklären. Nonna Anna, die Mama von Nonna Sofia, war berühmt für ihre Kochkünste: Ihre handgemachten Ravioli, den Kuchen und die riesengroßen Kekse in Schweineschmalz gebacken.

Ich frage Nonna Sofia beiläufig, welches Foto wir denn von ihr auf die Grabplatte tun sollen, wenn sie immer wegrennt. Nonna kann man solche Fragen stellen. Sie meint, wir sollen ihr Passfoto vergrößern. Eine gute Idee.

In der Bar treffen wir Maria Pina, eine lustige alte Dame mit karierter Schürze, danach geht es weiter in die Bar von Zio, Onkel Aldo und dann, während ich mich mit zwei fiebernden Kindern lieber ausklinke, noch zu Zia, Tante Giorgia.

Abends essen wir in unserem Gasthof. Darauf freue ich mich seit Tagen. Endlich am offenen Kamin sitzen, der so groß ist, dass halbe Baumstämme darin Platz haben, Kastanien rösten und in aller Gemütlichkeit darauf warten, dass etwas Köstliches aufgetragen wird.

Luigi, der Betreiber, ist der Bruder des berühmten Schauspielers aus der Serie „medico di famiglia" hat Zia Giorgia erzählt. Luigi ist kein Schauspieler, aber er und seine Frau kochen phantastisch, alles Bio und sogar Vollkornbrot backen sie. Es gibt eingelegte Zwiebeln, Weißkraut und Kürbis als Vorspeise, danach hausgemachte Pasta mit Ragout und Tomatensoße (was sonst), Hühnchen in Zitrone, Crostata, das ist ein Mürbeteigkuchen mit Marmelade, und Bananensahnedessert. Köstlich!

Für meinen Magen sind Zwiebeln, Kraut und Bananendessert leider etwas ungewohnt und ich verbringe die Nacht damit, eine ganze Rolle Klopapier aufzubrauchen. Damit mir das gelingt, muss ich circa zwanzig Mal die laut knarrende Holztreppe hoch und runter steigen und nur der ständig blinkende Rauchmelder weist mir dabei den Weg.

Ein Wunder, dass ich das unfallfrei überstehe.

Wir haben dummerweise das Zimmer neben Luigi, und auch er wird in dieser Nacht kaum ein Auge zu machen, denn wir haben außerdem Filippo mit mittlerweile fast 40° Fieber, der ab und zu aufwacht und mit heiserer Stimme irgendwelche Ungereimtheiten kräht. Sein großer Bruder steht ihm in nichts nach und fantasiert ebenfalls lautstark, obgleich zumindest fieberfrei. Er steht plötzlich im Bett und schreit: „Lasciatemi pisciare, lasciatemi pisciare", er müsse Pippi, und wir sollten ihn das gefälligst tun lassen, (der Jargon, in dem er das ausdrückt, lässt allerdings wirklich zu wünschen übrig). Da er im Bett steht, das sich auf dem Oberboden befindet, bekomme ich Panik und schreie nach Riccardo, damit er das doch bitte tunlichst verhindert. Im Dunkeln ist nicht auszumachen, ob Felix sich noch im Bett befindet oder vielleicht schon den Rand des Oberbodens mit der Toilette verwechselt, genau eine Etage darunter liege ich mit Luca im Bett. Riccardo scheint aber nicht schleunigst einzugreifen, das klingt mir eher nach einem spontanen Lachanfall, der bei meinem Mann auch nicht gerade leise zugeht, wodurch wiederum Luca aufwacht und auch noch seinen Senf dazu gibt. Bella famiglia italiana!

Nun, ich hatte Luigi ja gebeten, uns das Zimmer ganz hinten im Gang zu geben, jetzt kann ich es auch nicht mehr ändern, wenn er um seinen Schlaf gebracht wird.

Am nächsten Tag wollen wir eigentlich zum roten Kreuz nach Rom. Dort ist in einem Behindertenheim ein Cousin von Riccardo untergebracht, der Cristiano. Er ist als Baby im Alter von zehn Monaten von der Waschmaschine gerollt, wo er zum Wickeln abgelegt worden war. Die Meinungen sind geteilt. Die Einen behaupten, es wäre ein Unfall gewesen, die anderen meinen, Zia Lidia hätte ihn bewusst fallen lassen, um sich an ihrem Mann, Zio Francesco (der andere Bruder von Nonna Sofia) zu rächen, der ein Casanova gewesen sei. Statt bei seiner Frau und dem Kind zu sein, habe er schon wieder andere belle Signore, schöne Frauen, besucht.
Cristiano hat den Sturz nur knapp überlebt und ist seitdem schwer hirngeschädigt. Man hat ihn gleich in ein Heim gegeben. Seine Mutter besucht ihn bis heute regelmäßig. Alle anderen haben ihn zuletzt als Baby gesehen und man rät auch uns davon ab, zu ihm zu gehen. Der Anblick dieses großen hübschen Mannes in unserem Alter, der nichts kapiert und nichts mitbekommt, wäre zu schlimm. Für mich ist unbegreiflich, dass ihn seine Tante, Nonna Sofia, bis heute nicht einmal besucht hat, und auch Riccardo, sein Cousin, ihn nie kennengelernt hat. Nonna Sofia will jedenfalls auch jetzt nicht zu ihm, und wenn sie etwas nicht will, kann sie ziemlich stur sein. Von irgendwem muss mein Mann diesen Charakterzug ja haben.

Nonna Sofia ruft stattdessen Zia Fausta an, ihre engste Freundin aus Kindertagen, und sie lädt uns sofort herzlichst zum Essen nach Rom in ihre Wohnung ein. Wohin das führt ist mir schon klar, Cristiano wird auch dieses Mal nicht besucht.

Gut, fahren wir also zu Zia Fausta. Von ihr ist nur bekannt, dass sie in der Via Verdi wohnt, in der Nähe des Platzes Lodi, und eine schöne Terrasse mit Blumen hat. Mitten in Rom suchen wir dann diese Terrasse mit Blumen. Wir haben natürlich keinen Navigator (außer meinem Mann, ach ja, und meiner Schwiegermutter) und auch keinen Stadtplan. Aber wir wissen, wir müssen auf den Ring und dann auf die Tuscania, das war die Straße, die früher mal in die Toskana führte, und dann zu irgendeinem Bahnhof. Diese Tuscania zu finden, ist nicht so einfach. Dazu fahren wir etwa fünfmal ein Stück Ringstraße hoch und wieder runter. Man weiß auch nicht so genau, in welche Himmelsrichtung wir eigentlich müssen, wo die Toskana liegt. Dann sind wir wieder auf einer anderen riesengroßen Ringstraße, von der keiner weiß, wohin sie führt. Links von mir mein Mann, noch vergnügt doofe Bemerkungen machend, rechts von

mir die Schwiegermutter, die immer das gleiche wiederholt: „Ma, io non lo so, ha detto che dobbiamo prendere il raccordo anulare e uscire alla Tuscania e trovare la stazione". „Also, ich weiß nicht, sie hat gesagt, wir sollen die Ringstraße nehmen, diese an der Ausfahrt Tuscania verlassen und dann den Bahnhof suchen." Oder sie sagt, zur Freude Lucas, der sie später immer wieder vergnüglich nachmachen wird „o diodiodio", ach Du lieber Gott.
Wir rufen Zia Fausta zwischendurch mal lieber an, um zu erfragen, an welcher Ausfahrt, die sind in Rom alle hübsch nummeriert, wir denn von der Anulare, der Ringstraße, abfahren müssen. Mit Schrecken höre ich nämlich, dass der mittlere Ring um Rom 200 Kilometer lang ist. Das kann doch nicht sein, oder? Ich befürchte, wir sind da noch um Mitternacht unterwegs. Aber Zia Fausta kennt sich leider auch nicht aus.
Wir fragen ein paar Passanten, aber die gehen einfach weiter, als wären wir Luft, dabei schreien wir so laut, das kann man doch gar nicht überhören.
Die haben Angst, meint mein Mann, hier passiert so viel, manchmal wird gleich geschossen, sobald sich eine Fensterscheibe nach unten bewegt. Nee, das ist in Los Angeles so, denke ich. Und überhaupt: Wer schießt denn hier nach wem? Aber weit komme ich nicht mit meinen Überlegungen, denn jetzt reicht es auch Riccardo.
Auf einer sechsspurigen Straße hält mein Mann urplötzlich auf dem Mittelstreifen an, wo man natürlich weder halten noch wenden darf. Dementsprechend setzt ein Hupkonzert ein, o diodiodio. Mit den Römern ist nicht zu spaßen, aber mit Riccardo manchmal auch nicht.
Er will die Polizia Municipale, die Stadtpolizei, nach dem Weg fragen, die am Straßenrand ein Wachtürmchen hat und natürlich sofort den Strafzettelblock zückt und erst mal unsere Autonummer aufschreibt. Dabei wollte Riccardo doch nur nach dem Weg fragen.
Es sind zwei Frauen, wären es zwei Männer gewesen, hätte ich den Fall übernehmen müssen. Die Polizistinnen lassen sich glücklicherweise überreden, uns doch keine acht Punkte und eine dicke Strafe zu verpassen. Stattdessen erklären sie ihm ausführlich, wo sich Zia Faustas Blumenterrasse befindet. Riccardo steigt also mit sichtbarem Schweiß auf der Stirn wieder ein und will losfahren, bevor es sich die Politessen anders überlegen.
Aber der Motor heult furchtbar auf, oh Gott, und noch einmal. Auto kaputt, oh nein, bitte nicht jetzt, mitten in Rom, die Politessen im Rücken, und überhaupt, es ist schon zwei Uhr, wir haben doch Hunger!
„Togli il piede dal gas!" schreit mein Mann mich an. Was? „Nimm Deinen Fuß vom Gas!" Ich? Ach, du Schande. Meine neuen Stiefeletten sind wunderschön, aber die Sohle ist so dick, da habe ich doch glatt nicht bemerkt, dass ich mit dem linken Fuß auf dem Gaspedal stand. Und meine Beine waren vom langen Sitzen auch schon ganz taub. Auf jeden Fall kriege ich einen hysterischen

Lachanfall. Einen von denen, wo man nicht wieder aufhören kann und Angst hat, sich in die Hosen zu machen, wo man nur noch quietscht und die Gesichtsmuskeln erstarren. Und das zwischen Riccardo links und Schwiegermutter rechts. Zu meinen Kindern drehe ich mich lieber nicht um. Das geht auch gar nicht, selbst wenn ich wollte, denn mittlerweile verkrampft sich mein ganzer Körper. Nun stelle man sich vor, Riccardo hätte die Kupplung losgelassen und wir wären ferrarimäßig vor der Polizia Municipale davon gesprintet. Ich kriege mich nicht wieder ein. So was passiert auch nur einer Deutschen mit zu langen Beinen in einem Fiat Multipla, der vorne drei Sitze hat.
Nonna Sofia hat mittlerweile ihren langen Satz abgekürzt und sagt nun nur noch: „Ma, non lo so“, na, ich weiß nicht.
Jan Weiler hat in seinem Buch „Maria ihm schmeckt's nicht“ einen sehr treffenden Satz formuliert der mir nun einfällt und mich zu einem nochmaligen Lachanfall inspiriert: Italiener reisen nicht, sie irrlichtern. Wie wahr, wie wahr!

Die Politessen haben Riccardo jedenfalls gut erklärt, wo wir lang müssen, und so stehen wir schließlich vor Zia Faustas Haus. Von der Terrasse ist nichts zu sehen, auch keine Blumen, denn das Haus ist eingerüstet.
Es stammt aus den 70ern und hat einen Minikäfig als Aufzug, bei dem man automatisch denkt: „Der kann doch gar nicht funktionieren". Ich quetsche mich trotzdem mit hinein, denn ich muss dringend zur Toilette und kann jetzt keine vier Stockwerke laufen. Tür zu. „Oh nein". Tür wieder auf, ein Kind fehlt, wo ist denn Filippo abgeblieben? Ach, da ist er ja, der muss auch mit. Tür zu.

Zia Fausta empfängt uns in Silberlöckchen und mit einem strahlenden Lächeln. Man muss sie einfach lieb haben. Sie bittet uns in die gute Stube und wir stehen unvermutet in einer großzügigen herrschaftlichen Wohnung mit schwarz-weißem Marmorfußboden, antiken Möbeln und feinen Stoffen. Der Tisch, oder besser die Tafel, ist bereits gedeckt und das philippinische Hausmädchen serviert auf leisen Sohlen.
Meine Söhne thronen auf Sesseln und wissen zum Glück, sich ordentlich zu benehmen. Es gibt Pasta mit Ragù und Tomatensoße, danach Hühnchenbrust mit Zitrone, Steaks, Crostata, Café und Rhabarberschnaps. Was sonst?
Nonna Sofia und ihre ebenfalls 80-jährige Freundin reden über die guten alten Zeiten und wir schauen uns viele Fotos an. Es ist schön, die beiden alten Damen zu sehen, wie sie auf dem gelben Damastsofa sitzen und im Rückblick manche Widrigkeit des Lebens passieren lassen.

Zu Cugino Cristiano fahren wir nun natürlich nicht mehr und lassen somit die letzte Chance verstreichen, ihn kennen zu lernen. Kurze Zeit später wird er sterben.

Mittlerweile regnet es in Strömen. Dennoch klappt es erstaunlich gut, aus Rom herauszufinden.
Gegen zehn Uhr am Abend kommen wir dann bei Nonna zuhause an und stürzen uns heißhungrig auf das Abendessen, dass sie uns schnell zubereitet: Pasta mit Tomatensoße und danach Hühnchen mit Zitrone. Was sonst?

Am nächsten Tag muss ich viel abarbeiten, bei drei Tagen Abwesenheit läuft einiges auf. Mein Mann kocht also abends. Was gibt es wohl? Äh ja, richtig geraten. Ich weiß, dass ich jetzt an Glaubwürdigkeit verliere. Aber ich schwöre, das ist wahr!

Haussegnung

Benedizione delle case

Einmal pro Jahr kommt der Herr Pfarrer und segnet die Häuser. Das passiert während der Quaresima, der 40 Tage vor Ostern, und in dieser Zeit darf man auch an bestimmten Tagen kein Fleisch essen. Manchmal erfahre ich den Termin vorher und kann mich vorbereiten. Das bedeutet: Aufräumen, ein Schälchen mit Wasser vorbereiten, den Briefumschlag mit dem Obulus bereitlegen, denn umsonst ist ja bekanntlich nur, ach nein, auch der Tod nicht.
Früher traf mich die Nachricht „Oggi è la benedizione delle case, heute ist die Haussegnung" wie eine Hiobsbotschaft, heute merke ich das Nahen dieses wichtigen Ereignisses daran, dass plötzlich alle Nachbarn, ich meine Nachbarinnen, anfangen, wie wild zu putzen. Denn das Haus muss offensichtlich nicht nur sauber sein, wenn der Herr Pfarrer kommt, sondern blitzen. Da liegen die eingeschäumten Teppiche vor der Tür, man hört Staubsauger, und meine lieben Nachbarinnen wienern ihre Fußbodenfliesen, wo es meiner Meinung nach schon lange nichts mehr zu reinigen gibt. So sauber war es bei mir zuhause noch nie, wie bei ihnen vor dem Hausputz, und schon gleich gar nicht danach.

Von Weitem höre ich also Luisa und ich sehe Guido, der im Dorf wohnt, und noch zwei andere, alle in weißen langen Gewändern. Es regnet und gern würde ich ihnen einen Schirm anbieten, aber ich habe nur einen riesengroßen in Regenbogenfarben, und ich muss bei der Vorstellung lachen, dass sie damit durchs Dorf wandern würden.
Es kommt Don Filippo, einer der Pfarrer von Casciana Terme. Der ist, abgesehen von seiner unsympathischen Art, so dick, dass er nicht durch die schmale Tür passt. Schnell öffne ich den Seitenflügel unserer alten Bauernhaustür. Der Flügel wird normalerweise nur bei Möbeltransporten geöffnet und ich klemme mir fürchterlich den Finger, aiaiai (hier sagt man nicht au sondern ai ...). Natürlich lasse ich mir den Schmerz nicht anmerken, obwohl ich am liebsten laut aufjaulen würde.
Don Filippo schiebt sich die Treppe hinauf und schnauft fürchterlich, dann murmelt er ein Gebet. Ich falte schnell die Hände und bin verlegen, weil ich das Vaterunser, im Gegensatz zu meinen kleinen Kindern, immer noch nicht auf Italienisch aufsagen kann. Er wedelt mit etwas Weihwasser und dann tritt eine bedenkliche Stille ein. Ich weiß nicht, was man an dieser Stelle nun sagt oder tut. Aber ganz sicher müsste ich jetzt irgendetwas unternehmen. Die Stille wird unerträglich, auch die anderen sagen nichts. Schließlich drückt er mir eine Karte mit der Madonna ganz in Gold in die Hand, ein frommer

Spruch dazu, und ich gebe ihm den Umschlag mit der Geldspende, auch da unsicher, was angemessen ist. Dann gehen sie wieder.
Die Madonna stelle ich in unseren kleinen Hausaltar.
Dort ist sie in Gesellschaft eines vierarmigen Kerzenleuchters aus Silber, den ich mal in einer Hausruine gefunden habe, einer gedrechselten Schale aus Neuseeland von meinem Freund Brian, eines Terrakottakreuzes, das Felix mit vier Jahren gemacht hat, und einer Tonfigur aus eigener Herstellung, die ein glückliches Paar mit Kind darstellt. Darüber hängt ein wunderschönes Landschaftsbild, gezeichnet von Riccardo.

Im nächsten Jahr klingeln sie wieder. Aber als ich öffne, ich war wohl nicht schnell genug, sind sie schon ein Haus weiter. Riccardo, den ich gerade am Telefon habe, meint, ich müsste sie unbedingt zurückholen, weil die Segnung ganz offensichtlich, ich merke es an seiner Stimme, etwas total Wichtiges für unser Haus darstellt, ohne die wir von Katastrophen bedroht sind. Ich weigere mich jedoch, ihnen hinterherzurennen und sie ins Haus zu holen.
Mit Sicherheit würden sie die Kinder aufwecken, die gerade so selig ihr Mittagsschläfchen genießen. Für mich ist diese Zeit auch wichtig, denn dann komme ich endlich mal dazu, etwas von meinem Aufgabenberg zu erledigen.

Ich habe, das war noch vor der Ankunft unseres Don Bruno, ohnehin ein zwiespältiges Verhältnis zur katholischen Kirche und unsere zwei Hauptpfarrer machen es mir nicht leichter. Das Verhältnis wird auch dadurch nicht besser, das Don Ernesto meinem so gläubigen Mann die Kommunion verweigerte, weil wir nicht kirchlich verheiratet sind und damit sozusagen in wilder Ehe ohne den Segen Gottes zusammenleben. Und das im Gottesdienst vor der versammelten Dorfgemeinschaft. Was hätte Jesus wohl dazu gesagt?

Neugierig bin ich, was man bei der Confessione, der Beichte, so erzählt. Da würde ich gern mal Mäuschen spielen. Was geht das die Kirche an, kann man nicht direkt mit dem lieben Gott reden? Ist es außerdem nicht troppo facile, zu einfach, wenn man im Sinne der katholischen Kirche etwas Unrechtes getan hat, es zu beichten und dann ist alles wieder gut? Man darf also Fehler machen, und wenn man aufrichtig Besserung gelobt, dann kommt man dennoch ins Paradies?
Ich war noch nie zur Beichte, mir ist das suspekt. Wenn man einen wirklich verständigen Pfarrer hat, mag es eine Hilfe sein, ähnlich einem Psychotherapeuten, stelle ich mir vor. Wenn mein lieber Mann allerdings zur Beichte geht, wurmt mich das. Was weiß der Herr Pfarrer, was die Ehefrau nicht weiß? Na ja, bei manchen Sachen ist es vielleicht auch besser so.

Ich habe auch noch nicht erzählt, wie auf dem Friedhof in der Piazza dei Miracoli, neben dem schiefen Turm, die Hölle dargestellt wird. Da sitzen einige Personen an einem Tisch. Sie haben einen herrlichen Teller Pasta vor sich stehen. Na, werden Sie jetzt sagen, das ist ja eine schöne Hölle! Aber der Clou kommt noch: Den Armen wurden die Hände hinter dem Stuhl zusammengebunden. Das versteht doch jeder: Eine schlimmere Hölle kann es für Italiener nicht geben!

Wir haben dennoch einen Pfarrer unseres Vertrauens, Don Riccardo vom Kapuzinerkloster in Peccioli. Unsere beiden kleinen Kinder haben wir dort taufen lassen. Auch Felix wollte getauft werden, aber sein Vater hat dem nicht zugestimmt. Bei ihm haben wir es mit einem anderen Extrem zu tun, er hat sich sogar enttaufen lassen. Ich wusste gar nicht, dass es das gibt.

Don Riccardo ist sympathisch und warmherzig, aber diskutieren kann man auch mit ihm nicht, spätestens beim Thema Reinkarnation hört es auf. Da lässt er nicht mit sich reden. Ich habe zwei Rückführungen gemacht, und in beiden Fällen habe ich meinen Tod und was danach war ganz genau gesehen. Das war eine so intensive Erfahrung, das kann nicht nur Imagination gewesen sein. Deshalb bin ich nur schwer von der Vorstellung abzubringen, dass es ein Leben nach dem Tod gibt.

Wie soll ich da unsere kirchliche Hochzeit vorbereiten, die Riccardo so gern hätte, noch dazu in unserem Lieblingskirchlein auf dem Hügel gegenüber von unserem Haus, wo wir ab und zu zum Beten hingehen. Die untersteht Ernesto, und der ist nicht mein Lieblingspfarrer, aber es gibt wohl keinen Weg an ihm vorbei.
Ich dachte zunächst in meinem jugendlichen Leichtsinn, dass wir freie Pfarrer- oder Kirchenwahl hätten. Aber nein, so geht das hier nicht. Die Zuständigkeit richtet sich nach der Gemeinde und der dort zugehörige Pfarrer ist für alle Zeremonien zuständig.
Dass wir unsere Kinder von Don Riccardo haben taufen lassen, verzeiht uns Don Ernesto wahrscheinlich nie.

Die rettende Lösung steht eines Tages in sehr liebenswerter Form vor unserer Tür, nach dem die Nachricht schon vorher wie ein Lauffeuer durchs Dorf ging: Don Bruno è arrivato, Don Bruno ist angekommen! Er wurde direkt aus Rom zurück in seine Heimat gesandt, um hier die Pfarreien von drei Gemeinden zu übernehmen. Dem hat er gern zugestimmt, denn mit Mitte 50 zog er unsere wunderbare Landschaft der Großstadt vor und kam so an den Ort seiner Kindheit zurück.

Vor mir stand also plötzlich ein gut aussehender Mann mit einem umwerfenden Lächeln und mein Herz hüpfte. Mir war klar: Nun würden hier andere Zeiten anbrechen. Und so war es dann auch. Vielleicht etwas anders als ich es gewollt hätte. Mein Mann wurde noch katholischer, hörte nur noch Radio Maria und an einen kuschligen Sonntagmorgen im Bett war gar nicht mehr zu denken.

Ich gehe zwar nicht zur Beichte, aber wenn ich etwas auf dem Herzen habe, besuchte ich anfangs auch gern Don Bruno.
Er half mir, knifflige Fragen zu lösen, wie: „Kannst Du mal den Bischof Vescovo von San Miniato fragen, ob in einer katholischen Kirche Gäste von mir eine evangelische Hochzeit halten können?“ Das ging bisher nicht, aber mein lieber Don Bruno bringt mir tatsächlich eine positive Antwort. Und als dann die Gewänder für die Messdiener fehlen, leiht Don Bruno auch diese mir. Die Frage nach einer katholische Hochzeit wird für Riccardo nun immer dringender, da er neuerdings wie Don Ernesto der Meinung ist, wir wären nur „conviventi“, Zusammenlebende. Womit er sich bei mir aber eine gehörige Portion Spott einfängt und ich scherzend drohe, den Ehering abzulegen.
Manchmal streite ich auch mit Don Bruno, zum Beispiel wenn er meint, es wäre keine Liebe, wenn man Sachen einfordert. Wahre Liebe würde nur ans Geben denken und nichts zurück erwarten, man müsse selbstlos und bedingungslos lieben. Nein, sage ich, meiner Meinung nach macht erst der beiderseitige Ausgleich von Nehmen und Geben wahre Liebe möglich. Oder: „Je größer der Umsatz zwischen Nehmen und Geben ist, desto größer ist das Glück“ wie Hellinger sagen würde.
Wir reden auch darüber, wie weit man seinen Gefühlen nachgeben darf. Und er erzählt mir, dass er auch schon heftige Gefühle für jemanden aus der Kirchengemeinschaft hatte, und dann betet er zum lieben Gott, ihm doch die Stärke zu geben, diesen Gefühlen stand zu halten und nicht schwach zu werden.
Ist das nicht umwerfend menschlich für einen katholischen Dorfpfarrer?

Fußwaschung vor Ostern

La lavanda dei piedi

Kurz vor Ostern ist la lavanda dei piedi, die Fußwaschung in der Kirche. Auch wieder etwas, was ich nicht kenne. Mein Mann war auch noch nie dort und ich stelle Überlegungen an, ob man wohl nach jeder Fußwaschung das Wasser wechselt und der Herr Pfarrer Gummihandschuhe trägt, bis mich Giuseppina in Lari aufklärt, dass nur zwölf zuvor ausgesuchten Leuten die Füße gewaschen werden. Das heißt, die Füße werden dabei auch nur mit Wasser benetzt. Da bin ich ja beruhigt.

Ich treffe vor der Kirche Mario, der gerade auf dem Weg nach Hause und unter die Dusche ist, um dann frisch zur Messe zu erscheinen. Also gehe ich mich vorher auch putzen und ein wenig schmücken. Luisa meint, es würden Blumen mit in die Kirche gebracht, und ich überlege, ob ich Lorbeerzweige von unserem Baum mitnehme, der gerade blüht. Aber ich bin unsicher, nicht dass er ein Symbol für irgendetwas ist.
Es ist ein wunderschöner Abend mit einem traumhaften Sonnenuntergang, als ich zur Fußwaschung in die Kirche gehe.

Vor der Kirche steht ein Messdiener in weißem Kleid, darunter Jeans und Turnschuhe. Die sind auch rechts und links vor dem Altar zu erblicken, Messdiener in Turnschuhen. Na, wenigstens blinken sie nicht wie neulich bei einem Mädchen, das diesen Dienst versah, das hat mich schon sehr verwundert. Der Beichtstuhl ist besetzt. Der rosa Vorhang bewegt sich, rechts davon kniet ein stattlicher Mann und ich würde gern mal wieder Mäuschen spielen.

Ich glaube, der Herr Pfarrer freut sich, so ein treues Schäfchen wie mich zu haben, auch wenn ich die Lieder nicht mitsingen kann und die Gebete nur mit murmele, aber eigentlich bin ich nur neugierig.

Auf dem Altar stehen zwei goldene Engel mit Kerzen und ein einfacher Blumenstrauß. Mein Blick bleibt wie immer an dem Gemälde darüber hängen.
Die Glocken fangen an zu läuten, was sich durch ein lautes Grummeln in der Kirche ankündigt, woraufhin ich dem Dachgebälk mal wieder einen prüfenden Blick schicke, ob es auch den Vibrationen stand hält, die an ein Erdbeben denken lassen. Aber das Gebälk aus dem Jahr 1956 ist stabil und sicher.

Die erste Predigt handelt davon, dass jede Familie ein Lamm essen soll, die Menge, die man benötigt, und den Rest soll man mit den Anderen teilen. Das Lamm ist das Zeichen für das Schäfchen Gottes, sprich Gesù.

Meine Gedanken schweifen ab zu unserer diesjährigen zwei Kilo schweren Lammkeule. Mein Osteressen lasse ich mir diesmal nicht wieder durch meine lieben Kinder verderben, die im letzten Jahr beim Anblick der niedlichen Osterlämmer auf der Weide Mama als brutale Mörderin verurteilten und sich weigerten, ein Stück Osterlamm frisch von Piero, dem sardischen Hirten zu kaufen. Dieses Jahr werde ich ihnen erzählen, es wäre vom Schwein. Ich bin auch wild entschlossen die Keule zur Not ganz allein aufzuessen.

Dann kommt die eigentliche Fußwaschung, die ganz unspektakulär verläuft. Einige Messdiener sitzen da mit bloßen Füßen, die Turnschuhe stehen daneben, und der Pfarrer bespritzt die Füße mit etwas Weihwasser. Das war's.

Die Messe endet damit, dass die Kirchenglocken festgebunden werden, denn Ostern soll in Ruhe und in Gedenken an Gesù verbracht werden.

Eine Woche nach Ostern wird die Skulptur von Jesus montags und dienstags auf den Altar gebettet. Die Glocken werden wieder los gebunden. Sie läuten jetzt ganz viel und oft. Sie verkünden Freude über die Auferstehung Gesù und es gibt auch ganz viele Messen, ganz oft.

Weihnachten
Natale

Wenn sich das Jahr dem Ende neigt, steht ein weiteres großes Kirchenfest bevor, natale.
Nach den vielen Jahren hier bin ich es schon fast gewöhnt, meinen Kalender nach den kirchlichen Festen auszurichten. Ich tue auch gut daran, denn mein Mann ist Redner in der Kirche geworden und muss dort noch präsenter sein.

Zunächst geht es bei uns jedoch sehr weltlich zu: Felix möchte wie jedes Jahr seinen Weihnachtskalender. Den kaufen wir immer im Pennymarkt, meist gleich zehn Stück für seine Freunde mit, und er isst davon vier alleine auf. In diesem Jahr sind wir zu spät dran, bei Penny ist alles ausverkauft. Nicht mal meine Lieblingslebkuchen gibt es noch, dafür ergattern wir wenigstens einen Weihnachtsstollen. Ich bin richtig froh, dass es Penny und Lidl hier gibt.

Felix benimmt sich danach so unmöglich, dass ich schweren Herzens beschließe, ihm in diesem Jahr keinen Kalender zu kaufen. Das führt natürlich zu Tränen und Bitten und Betteln, aber diesmal bleibe ich (zumindest vorläufig) stark.
Aber der Große ist ja nicht auf den Kopf gefallen und holt das Papierkalenderhaus aus den letzten Jahren heraus. Dort kann er wenigstens jeden Tag ein Fensterchen öffnen. Als wir das nächste Mal Weihnachtskekse backen, formt er sich viele verschiedene Kekse, die dann alle in diesem Haus verschwinden und er holt sich fortan jeden Tag einen Keks heraus.
Großen Streit gibt es, als Riccardo sich dort ebenfalls bedient. Das macht man aber auch nicht.
Am 12. Dezember entdecken Riccardo und Felix im Panorama-Supermarkt tolle Weihnachtskalender. Sie sind für meine Begriffe zwar zu teuer, aber nun war ich lange genug stur und es ist an der Zeit, doch noch einen zu kaufen. Also stimme ich zu und wir fahren am nächsten Abend zum Supermarkt. Filippo schläft im Auto, deshalb soll Felix allein hineingehen, während ich warte und ebenfalls fast einschlafe. Es dauert eine kleine Ewigkeit, bis er wiederkommt und meint, er hätte einen Euro verloren und deshalb den Kalender nicht kaufen können, ob ich bitte noch mal hineingehen könnte. Ich ziehe murrend los und frage beim Verkäufer nach, der zu meinem Leidwesen antwortet, dass die Kalender gestern ausverkauft wurden. Das teile ich Felix mit. War wohl nix in diesem Jahr mit dem Weihnachtskalender. Irgendwie tut er mir nun doch leid. Felix bleibt aber dabei, dass es noch Kalender gebe, im Regal neben der Kasse, und ich solle nochmal genau gucken gehen. Da ich weiß, dass Einspruch bei meinem hartnäckigen Sohn keinen Sinn hat, wecken wir Filippo auf, laden ihn in den Einkaufswagen und ziehen erneut los. Dritter Versuch. Felix läuft vor und ich sehe tatsächlich vorn an der Regalstirnseite Richtung Kasse Weihnachtskalender stehen. Es ist ein Schneemann darauf, um den ein paar Hunde tollen, und ein Haus. Der Kalender ist etwas dicker als sonst und ich frage mich, was daran 5,90 Euro wert sein soll. Na gut, endlich fündig geworden und nun nichts wie weg.
Kurz nach der Kasse wird der Kalender natürlich gleich aufgemacht und wir finden die Füllung des ersten Fensterchens etwas komisch, ein Knochen aus Schokolade ...
Ich gehe noch eilig im Fotoladen vorbei, als Felix beiläufig meint, im zweiten und dritten Fensterchen wären auch wieder Knochen gewesen. Da werde ich stutzig und sage aus Spaß, „Es wird doch nicht Hundefutter sein“. Sobald ich es ausspreche, weiß ich, dass ich Recht habe. Auch wenn ich auf der Packung eine ganze Weile suchen muss: Da steht doch wirklich ganz klein hinten auf Englisch: „for cats and dogs“.

Felix beantwortet meine Frage, ob er die Teilchen gegessen habe, mit einem kleinlautem „Ja", während ich mich vor Lachen nicht mehr halten kann. Knochen im Weihnachtskalender, Kalender für Katzen und Hunde! Die für Kinder sind ausverkauft und die für die Viecher stehen ohne Kennzeichnung im Regal. Ich will reklamieren, da mir so schnell auch kein Tier einfällt, das ich damit beglücken kann. Wie machen Tiere eigentlich die Türchen auf? Felix schimpft laut in der ihm eigenen Art, ich solle das bloß keinem erzählen. Zum Glück schimpft er auf Deutsch, da versteht uns hoffentlich niemand.
Ich bringe den Kalender zum Kundenservice und frage, ob er ihrer Meinung nach ein Kinderkalender sei, was bejaht wird. Das dachte ich auch, meine ich, und nun hat mein Kind Hundefutter gegessen. Da ich selbst noch lache, nimmt die Heiterkeit ihren Lauf und nach einem kontrollierenden Blick werden die Inhaltsstoffe für auch kindertauglich befunden. Ich bekomme mein Geld zurück und hole dafür eine Riesentüte Schokopralinen. Felix sitzt im Auto, heult und spuckt. Erst später kriege ich aus ihm heraus, dass die Teilchen gar nicht so übel geschmeckt haben und schließlich kann endlich auch er lachen.
Riccardo macht uns dann zuhause anschaulich vor, wie er reklamiert hätte. Er hätte gesagt: „Unser Junge hat zwei von den Knochen gegessen und angefangen zu bellen, und nun wissen wir nicht, was wir tun sollen ..." Oder noch besser: „Er hat angefangen, uns anzulecken und hört nicht wieder damit auf." Wir prusten vor Lachen und ich erinnere mich, dass auch seine Oma mal im Begriff war, eine Dose Hundefutter zu probieren. Das roch ganz lecker, aber sie merkte dann doch noch rechtzeitig, dass etwas falsch war. Jedenfalls muss Felix sich den Weihnachtskalender in diesem Jahr leider wirklich abschminken.

Noch eine nette Weihnachtsgeschichte von uns. Luca ist Weihnachten 2008 gerade mal 2 ¼ Jahre alt und bekommt einen Wutanfall, weil ich es wage, einen Lebkuchen zu essen. Er legt sich unter den Baum auf den Fußboden und ich trete aus Versehen auf ihn und reiße ihm dabei ein Büschel Haare aus. Das Geschrei kann man sich lebhaft vorstellen.
In dem Moment muss Filippo, gerade 3 und 3/4 Jahre alt, Pippi und schafft es nicht rechtzeitig aufs Klo. Er macht die Pfütze direkt davor. Hat er noch nie gemacht. Ausgerechnet jetzt kommt Luisa, unsere alte zahnlose liebenswürdige Nachbarin, um uns frohe Weihnachten zu wünschen. Luca schreit wie am Spieß, Filippo ebenfalls, patschnass wie er ist. Wir präsentieren eine richtige Weihnachtsidylle.
Ich muss Filippo umziehen und das möglichst schnell bei 15 Grad im Haus.
Luca nutzt die Gunst der Stunde, um den Schokobaumbehang zu essen, der sich in seiner Reichweite befindet. Er macht auch vor dem Behang nicht halt, den Oma vorbereitet aufs Sofa abgelegt hat, um ihn gleich aufzuhängen. Den

isst er sogar samt Faden. Danach sieht er natürlich aus wie ein Schweinchen. Die mit gegessenen Fäden scheinen ihm aber nicht zu schaden.
Felix hängt inzwischen die Kette in den Baum und bringt die Kerzen an. Das ist schon mutig, bei drei kleinen wilden Kerlen echte Kerzen am Baum zu befestigen und diese dann auch noch anzuzünden!

Der Weihnachtsmann kommt diesmal, als wir noch beim Essen sind. Mir bleibt der Bissen im Halse stecken. Wir schicken ihn erst mal zu den anderen Kindern. Das macht man eigentlich nicht, Weihnachtsmänner wegschicken, oder?
Dann gehe ich mit den Kindern vor die Tür, um ihn zu suchen. Oh, der große Sack mit Geschenken steht ja schon da. Filippo, der vorher partout keinen Sack sehen wollte, weil Beutolomäus vom Kinderkanal ihm Angst macht, ist nun doch neugierig. Wir sehen den Weihnachtsmann von Weitem. Den bestellt man hier bei den Boyscouts, den Pfadfindern der Gemeinde, und wir wissen nicht, wer hinter dem Bart steckt. Er hat einen aufgeblasenen Gummibauch und ist damit genauso dick wie der Pfarrer Filippo und passt ebenfalls kaum durch unsere Tür. Diesmal lasse ich aber den Seitenflügel zu, noch einmal will ich mir nicht die Finger einklemmen.
Mein Fotoapparat funktioniert nicht, das kann doch jetzt nicht wahr sein!? Batterien leer, wie blöd. Fröhöliche und vor allem besinnliche Weihnachten, singe ich trotzdem.

Die Kinder sind erstaunlich lieb zum Weihnachtsmann. Ich beobachte sie etwas argwöhnisch. Zwar haben sie im Kindergarten nicht ein einziges Lied oder Gedicht gelernt, das sie jetzt zum Besten geben könnten, so wie das bei uns üblich war, aber sie freuen sich über jedes Geschenk und tragen alles fleißig zum Sofa. Dann winken sie dem Weihnachtsmann nach: „ciao, ciao“. Puh, das ist ja mal gut gegangen, keine Schimpfwörter, keine Wutausbrüche gegenüber dem Weihnachtsmann.

Ich sinke erschöpft aufs Sofa, während die Geschenke ausgepackt werden und sie zufrieden spielen, bis es Zeit wird, in die Kirche zur Mitternachtsmesse zu gehen. Ganz brav sitzen sie auf unserem Schoß, betrachten die Krippe vor uns auf der Erde mit den alten Gipsfiguren und lauschen unserem Pfarrer Bruno, der ein wahrer Segen für die Gemeinde ist. Die Kirche ist voll, einige stehen sogar.

Die lieben Kleinen – Weihnachten 2008

Don Bruno legt die vorbereitete Predigt zur Seite und erzählt frei heraus, was ihm der Heilige Geist gerade eingibt. Er hat wieder ein herrliches Gewand an. Luca zappelt eine Weile auf meinem Arm herum, dann verkündet er lauthals „Andiamo fuori, lass uns rausgehen". Ich unternehme ein paar klägliche Versuche und weise auf das Jesuskind hin, das gleich in die Krippe gelegt wird, zeige auf Kamel und Kuh, um ihn abzulenken, aber er ist genauso hartnäckig wie seine Brüder: Wenn er sich etwas in den Kopf gesetzt hat, ist er nicht davon abzubringen. Beim dritten mit Nachdruck verlangtem „andiamo fuori" erhebe ich mich von der ersten Bank und gehe mit ihm nach hinten. Dort kann ich ihn eine Weile halten, dann geht die andiamo-fuori-Platte weiter und ich gehe mit ihm vor die Kirchentür, wo es empfindlich kalt ist. Irgendwann bemerkt er das auch und erlaubt mir großzügig, ihn wieder hinein zu tragen. Wir gehen wieder zu unserer Bank, wo wir Filippo entdecken, der inzwischen auf dem Kniebänkchen liegend eingeschlafen ist. Das gibt wiederum einen kurzem Kampf, als Luca ihn aufwecken und sich auch ein mehr oder weniger bequemes Plätzchen auf dem Bänkchen sichern will, was aufgrund der Kürze des Bänkchens leider unmöglich ist. Wir hangeln uns weiter durch die Messe,

bis zum „Pace“. Dabei reicht man allen Leuten, die einen umgeben, die Hand und wünscht sich Frieden, auch Lucas Patschhändchen wird fleißig gedrückt. Weiter geht es mit „andiamo fuori“ und wir befinden uns ein zweites Mal hinten in der Kirche. Dann ist die Predigt vorbei, Bambino Gesù liegt in der Krippe in seinem Körbchen vor dem Altar und ist aufgedeckt, Filippo wird wieder wach und begrüßt Don Bruno mit einem freudigen „Buon Natale“, schöne Weihnachten. Ja, da ist dann endlich Weihnachten und wir wünschen allen anderen in der Kirche ein schönes Fest, gehen nach Hause und ins Bett, immerhin ist es jetzt schon zwei Uhr nachts.
Das ist ein bisschen spät für Kinder, aber hier in Italien ist das völlig normal. Nächstes Jahr werde ich vielleicht die Kinder zuhause bei meiner Mutter lassen, um die Messe ungestört zu erleben, aber wer weiß, ob Riccardo das erlaubt, denn die Messepflicht gilt anscheinend auch schon für Zwerge.

Am Morgen des 26. Dezember holen wir uns wie immer in Lari die Kostüme für das Krippenspiel, längst sind unsere Kinderchen dem Alter entwachsen, in dem sie Bambino Gesù spielen könnten, dennoch verkleiden wir uns als Bürger von Jerusalem und nehmen wie jedes Jahr daran teil.
Vorher gibt es wieder Gans, die von gestern noch übrig ist und nur aufgewärmt wird. Der Strom geht ab und zu weg, weil Sturm ist, und wir befürchten, dass auch das Krippenspiel ausfällt.
Wir schaffen es gerade noch, die Gans auf den Tisch zu bringen, da gehen die Lichter dauernd an und aus und somit auch das Weihnachtsoratorium, das als musikalische Untermalung gedacht war. Ich stelle es, hartnäckig wie ich bin, drei Mal wieder an, aber es kommt immer nur bis „Jauchzet, frohlocket, auf preiset die Ta...“ Schließlich gebe ich auf und wir setzen das Mittagessen bei Kerzenschein fort. Die Kleinen essen dieses Jahr schon viel mehr Klöße und Gans, was ein wenig problematisch ist, da die Gänse in diesem Jahr sehr klein ausfallen und die Klöße sich im Wasser zum Teil in Nichts aufgelöst haben, am Ende muss ich um jeden Bissen kämpfen.

Ich wünsche mir dann nur eines: Ein wohliges Mittagsschläfchen in Eintracht mit Mann und Kind, so ein ganz normales Schläfchen in einer ganz normalen Familie.
Der Versuch, neben meinem Mann einzuschlafen, misslingt vorerst, da sich Luca mit lautem Wehgeheule zwischen uns quetscht. Doch schnell ist Ruhe und ich entschwebe in andere Sphären. Ich schlafe wie ein Stein, aber nur für wenige Minuten, denn dann erhebt sich neben mir das bekannte Schnarchen, das ich durch mehrere Fußtritte zu unterbinden suche. Allerdings bin ich nun wieder wach und höre den großen Lorbeerbaum an der Hauswand entlang schaben, ratsch, ratsch. Dazu bimmelt immer wieder das Telefon, und zwar

jedes Mal, wenn der Strom weg geht und wenn er wiederkommt, bim bim. Dann tutet noch im Abstand von zehn Sekunden das Stromüberbrückungsgerät, das eigentlich nur tutet, wenn der Computer an ist und der Strom weg geht, tut tut. Jetzt fängt es auch noch an, ins Bett zu tropfen, ping pong. Das passiert immer, wenn Tramontana ist, so heißt der kalte Wind aus den Bergen, dann tropft das Kondenswasser vom Dachfenster genau ins Bett. Basta, aus, mir reicht es! Ich stehe auf, koche mir einen starken Kaffee, der mich hoffentlich bis Mitternacht durchhalten lässt.

Die Kinder spielen reizend mit ihren Geschenken, Felix sitzt stundenlang am Computer und probiert sein neues Fifa-Fußballspiel aus, Filippo und Luca untersuchen ihre neuen Spielsachen. Großes Interesse findet die Babypuppe, die Beide haben wollten. Sie ist rosa gekleidet und hat einen Schnuller, wenn man den raus zieht, fängt sie an zu schreien. Das wird ausgiebig getestet und eine Zeit lang wird sie dabei liebevoll angeschaut und geküsst, aber irgendwann nähert sich Filippo mit einem Schwert und flüstert seinem Bruder ins Ohr: „Ammazziamola, che dici, no? Bringen wir sie einfach um, was meinst Du?“ Da schreite ich mal lieber ein.
Eine halbe Stunde einträchtig miteinander spielen und dann wieder streiten, das hält sich die Waage. Streitobjekte sind nacheinander die Schwerter, das rote Auto oder das viel ältere Bobycar, eine Fliegenklatsche in Form eines Marienkäfers, die zwei gleichen Polizeiautos und verschiedene Playmobilfiguren.
Meine Kinder singen gern, auch da sind der Kreativität keine Grenzen gesetzt. Felix trällert: „Alle meine Mäuschen schwimmen auf dem See ...“ Ja, ich weiß, es heißt natürlich Entchen.

Im nächsten Jahr wird Weihnachten noch lustiger.

Zunächst machen wir einen Tag vor Weihnachten die letzten Besorgungen in Lari.
Der erste Gang gilt dem Fleischer David, Gänse begutachten. Oh je, was sind das denn für mickrige Viecher? Zwei hatte ich vorbestellt, die bringen aber gerade mal zusammen 3,3 Kilo auf die Waage. Da nehme ich lieber noch eine Faraona dazu, ein Perlhuhn.
Dafür sind alle drei freilaufend vom Biohof, pures gesundes Fleisch, versichert mir David und schenkt mir eine „Torta Mantovana“ dazu, einen Streuselkuchen. Und so geht das weiter, ich werde mit Glückwünschen und Geschenken reich bedacht und bin ganz gerührt. Daran merke ich, wie sehr sich die Leute freuen, dass es mich hier gibt, und dass sie meine Arbeit schätzen, die auch ihnen weiterhilft.

Simonetta, mit der ich viele Hochzeiten in diesem Jahr veranstaltet habe, drückt mir einen großen Topf mit einem Weihnachtsstern in den Arm. Ich kann ihn kaum tragen. Miriam aus dem Klamottenladen winkt mich herein und schenkt mir ein paar wunderschöne elegante Handschuhe. Cristina, die Friseuse, schenkt mir duftende Papierröschen für die Wäschekommode, der Fleischer Simone eine Salami mit Goldschleife.
Lari hat sich diesmal mit glänzenden Paketen geschmückt, die überall an den Häusern angebracht wurden. So gefällt mir mein Lari, und überall hört man „Auguri"- Rufe, alles Gute, buone feste, schönes Fest.
Mir kommen fast die Tränen.

Aber wir haben ein straffes Programm vor uns, die Vorbereitungen laufen auf Hochtouren.
Nachmittags kommt noch Daniele von Casa Ovile und Casa Leopoldo vorbei, zwei meiner Lieblingshäuser, mit einem riesigen Präsentkorb. So viele Leckereien, so viel Aufmerksamkeit!
Foto Meoni, mein Hochzeitsfotograf, schickt Wein in einer Holzkiste, „ubbriacati e buone feste" steht drauf, „betrink Dich und schönes Fest".
Alberto und die rüstige Luisa bringen wie jedes Jahr einen Panetone, einen Hefekuchen, vorbei.
Später will ich Weihnachtsfotos mit den Kindern bei Sonnenschein auf der Terrasse für die Verwandten machen. Das ist auf dem letzten Drücker ein schwieriges Unterfangen. Ein paar Schnappschüsse gelingen, dann wirft sich Luca auf den Boden. Er hat die gestellten Fotos satt und es ist nichts mehr daran zu ändern.

Gut, machen wir uns an die Vorbereitung der Klöße und an die Dekoration des Hauses. Oma schält wie verrückt Kartoffeln, über 50 zählt sie am Ende.
Dann rufe ich Riccardo an, wo bleibt er nur? Es ist noch so irre viel zu tun und ich hatte ihn mehrmals eindringlich gebeten, ganz schnell nach Hause zu kommen. Das Handy ist aus. Nanu. Das passiert so gut wie nie.
Um 20 Uhr kommt er endlich nach Hause. Er war in Casciana Terme in der Kirche, a confessarsi, um zu beichten. Waaas?
Da war so viel Andrang, er hatte sich eine Weile angestellt und das Handy natürlich ausgeschaltet, wie sich das in der Kirche gehört, ist dann aber unverrichteter Dinge wieder abgezogen.
Das hat er mir vorher natürlich nicht erzählt. War auch besser so, jedenfalls für ihn. Nun muss er ohne gebeichtet zu haben Weihnachten überstehen. Ob das mal gut geht. Und überhaupt, was wollte er eigentlich beichten?

Die Bescherung fängt bei uns noch am gleichen Abend an, also einen Tag vor Heiligabend.
Es ist allerdings eine Bescherung der besonderen Art. Unser, wie sagt man auf Deutsch, Toilettenabflussrohr, hatte schon vor Tagen seltsame Geräusche von sich gegeben. Als sich in der neuen, gerade erst mit viel Aufwand fertig gestellten Küche merkwürdige Gerüche ausbreiten, werde ich skeptisch. Zugegeben, es ist vielleicht etwas spät und ich kann nur jedem raten, sobald es im Abfluss gluckert, der Sache sofort auf den Grund zu gehen. So nach italienischer Art, die nach 11 Jahren etwas auf mich abgefärbt haben muss, war ich davon ausgegangen, was von alleine kommt, geht auch wieder.
Bereits Schlimmes ahnend öffne ich die Tür zum neuen Bad, das aber noch nicht als solches genutzt wird, sondern als Abstellkammer und somit bis unter die Decke vollgestopft ist mit Möbeln. Es ist dunkel darin und schnell verbreitet sich ein intensiver Geruch, oder zutreffender Gestank, und eine im Mondschein aufblitzende Flüssigkeit rund um den nur mit einem Deckel verschlossenen Abfluss lassen mich die Tür panikartig schließen und hysterisch „Riccardoooo“ rufen. Der Retter in der Not kommt beherzt angerannt, öffnet noch beherzter die Klärgrube und meint, ich solle doch die Spülung betätigen, damit er sehe, ob das Wasser durch kommt. Nichts passiert. „Spül noch mal!“ Wieder nichts. Verdammt noch mal, irgendwo muss das Wasser doch raus gekommen sein. Ja, war es auch, nämlich im nagelneuen Bad, und jetzt steckten wir wirklich so richtig tief in der Sch..., im wahrsten Sinne des Wortes.

Felix holt erst mal sein Deodorant „malizia uomo“, männliche Bosheit, dessen Geruch mich der Ohnmacht nahe bringt. Ich finde, Mütter von Söhnen sollten ein Mitspracherecht bei der Deodorantauswahl haben. Zusammen mit dem anderen Gestank und dem Duft der Kekse, die wir vorhin gebacken hatten, entsteht jedenfalls eine umwerfende Geruchsmischung.

Eigentlich wollten wir heute in der neuen Küche, die zum Weihnachtsessen eingeweiht werden sollte: „In der Küche riecht es lecker, gerade wie beim Zuckerbäcker“ singen. Das singen wir dann auch, trotzdem!

In Windeseile holen wir alle Möbel aus der Kammer, einige davon in bedauernswertem Zustand. Riccardo übernimmt dann mit einer grünen Schaufel die letzte Arbeit und ich ziehe mich lieber zurück. Das ist nun wirklich etwas für Männer mit starken Nerven.

Felix macht mir Komplimente: „Toll, Mama wie Du angepackt hast und schon ist alles wieder gut.“

„Danke, mein Schatz." In manchen Situationen braucht man einfach Lob. Auch Riccardo hat sich ein dickes Lob verdient.

Zehn Minuten später fragt Felix mich: „Mama, warum lachst Du denn so?"
Mir war mit Schrecken eingefallen, dass ich noch Weihnachtsgeschenke einpacken musste.
Ich mache die Schranktür auf, hole sie heraus und alles nass, pitschnass. Ich beschließe, den Ursachen am gleichen Abend nicht mehr auf den Grund zu gehen, und entscheide mich für ein herzhaftes, obgleich leicht hysterisches Lachen. Außerdem ist es schon weit nach Mitternacht, Zeit fürs Bett.

Den Weihnachtsmorgen lassen wir langsam angehen. Während Riccardo zur Arbeit muss, kuschle ich mit den Kindern noch im Bett. Luca macht die Augen auf. „Luca, wer kommt heute?" frage ich ihn. Verschlafene Antwort: „Tante Gini", das ist die Schwester meiner Mutter. Als nächstes frage ich Filippo: „Wer wurde heute geboren?" Antwort: „Der Weihnachtsmann". Nein, liebe Kinder, das waren nicht die richtigen Antworten. Das üben wir noch Mal fürs nächste Jahr.

So beginnt der Heiligabend bei uns. Leider regnet es ununterbrochen und wir können keinen Schritt vor die Tür setzen.
Nachmittags schmücken wir den Baum. Das gelingt wider Erwarten mühelos.
Dann werden die Kinder immer wilder. Es fehlt ihnen, dass sie draußen nicht herum toben können. Dafür rennen sie nun drinnen, was ich mit wachsender Beunruhigung aus den Augenwinkeln beobachte, während ich auf den ersten Schrei warte. Der lässt auch nicht lange auf sich warten.
Luca fällt mit dem Kopf Richtung Kante der Treppenstufe, und zwar auf jene, die aus dem uralten Seitenstein eines Weinfasses besteht. Er schlägt zum Glück ganz knapp vorbei. Ein Zentimeter weiter und der Abend hätte im Krankenhaus geendet. „Uuuund weiter geht's ..." Das ist meine Standardreaktion, wenn jemand heulend zu mir gerannt kommt und sich die Tränchen trocknen lässt. Felix macht Rolle vorwärts auf dem Sofa. Luca springt auf ihn und verletzt sich an der Lippe. Blut am Schnuller. Na, auch das sieht schlimmer aus als es ist. Der kleine Unfall wird mit „Ambulanza" spielen verarbeitet und so ertönt unterm Weihnachtsbaum lautes Sirenengeheul. Und wenn Filippo Sirene spielt, dann ist das richtig laut. Äußerlich noch ruhig, werde ich innerlich immer angespannter.

Die Katze Angiolina raubt derweil Weihnachtskekse vom Tisch, diese Vorliebe ist mir auch neu, und ich quittiere es mit einem kritischen Blick. Sie kriecht unter die Truhe und fängt als nächstes an, mit dem Baumbehang zu spielen. Zum Glück sind die Kerzen nicht an.

Im Pizzaofen haben wir eine wunderschöne Krippe aufgebaut. Das Terrakottagewölbe bildet einen herrlichen Rahmen dafür und außen haben wir alles schön mit Bambusstangen und Pinienzweigen dekoriert. Die fast 50 cm großen Figuren haben wir in Bagni di Lucca auf einem eigens dafür eingerichteten Markt gekauft. Wir haben fürs erste Maria, Giuseppe und bambino Gesù hineingestellt. Dazu einen Esel und einen Ochsen. Bambino Gesù ist abgedeckt. Er darf erst nachts am Heiligabend aufgedeckt werden, wenn er offiziell geboren ist. So will es der Brauch.
Das Ganze wird per Zeitschaltuhr ab 17 Uhr beleuchtet. Aber das Krippenlicht geht natürlich, wie sollte es anders sein, nicht an.

Inzwischen verdonnere ich die Kinder zum Trickfilm schauen und alle sitzen brav auf der Couch. So süß sind sie, wie sie da sitzen. Ich mache Feuer im gusseisernen Ofen. Zwar haben wir eine Heizung, aber es geht nichts über die Wärme eines Holzofens und dem romantischen Spiel der Flammen. Ganz einfach ist das Anzünden nicht, denn ich habe nur Papier, Pappe und männerarmdicke Äste.

Plötzlich tut es einen Schlag. Oh nein, die Ofentür ist herausgefallen! Das kann doch nicht wahr sein. Ich hatte extra noch den Schmied geholt, damit er den Ofen im neuen Zimmer wieder richtig aufbaut. Wie ich später erfahre, hat er einfach einen Stift vom Türscharnier gekürzt, damit die Tür passte ...
Jedenfalls hüllt sich sofort alles in dichten Rauch. Hysterisch schreie ich meiner Mutter zu: „Bring die Kinder in Sicherheit." Da der Ofen direkt neben dem Sofa steht, sehe ich schnell nur noch die Umrisse der lieben fernsehenden Kinderchen, die sich aber keinen Millimeter von dort weg bewegen wollen. Dafür schreien sie umso lauter, denn sie erkennen nichts mehr vom Fernsehbild und Mama ist natürlich schuld daran. Wie sollte es anders sein?
Irgendwie bekomme ich die doch recht heiße und schwere Ofentür wieder angebracht und den Rauch dann wieder aus dem Haus.

Als nächstes fällt mir auf, dass es schon wieder eigentümlich riecht. Wir haben zwar auch wieder Kekse gebacken, aber das roch eindeutig anders. Der Gestank kommt diesmal aus dem nagelneuen Küchenabfluss. Der sollte nun eigentlich nicht stinken. Handwerklich nicht unbegabt stelle ich fest, dass im Abflussrohr kein Siphon eingebaut ist und somit logischerweise alle Düfte aus der Klärgrube direkt in die Küche strömen.

27 Tage dauert es dann, bis der Klempner kommt, da wir haben uns schon fast an den „Duft“ gewöhnt.

Heiligabend schreitet voran. In Italien arbeiten alle an diesem Tag noch und auch mein lieber Mann kommt erst gegen 19 Uhr nach Hause. Das ist gut so, da kann er sich nämlich nicht dagegen wehren, dass es ein traditionelles deutsches Abendessen gibt: Kartoffelsalat und Würstchen.

Um neun Uhr kommt, wie in jedem Jahr, der bei den Pfadfindern bestellte Weihnachtsmann. Der behauptet, mit den Rentieren gekommen zu sein, womit er bereits seine Glaubwürdigkeit bei den Kindern verloren hat, denn sie haben ihn mit dem Auto vorfahren sehen.
Alle freuen sich über ihre Geschenke. Nur Felix verzweifelt, endlich hat er nun seine heißersehnte Miniplaystation, doch die funktioniert nicht. Wir versuchen alles Mögliche, am Ende aber muss sie ausgetauscht werden.

Ich dagegen bin ganz gerührt. Felix hat mir ein neues Handy geschenkt. Mein letztes war in die kochendheiße Minestra, in die Suppe, gerutscht und konnte bedauerlicherweise nicht schwimmen. An dem neuen Handy klebt ein Zettelchen: „Tanti auguri, Mama, sei stupenda – alles Gute, Mama, Du bist wundervoll.“ Ich heule prompt.

Anschließend gehen wir, na klar, in die Mitternachtsmesse. Ich bestehe jedoch darauf, die lieben Kleinen zuhause zu lassen.
Die Predigt hält Jeremie, ein dunkelhäutiger Pfarrer aus Nigeria. Das ist so, zu Weihnachten gehen öfters mal die Pfarrer aus. Es gibt ja nur einen Hauptpfarrer, Don Bruno, ihm unterstehen drei Dörfer und er kann natürlich nur auf einer Mitternachtsmesse sein. Also hat jedes Dorf nur alle drei Jahre das Vergnügen, ihn zu erleben, und ansonsten müssen sie sich mit den anderen Pfarrern begnügen.
Don Jeremie hat ein strahlendes Lächeln, einen ähnlich starken Akzent wie ich und diverse technische Probleme zu bewältigen. Zunächst funktioniert der Weihrauch nicht. Den hätte man wohl lange vorher anzünden müssen, da hat aber keiner dran gedacht.
Nach einer Lesung über Adamo und Eva, der ich zerstreut zuhöre, dabei krampfhaft überlegend, was Adam und Eva eigentlich mit Weihnachten zu tun haben, deckt er das Jesuskind im Krippenspiel auf, denn es ist ja nun offiziell geboren. Dabei fällt der goldene Komet vom Dach, das wiederum, liebevoll aus Baumrinde gebastelt, einzustürzen droht. Er kann es aber irgendwie noch retten.

Es ist ein andächtiger Moment als plötzlich die Lichterkette, die das Krippenspiel durchzieht, angeht und blinkt wie verrückt. Ich muss die Augen zusammenkneifen, sonst wird mir schwindelig.
Die kleinen Messdienerinnen scherzen unentwegt miteinander und schließlich bekommen sie sogar einen Lachanfall. Das tut mir Leid für Don Jeremie, der sich aufrichtig Mühe gibt.

Am nächsten Morgen, es ist der erste Weihnachtsfeiertag, gehen wir wieder in die Kirche, denn nun predigt Don Bruno persönlich.
Er wettert heftig gegen den Konsumrausch, der Gipfel wären die roten Dessous, die überall verkauft würden. Puh, denke ich, noch mal Glück gehabt. Fast hätte ich die letztens gekauft, dann würde ich jetzt rot werden, so rot wie der BH mit String, vor dem ich zögernd im Dessousladen gestanden hatte, abwägend, ob man mit über 40 noch Weihnachtsmausi spielen kann oder das nun doch besser lässt.
Wir singen „Osanna, osanna" (Hosianna) und „scendi dalle stelle", wunderschöne italienische Weihnachtslieder, ja, es ist Weihnachten.
Oh nein, was ist das denn? Wie kommt die denn hier rein? Aus der Sakristei kommt ganz lässig unsere Katze Angiolina zur Freude aller herein spaziert. Sie inspiziert ausgiebig den gesamten Altarraum und steuert dann auf die Weihnachtskrippe zu, die auf dem Boden aufgebaut ist. Vorsichtig geht Angiolina in Bethlehem spazieren, ohne eine der kostbaren antiken Gipsfiguren umzukippen. Don Bruno lässt sie gewähren, die Messe naht sowieso dem Ende.
Dass der Katholizismus schon so weit unsere Familie unterwandert hat und selbst unsere Katze in die Messe geht, war mir neu. Ich muss wohl wirklich bald das Vaterunser auf Italienisch lernen, sonst verpasse ich den Anschluss.

Wieder zuhause gibt es endlich Gans mit Klößen. Die Kinder in weißen Hemden mit Fliege, der Tisch festlich gedeckt, das muss auf einem Foto festgehalten werden. Eigentlich klar, dass der Fotoapparat wieder nicht geht. Die Arme werden schon schwer vom angehobenen Sektglas, die Kinder gucken weg und die Gans wird kalt.

Abends gibt es noch mal Klöße, die unheimlich lecker schmecken, wenn man sie in der Pfanne brät.
Dabei werde ich Zeugin einer ungeheuren Grausamkeit. Filippo bestellt Majonäse zu den Klösen! „Siii", schreit Luca begeistert. Dazu bekommen sie noch von ihrem Papa Tomatenstückchen geschnitten. Mir dreht sich der Magen um und ich versuche, diese Geschmacksirrungen zu ignorieren. Deutsche grüne Klöße mit Mayonnaise und Tomaten, unfassbar! Ich meine, so wie

ich jetzt müssen sich Italiener fühlen, wenn man vor ihren Augen Spaghetti mit dem Messer klein schneidet!

Der Tag viel Wirren uns hat gebracht, ich bitte um eine gute Nacht!

Geburtstag
Compleanno

Mein Geburtstag naht und ich merke mal wieder, wie die Zeit rennt. Ich beschließe, diesen Tag ganz besonders zu genießen, denn das Datum besteht aus lauter Schnapszahlen 12.01.2010. Ich werde 44 (fühle mich natürlich wie 34), das muss doch Glück bringen!
Zunächst wird mir liebevoll angetragen, mir meine Torte selbst zu backen oder zumindest den Teig dafür selber herzustellen. Darauf habe ich aber gar keine Lust und ich verfalle ins Tagträumen, wie schön es wäre, wenn mir meine Lieben ein richtig tolles Geburtstagsfest bereiten würden. Ein Wunsch, den ich schon so lange hege. Vielleicht klappt es zu meinem 80sten? Oder wenn ich Schwiegertöchter habe, vielleicht denken die sich eine Überraschung für mich aus?
Soweit ist es noch nicht, und am Vorabend, ich will es mir gerade am Kamin gemütlich machen, kommt mein Mann die Treppe herunter mit einem grinsenden Luca auf dem Arm. Es ist bereits nach 22 Uhr, das Kind will nicht schlafen, und Papa drückt mir den Kleinen in den Arm, um sich mit einem charmanten Lächeln Richtung Schwimmbad zu verabschieden. Ja, richtig, er geht nachts schwimmen. Da er danach immer mit roten Augen vom Chlor, wuschelweichen Haaren, die nach Apfelshampoo riechen (und er außerdem so katholisch ist), nach Hause kommt, glaube ich ihm das auch.

Luca bleibt munter, bis ich ihn gegen halb zwölf erschöpft ins Bett bringe. In wenigen Minuten könnte er Mama zum Geburtstag gratulieren. „Singst Du Mama dann ein Lied?" Nein, Antrag abgelehnt. Und das mit dem Gratulieren wird auch nichts, Kind schläft pünktlich gegen Mitternacht ein, als er hört, dass Papa kommt.
Nicht, dass dieser nun daran denken würde, die Flasche Prosecco zu köpfen (die ICH bereits kaltgestellt habe), aber zumindest erhalte ich „tanti auguri", Glückwünsche und Küsschen und zwinge ihn dazu, mir noch schön den

Nacken zu massieren. Das kann er jetzt nicht abschlagen, auch wenn er später noch die Buttercremetorte für mich backen will.

Dann legt er los, in der Küche, und das in einer Lautstärke, obwohl ich ihm doch schon alles für jeden Handgriff bereitgestellt habe. Für einen Italiener ist es dennoch ein Kinderspiel, Töpfe wie Schlagzeuge erklingen zu lassen und Bestecke wie Riesenzimpel. Trotzdem gelingt es mir irgendwie einzuschlummern. Wird ja auch Zeit, denn der Wecker wird um 6.50 Uhr klingeln, damit wir zusammen mit Felix die Torte anschneiden können, der dann in die Schule muss und sonst stinksauer wäre.
Hoffentlich wird die Torte etwas, denke ich noch vor Eintritt ins Traumland, denn es fehlte dafür das Sahnepuddingpulver von Dr. Oetker. Das ist eigentlich unabdingbar, aber ich habe vergessen, es rechtzeitig aus Deutschland zu bestellen. Stattdessen muss nun Schokoladenpudding herhalten. Normalerweise ist der Teig dunkel (aber Kakao war auch ausgegangen) und die Creme weiß, aber diesmal ist eine neue Kreation vonnöten.

Mitten in der Nacht höre ich plötzlich eine Harley ums Haus fahren, trotz Oropax schrecke ich hoch. Was macht eine Harley hier in Sant`Ermo um diese Zeit? Ach nein, es ist nur mein Mann, der die Buttercreme für die Torte schlägt. Hundert Mal habe ich ihm schon erklärt, dass er dabei nicht immer mit dem Mixstab gegen den Porzellanschüsselrand schlagen muss, sondern dass es reicht, die Creme zu rühren.
Als er ins Bett kommt, flüstere ich ihm dennoch ein „Amore, sei fantastico“, „Liebster, Du bist fantastisch“, zu, denn es ist nicht ganz so selbstverständlich, dass ein italienischer Mann nachts seiner Frau zum Geburtstag eine Buttercremetorte dekoriert.

Als ich am nächsten Morgen die Küche betrete, sieht es dort eher wie ein Schlachtfeld aus.
Ich schaue neugierig in den Kühlschrank. Auch die Torte sieht ein wenig mitgenommen aus. Mein Mann behauptet, dass das, was mich an einen Vulkanausbruch denken lässt, die Verzierung in Form eines Blumenstraußes sei. Ich nicke verunsichert, denn ich möchte in keinem Fall die zarten Gefühle meines Liebsten verletzen, und dass ein Mann viel Anerkennung braucht, wissen wir ja schon. Dann stellt er demonstrativ den blühenden aber etwas vertrockneten Weihnachtskaktus auf den Tisch. Eigentlich hatte ich auf rote Rosen gehofft ... Na ja, vielleicht nächstes Jahr.
Wir probieren die Torte, die nun aufgrund der verdrehten Anteile (der Boden hell, die Creme dunkel) überhaupt nicht schmeckt wie immer.

„Was wünschst Du Dir eigentlich zum Geburtstag, Mama?“ fragt mich Felix. Und ich antworte: „Armonia e tranquillità, Harmonie und Ruhe.“ Der nicht zu überhörende Unterton gilt dabei auch meinen anderen Männern im Haus. Es muss doch mal möglich sein, sich einen Tag zusammenzureißen und keinen Streit untereinander anzufangen.
Doch am Frühstückstisch geht es schon los. Jemand hat Felixs „Hamburger Buns“ aufgemacht und gewagt, vier Stück davon zu essen, weil kein anderes Brot da war. Nun, ich kenne meinen Sohn, bei seinen Brötchen versteht er keinen Spaß. Er hatte mal in einem Sardinien-Urlaub ein Brötchen erwischt, in dem ein großes Loch war. Er bestand darauf, dass ich das Loch mit Teilen von meinem Brötchen zustopfe! Damals habe ich mich erfolgreich geweigert. Man kann vieles mit mir machen, aber nicht mit meinem Brötchen andere Brötchen stopfen.
Nun gut, diesmal erhebe ich mich schlicht vom Frühstücktisch und komme erst wieder, als das Brötchenthema geklärt ist.
„Tanti auguri a te“ wird gesungen, „und zum Geburtstag viel Glig“, das „ü“ kann im Übrigen keiner meiner Männer aussprechen.

Heute habe ich etwas Schönes vor. Ich will mich entspannen und selbst verwöhnen, wenn es schon sonst niemand tut. Mir ist aufgefallen, dass ich in 11 Tagen 11 Jahre hier bin. Noch eine Schnapszahl! Wenn das nichts ist.
So beschließe ich, ins Grand Hotel nach Casciana Terme zu fahren. Ich habe vor zu schwimmen, in die Sauna zu gehen (wie gesagt, in Italien nur im Bikini), zu schreiben und meinen Erinnerungen nachzuhängen. Dort, im Wellnesscenter, habe ich Riccardo kennen gelernt.

Pustekuchen, das riesige Tor vom Hotel ist zu, mit dicken Ketten verriegelt. Es steht vor dem Konkurs. Angeblich ist ein Bruder von Gaddafi daran interessiert, es zu kaufen.
Unverrichteter Dinge ziehe ich wieder ab und überlege, ob ich stattdessen in den hauseigenen Whirlpool steige, aber das ist eben doch nicht das Warmwasserbecken, an dessen Rand ich mich in meinen Adonis verliebt habe.

Wenigstens kommt die Sonne heraus. So stelle ich mich auf unsere Terrasse, um vor berauschender Kulisse aus saftig grünen Wiesen und schäfchenwolkenbehangenen Hügeln mit mir auf meinen Geburtstag anzustoßen. Erst mal stößt Katze Angiolina das Glas um, aber Dank meiner überaus genialen Reaktionsschnelligkeit verhindere ich, dass ich aus der Flasche trinken muss. Auch der Torte, die nicht abgedeckt im Kühlschrank steht und schon einen leichten Salamigeschmack angenommen hat, nähere ich mich nun emotional an und genieße sie häppchenweise. Ansonsten verläuft der Tag unspektakulär.

Abends bringe ich die Kinder zu Fabiana.
Ich hatte vor Tagen bei Riccardo in der Praxis ein „biglietto", ein Eintrittsticket für ein Blueskonzert in Livorno entdeckt, und zwar für den 12.01.. Nein so was, dachte ich, er hat an meinem Geburtstag für uns einen schönen Abend zu Zweit organisiert, das wünsche ich mir ja schon so lange.
Das Biglietto war allerdings mit einer Spende für die Krebsforschung verbunden und darauf angesprochen meint er: „Ja, das bekomme ich jedes Jahr, aber wir gehen da doch nie hin." Klar, wenn ich nichts davon weiß! Hätte ich mir eigentlich denken können, es handelte sich schließlich nur um ein Biglietto und nicht um zwei.

Vor ein paar Tagen, in einem ruhigen Gespräch mit meinem Mann, hat er übrigens behauptet: „Si sa che il matrimonio é l`inferno", „man weiß ja, dass die Ehe die Hölle ist." Als ich ihn mit offenem Mund anstarrte, hat er sich aber gleich korrigiert, ganz so schlimm sei es nun doch nicht „ Eh... no... volevo dire: Il matrimonio é come la croce di Gesù", „Ich wollte eigentlich sagen, die Ehe ist wie ein Kreuz, das man zu tragen hat." Das hat mein Mann ganz ernsthaft gesagt. Obwohl ich ihn von vorn bis hinten verwöhne, die Familie allein durchfüttere, das Haus in Ordnung halte und vieles, vieles mehr. Tja, das mit dem Kreuz ... Manchmal denke ich auch so.

Die sinnlichen Freuden der Italiener

I piaceri degli italiani

In Italien dreht sich fast alles ums Essen. Ich kenne keine andere Nation, für die das Essen eine solche Bedeutung hat. Am Anfang war mir das fremd, aber mittlerweile kann ich mich dieser Passione, dieser Leidenschaft, auch kaum noch entziehen.

Das zweitwichtigste ist „Amore", meistens hört man nur die Männer über Frauen reden, die Frauen sind in diesem Punkt verhaltener, scheint mir.

An die Frauen an dieser Stelle eine Warnung, warum deutsche Frauen in Italien besonders gefährdet sind oder wie es sich in Italien mit den erogenen Zonen der Frau verhält ...

Nun muss ich Euch Frauen eigentlich nichts über Eure erogenen Zonen erzählen, eine jedoch, das sagte mir ein Freund letztens, sei besonders erogen, man höre und staune, und zwar das Mittelohr. Das Organ, das viele nur in Zusammenhang mit Mittelohrentzündung kennen. Und es stimmt, ich habe es selbst überprüft. Wahrscheinlich hätte ich mich damals längst von meinem Mammone getrennt, hätte ich nicht da gelegen, dahin schmachtend, dem wohltuenden Klang seiner Stimme lauschend und dem nicht enden wollenden Singsang über meine Schönheit, meine grenzenlosen Vorzüge, meinen guten Charakter, und das täglich bis zu zwanzig Mal, das ständige „Ti amo", „Ich liebe Dich", vier Jahre lang. Bis dahin zählte ich zu jenen Frauen, die ihren (deutschen) Partner kaum zu fragen trauten: „Schatzi, liebst du mich noch?" Und Schatzi brummelte: „Ja, wenn sich da was geändert hätte, hätte ich Dir das schon gesagt."

Und plötzlich befindet man sich in einem Bad aus verlockend leichten, romantischen, wohlig warmen, süßlich weichen Worten, die meiner empfindsamen, verletzten und stolzen Seele unglaublich gut taten. Übrigens kann man so auch sehr gut italienisch lernen, denn durch die steten Wiederholungen, zu denen der Italiener neigt, prägt sich die Sprache besonders gut ein. Also, als Gratissuperlearningkurs auch für nicht Sprachbegabte durchaus zu empfehlen.
Leider haben meine grenzenlosen Vorzüge und das 1000 Mal beschworene „ti amo" nicht zu einer Beziehung geführt, in der man zusammenlebt und sich die Verantwortung teilt.

Also Vorsicht, meine Damen, auch wenn die Verlockungen in Form von schönen Worten, einem Muskelspiel unter gebräunter Haut und feurigen Blicken (sofern man diese hinter der Sonnenbrille erkennt) noch so groß sind: Es ist nicht einfach, hier einen Partner zu finden, der wirklich etwas aufbauen und nicht bloß ins Bett will. Unsere erogenste Zone, ja, das Mittelohr, ist anfälliger, als man glaubt, und nachher tut es doppelt so weh.

Und nun Tipps für Männer: Wie angelt man/Mann sich eine Italienerin?

Auch da, meine Herren, geht es nur über die erogenste Zone der Frau, das Mittelohr, Ihr müsst gut italienisch lernen, sonst läuft nix! Tja, tut mir leid für die schlechte Nachricht, die nach viel Anstrengung aussieht.
Ich hatte mal einen Gast, der hatte ein Ferrari-Cabriolet (gibt es das überhaupt?). Jedenfalls fuhr er ein schickes Cabrio, war blond und blauäugig und machte auf den ersten Blick richtig was her. Enttäuscht war er dann von den italienischen Frauen, mit denen angeblich nichts los wäre. Er sprach aber auch nur englisch (und deutsch natürlich), und das kam bei den Mädels nicht an.

Ein anderer Freund, der gut italienisch spricht, hat da mehr Erfolg bei den Frauen und ist mittlerweile sogar mit der Bürgermeisterin des Nachbarortes verheiratet. Übrigens ist auch er blond, das gefällt hier schon sehr. Im besten Fall, deutsche Männer, lernt italienisch und färbt Euch die Haare blond (Massimiliano in Lari macht das super). Blaue Kontaktlinsen sind, so denke ich, nicht zwingend erforderlich, könnten das Ganze aber optimieren.

Und wie ist das nun mit meinem Mann? Der sagt jetzt zwanzig Mal am Tag: „Siamo felici, wir sind glücklich“. Ich weiß allerdings manchmal nicht, ob das als Erinnerung gemeint ist oder als Feststellung. „Ti amo“ kommt auch noch recht häufig, ja. Komplimente haben hingegen seit der Hochzeit stark abgenommen. Vielleicht wäre es doch ratsam, nicht zu heiraten und so die Spannung zu erhalten? Selbst bei neuen Kleidern oder ausgefallenen Dessous, was immer ich mir einfallen lasse, muss ich inzwischen nachfragen: „Ti piaccio, gefalle ich Dir?“, was schon mal zu Verunsicherung meinerseits führen kann. Aber zum Trost gibt es da noch viele andere Herren, die mir gern Bestätigung geben. Ja, das liebe Mittelohr ...

Ein Restaurant in Florenz lädt mich zu einer Inaugurazione, zu seiner Eröffnung, ein.
Mir einen freien Abend zu machen, ist ziemlich schwierig. Zwar kommt die Babysitterin, aber ich muss dennoch das Abendessen vorbereiten, außerdem die Arbeit vorziehen, die ich sonst abends am Computer erledige, und schlussendlich brauche ich auch etwas Zeit für mich, will ich dort nicht wie ein Straßenfeger aufkreuzen.

Rennend erledige ich alles, was ansteht, winke meinen drei Süßen fröhlich zu, die auf der Piazzetta mit der Babysitterin spielen, und gebe Vollgas. Während ich meinen Multipla-Familienvan mit Metangas volltanke (das dauert immer elend lang) lackiere ich mir noch rasch die Fingernägel. Matteo, der Tankwart, kennt mich gut genug, sonst würde er sich vielleicht wundern, warum ich ihm den Geldschein mit gespreizten Fingern überreiche und ihn bitte, sich das Kleingeld selbst aus dem Portemonnaie zu suchen, der Nagellack muss schließlich trocknen. Hübsche Aufkleberchen kommen noch drauf, auch auf die Zehen, die in goldenen Sandaletten stecken, und vollbracht ist das Werk.
Mein Mann, den ich wenig später aufsammele und dem ich das Lenkrad überlasse, verliert kein Wort über mein Aussehen und meine ganze Organisation für diesen Abend. Das tut meinem Selbstbewusstsein nicht gut.

Abends in Florenz flanieren, welch Luxus, wenn auch mit einem humpelnden Mann, der sich ausgerechnet gestern beim Tanzen den Fuß verstauchen

musste. Ich entdecke das Buca Mario, eines der ältesten Restaurants der Stadt, wo ich gern immer mal wieder Gäste hinschicke. Das La Tavernetta della Signoria, wo wir eingeladen sind, ist nicht ganz so edel, aber auch von gutem Geschmack. Es werden nur frische Zutaten der Saison verwendet, verkündet der Besitzer bei der Führung durch die Küche. Wir finden uns in einem Damengrüppchen wieder, denn die Agenturen haben nur Vertreterinnen geschickt. Natürlich kennt Riccardo die Blonde mit dem Ausschnitt bis zum Bauchnabel, die uns am Tisch gegenüber sitzt, wie sollte es auch anders sein. Auch das stärkt nicht gerade mein Selbstbewusstsein. Und während ich mir kurz überlege, ob es für mich nun ein Problem ist, dass meine Figur nach der dritten Geburt nicht mehr so ist wie früher, immerhin habe ich dafür drei prächtige Kinder, wird herrlich aufgetafelt und ich lange freudig zu. Dann, aufgepasst, macht Riccardo doch endlich ein langersehntes Kompliment, er sagt: „Come mi sta bene questa camicia!“ Was so viel heiß wie: „Wie gut mir das Hemd steht, das Du mir geschenkt hast.“
Prompt erscheint ein Rosenverkäufer am Tisch, aber den nimmt mein Mann nicht wahr oder er tut zumindest so.

Da ist gut, dass ich mir bei meinem letzten Besuch in Deutschland eine knallrote Kaffeetasse gekauft habe. Auf ihr steht: „You are the best“. Das baut mich auf, jeden Morgen.

Schlachtfest

La macellazione

Drehen wir die Zeit zurück. Ich bin noch nicht lange in Italien und heute soll ich lernen, wie man ein Schwein verarbeitet. Hier ist es noch erlaubt, selbst zu schlachten, bei uns geht das schon lange nicht mehr. Das Schlachten wird gut vorbereitet, jeder Handgriff muss sitzen und wird seit Generationen überliefert.

Am Abend zuvor besuche ich noch, elegant im Anzug, einen Sommelierkurs, schwenke ein Gläschen Wein, schnuppere daran, koste und schmecke. Es geht darum festzustellen, ob der Wein nun fruchtig, süß, trocken, herb oder nach bestimmten Gewürzen schmeckt.

Am Tag darauf dann stehe ich in einem Bauernschuppen unter fröhlich schwatzenden Männern, hinter uns das zerlegte Schwein. Es wurde mit einem Stich ins Herz erlegt. Damals macht man das noch so, heute benutzt man eine Pistole.
Es ist Ende Januar und die ersten lila Frühblüher kommen schon heraus. Ich verfolge aufmerksam, wie das Schwein verarbeitet wird, springe zwischendurch mit Felix, der noch klein ist, durch Olivenhaine, suche Lorbeerblätter und Rosmarin und schaue nach den Artischocken.
Dann gibt es Schwein vom Grill, dazu einen herzhaften Landwein, den hier keiner erst mal verkostet, und einen undefinierbaren Likör. Ich bin bester Launc und glücklich, dass ich an diesem Ereignis teilhaben darf. Heute weiß doch kaum noch jemand, wie man ein Schwein schlachtet und zerlegt. Ich habe nun die Gelegenheit zuzusehen, woher das Fleisch kommt, das ich esse. Auch wenn das Schlachten hier reine Männersache ist. Aber allein zu wissen, wie das Tier aufgewachsen ist, wie es gefüttert wurde, wie es getötet wurde, nämlich schnell, ohne Vorahnung und nicht wie im Schlachthof den Tod der anderen Tiere riechend.
Ich bin froh und dankbar, für jedes gesunde Stück Fleisch, jeden Fisch, der aus dem Meer stammt, über Obst ohne Dünger, Olivenöl aus natürlichem Anbau, Pasta mit Liebe hergestellt, Wein ohne jeden Zusatz.
Wir essen wenig Fleisch, aber wenn, dann soll es gut sein.

Es ist laut unter den Männern. Man könnte meinen, sie schreien sich die ganze Zeit an, aber es sind Scherze, die sie miteinander treiben. Der leicht aggressive Unterton kann da zu Missverständnissen führen, wenn man der Sprache nicht mächtig ist.
Es ekelt mich keineswegs, das Tier zu verarbeiten, und so machen wir herrliche Würste im Naturdarm von Schafen, Fegatelli (eine Art gefüllte Rouladen), Steaks und Rippchen. Schinken, Schulter und Bauchspeck werden gewürzt, mit Knoblauch eingerieben und dick in Salz eingelegt. Das sieht aus wie Schnee. Fünfzehn Tage bleiben die Teile im Salz, dann werden sie abgewaschen, mit Knoblauch und Essig abgerieben und aufgehängt.
Knoblauch wird viel verarbeitet, Gabriella hat eine ganze Schüssel vorbereitet und ich überlege, wie viele Knollen das waren. Pfeffer und Knoblauch beißen manchmal ganz schön in den Augen. Aber es finden auch Gewürze wie Muskat, Zimt, Nelken und Salbei Verwendung.
Ich liebe die Sorpressata, wie Ivo sie würzt, die Sülzwurst. Dafür kocht er den Schweinekopf samt der Zunge mit Zitronenschalen dreieinhalb Stunden in einem großen Topf, anschließend wird das Fleisch ausgelöst, gewürzt und in einen Stoffsack gepackt, der verschnürt am nächsten Tag schon fest ist und sich ein paar Wochen hält.

Räuchern wie bei uns, kennt man hier nicht und wird auch eher abgelehnt, denn hier gilt ebenfalls: "Was der Bauer nicht kennt, frisst er nicht", was ich immer schade finde.
Die Blutwürste kochen stundenlang in einem anderen Topf, sie bestehen aus Blut und Fettstückchen, dazu Pinienkerne und Salbei, sehr lecker. Alles, aber auch alles, wird zerlegt und verarbeitet. Das dickste Fett wird verwendet, um den Kamin warm zu halten, denn Fett brennt ordentlich. Manches Stückchen fällt unter den Tisch, wo ein kleiner schwarzer Hund und eine Katze geduldig auf die Happen warten.
Felix ist sehr wissbegierig. Er darf den Fleischwolf drehen und die Maschine betätigen, mit der das Gehackte in den Naturdarm gestopft wird. Der Naturdarm sieht aus wie ein Riesenpräservativ und ich kann mir ein Lachen nicht verkneifen, als er auf das Rohr gezogen wird, durch das die Fleischmasse passiert.
Die fertigen Würstchen hängen dann auf einem Holzgestell im Baum, ein feiner Anblick.
Die Koteletts werden gleich fürs Einfrieren vorbereitet. Die dicke Leber will keiner, diese Köstlichkeit verschmähen sie. Und so werde ich viele schöne Sachen daraus machen: Leberspätzle, Paté für Crostini, Leber mit Zwiebel und Kartoffelmus – Gerichte, für die sich kein Italiener begeistern lässt. Das Gehirn haben sie leider schon entsorgt, ewig habe ich keins mehr gegessen aus Angst vor irgendwelchen Krankheiten, aber kann denn so ein urgesundes Viech krank sein?!
Ein Jahr war das Schwein erst alt und wog schon 220 Kilo. Onkel Nedo hat es mit gesündestem Futter aufgezogen und ihm vertraue ich absolut.

Er erzählt mir auch zum ersten Mal von einem ganz besonderen Bauchspeck aus Colonata, das ist ein winzig kleiner Ort in der Nähe von den Marmorbrüchen von Carrara, in dem Michelangelo schon seinen Marmor abbauen lies. Ob er auch schon diese kulinarische Spezialität kannte die ich wenig später in Lari´s Weinbar probiere? Zunächst sieht das etwas unappetitlich aus was ich da vor mir sehe: Knallweißer purer Bauchspeck auf einem gerösteten Brot, einem Crostino. Aber der Duft der von ihm aufsteigt ist verlockend und so beiße ich herzhaft hinein und siehe da, ein genüssliches „hmmmm“ ist deutlich vernehmbar. Das schmeckt ja ... unglaublich und zergeht auf der Zunge wie Sahne! Die Prozedur, um dieses wundervolle Naturprodukt herzustellen geht wie folgt: Purer weißer Bauchspeck wird in 5 bis 8 zentimeterdicken Scheiben mit Salz eingerieben und in Marmorbottiche gepackt die mit Kräutern ganz dick ausgelegt wurden, Lage über Lage. Die Behälter werden verschlossen und für 6 Monate gelagert, dann ist der Speck fertig und hat seinen einzigartigen Geschmack und seine zarte Konsistenz erhalten. Man sollte ihn hauchdünn aufs Brot scheiden und kalt oder erwärmt genießen. Bei David, dem Fleischer im Dorf unterhalb der Brücke gibt es geriebenen Lardo mit Trüffel, den „lardo tartufato", sterben könnte ich dafür.

Bei Simone, dem anderen Fleischer, entdecke ich später eine Schale mit etwas, das mit Tomatensoße angerichtet, sehr appetitlich aussieht. Es ist Trippa toscana, Magen, davon habe ich schon gehört und mich dann geschüttelt, aber nun würde ich es doch probieren. Mit Parmesan soll ich es anrichten und mit Olivenöl. Ja, das mache ich. Zuhause trifft diese Speise auf wenig Begeisterung, obwohl es ein typisches toskanisches Gericht ist. Schade!

Wo wir gerade so schön beim Thema essen sind: Meine Weihnachtsgänse habe ich schon erwähnt, aber noch nicht die Geschichte von den Drosseln erzählt. Eccola, da ist sie ...

Jagdgeschichten

La caccia

Achtung, dieser Abschnitt ist nichts für zarte Gemüter. Der Humor kommt zwar nicht zu kurz, denn italienische Männer lassen sich so einiges einfallen, um ihrem Spieltrieb nachgehen zu können, aber hier geht es auch um rohe Gewalt und schreckliche Verbrechen.

Felix geht eines Tages, so wie alle Jungen das hier irgendwann machen, das erste Mal mit zur Jagd. Natürlich zieht er sein Militärhemd an. In Deutschland wäre mir das peinlich, hier ist das aber völlig normal.
Hier wird, sobald die Jagdsaison beginnt, geballert was das Zeug hält, und ich wundere mich, wie viele Tiere dies dennoch überleben. Meinen Gästen rate ich im Herbst immer, rote Sachen anzuziehen und beim Spaziergang durch die Natur laut zu singen, damit sie nicht mit Wildschweinen verwechselt und abgeknallt werden. Dass das gar nicht so abwegig ist, zeigt der Fall eines Bekannten, der im letzten Jahr beim Pilze sammeln hinterrücks im Wald erschossen und liegen gelassen wurde, ein Vater von drei Kindern. Also: Die Warnung ist wirklich ernst zu nehmen. Italiener sind verrückt auf die Jagd (Vögel, Wildschweine, Kaninchen, Fasane, Frauen) und machen schier unvorstellbare Dinge dafür.

Manchmal mag man nicht glauben, was man doch mit eigenen Augen sieht.
Ich habe es tatsächlich erlebt, dass fünf Männer sieben Stunden brauchten, um mit schwerem Gerät, Traktoren und Raupen, im Tal einen Baum abzusägen, diesen auf einen Hügel zu ziehen und ihn dort wieder aufzustellen. Und das, damit sich ein paar arme Vögelchen auf diesen Baum setzen, gut sichtbar für die Jäger, die ringsum in selbstgebastelten Hütten auf der Lauer liegen und die Vögel dann abknallen.

Einmal hatte ich eine etwas ungewöhnliche Beschwerde von Gästen. Sie hatten ein wunderschönes Haus im Grünen gemietet. „Ruhige Lage" stand in der Beschreibung. Im angrenzenden Weinberg schienen jedoch öfter mal Wildschweine vorbeizukommen und sich an den Trauben zu laben. Um sie zu verjagen, hatte der Besitzer die tolle Idee, ein Radio an die Rebstöcke zu hängen, das Tag und Nacht in voller Lautstärke dudelte. Die Wildschweine irritierte das nur kurze Zeit, dann hatten sie sich daran gewöhnt und fraßen genüsslich weiter. Die Gäste hingegen waren nicht ganz so anpassungsfähig und bald mit den Nerven am Ende.

Pünktlich am 1. September um 4.30 Uhr in der Früh, wenn es anfängt zu tagen, geht in jedem Jahr aufs Neue das Geballer los und der so genannte Ökolärm (Traktoren, Mähdrescher, laute Italiener, krähende Hähne ... und vieles mehr), wie mir Gäste beibrachten, hat ein Geräusch mehr.
Als Einheimischer nimmt man das nur noch am Rande wahr und ich schon gleich gar nicht, da ich aufgrund extremen Ökolärms (ich erinnere, der einzig wirkliche „diffetto", schwerwiegende Fehler, meines Mannes ist, dass er fürchterlich schnarcht) sowieso Ohrstöpsel benutze.
Die Jagdsaison dauert vom 1. September bis 31. Dezember, Montag und Freitag sind Ruhetage, ich bin mir allerdings nicht sicher, ob sich eingefleischte Jäger auch daran halten.

Manche Gäste meinen, auch im Frühjahr sei Jagdsaison, weil da ebenfalls wildes Geballer zu hören ist. Aber das sind nur die Selbstschussanlagen in den Kirschbäumen, die die Vögel (die noch von der letzten Jagdsaison übrig sind) vom Plündern abhalten sollen. Ich glaube, die schießen nicht richtig, aber ich will es nicht darauf ankommen lassen und klaue besser keine fremden Kirschen.

Im September werden zunächst Singvögel geschossen. Ja, ich weiß, alle Tierschützer und auch alle anderen normal empfindenden Menschen stöhnen jetzt entsetzt auf. Hier ist es Tradition.

Eine Patrone kostet zwischen 18 und 22 Cent und enthält 50 kleine Bleikugeln, die beim Schuss sternenförmig auseinander fliegen. Um einen kleinen Vogel zu erwischen, braucht es circa 20 Patronen!

Mir würde im Lebtag nicht einfallen, Singvögel zu essen, denn allein um davon satt zu werden, braucht man etwa zehn Stück. Probiert habe ich sie aber und das kam so: Einem Nachbarn ging die Tiefkühltruhe kaputt, in der sich 3000 (!) Singvögel befanden, die er in Jugoslawien erlegt hatte und die nun auftauten. Also lief er im Dorf herum und verteilte seine Beute, die Freude der Nachbarn über diese Leckerbissen war allenthalben groß. Für die Frauen aus dem Dorf ist die Zubereitung eine ganz normale Arbeit. Sie konnten dann ein unverhofft köstliches Abendmahl auf den Tisch bringen.

Ich zögere anfangs und nehme dann doch vier. Es war zu der Zeit, als ich mit Felix allein in Cevoli lebte und keinen Mann fragen konnte, ob er das Köpfen und Ausnehmen übernimmt.

Ich erinnere mich noch gut an das Gesicht meines damals fünfjährigen Sohnes, im Spiel mit seinen Freunden sonst begeisterter Jäger, als er in die Tüte guckte und die Vögelchen entdeckte. Er schaute fragend in die Tüte hinein, blickte mich mit großen Augen an und sah nochmals in die Tüte. Dann musste er Husten und es würgte ihn sichtlich.
So wie er immer von der Jagd schwärmte, hatte ich mit einer aufgeschlosseneren Reaktion gerechnet, aber er war einfach nur entsetzt.
Wir Stadtmenschen kaufen alles im Supermarkt fein in Plastik verpackt und setzen uns wenig mit der Herkunft auseinander. Das ist für uns normal, aber eigentlich ist das ganz und gar nicht normal.

Die Zubereitung ist eine arge Herausforderung für mich. Als Großstadtkind habe ich auch mein Problem damit und es würgt mich ebenfalls etwas.
Aber ich sage mir, tot sind sie schon, dann sollen sie wenigstens nicht umsonst gestorben sein. Das ist doch ein Grund, den man gelten lassen kann, oder?

Die Vögel waren nicht etwa bereits gerupft und ausgenommen, als ich sie bekomme, sondern sie wurden offensichtlich sofort schockgefroren. Ich rupfe sie also, was erstaunlich leicht geht, zack, zack, zack, und nehme sie dann aus. Kopf, Beine und Flügel müssen abgeschnitten werden.
Zum Teil hatten sie noch den Kropf voller Sonnenblumenkerne, mitten beim Fressen hat es sie erwischt. Ich zähle um die 50 Kerne und staune, dass es so viele sind. Wie schaffen sie es, die alle zu verdauen? Na, diese Frage stellt sich nun für sie nicht mehr.

Dann koche ich sie und serviere sie. Ich brauche nicht zu erwähnen, dass mein Söhnchen nicht bereit war, auch nur eins zu probieren, und auch für mich war das wohl eine einmalige Erfahrung, Singvögel zu essen. Aber ich bin eben ein neugieriger Mensch. Sie schmeckten jedenfalls köstlich, kaufen werde ich aber niemals welche. Und erschießen erst recht nicht.
Abends beten wir für die Vögel und bedanken uns bei ihnen.

Einige Tage später geschieht folgendes. Ich wohne damals zur Miete in einer alten Villa und hatte hinten raus einen wundervollen Blick über einen Pappelwald und Olivenhaine.
Einfach herrlich war es, dem Vogelgezwitscher zu lauschen. Es sangen so viele Vögel, manchmal klang es wie im Dschungel. Oft hing ich nachts am Fenster, schaute den Mond an und hörte den Nachtigallen zu.
Eines Abends jedoch wundere ich mich sehr. Es gießt in Strömen, ein kräftiges Gewitter entlädt sich und die Vögel singen unaufhörlich. Ich bin darüber mehr als irritiert.
Als ich die Treppe heruntergehe, nimmt der Gesang sogar zu, meine Verwunderung auch. Dann endlich geht mir ein Licht auf. Unter mir befindet sich die Cantina, der Weinkeller der Vermieter. Rolando, wie sollte es anders sein, war begeisterter Jäger. Der Gesang kam von den Lockvögeln, die in winzigen Käfigen unter der Treppe hingen und sich nicht um Tag, Nacht, Gewitter oder schönes Wetter kümmerten. Mir wurde ganz schlecht, als ich das begriff.
Diese Käfige werden später in die Bäume gehängt und das fröhliche Gezwitscher der Vögel lockt wiederum andere Vögel an, die dann im Kochtopf landen.

Trifft man einen Jäger, dann wünscht man übrigens nicht eine gute Jagd, „buona caccia“, wie ich das einmal gemacht habe, denn das bringt Pech, sondern man sagt: „in bocca al lupo“, „in den Mund des Wolfes“, frag mich jetzt keiner warum. Der Jäger antwortet darauf: „crepi“, „krepieren“ soll er, der Wolf. Beim Fußball oder anderen wichtigen Ereignissen ist das übrigens ebenfalls der gängige Wunsch.

Irgendwie bringe ich es nicht übers Herz, mich nicht zumindest heimlich mit den Tieren zu solidarisieren. Auch wenn mich der kindliche Eifer der Jäger fast berührt. Tiere werden hier nun mal in erster Linie zum Nutzen gehalten und als Essen betrachtet.

Aber auch was die Haltung der Jagdhunde betrifft, ist man nicht zimperlich. Vor der Villa, meinem damaligen Wohnort, gab es einen schmalen Weg, der zu meinem Eingang führte, und davor war gerade genug Platz für einen Tisch und Stühle. Dennoch stand dort ebenfalls ein Käfig, und als ich aus einem Urlaub zurückkam, saß ein Hundebaby darin und heulte fürchterlich. Es war nachts noch recht kalt, und der Käfig war zugleich auch sein Hundeklo. Daneben, an meinem Grillplatz, stank es dann erbärmlich, sobald es wärmer wurde. All meine Bemühungen, mit den Hundehaltern zu reden, ernteten nur Unverständnis. Ein Hund ist eben ein Hund und wie eine Kuh oder ein Schwein oder ein Huhn wird er für einen bestimmten Nutzen gehalten. Auch mein Vorschlag, das Hundchen ab und zu spazieren zu führen, dabei mag ich, ehrlich gesagt, Hunde gar nicht, wurde nicht angenommen. Irgendwann gab ich auf, wie auch der Hund sein Wimmern aufgab.

Während der Jagdsaison veränderte sich mein Spazierweg, auch wenn mir dies erst gar nicht auffiel. Der Weg war nicht gerade lang, denn in Italien gibt es eigentlich keine Spazierwege. Es gibt nur Jagdpfade und Nutzwege für Traktoren und landwirtschaftliche Fahrzeuge, die mit fast hundertprozentiger Sicherheit vor einem Grundstück mit kläffenden, gefährlich wirkenden Hunden enden.
An mehreren Stellen fielen mir plötzlich Büsche auf, die ich vorher noch nie gesehen hatte. Bei genauerem Hinsehen entpuppten sie sich als Hütten aus Bambus oder aus mühevoll zusammengestecktem Blattwerk mit Hüten und Männergesichtern darunter. Sie hatten mich schon lange entdeckt und unverhohlen beobachtet. Seitdem gehe ich in der Jagdsaison nur noch im Dorf spazieren.

Mein Sohn fand diese Hütten natürlich toll und wir inspizierten einige davon. Sie werden sehr einfallsreich gebaut, zum Teil mit Türchen, Bänkchen und Schießluken. Und überall liegen verstreut leere Platzpatronen herum. Felix hatte eine beachtliche Sammlung in sechs verschiedenen Farben zuhause in seinem Eimerchen. Als er allerdings eines Tages zwei volle Patronen anschleppte, die er gefunden hatte, fand ich das nicht mehr so lustig.

Als er das erste Mal mit zur Jagd ging, haben sie zum Glück nichts erlegt. Sie gingen auf Fasanenjagd. Fasane und Kaninchen sind ab Oktober zum Abschuss freigegeben. Wie ich hörte, werden Fasane zum Teil auch im Gehege gezüchtet, dann freigelassen und von Jägern ganz „zufällig“ erlegt.

Etwas unruhig war ich, als Felix von dannen zog und die Wildschweinjagdsaison begonnen hatte. In der Ferne, vielmehr doch erstaunlich nahe, hörte ich wildes Schreien, Pfeifen und Schießen. Die Wildschweinjagd ist nicht ohne, diese Tiere sind sehr kräftig.
Felix wusste ich bei Mario (der mit der Mama, die immer Radio Mario hört wie mein Mann) in guter Obhut. Ein Mensch von sonnigem Gemüt, der schon auf ihn aufpassen würde. Ich wartete bei ihm Zuhause auf die Rückkehr der Jäger, während uns Marios Mama, eine rüstige bald 98-jährige unterhielt. Zwei Köpfe kleiner als ich redete sie auf mich ein wie ein Wasserfall, zahnlos und im neapolitanischen Dialekt, dabei die Lehre Christi mit weit ausholenden Armbewegungen erläuternd. Ich hatte dennoch Mühe, ihr im Detail zu folgen. Bei sich hatte sie, wie immer, ihr kleines Kofferradio, mit dem sie den ganzen Tag Radio Maria hört. Zwischendurch drehte sie sich wie ein Derwisch aus lauter Lebenslust, und ich dachte, wie herrlich, wenn man so alt wird.

Delikatesse Trüffel
Una delizia, il tartufo

Während ich gerade eine Petition unterschreibe, die sich dagegen richtet, dass die Jagd unbeschränkt für das ganze Jahr freigegeben wird, was die Tierbestände wie die Menschen gefährden würde, hat Italien vor einiger Zeit zumindest ein tierfreundliches Gesetz erlassen: Trüffelschweine sind fortan verboten. Das ist gut, denn diese Schweine fressen die Trüffel einfach auf, sobald sie welche finden. Der Trüffelgeruch ähnelt angeblich dem eines liebestollen Ebers und sie mit Stockhieben davon abzubringen, das weiße oder schwarze Gold zu fressen, war keine leichte Aufgabe und auch für die Tiere nicht angenehm. Hunde hingegen graben die Trüffel nur aus.

Gianluigi, bei dem wir Oliven ernten, hat unter seinen großen Pinien Trüffelsporen ausgelegt. Nun hat unsere Freundin Fiorella einen kleinen Trüffelhund bekommen und wir sind schon ganz gespannt, ob der etwas finden wird. Trainiert wird er übrigens mit leeren Kinderüberraschungseiern. Fiorella bohrt Löcher hinein, in das Ei stopft sie etwas Stoff, der mit Olivenöl mit Trüffelnote getränkt ist, und die Eier vergräbt sie dann in der Erde. Besser wäre es natürlich, wenn sie echte Trüffel nehmen würde, aber dazu reicht ihr Geld nicht. Wir unken, dass der Hund wahrscheinlich nur in Geschäfte springt, wo es Trüffelöl gibt. Sollte er tatsächlich im Wald echten Trüffel finden, werden wir uns die Bäuche voll schlagen. Welch schöne Aussichten! Trüffelhunde sind übrigens nie reinrassig, sondern immer Mischlinge.

Trüffel sind ein Hochgenuss, aber da scheiden sich die Geister: die einen lieben sie und die anderen mögen sie überhaupt nicht. Ich liebe sie!

Sie gelten auch als ein starkes Aphrodisiakum. Leider habe ich sie noch nicht in den dafür notwendigen Mengen genießen können. Trüffel sind knollenartige Pilzgewächse, die im Waldboden unter der Erde gedeihen. Anbauen kann man sie nicht. In den frühen Morgenstunden machen sich die Trüffelsammler zusammen mit ihren Hunden auf die Suche.
Wir haben Glück, denn nur wenige Kilometer entfernt lebt die berühmteste Trüffelsucherfamilie der Toskana, die Savinis. Ihr Familienbetrieb existiert seit mehr als 90 Jahren. Schon der Urgroßvater der Savinis war leidenschaftlicher Trüffelsucher und bis heute hält sich diese Tradition. Während es diesem Herrn noch genügte, mit seinen Hunden durch die wunderschöne toskanische Landschaft zu streifen, hatte sein Sohn die Idee, mehr aus dem Familienerwerb zu machen. Er begann damit, Trüffel zu verarbeiten. Seine Enkel, der hübsche Cristiano und dessen Schwester Romina, halten fest an dieser jahr-

zehntelangen Erfahrung und verarbeiten die wertvollen Pilze in dem kleinen Familienbetrieb zu Köstlichkeiten. Betritt man den Degustationsraum, umfängt einen sofort der einmalige Duft dieser Delikatesse. Trüffel suchen, sortieren, waschen und verarbeiten, geschieht hier alles aus Familienhand.

Trüffel ist aufgrund vieler unseriöser Anbieter zur Vertrauenssache geworden. Dort, wo viel Geld im Spiel ist, wird auch viel betrogen. Es wird minderwertiger chinesischer Trüffel zugemischt und teuer verkauft. Deshalb verlasse ich mich nur auf meine persönlichen Kontakte.

Ein Kilo weißer Trüffel, auch weißes Gold genannt, und in jedem Fall teurer als richtiges Gold, kostet bis zu 5.000 Euro, der Preis variiert stark. Zum einen ist dies abhängig von der Nachfrage und zum anderen von der Menge, die pro Jahr, klimaabhängig, gefunden wird. Der schwarze Trüffel liegt vergleichsweise günstiger bei einem Preis um die 250 Euro pro Kilo. Je nach Klima und Wetter gibt es gute und schlechtere Trüffeljahre. Die Größe und die Form des Trüffels haben ebenfalls Einfluss auf den Preis. Der Trüffel ist der teuerste Speisepilz. Deshalb gibt es mittlerweile eine richtige Trüffelmafia, Hunde werden deshalb ermordet und manchmal auch ein Mensch.

Die Produkte des Familienbetriebes Savini sind überraschend vielfältig. Es gibt: ganze Trüffel, Trüffelnudeln, Trüffelbutter, Trüffelhonig, Trüffelchutneys, Trüffelaufstriche, Trüffelöle, Trüffelkäse, Trüffelcremes, Trüffelsalami, Trüffelschinken, Trüffelsoßen ... Genuss kennt auch hier keine Grenzen.
Trüffel wurden übrigens bereits von den Römern geschätzt. Die Kirche verdammte ihn später als Teufelszeug aufgrund seiner aphrodisischen Wirkung. Mit dem 14. Jahrhundert wurde aber auch der Trüffel neu entdeckt.
Man kann sie das ganze Jahr über genießen. Von Oktober bis Ende Dezember findet man den weißen Trüffel, tartufi bianchi. Der weiße Frühlingstrüffel, bianchetti, Mitte Januar bis Ende April, löst die schwarzen Trüffeln, tartufi neri/ tartufo pregiato, ab, die von November bis Ende Februar gefunden werden. Der schwarze Trüffel wächst bis zu einem halben Meter tief in der Nähe von Eichen, Haselnusssträuchern und Buchen. Ihm folgt der schwarze Sommertrüffel von März bis Ende November. Jede Trüffelart, und es wurden bislang um die 30 registriert, hat seine bevorzugten Wachstumsgebiete: Hügel oder Ebene, Pinienwälder oder Meeresnähe.
Das Aroma der weißen Trüffel entfaltet sich am besten, wenn man ihn roh ganz fein über ein fertiges Gericht hobelt. Dafür gibt es spezielle Trüffelhobel. Der weiße Trüffel sollte mit Butter, nicht mit Öl, verwendet werden. Während die weißen Trüffel kalt genossen werden, kann man den schwarzen Trüffel ruhig erwärmen und mit warmem, nicht heißem Olivenöl anreichern.

Meine Lieblingspasta esse ich mit kleinen Trüffelstückchen, mit Butter oder Öl, Knoblauch und Salz. Diese Mischung schmeckt auch auf Brot, zu Fleisch oder im Salat.
Trüffel kann man übrigens ein bis zwei Wochen im Kühlschrank lagern. Dafür wickelt man ihn am besten in Löschpapier.

In der Toskana gibt es immerhin etwa 450 Trüffelsucher und in ganz Italien werden um die 100.000 Kilo Trüffel pro Jahr ausgegraben. Die Menge kann stark schwanken und ist abhängig von den klimatischen Bedingungen. Die toskanischen Trüffel stehen den piemonteser Trüffeln übrigens im Geschmack in nichts nach und haben den Vorteil, dass sie etwas günstiger, weil weniger bekannt sind.
Frische Trüffel sind leider oftmals schwer oder gar nicht zu bekommen. Dann kann man auf Trüffelbutter oder Trüffelkäse ausweichen. In den Supermärkten bekommt man „burro o crema di tartuffo“, die mit Pasta oder auf Baguette vorzüglich schmecken. Jedes „Caseiificio“, jede Käsefabrik, wird frische Käsesorten mit Trüffel haben, Savini ist natürlich der Tipp und es gibt noch einen guten Trüffelladen in Florenz direkt gegenüber vom Palazzo Pitti.

Übrigens, vor einigen Jahren im Dezember haben Savinis bei Pallaia einen 1,5 Kilo schweren Trüffel gefunden, der für 250.000 Euro versteigert wurde. Sie haben zwei Stunden gebraucht, um ihn auszugraben. Kein schlechter Stundenlohn, oder?

Olivenernte

La raccolta delle olive

Wenn es frischer wird in den Hügeln, der Herbst sich in der Luft ankündigt und die Färbung der Bäume beginnt, die Weinernte abgeschlossen ist, die Zitronen- und Orangenbäume langsam reifen und an einigen Bäumen das Orangerot der Khakifrüchte hervor leuchtet, dann ist das die Zeit für die Olivenernte in der Toskana. Von Mitte Oktober bis Ende Dezember, spätestens Mitte Januar, drehen sich die Steinräder in der Olivenmühle.
So lange liegen die Netze unter den Olivenbäumen ausgebreitet, während die Oliven entweder per Hand, mit einem Rastrello (einer Art großen Kamm) oder mit einer Rüttelmaschine gepflückt werden. Der beste Zeitpunkt ist wenn die am Anfang grünen Oliven beginnen, sich dunkel zu färben. Dann ist der

Polyphenolgehalt, dem so viele positive Eigenschaften zugeschrieben werden, am höchsten. Die Polyphenole sind eindeutig gesundheitsfördernd, krebsvorbeugend, entzündungshemmend, vermindern Fettablagerungen in Blutgefäßen und beugen somit Arterienverkalkung vor, schützen Körperzellen vor freien Radikalen und verlangsamen die Zelloxidation. Es ist ein Hausmittel auf das ich absolut schwöre, ob jeden Tag roh gereicht (zum Auftunken mit Brot, im Salat oder in der Suppe), als Hausmittel (bei Ohrenschmerzen als warmes Öl ins Ohr geträufelt), zum Backen oder Braten oder als Kosmetik aus dem Olivenhain von Gianluigi, es ist fantastisch.

Auch Api sieht man häufiger auf den Straßen. Das sind jene kleinen dreirädrigen, typisch toskanischen Transportfahrzeuge, die beladen mit bunten Kassetten ihr Gut in die Olivenmühle bringen. Dort macht man ein appuntamento, einen Termin aus, und dann mahlt man seine Oliven und erhält am Ende sein eigenes Öl. Was über den Eigengebrauch von einigen Litern hinaus nicht benötigt wird, das verkauft man der Ölmühle, die es wiederum direkt weiter an andere Kunden oder an umliegende Geschäfte verkauft.

Gleich in der ersten Woche der Olivenernte findet ein Fest statt, „la festa dell`olio nuovo", das Fest des neuen Olivenöls. Dann ist die Ölmühle angefüllt von Menschen, die an langen Holztischen sitzen und sich ein Essen, zubereitet mit dem frischen, noch grün aussehenden Öl, schmecken lassen. Meist gibt es Bruschetta mit Öl, danach Zuppe di Cavolo, eine toskanische Krautsuppe mit Brot und Gemüse, die, ausgesprochen lecker, mit roter Zwiebel und viel Olivenöl genossen wird. Gefolgt von Rosticciana oder Arista, feinen Rippchen vom Grill und Kalbsfleisch. Abgerundet wird das Festmenü mit Vin Santo und Cantuccini oder einem Apfel. Die Ölmühle liefert das frische Öl dafür, David, der Fleischer von Lari, bringt das ausgesprochen zarte Fleisch, für das ich ihm immer große Komplimente mache, und die Cantina Volpi aus unserem Dorf Sant`Ermo steuert den Wein bei, den fruchtigen Novello, der gerade fertig ist um diese Zeit. Meist treffen wir Bekannte, aber eine Unterhaltung ist immer schwierig, weil unsere Kinder unter den Tischen verschwinden oder durch die Mühle rennen, und wir sie aus den Augen verlieren und uns dann erschrecken, wenn draußen Autos starten, was man durch die großen Glasscheiben beobachten kann, und schnell aufspringen und sie suchen. Aber da tauchen sie schon auf, völlig verschwitzt, und ich kann nur hoffen, dass die Italiener wirklich so kinderfreundlich sind, wie man ihnen nachsagt, und nicht genervt von unseren drei kleinen Wilden.
Die Ernte geht weiter und die Olivenmühle hat ihre Tore weit geöffnet. Tritt man hier ein, empfängt einen dieser unvergleichlich fruchtige Geruch des

neuen Öls, auf den ich das ganze Jahr warte und von dem ich nie genug bekommen kann.

Der Fußboden ist in der Mühle sehr rutschig, weil fein mit Öl überzogen, und man muss aufpassen, um vor all den Anwesenden, die die Ölwerdung ihrer Oliven und alles andere genauestens verfolgen, keine Bauchlandung hinzulegen. Laut ist es auch. Waschanlage, Mühlsteine, Trennmaschine und Zentrifuge machen zusammen einen gewaltigen Lärm, so dass man sich nur durch Anbrüllen verständigen kann. Ledo, der Besitzer, kommt mir mit weit ausgebreiteten Armen entgegen und küsst mich ab. Unglaublich, schon wieder ein Jahr vorbei.

Und so funktioniert die Herstellung von Olio d`oliva vergine bei Ledo in der Frantoio in Casciana Alta: Man kippt Oliven in einen Trichter, wartet und zehn Meter weiter in der Produktionslinie sieht man das grüngoldene Öl in die Ölkanne fließen.

Das Ganze im Detail: Die Oliven kommen komplett in den Trichter. Entweder kippen die Bauern ihre Kassetten selbst hinein oder Spencer (ungewöhnlicher Name für einen Italiener) erledigt das mit seinem Gabelstapler. Dann werden die Oliven gewaschen und so die Blätter, die sich noch dazwischen befinden, ausgespült. Die Früchte werden grob zerkleinert, die Kerne übrigens mit zermahlen, und dann kommt die Pampe von herrlich violetter Farbe unter die riesigen Mühlsteine, die sie ganz fein mahlen. Im nächsten Arbeitsschritt wird die Wasserabspaltung vorbereitet und dann das Wasser getrennt. Übrig bleiben das gute Öl und die Restpampe, die durch ein Rohrsystem nach draußen transportiert und zur Weiterverarbeitung gebracht wird. Dort werden dann die Kernstückchen vom restlichen Fruchtfleisch getrennt. Die Kernstückchen werden zum Heizen genutzt, während das Fruchtfleisch weiter ausgepresst und das sich so ergebende dunkle dickflüssige Öl verdünnt und als Billigöl im Supermarkt verkauft oder in Dritte Weltländer exportiert wird.

In der Mühle wird das frische Öl abgefüllt und jeder wartet ungeduldig darauf, am Abend ein frisches Stück Weißbrot in das duftende Öl zu tunken, Salz darauf zu streuen und semplicemente, ganz einfach, zu genießen. Das ist ein wunderbares, alljährlich wiederkehrendes Ritual, das ich voller Genuss mit zelebriere. Dazu einen Novello, ein einfacher, kräftiger, ehrlicher Landwein und was braucht man mehr zum Glücklichsein?

Bei der Olivenernte war ich oft dabei. Die ersten zwei Tage sind am härtesten, vor allem, wenn man damit Geld verdienen und entsprechend schnell arbeiten muss. Was so leicht aussieht, ist echte körperliche Anstrengung. In den Folgetagen hat man sich daran gewöhnt, und die Arbeit fällt leichter, oder man gibt wegen Kreuzschmerzen auf.

Bevor die Netze ausgelegt werden, müssen die bereits auf der Erde liegenden Oliven aufgesammelt werden, es soll schließlich kein Tropfen Öl vergeudet werden. Dann werden die Seitentriebe des Ölbaumes mit einer Sichel abgehakt. Anschließend kann man das Netz schön um den Stamm drapieren. Die Schnittkanten des Netzes werden mit Olivenzweigen zusammengesteckt, damit die Oliven nirgends durchfallen können. Stehen die Bäume auf Hängen, dann werden die Netze an den Enden mit Bambusstangen hochgesteckt und man muss beim Sammeln sehr aufpassen, dass man die Enden nicht verliert und alles heraus purzelt.
Es sieht einfach aus, einen Baum zu kämmen, aber das ist eine sehr anstrengende Arbeit. Am liebsten pflücke ich mit den Händen. Die Äste streift man dabei von oben nach unten durch die Finger, die silbrig-grünen Blätter bleiben an den Zweigen und die Oliven fallen in die Netze darunter. Die oberen Äste erreicht man nur mit der Leiter und da greift man dann manchmal doch lieber zum Rastrello, dem kleinen Rechen, oder man bleibt gleich unten stehen und verlängert den Kamm mit einem Holzstiel, aber auch das ist recht mühsam und geht in Arme und Schultern.

Ist eine Reihe Bäume abgeerntet, was pro Baum ein bis zwei Stunden dauern kann, dann werden die Netze behutsam zusammengenommen, die Oliven in Kassetten gefüllt und diese in die Mühle gefahren.

Es darf nicht nass sein, wenn gepflückt wird, der Morgentau sollte abgetrocknet sein, sonst laufen die Oliven Gefahr, zu verschimmeln. Wenn man den Termin in der Mühle erst am nächsten Tag hat, kann es kritisch werden. Die Olivenernte ist ein Wettlauf mit dem Wetter und der Zeit, denn die Termine in der Mühle stehen fest und man muss sich an sie halten. Aber es gibt kaum etwas Schöneres, als im Dezember mittags kurzärmlig bei Sonnenschein in den Olivenbäumen zu hängen, zu pflücken und dabei den Blick über die wunderbare Landschaft schweifen zu lassen.

Es gibt nur noch wenige richtig alte Olivenhaine. Bei dem großen ungewöhnlichen Frost der 1985 mit bis zu 20° unter Null kam und 3 Tage andauerte sind nahezu 80% aller Olivenbäume erfroren.

Bei der Ernte war ich oft allein mit 70- bis 80-jährigen Männern. Wenn ich sie nach ihren Kindern und Enkeln fragte, zuckten sie nur mit den Schultern. Die haben doch keine Lust auf so etwas, zu schwere Arbeit für zu wenig Geld. Umgerechnet fünf Euro gab es damals pro Stunde, für mich ein Zubrot für den Winter, wenn keine Touristen kamen, und ein großer Spaß zugleich. Für Einheimische ist es unmöglich, damit den Lebensunterhalt zu verdienen. Deshalb: Gutes Olivenöl hat seinen Preis, bezahlt ihn gern!

Übrigens: Eine Olive vom Baum pflücken, um zu probieren wie die Frucht schmeckt aus der so herrliches Öl gemacht wird, das macht man nur einmal in seinem Leben. Oliven sind gallebitter und man fragt sich ernsthaft wie daraus so ein gut schmeckendes Öl werden kann. Die Bitterstoffe kann man entziehen in dem man die Oliven in Salzlauge einlegt die man täglich wechselt. Dann kann man sie nach circa 10 Tagen essen oder zum Kochen verwenden. Für ein schönes Wildgericht kann man sie auch sofort im Ofen zusetzen, dazu passt der leicht bittere Geschmack, den die Oliven nach dem Kochen noch haben, wunderbar.

Mittlerweile habe ich auch Feriengäste, die zur Olivenernte kommen. Sie schätzen den direkten Kontakt zur Natur, und das Leben hier lernt man so am besten kennen. Scherzend arbeiten wir zusammen in den Bäumen und verfolgen genau den Prozess der Oliven bis hin zu einem der schönsten Produkte das die Natur hervorbringt, dem Olivenöl.

Die beste Schokolade der Welt

La cioccolata migliore del mondo

Es ist ein wunderschöner Tag im Oktober 2009, als ich morgens nach Florenz fahre. Der Anlass ist weniger schön, denn ich treffe den Vater von Felix vor Gericht, um die Unterhaltszahlungen und Besuchsrechte zu klären. Mit sieben Jahren Verspätung machte auch er endlich den Versuch in die Toskana zu ziehen. Mit nicht viel Erfolg wie sich bald heraus stellen sollte. Unser Kind sollte abwechselnd eine Woche bei mir und eine Woche bei ihm wohnen und Unterhalt zahlte er ab dem Zeitpunkt keinen mehr. Das sollte dann doch ein Gericht festlegen, ob das so rechtens und das Beste für das Kind wäre.

Der ganze Ablauf vor Gericht ist eine Farce. Die Richterin samt Übersetzerin schauen missmutig in die Welt und zum Rest äußere ich mich besser nicht.

Was könnte einem danach Besseres einfallen als ... Schokolade? Wenn man schon mal in Florenz ist, was auch bei mir nicht alle Tage vorkommt, obwohl ich nur eine Stunde entfernt wohne, sollte man doch die Schokoladenseite der Stadt genießen.
Ich bummle mit meinem attraktiven Anwalt bis zum Dom, der immerhin viertgrößten Kirche der Christenheit, vor der ich immer wieder voller Bewunderung stehenbleibe und mich nicht satt sehen kann, und gehe dann allein weiter bis zur Piazza della Signoria. Schon eine Weile habe ich mit einer Schokoladenmanufaktur zu tun, zu deren Verköstigungen ich Gäste schicke, ohne bislang selbst dort gewesen zu sein.
Federica aus Lari, meine Stadtführerin für Florenz, hat mir den Tipp gegeben.

An diesem perfekten Oktobertag mit cielo azzurro, makellos blauem Himmel, denke ich an die vielen Stadtführungen, die ich hier schon mit Federica, Giuliano, Helga oder Petra, allesamt autorisierte und sehr nette Führer, organisiert habe. Auf der Piazza della Signoria stehen die Kutschen aufgereiht und ich frage einen Kutscher nach der Schokoladenmanufaktur Vestri. Der Kutscher erklärt mir den Weg und meint: „Si, la Vestri è la migliore – Ja, Vestri ist wirklich die Beste ...“. Prima, das freut mich.
Ich gehe wieder Richtung Dom und biege dann nach rechts in den Corso ein, der in den Borgo Albizi führt. Ist das nett hier! Es gibt so viele kleine Geschäfte, die ich mir gern alle näher anschauen würde, aber ich muss nachmittags pünktlich den Zug nehmen, um dann ebenso pünktlich meine Kinder einzusammeln.

Im Borgo Albizi Nummer 11 entdecke ich den Laden der Schokoladenmanufaktur. Er ist zu meiner Überraschung winzig klein, ich hatte mir etwas viel Größeres vorgestellt. Aber er ist süß, und es riecht auch verlockend süß darin. Die Nougatpralinen in der Auslage haben es mir sofort angetan. Ich ahne, dass ich auch hier auf eine wunderbare Familiengeschichte ähnlich wie die der Nudelmacher in Lari und der Trüffelsucher in Forcoli stoßen werde, und ich freue mich darauf. Im Geschäft türmen sich die Schokoladentrüffel, „Tartufo al more de Champagne“, „Tartufo al Rum Brugal“, „Pralinato al caffè“, „Cioccolato al thè earl grey“, Namen, die einen dahin schmelzen lassen.
Leonardo, der Besitzer, ist auch süß und sehr zuvorkommend, und schon habe ich das beste Eis Italiens vor mir. Dazu muss ich sagen, dass ich gar kein Eisfan bin. Ich halte es gut ohne aus, auch wenn alle um mich herum Eis essen, und so bin ich erst wenig begeistert, als er mir einen Becher mit drei Eissorten statt der begehrten Nougatpralinen zum Probieren gibt. Meine Begeisterung wächst jedoch mit jedem Löffelchen, und seine Erklärung tut ein Übriges: Nur

naturbelassene Zutaten, Kakao von den eigenen Plantagen in Santa Domingo, keine Ausbeutung, sondern faire Bezahlung der Leute.
Das Eis wird nach Rezepten von 1900 hergestellt, mit traditionellen Zutaten, ohne chemische Fette, glutenfrei, alle Zutaten sind frisch und saisonal, dazu wird wunderbare Maremmamilch verwendet. Diese Milch kommt aus dem südlichsten Teil der Toskana bei Grosseto, der Maremma, in dem es viele Naturparks gibt.
Im Oktober gibt es zum Beispiel kein Erdbeereis, aber dafür Pistazieneis mit Krokant, im September Feigeneis und im Frühsommer Waldbeereneis. Zweiundzwanzig Eissorten gibt es, dazu Granitatypen und Frappés (Eismilchshakes). Granita ist zerkleinertes Eis mit Fruchtsaft oder Sirup, ein sehr erfrischendes Getränk, das im Sommer fast alle Bars in großen Behältern auf ihrer Theke feilbieten. Granita ist immer eisgekühlt, frisch gemixt und von greller Farbe, Kinder lieben es.
Bei Vestri gibt es die unglaublichsten Geschmacksrichtungen für Eiskrem wie: Crema con canella del Ceylon – Eiscreme mit Ceylon-Zimt; Fragoline di bosco con cioccolato bianco – Walderdbeereis mit weißer Schokolade, crema con marmelata fatta in casa – Eiscreme mit hausgemachter Marmelade.
„Il Gelato è come una poesia“ – „das Eis ist ein Gedicht“, eine echte Überraschung. So ein gutes Eis habe ich noch nie gegessen. Ob es einen Unterschied macht, dass ich nun die Familiengeschichte kenne und genau weiß, woher der Kakao kommt und die anderen verarbeiteten Zutaten? Wahrscheinlich schon, ich liebe es, Sachen zu essen und darüber Bescheid zu wissen.

Über 30 Jahre ist es her, dass die Eltern von Leonardo sich nach Santo Domingo aufgemacht haben, um dort eine eigene Kakaoplantage zu erwerben. Wie sie denn auf diese verrückte Idee kamen, frage ich ihn. Ja, meint er, dazu gehöre eine gewisse Neugier, aber auch Naivität, ja fast ein bisschen Wahnsinn. Man stelle sich vor: Ein junges Paar aus Arezzo entdeckt seine Leidenschaft für Schokolade und Kakao, setzt alles auf eine Karte und fährt in ein völlig fremdes Land, um dort eine Kakaoplantage zu bewirtschaften.
Den Laden in Florenz gibt es erst seit zehn Jahren, den hat sich Leonardo selbst aufgebaut.

Leonardo erzählt immer begeisterter vom Familienunternehmen. Ich könnte ihm stundenlang zuhören, liegt mir doch viel an Familientraditionen dieser Art. Am Ende füllt er mir eine Tüte mit den begehrten Pralinen und gibt noch etwas ganz Besonderes dazu: „Cioccolato del Granduca di Toscana al Gelsomino ingentilato all`arancia“, eine Schokolade, wie sie bereits die Medici im 17. Jahrhundert gegessen haben, mit Jasmin und veredelt mit Orange. Das Rezept haben sie in der „biblioteca nationale“, in der Nationalbibliothek, gefunden.

Den ersten Kakao, damals ausschließlich in flüssiger Form, brachte übrigens ein Florentiner Kaufmann, Francesco Carletti, Anfang des 16. Jahrhunderts nach Italien.
Zum Schluss zeigt er mir noch die verschiedenen Trinkschokoladen und auch davon darf ich probieren.

Schokolade soll ja angeblich glücklich machen. Das kann ich jetzt nur bestätigen, erst recht, wenn sie mit so viel Passione, Liebe, hergestellt wird wie bei den Vestris.

Am nächsten Tag mache ich mit Felix eine Schokoladenverkostung. Wir schneiden alle Pralinen in kleine Stücke und lassen sie uns auf der Zunge zergehen. Die Schokolade der Medici schmeckt, zugegebenermaßen, sehr gewöhnungsbedürftig. Von damals bis heute hat sie einen langen Weg der Verfeinerung erfahren, und das ist gut so.

Wunderbare italienische Sprache

La bella lingua italiana

Wunderschön ist sie, die italienische Sprache. Ist sie nicht eine der schönsten Sprachen überhaupt?
So weich lädt sie zum Träumen ein, zum Genießen. Sie lässt die Worte hüpfen, tanzen und lachen. Und gleichzeitig kann sie poltern und einen jäh aus seinen Träumen reißen!

Ich erinnere mich noch genau, wie es am Anfang war. Mit denen, die englisch sprachen, habe ich anfangs englisch gesprochen, das war einfacher. Die, die nicht englisch sprachen, versuchte ich verzweifelt zu verstehen. Das klappte natürlich zunächst gar nicht. Man redete auf mich ein und ich verstand kein Wort.
So legte ich mir sorgsam den Satz zurecht: „Ich habe das nicht verstanden, können Sie das bitte noch mal langsam wiederholen?“ Das Ergebnis war, dass die Leute das Ganze wiederholten, aber genauso schnell, dafür nur doppelt so laut. Damit war mir dann auch nicht geholfen.
Italiener können, glaube ich, nicht langsam sprechen, genauso wenig wie sie flüstern können, da fehlt irgendwas an den Stimmbändern, vermute ich.

Meinem Mann sage ich ganz oft: „Kannst Du nicht mal leiser reden“ oder „Kannst Du mal bitte flüstern, Du weckst die Kinder auf“. Es geht nicht.
Als dann mein Italienisch besser wurde, fiel es mir schwer, Englisch zu sprechen. Mein Gehirn, obwohl in Multitasking trainiert, schaffte es offensichtlich nicht, mühelos zwischen drei Sprachen zu wechseln. Ich brachte dann nur Kauderwelsch zustande.
Meinem kleinen Sohn Felix gelang das bald viel besser, er sprach rechts mit jemandem Italienisch und links mit jemandem Deutsch.
Seinen ersten perfekten italienischen Satz hat er übrigens im Supermarkt losgelassen: „La mia mama cerca un uomo – meine Mama sucht einen Mann.“ Ich hielt ihm den Mund zu, aber das machte ihm erst recht Spaß. Wo hatte er das denn her? Ich suchte gewiss keinen Mann, die konnten mir gerade alle gestohlen bleiben. Und schon gleich gar nicht in einem italienischen Supermarkt.

Auch ein italienisches Kinderlied haben wir bald gelernt. Und das kam so.
Ilse, meine deutsche Nachbarin und einzige Freundin, die mir sehr half, brachte uns eine Puppe für unsere Casa dei bambini, unsere erste Familienpension. Die war ganz hübsch, hatte eine Batterie im Bauch, die aber nicht mehr ging. Macht nichts, man kann trotzdem damit spielen. Das tat Felix auch und stopfte sie erst mal ins Planschbecken. Oh nein! Ich hing sie auf die Wäscheleine und in dem Augenblick fing die Puppe an zu singen und hörte sage und schreibe ganze dreieinhalb Tage und Nächte nicht wieder auf: „Giro giro tondo, casca il mondo, casca la terra, tutti giù per terra.“ Das lernt jedes Kindergartenkind hier, dabei nehmen sich alle bei den Händen, drehen sich im Kreis und gehen am Ende in die Knie. Das Lied werde ich mit Sicherheit nie mehr verlernen.

Als ich inzwischen knapp zwei Jahre in der Toskana war, zweifelte ich eines Tages doch sehr an meinen Italienischkenntnissen.
Der Oberkommandant der örtlichen Polizei rief an, diesmal dienstlich (sonst eher aus anderen Gründen): „Kristina, abbiamo trovato un tedesco nel bidone della spazzatura“. Cosa? Was? Ihr habt einen Deutschen in einer Mülltonne gefunden? Mir verschlug es die Sprache. „Ma, è vivo? Lebt er?“ stotterte ich. Ja, das tat er zum Glück.
Ob ich bitte mit dem Mann reden und ihn von der Gefährlichkeit seines Schlafplatzes überzeugen könne. Eine Frau brachte morgens um sechs ihren Müll weg und erschrak sich zu Tode, als sie den Mann im Müllcontainer liegen sah. Na, das kann ich mir gut vorstellen.
Also rede ich mit dem Mann, oder eher dem Männlein, in schmutzigen Sachen und Sandalen (es war Winter), in der Hand eine Plastiktüte mit einer halben

Pizza darin. Wir boten ihm Unterkunft bei einer Hilfsorganisation und neue Kleidung an und verständigten seine Familie in Deutschland, der sein Lebensstil bekannt war.
Er fand aber, die großen Mülltonnen seien doch ein geeignetes Plätzchen, es sei da nie so kalt und der Gestank würde ihn überhaupt nicht stören. Und wenn das Müllauto kommt und ihn in die Presse befördert? Nicht auszudenken. Nein, nein, das würde er schon hören. Und jetzt würde er sich auf den Weg zum Meer machen, um sich zu waschen. Er schnappte seinen Beutel und ward nie mehr gesehen.

Eine weitere nette Episode ist, wie ich überall nachfragte, was denn „palle fritte" seien. Ich hatte auf einem Plakat gelesen, dass bald im Nachbarort Quattro strade das „festa delle palle fritte" stattfinden würde. Man schaute mich erstaunt an, manchen verschlug es die Sprache, andere prusteten los vor Lachen, und ich bekam einfach nicht heraus, was es mit „palle fritte" auf sich hatte.
Später verstand ich dann warum: Als „palle" (Kugel, Bälle) bezeichnet man auch, drücken wir es mal vornehm aus, die Hoden. Und ich fragte nun überall, was frittierte „palle" seien. Klar, dass man darauf nicht spontan antworten konnte, sondern erst mal ins Grübeln kam.
Inzwischen weiß ich natürlich, dass damit frittierte Teigbällchen gemeint sind, die auf einem Fest angeboten werden, und die ich mir ungern entgehen lasse, erinnern sie mich doch sehr an meine Heimat Sachsen. Dort heißen sie Kreppelchen, meist gibt es sie auf dem Weihnachtsmarkt. Man kann sie mit Zucker oder Salz essen.

Übrigens ist „che palle" auch ein nettes Schimpfwort, zu vergleichen mit „so ein Mist", also nicht so richtig derb, nur ein bisschen, weshalb ich es auch unbedenklich verwende. Oder „sei palloso", du nervst!

Mit meinen kleinen Söhnen rede ich konsequent deutsch, sie verstehen alles, aber sie antworten mir auf Italienisch.
Von der Oma haben sie das sich ständig wiederholende „aber wehe" gelernt und „verdammt noch mal", das scheint mir öfter, als ich es merke, herauszurutschen, denn das sagen die Beiden nun auch regelmäßig, allerdings leicht abgewandelt. Zu ihrem Sprachgebrauch gehören auch: „Die Bestie vom Plätscherbach", ihr Lieblingsfilm vom kleinen roten Traktor, „Vogelscheuche" und „Matschepampe". Immerhin singen sie „Meine Oma fährt im Hühnerstall Motorrad", „Schlaf, Kindlein schlaf", „Gefangen, gefangen, mit Spießen und mit Stangen" und „Alle meine Entchen".

Und mit bald fünf Jahren sagt Filippo vor dem Einschlafen endlich zu mir: „Ich hab Dich lieb, meine Mama.“ Nun bleibe ich erst recht dran, den Kleinen meine Muttersprache zu vermitteln, einmal schicke ich sie sogar in Deutschland in meinen früheren Kindergarten. Auf dem Campingplatz in Bibbona spielen sie viel mit deutschen Kindern und nach und nach lernen sie es besser. Felix spricht sowieso fließend beide Sprachen und er wählt auch ein Liceo linguistico, das Sprachgymnasium mit Wahlfach Deutsch, damit er es auch lesen und schreiben lernt. Ich liebe meine Sprache über alles und die Vorstellung, dass meine Kinder sie nicht auch perfekt sprechen, wäre für mich unerträglich.

Italienisch klingt so einfach, aber ich finde es nicht einfach. Permanent muss man überlegen, ob man weiblich, männlich, Einzahl, Mehrzahl oder irgendwelche Ausnahmen beachten muss. Denn danach richten sich die Endungen. Zum Beispiel heißt es: „il cappuccino“, der Cappuccino, meint man aber zwei, sagt man: „i cappuccini“ (oder im Lokal beim Bestellen: „due cappuccini). Man sollte im Stadion auch nicht „Bravo“ rufen, da würde man nur Einen meinen, man muss „Bravi“ rufen, oder sollten Sie beim Damenfußball sein: „Brave“. Zu einem netten Mädchen würden sie „brava“ sagen. Diese sprachlichen Feinheiten finde ich sehr anstrengend. Eine Frau sagt „sono contenta“, ich bin zufrieden, ein Mann „sono contento“. Das muss man alles beachten und es gleichzeitig mit der Geschwindigkeit eines Schießgewehrs hervorbringen. Gar nicht so einfach.
Aber ich habe mein Italienisch auch komplett im Umgang gelernt, vielleicht sollte ich mal in ein Buch schauen.

Indem an den Wortstamm verschiedene Endungen angehängt werden, ändert sich die Bedeutung. Zum Beispiel bambino – das Kind, bambina – Mädchen, bambini – Kinder, bambine – weibliche Kinder, bambinaggine/ bambinata/ bamboggiata – Kinderei, bambinaia – Kindermädchen, bambinesco – kindisch, bamboggio – dickes Kind oder Puppe, bambola – Puppe, bamboleggiare – sich kindisch betragen, bambolotto – Puppenjunge. Während der Junge schlicht bimbo heißt.

Ein Schießgewehr macht hier nicht bum, bum, sondern pumme pumme, der Vater heißt babbo oder Papà (und Achtung der Papa ist der Papst), Felix heißt Fälixe, der Hahn macht nicht Kikeriki, sondern kockodè, der Hund baubau, die Katze macht international miau.

Italiener haben dafür große Schwierigkeiten, die Umlaute ä, ö, ü, die immerhin seit über 1000 Jahren existieren, ein „h“ am Anfang oder „ch“ auszusprechen, während ich das „r“ nicht zum Rollen kriege. Felix hat das gut gelöst: Sie haben ihn in der Schule mit seinem „erre mocho“ dem weichen r, solange geärgert, bis er sich entnervt gesagt hat, jetzt ist Schluss, dann rolle ich das r eben. Dafür bin ich wohl zu alt und unflexibel.

Für unterschiedliche Bedeutungen gibt es manchmal nur ein Wort, sentire beispielsweise bedeutet hören und fühlen. Dafür enthalten manche Wörter vier- bis fünfmal den Buchstaben „c“, wie etwa das berühmte Livorneser Nationalgericht, die Fischsuppe Cacciucco, oder der wunderbare Wein aus Sant`Ermo: Bicchicocco. Und eines meiner Lieblingswörter hat gleich fünf „s“, spassossisimo“, was so viel wie super lustig bedeutet und den deutschen Stamm „Spaß“ zu beinhalten scheint.

Und so weich und romantisch die Sprache in Liedern klingt, so laut und aggressiv kann sie im Alltag sein, oder zumindest scheinen. Und trotzdem versucht man immer, absolute Höflichkeit zu wahren, auch wenn man gerade tierisch entnervt oder höllisch aufgeregt ist. Man bleibt hier freundlich und lächelt. Das macht es für mich allerdings ab und zu richtig schwer zu verstehen was gerade vor sich geht, denn schon in seiner Muttersprache ist es schwer, zwischen den Zeilen zu lesen. Wir haben doch eine recht klare Art, uns auszudrücken und das auch mit Mimik und Gestik zu unterstreichen, im Gegensatz zu den ewig freundlichen Italienern. Also, wenn einem mal etwas nicht passt oder man etwas zu beanstanden hat, dann sollte man zumindest versuchen, das mit äußerster Höflichkeit, Freundlichkeit und einem Lächeln auf den Lippen zu tun. Was für eine Herausforderung!

Hochzeiten

Matrimoni

Mein Haupterwerb ist die Vermittlung von Ferienwohnungen und mein größtes Vergnügen, Pärchen in den Ehehimmel zu schicken.
Da ich selbst auf dem Castello in Lari geheiratet und diesen Tag zu einem der schönsten in meinem Leben erklärt habe, stellte ich Überlegungen an, unersättlich wie ich bin, wie ich dieses Erlebnis wiederholen kann, ohne mich dafür scheiden lassen zu müssen.
So kam mir also der Gedanke, andere zu verheiraten. Gesagt, getan.

Hochzeiten zu organisieren ist in Italien allerdings nicht so leicht. Die Brautleute entscheiden sich für das Land, in dem die Zitronenbäume blühen, wo das „dolce vita" die Sinne umschmeichelt und dieses „Komm-ich-heut-nicht-komm-ich-(vielleicht)-morgen" zumindest im Urlaub verführerisch anmutet. Sie wissen schon: andere Länder, andere Sitten, und hier ticken die Uhren anders und alles wird nicht so eng gesehen. Man weiß das, aber für die eigene Hochzeit möchte man es dann eben doch perfekt haben. Und das ist der Punkt, an dem ich ins Schwitzen komme. Termine werden verschoben oder ganz abgesagt; der Busfahrer weiß nicht, wohin er die Gäste bringen soll; der 80jährige Nachbar von Faustos Weingut gräbt auf einmal die Familienfehde wieder aus und die Zikaden machen so einen Lärm, dass man den Pastor nicht versteht.

Die absolute Krönung, die ich erlebt habe: Drei Tage vor der Begrüßungsparty mit 80 Gästen wird mir der Veranstaltungsort abgesagt. Und dies nicht etwa von Leuten, die man kaum kennt, sondern man arbeitet seit Jahren zusammen und glaubte sich befreundet. Für mich brach eine Welt zusammen, ich verstand gar nichts mehr. Es war Hochsaison, es war zu heiß und ... Da hilft es auch gar nicht, sich aufzuregen. Man muss nur noch ganz schnell eine Lösung suchen. Zum Glück war das Brautpaar nicht aus der Ruhe zu bringen und zum vereinbarten Termin steigt die Party im Park einer wunderschönen Villa, mit perfekten Gastgebern und einem liebevoll gestalteten Buffet, wie ich es zuvor noch nicht gesehen habe.

Vorfälle wie: ich kündige die Ankunft meiner Gäste in einem Hotel nach 18 Uhr an und es liegt keine Reservierung vor, obwohl ich wochenlang vorher schriftlich gebucht habe, bringen mich nicht mehr aus der Fassung.

Auch Sonnenschutzdächer, am Tag vor der Hochzeit auf der Wiese vor dem Castello aufgebaut, die sich eine Stunde vor der Trauung präsentieren, als wäre ein Orkan über sie hinweg gefegt, werden nur noch mit einem müden Lächeln zur Kenntnis genommen. Zum Glück gibt es Leute, auf die ich mich in solchen Momenten verlassen kann: So auf den zahnlosen Roberto von der Enoteca und seine Familie. Er lässt im Handumdrehen seine Sonnenschirme bringen bzw. zum Castello hoch schleppen, die Basen wiegen jeweils 50 Kilo, und die Situation ist gerettet.
Seinen Anblick fand ich zunächst befremdlich, aber ich habe ihn sehr schnell als wunderbaren Menschen schätzen gelernt und nenne ihn seitdem liebevoll unseren „Kauz". Auch die Gäste mögen ihn sehr.

Bei Hochzeiten richtete er mit seiner Familie die Buffets auf dem Castello aus, er macht das mit großer Hingabe und Freude, ich bin glücklich und die Gäste sind es auch.
Zwar habe ich ihn gebeten, bei Hochzeiten sein Gebiss einzusetzen, das hat er nämlich, aber so weit geht die Liebe dann doch nicht. Inzwischen ist er in Rente gegangen und baut in seiner Werkstatt neben der Enoteca weiter an seinen Violinen.

Oft sind die Brautpaare ziemlich nervös, geht es doch um einen ganz besonderen Tag in ihrem Leben. Ich mache gern Späße, aber meine Erfahrung hat mich gelehrt, dass man damit spätestens drei Tage vor der Hochzeit aufhören muss.
Aber die strahlenden Augen zu sehen, wenn es wirklich ihr Traumtag war, es gibt für mich kaum etwas Berührenderes.

Langsam wird die Arbeit routinierter und ich achte noch mehr darauf, mit wem ich zusammenarbeite. Meine Nerven sind mir schließlich wichtig, die brauche ich, um meine Kinder groß zu ziehen und für meine Gesundheit.

Interessante Menschen kommen so in mein Leben. Ein Trauzeuge hinterlässt bei mir einen bleibenden Eindruck, er erzählt von nächtlichen Begegnungen mit Seelen von Verstorbenen, denn er wohnt in einem ehemaligen Bunker der SS.
Das passt zu Rosso della Paola vom Castello und kommt mir mittlerweile fast normal vor.
Ich treffe Anton, einen ehemaligen Pfarrer, der der Ehe den Vorzug gab und die Kirche verließ. Ihn frage ich, ob er an Wiedergeburt glaubt, und er berichtet von seinen Erlebnissen mit älteren Menschen und mit Sterbenden.
Dann lerne ich Pfarrer Martin kennen. Er kommt mit seiner Familie aus Gotha und führt jetzt die evangelische Gemeinde in Florenz. Er ist ein „pastore tedesco", ein deutscher Pfarrer, was im Italienischen zu Verwechslungen führen kann weil es gleichzeitig „Schäferhund" bedeutet. Er verheiratet meine evangelischen Pärchen. Eine Pilgerfahrt nach Medjugorje, dem Ort der Marienerscheinungen und ein absolutes Muss für meinen Mann, unternehmen wir mit Don Paolo, der deutsche Vorfahren hat und ein wunderbarer Pfarrer für katholische Trauungen ist.

Alles in allem, es gibt keine bessere Arbeit und sie scheint mir zu sagen: Schau, wie bunt das Leben ist, wie viele Möglichkeiten es gibt, Lebensweisen, Lebensmodelle. Gibt es Zufall und Glück oder hängt alles von uns selbst ab, frage ich Tina, Psychologin und frischgebackene Ehefrau. Ja, meint sie, das gibt es, Glück und Zufall. Ich werde meine Umfrage weiter führen.

Richtig glücklich sind auch Iris und Dieter. Ich bin zusammen mit ihnen in einem alten Kloster zur „festa della Madonna“ eingeladen. In ein paar Tagen wollen sie dort heiraten. Wir verfolgen die Messe in der wunderschönen Kirche aus hellem Naturstein. Zwei Pfarrer sind anwesend und der Bischof von Volterra.

Ich fasse einen wilden Entschluss, jetzt oder nie, heute will ich endlich mal eine Hostie probieren. Mein Mann ist nicht da, er würde sonst energisch dagegen protestieren. Ich bin zwar evangelisch getauft, habe aber sonst keine Sakramente und bin auch nicht kirchlich verheiratet.

Iris geht zuerst aus der Bank. Ich beobachte Dieter, er ist ebenfalls evangelisch und dürfte offiziell auch nicht. Wie wird er sich verhalten? Wenn er geht, beschließe ich, gehe ich auch. Er schwankt, keine Ahnung, ob aus ähnlichen Gründen wie ich, und erhebt sich schließlich. Ich schiebe mich schnell hinter Dieter aus der Bank. Vor uns Iris, die mir vorher zuraunt, man müsse die rechte Hand unter die linke tun, da wird die Hostie hineingelegt. Sie kennt mich schon ganz gut und kann wohl Gedanken lesen.

Manche lassen sich die Hostie auch direkt in den Mund legen, das würde mich aber irgendwie in Verlegenheit bringen.

Dann halte ich die Hostie in der linken Hand und hoffe, dass es keine weiteren Regeln gibt, wie man sie sich nun in den Mund steckt. Die Hostie ist hart. So hatte ich sie mir nicht vorgestellt. Auch der Geschmack erinnert nicht am entferntesten an Karlsbader Oblaten, auf die ich als Kind wild war, und ich bin nun ganz enttäuscht.

Ich glaube, ich mache doch etwas falsch, das Ding klebt mir am Gaumen fest und lässt sich keinen Millimeter mit der Zunge bewegen. Langsam wird sie weicher und meine Panik legt sich. Als sie sich endlich löst, rutscht mir ein Stück prompt in den Hals. Einen Hustenanfall kann ich gerade noch vermeiden, aber unangenehm ist mir das schon. Ich kann mich nun auf den Geschmack konzentrieren und finde, dass sie nach frischem Heu schmeckt.

Ein bisschen schlechtes Gewissen habe ich. Nach den katholischen Regeln habe ich wohl etwas Unerlaubtes getan. Aber ich bin ja nicht die Einzige. Kaum haben wir die Kirche verlassen, meint auch schon Iris: „Na, ihr Beiden, ich habe genau gesehen, was Ihr gemacht habt ...“

Die Hochzeit der Beiden war ein wunderschönes Fest und rundum gelungen. Selbst der Wunsch von Iris, dass während der kirchlichen Trauung vier italienische Tenöre das Lied von Rosenstolz „Lass es Liebe sein“, auf Deutsch natürlich, singen, stellte für mich nur eine klitzekleine Herausforderung dar.

Bei einer anderen Hochzeit kam ich allerdings richtig ins Schwitzen. Wir bereiten im Olivenhain des Weingutes Fattoria Castelli eine kirchliche Trauung vor. Im Olivenhain stehen wunderschöne alte Bäume und man blickt von dort auf das Castello in Lari, in dem die meisten Pärchen zuvor standesamtlich heiraten.
Es wird das Betbänkchen aus der nahe gelegenen Kirche herbeigeschleppt (ob der Pfarrer das weiß?), ein Altartisch aufgestellt und geschmückt, alles andere wird weiß eingedeckt.
Unser Tun wird vom Nachbar des Weingutes beobachtet, irgendwann holt er seine alte wie laute Raupe aus dem Schuppen, ein baggerartig aussehendes Kettenfahrzeug, das zum Bewirtschaften der Felder dient. Was hat er vor, er wird doch nicht ...? Oh doch, er beginnt prompt, das angrenzende Feld umzugraben. Ich renne ihm hinterher, denn das Brautpaar wird jeden Moment erwartet. Sein Feld liegt unterhalb des Olivenhains und ich muss zunächst den ganzen Acker umrunden und dann auch noch überqueren. Wer italienische Felder kennt, weiß, dass diese nicht wie bei uns nur an der Oberfläche umgepflügt werden, sondern es werden bis zu 50 Zentimeter große Erdschollen aufgewühlt. Das war mit meinen höheren Absätzen und im Seidenkleidchen kein leichtes Unterfangen – und bei fast 40 Grad schon gleich gar nicht. Es sah sicher lustig aus, aber ich fand das in dem Moment überhaupt nicht witzig. Ich gestikuliere also wild und schreie so laut ich kann. Immerhin stellt Gerardo sichtlich beeindruckt seine Raupe ab und lässt sich überreden, seine so dringende Arbeit für 45 Minuten ruhen zu lassen, nicht ohne mir zu erklären, warum er denn so „arrabiato“, wütend, sei. Fausto hätte ihn irgendwann mal „in culo“ geschickt, ihn „verarscht“. Das kann man sich gar nicht so richtig vorstellen, wenn man den gutsituierten Fausto kennt. Das Ganze musste Jahrzehnte zurückliegen. Fausto wusste natürlich von nichts mehr und hörte zum ersten Mal diese Vorwürfe. Er war wiederum sauer, weil Gerardo ihn provozierte, wann immer er die Gelegenheit dazu hatte. Er durfte nicht mal den ans Weingut grenzenden Hang säubern, den Gerardo unbeachtet ließ, auf den aber vom Weingut aus direkt der Blick fiel.
Um nicht bei nächster Gelegenheit wieder über den Acker rennen zu müssen, vermittelte ich, wann immer ich Gerardo traf, zwischen den Beiden, und siehe da, heute reden sie wieder miteinander. Es ist schon unglaublich, was sich auftürmen kann, wenn man nicht miteinander spricht. Familien, die Jahrzehnte vieles miteinander geteilt haben, Freunde seit Kindertagen waren, entzweien sich wegen ein paar Worten. Das ist mir ein großes Rätsel.

Im gleichen Olivenhain stand ich vergangenes Jahr, Violinenmusik setzte ein, die Trauung begann und die Zikaden ebenfalls. Die können einen beträchtlichen Lärm machen, denn, man höre und staune, es ist immerhin das lauteste

Insekt der Welt. Sie haben ein Trommelorgan im Maul mit dem sie die Weibchen anlocken. Aber muss denn das ausgerechnet jetzt sein? Jedenfalls suchte ich Steine auf dem Weg, leise „o dio, dio, dio“ vor mich hinmurmelnd wie Nonna Sofia. Zum Glück befanden sich die Viecher im Baum über mir und nicht vorn beim Brautpaar. Während ich die Steine in den Baum warf, musste ich erstens aufpassen, dass ich mit meinem merkwürdigen Verhalten nicht die Aufmerksamkeit der Hochzeitsgesellschaft auf mich zog, und zweitens lief ich Gefahr, Sarah zu erschlagen, die ganz zauberhaft zwei Meter entfernt von mir das Ave Maria sang. Die Zikaden zeigten sich anfangs beeindruckt und ich atmete auf, dann ging das Konzert aber von vorne los. Bis zum Ende der Trauung war ich damit beschäftigt, möglichst unauffällig Steine in den Baum zu werfen.

Eine andere Trauung brachte mich auch ins Schwitzen, obwohl es ein herrlich lauer Sommerabend war.
Es war eine Traumhochzeit in einer Traumvilla. Das Anwesen gehört dem Exmann von Claudia Cardinale, einem römischen Regisseur, und ist so ziemlich die teuerste Location, die ich im Angebot habe. Alles vom Feinsten, und alles hatte perfekt zu klappen. Das Brautpaar hatte mir ihren Trauzeugen zur Unterstützung an die Hand gegeben. Uwe sollte auf das Timing achten und uns zum Beispiel ein Zeichen geben, wenn eine Rede beendet war und das Essen weiter serviert werden konnte.
Er hatte sich allerdings gleich unbeliebt gemacht, als er in die Küche kam und „lavorare, lavorare“ rief, sie sollten alle arbeiten. Das können italienische Köchinnen nun gar nicht leiden.
Wollte es der Teufel, jedenfalls hatte man in der Küche etwas falsch verstanden und nach 20 Minuten, solange sollte eine Rede dauern, die Pasta in den Topf getan. Die Rede dauerte aber 45 Minuten. Nach 20 Minuten informierte ich Uwe, dass die Pasta schon im Topf sei, woraufhin er meinte, dann müsse sie eben neu gemacht werden: „Ich komme in die Küche und kontrolliere das!“ Seine Stimme bekam einen hysterischen Befehlston, sehr wohl wahrgenommen von den fleißigen und bisher sanftmütigen Köchinnen. Frische Pasta mit Ente in Orangensoße für 50 Personen neu machen – mal eben so.
„Noch eine Bemerkung in dieser Art und wir gehen“, kommentierte Renella, die Chefin. Ich kannte sie, das war keine leere Drohung. Sie hielt dennoch dankenswerter Weise die Pasta warm.
Ich bekam eine Art Schwächeanfall und musste mich sehr zusammenreißen, denn Uwe war wieder im Anmarsch. Bevor er die Küche betrat, zog ich ihn schnell zur Seite und meinte: „Ich hatte mich vertan, sie hatten die Nudeln zum Glück noch gar nicht in den Topf getan“. Uwe gab sich zufrieden und ich ließ mir dem Brautpaar gegenüber nichts anmerken, das von dem ganzen

Stress in der Küche nichts ahnte. Alles Weitere lief reibungslos und bald lachte das Personal schon wieder über den bellenden Deutschen.

Eine sehr nette Begebenheit war die Blitzhochzeit von Jörn und Jana. Jana war im fünften Monat schwanger und wusste drei Tage vor der Hochzeit noch nichts von ihrem Glück, in der Toskana zu heiraten. Jörn hatte die Idee, ihr kurzfristig einen Heiratsantrag zu machen und wir bereiteten alles heimlich und in Windeseile vor: er musste ihr ein schönes Kleid mitbringen, Simonetta arrangierte die Blumen, Cristina die Haare, der Fotograf musste Bescheid wissen, Riccardo und ich sprangen als Trauzeugen ein und das romantische Hochzeitsessen auf dem Podere San Martino musste ebenfalls vorbereitet werden. Dort bekommt man den Aperitif und die Antipasti am Pool, das Hauptmenü wird im Olivenhain serviert und die Hochzeitstorte dann bei Kerzenschein und klassischer Musik in einer winzigen Kirche aus dem 8. Jahrhundert. Das ist mit das Schönste, das man sich für ein Paar vorstellen kann und jeder dieser Abende hinterlässt sicher bis ans Lebensende einen unvergesslichen Eindruck.
So etwas sollte man natürlich nur machen, wenn man(n) sich sicher ist, dass die Braut, die noch nicht mal weiß, dass sie Braut ist, auch ja sagt.

Gruppentänze

Balli di gruppo

Wir machen zum ersten Mal Urlaub, und das auf italienische Art: Wir fahren auf einen Campingplatz am Meer. Weit kann ich mich nicht von Lari entfernen, denn im Sommer habe ich Hochsaison und muss für meine Gäste erreichbar bleiben. So geht es nach Bibbona, nur 60 Kilometer entfernt.

Ein italienischer Campingplatz bedeutet zunächst einmal, wen wundert es, viel Lärm. Darauf mache ich mich schon gefasst und bestücke mein Nessessär vorsorglich mit Oropax und das Auto mit, klar, meinem Federkissen. Ohne diese Dinge, einschließlich meines Federbetts, trete ich keine Reise in Italien an. Der Campingplatz ist ein Traum. Mitten in einem mediterranen Pinienhain gelegen, sind es nur 30 Meter bis zum Meer, von Ast zu Ast hüpfen die Eichhörnchen und seltene Vögel kann man auch noch entdecken. Beim ersten Mal wies man uns das Häuschen mit der Nummer 203 zu, und da ich Beständigkeit liebe, muss es seitdem immer dieses Häuschen sein. Es ist, wie sollte es anders

sein, das teuerste auf dem Platz, aber davon unabhängig hat es uns sofort begeistert. Es verfügt über Heizung (wir kommen im April das erste Mal her und haben 22 Grad im Häuschen, hingegen zuhause nur 15 Grad), Klimaanlage, sofort warmes Wasser aus Wasserhahn und Dusche (in unserem kleinen Bad braucht das warme Wasser ziemlich lange, bis es seinen Weg durch die ellenlangen Rohre gefunden hat, so dass wir nie darauf warten, sondern uns vor allem im 2. Stock meistens kalt waschen). Alles ist sehr sauber und aufgeräumt, kein unnötiger Schnickschnack, aber alles Wichtige ist vorhanden. Es ist ein schickes Holzhäuschen, auch wenn wir schnell merken, dass es aus Plastik ist. Aber sogar ich als Tischlerin muss zwei Mal hinschauen, bevor wir das feststellen.
Auf diesen Campingplatz fahren jedes Jahr deutsche Gäste von mir, denen ich immer ein nettes Programm organisiere. Neugierig wie ich bin, wollte ich diesen Campingplatz auch mal testen und buche ein günstiges Wochenende, und nun habe ich den Salat, meine Familie will fortan immer nur hier hin. Das geht auf unsere Existenz, denn das Haus ist pro Woche fast so teuer wie der Hauskredit, den wir monatlich abzahlen.
Das Häuschen befindet sich direkt hinter einem Platz mit Bar, Lebensmittelladen und Riesenfernsehbildschirm. Am Abend finden dort im Sommer viele Veranstaltungen statt. Das macht mir erst etwas Angst, aber am Ende bin ich diejenige, die nicht genug bekommen kann.
Im Lebensmittelladen gibt es morgens frische Brötchen, die besten, die ich je in der Toskana gegessen habe. Sie sind riesig, schmecken aber fantastisch. Dazu leicht gesalzene Butter, Nutella und Kaffee, und ich bin glücklich. Die Preise sind etwas überhöht, aber einmal hier angekommen, verspüren wir keinen Wunsch mehr nach der „Welt da draußen". Bei meinem ersten Einkauf in dem Lädchen starre ich etwas irritiert an der Fleischtheke auf das Bild rechts an der Wand. Dort rekelt sich eine Frau splitternackt im Meer. Das sieht so kurios aus neben den Hühnchen, zerteilten Kaninchen und zu Hamburger verarbeiteten Schweinen, dass ich los kichern könnte, aber ich verstehe es vorbildlich, gegenüber der Verkäuferin mein Gesicht zu wahren.

Im Sommer ist der Strand rappelvoll, aber ab halb zwei mittags hat man ihn völlig für sich, denn ganz Italien befindet sich dann natürlich beim Pastaessen. Es bleiben nur ein paar blonde Weißlinge zurück, eindeutig nicht mit den Gewohnheiten der Italiener vertraut, und ein paar Senegalesen, die am Strand diverse Waren feilbieten und geduldig warten, bis die potentielle Kundschaft zurückkehrt, was gegen halb drei am Nachmittag der Fall ist.

Morgens um elf ist Wassergymnastik, hier eine Mischung aus Aerobic und Ballo di Gruppo, dem Gruppentanz, bei dem alle in gleicher Manier tanzen.

Ich erinnere mich, dass es mich anfangs immer zu Lachkrämpfen hinter vorgehaltener Hand verleitet hat, jung und alt so neben einander hüpfen zu sehen. Mittlerweile finde ich dieses Treiben ganz normal, und es wird nicht mehr lange dauern, da werde ich dort ganz selbstverständlich mit hopsen. Das scheint so sicher wie das Amen in der Kirche. Wenn ich jetzt richtig angezogen wäre, würde ich auch mit tanzen und mit meinem Mann eine erotische Bombaaa Merengue hinlegen. So aber bleibe ich auf meiner mitgebrachten Sonnenliege sitzen und schaue meinem Mann zu, der natürlich als einziges männliches Wesen zwischen Kindern und wackelnden Brüsten herum hüpft. Felix sitzt mit seinen Freunden abseits und schaut leicht betreten zu. Ich weiß, er würde ebenso gern mittanzen, findet das aber total uncool, dennoch studiert er schon mal im Geiste alle Choreografien ein.
Omas, Übergewichtige, Kleinkinder, alle hopsen mit. Keiner macht sich Gedanken über Schwabbelbauch und Cellulitis. Herrlich, denke ich, und traue mich dennoch nicht von meinem Handtuch.

Aber noch am selben Abend bin ich dabei und finde es ganz normal, mitzuhüpfen. Der Mensch ist zwar ein Gewohnheitstier aber passt sich andererseits manchmal schneller an, als er es selbst bemerkt.
Am Abend zuvor hatte ich noch gehofft, dass nach Babytanz und Ballo di Gruppo endlich etwas für Erwachsene folgen würde und wir endlich ordentlich tanzen könnten. Aber dann ging das Licht aus und ich stand mit meiner Tanzwut allein da. Das sollte mir nicht wieder passieren und nachdem ich auch Felix wie wild hatte Gruppentänze ausführen sehen, nehme ich meinen ganzen Mut zusammen und stürze mich ins Gewühl. Zunächst habe ich mit extremen Koordinationsschwierigkeiten zu kämpfen, Arme hoch, nach rechts, nach links, hoch, runter, anwinkeln, in die Hände klatschen, dazu noch drehen und die Beine irgendwie auch noch bewegen. Nee, das ist zu viel für mich. Dazu muss man sich vorstellen, dass die Animateure auf der Bühne das Ganze genau seitenverkehrt vorführen. Aber es ist noch kein Meister vom Himmel gefallen, und es ist klar, dass ich mit meinem Mann nicht mithalten kann, der über mindestens 20, ach was sage ich 40 Jahre Ballo di Gruppo-Erfahrung verfügt.
Der neueste Sommerhit 2009 „ciuciuwau ciuciuwau ciuciuwauwauwau" gelingt mir allerdings auf Anhieb. Bei dem muss man erst die Daumen mit ausgestreckten Armen nach oben recken, sie dazu hoch und runter bewegen, dann eingeknickte X-Beine machen (gambe da pinguino), die Zunge raus strecken und sich im Kreise drehen, ein Höllenspaß. Meine Kinder beobachten mich zunächst irritiert, aber dann können sie sich vor Lachen kaum halten und wir geben eine herrlich durchgeknallte Familie ab.
Toll gelingt mir auch der „Ciapa la gallina", Fang das Huhn, kokodäää, eine Art italienischer Ententanz, bei dem man ebenfalls mit den Flügeln schlägt.

Auch das ist ein Heidenspaß. Mein Mann verschwindet zwischendurch, wie immer, wenn ich dringend Hilfe benötige, und so wende ich mich an eine italienische Nonna und erpresse sie mit den Worten, wenn sie tanzt, würde auch ich weiter tanzen. So mühen wir uns beide vortrefflich ab, um bei den anderen Liedern irgendwie mitzuhalten. Mein Mann taucht wieder auf und ich beschimpfe ihn wild und drohe, dass ich ihn auch bald verlassen würde, wenn er mich weiterhin in so lebenswichtigen Situationen alleine lässt. Aber dann kommt noch mal der „ciuciuwauwauwau“ und wir strecken wieder die Zungen heraus, während wir uns im Kreis drehen, und so kann ich ihm nicht mehr böse sein.
An den balli di gruppo komme ich fortan nicht mehr vorbei, sie verfolgen mich geradezu. Also beschließe ich, wenigstens einige zu lernen. Ciuciuwa kann ich schon ganz gut, jetzt sind Bomba und Macarena dran, die fehlen auf keinem Fest. So übe ich nachts halbnackt den Hüftschwung vor dem Spiegel, allerdings mit Brille (wäre wohl besser ohne, den das Ergebnis finde ich eher belustigend), oder im Auto. Da stört jedoch der Gurt. Wie machen die das alle nur? Sieht doch so einfach aus, aber da muss ich wieder kombinieren, Hüftschwung und gleichzeitig in die Knie gehen. Dabei soll ich auch noch die Brüste schlenkern und vorwärts und rückwärts laufen. Das sieht bei mir zum Totlachen aus. Und trotzdem mache ich mit der mir eigenen Willensstärke weiter und bin überzeugt davon, dass ich eines Tages gemeinsam mit meinen (bis dahin vermutlich erwachsenen Söhnen) vortanzen werde.
Bis jetzt kommentiert mein halbwüchsiger Sohn, wenn er im Haus um die Ecke biegt und ich es nicht rechtzeitig schaffe, so zu tun, als wäre nichts gewesen, meine Mühe mit: „Mama, Du bist echt peinlich“. Aber was mich früher in heftige Minderwertigkeitskomplexe gestürzt hätte, quittiere ich nun nur noch mit einem müden Lächeln und trainiere eisern weiter: Hüften kreisen, kreisen, kreisen (wie kriegt man das nur hin, dass es nicht so bescheuert aussieht) dabei hoch und runter, hoch und runter, oder besser, runter und hoch, stöhn, runter und hoch, Pause.
Wenn ich ganz ehrlich bin, bin ich mir ja selbst peinlich. So kann ich mich keinesfalls in der Öffentlichkeit präsentieren. Da lachen ja die Hühner. Also, weiter üben.
Beim Autofahren geht das mit dem Hüften kreisen nicht so gut, aber das schnelle „Winkewinke“, bei dem man die Hände ganz schnell drehen, nach oben und unten bewegen und dabei auch noch nach vorn und wieder zurück laufen muss, das kann ich ganz gut üben (natürlich ohne zu laufen). Ich stelle fest, dass mir das mit der rechten Hand bestens gelingt, aber mit links sieht es noch nicht gut aus. Das muss trainiert werden, möglichst bei wenig Gegenverkehr. Nicht, dass ich von der Fahrbahn abkomme oder sich die anderen über mein Winkewinke wundern.

Der Pizzaofen

Il forno a legna

Endlich ist es soweit, unser restaurierter Pizzaofen wird Probe gefeuert, um endlich nach 40 Jahren wieder Pizza darin backen zu können.
Ich freue mich riesig auf diesen Moment.
Als wir das Haus kauften, bot der verfallene Pizzaofen einen schlimmen Anblick. Und doch war ich sofort begeistert, einen eigenen Pizzaofen zu haben. Das Spiel der Flammen in diesen Öfen hat mich schon immer fasziniert, auch die große und lange vorhaltende Hitze. Und nicht zuletzt: Zu beobachten, wie sich unter dem Terrakottagewölbe die Pizzen sekundenschnell aufblähen und einen herrlichen Duft verbreiten.
Bei unserem Pizzaofen war der Rauchabzug komplett eingefallen, der Eisenrahmen der Tür durchgerostet, während das Türchen fehlte, das Dach war mit hässlichen Ziegeln belegt und der Fußboden davor war unbrauchbar.
Trotz seines Zustandes war klar, da kann man wieder etwas draus machen.
Wir hatten das Haus noch nicht gekauft, als ich beim Sfattino (Alteisenhändler) ein geschwungenes Gitter fand, das ehemals wohl ein Fenstergitter einer Villa war. Ich kaufte das Gitter, denn ich war mir sicher, das gehörte zum Hof vor dem Pizzaofen, obwohl der Hauskauf noch nicht vollzogen war. Aber so habe ich eigentlich immer gehandelt, so bin ich meinen Träumen gefolgt und habe zum Teil über sie hinaus Dinge erreicht. Ich habe Sachen gefunden oder gekauft und mir vorgestellt, dass ich sie in naher Zukunft nutzen werde.
Zum Beispiel kaufte ich mir 2003 ein größeres Auto, weil da, verrückt, ein Kinderwagen hinein passen sollte. Damals lebte ich weder in einer festen Beziehung noch sprach irgendetwas dafür, dass sich mein Familien- und weiterer Kinderwunsch je erfüllen würde. Aber die Sehnsucht danach war so groß, dass ich kontinuierlich darauf hinarbeitete, auch wenn manches absurd erschien.
Einmal fand ich ein antikes Sofa samt Sessel auf dem Sperrmüll und transportierte beides unter riesigen Mühen nach Hause, ich hatte dafür eigentlich überhaupt keinen Platz. Aber ich wusste, irgendwann werde ich es restaurieren und es wird ein Blickfang sein. Riccardo und Felix meinten, ich sollte es wegwerfen, aber ich blieb stur. Nun stehen sie im Wohnzimmer. Alte Sachen sehen meist verheerend aus vor der Restaurierung und man braucht viel Fantasie, um sich vorzustellen, wie sie danach aussehen werden. Und mit Fantasie bin ich ja reich gesegnet.
So wusste ich auch von Anfang an um die Kapazität unseres Hauses und die vielen Möglichkeiten, auch wenn meine Mama die Hände über dem Kopf zusammen schlug, als sie es zum ersten Mal sah. Mittlerweile hat sie Vertrauen

in meine Fähigkeiten, und so hieß es einfach einmal mehr: Ärmel hochkrempeln und los geht's.
Dass alles aber so schön wird, wie es jetzt ist, hatte ich mir am Anfang auch nicht vorgestellt. Allerdings auch nicht, dass es so lange dauern würde und so aufwendig wäre.

Das Dach des Pizzaofens und Abstellraums wurde mit alten toskanischen Rundziegeln neu gedeckt. Diese Ziegel sind zwar viel teurer als neue Ziegel, aber es lohnt sich.
Der Ofen erhielt ein neues vom Schmied gefertigtes Türchen mit schön geschwungenem Griff. Die Rauchabzugshaube ließen wir neu mauern und den Schornstein höher ziehen, der bekam sogar ein handgefertigtes Dächlein. „So was hat keiner hier im Dorf", meinte der Maurer und setzte ein Terrakottaziffelchen darauf, das ich erst kitschig fand, aber mittlerweile liebe ich es.
Zum Glück war ich bei den Arbeiten dabei und so konnte ich noch rechtzeitig „Aaaaalt", Halt, schreien, als die Maurer gerade den ganzen Schutt raus schippen wollten, der auf der Kuppel des Ofens lag. Der Schutt ist nämlich dazu da, die Wärme des Ofens zu halten, und so mussten sie nicht nur alles zurück schippen, sondern auch noch anderen Füllstoff wie Sand und weiteren Schutt dazu tun.

Man muss natürlich wissen, dass ein Pizzaofen mehrere Stunden angefeuert wird, deshalb lohnt es sich auch nicht, dann nur zwei, drei Pizzen zu backen.
Er frisst ungeheuere Mengen Holz, das wir unter dem Ofen lagern, wo sich ein großer Hohlraum befindet.
Einmal haben Gäste, die vor ihrem Ferienhaus ebenfalls einen Pizzaofen hatten, sich damit aber nicht auskannten, den gesamten Holzvorrat darunter angezündet. Sie aßen dann leider abends keine Pizza, und der gesamte Ofen musste neu geweißt werden. Natürlich legt man das Holz oben in den Ofen und dort wird es auch angezündet.
Beim Probefeuern, das dazu dient, den Ofen erst mal richtig durch trocknen zu lassen, zündet mein Mann ihn doch tatsächlich ohne mich an, und so existiert von diesem Ereignis ein Foto, auf dem ich ziemlich beleidigt schaue. Dass der Ofen wieder ging, war mein Verdienst, und ich liebe es, entscheidende Momente entsprechend – und gemeinsam – zu zelebrieren.

Am 25.09.2009 war es dann endlich soweit, anlässlich des dritten Geburtstages von Luca wurden die ersten Pizzen gebacken. Eingeladen waren die Kindergartenfreunde samt ihrer Eltern, die überschaubare Verwandtschaft und ein paar Freunde. Die Kalkulation der Mengen an Lebensmitteln bei solchen Festen stellt mich oft auf die Probe, denn man weiß nie so genau, wer kommt und wie lange bleibt. Und so kaufen wir erst 4 Kilo Pizzateig, dann weitere 6 Kilo und am Ende sind es 12 Kilo. Diesmal machen wir ihn aus Zeitmangel nicht selbst. Der Teig kommt in den Kühlschrank. Dort scheint es ihm nicht so recht zu gefallen, denn als ich die Tür öffne, quillt er mir entgegen. Unglaublich, wie er sich entwickelt hat. Und ich dachte immer, der Teig geht nur an einem warmen Ort! Unweigerlich muss ich an „Herman“ denken. Das war ein Teigansatz, den wir zu Ostzeiten lange Zeit im Kühlschrank aufbewahrten. Damit haben wir jedes Wochenende unter Zugabe von Mehl, Zucker und Milch Kuchen gebacken und den Rest weiter gelagert. Herman war fantastisch und hat uns lange sonntags viel Freude bereitet, bis wir seiner überdrüssig wurden. Er quoll auch mehrmals aus dem Kühlschrank heraus. Ich nehme das als Anlass, „Herman“ im Internet zu suchen und siehe da, ich werde fündig.

Die 12 Kilo Pizzateig reichten jedenfalls gerade so für 50 Leute inklusive 15 Kindern zwischen drei und fünf Jahren, dazu Berge von Mozzarella, Salcicce, Würstchen, Tonno, Thunfisch, Rucola, Mascarpone und Tomatensugo und alles mit viel Basilikum aus unserem Garten veredelt.
Mir bleiben für meinen „wichtigen Moment“, die Einweihung des Pizzaofens, ganze 20 Sekunden, ein kurzer intensiver Blick in das Feuer unter dem Terrakottagewölbe im Ofen muss reichen.
Meine erste Pizza bekomme ich nachts um 11. Bis dahin führe ich Gäste durchs Haus, renne hoch und runter, bete, dass den Kinderscharen, die zwischen all den Beinen wimmeln und ebenfalls im Haus hoch und runter laufen nichts passiert, schaue nach dem Rechten, packe mit Luca Geschenke aus, trage ihn auf dem Arm, damit er sich das Chaos auch mal von oben anschauen kann statt mittendrin zu stecken, zünde Windlichter an, die dem Garten etwas Romantisches geben, versuche den Streit zu schlichten, der sich zwischen Riccardo und Felix entspinnt, der seine erste Pizza im Ofen allein backen will. Immer mehr Freunde kommen und es ist wunderbar, sie alle da zu haben.

Am Ende des Abends, so hatte ich es mir von Riccardo gewünscht, wenn alle weg sind und die Kinder im Bett, dann backen wir uns eine Pizza in Herzform und essen sie zu Zweit auf. „Riccardo, hast Du mich verstanden?? Riccardo... Riccardoooo! Um was habe ich Dich gerade gebeten?! Eine Pizza nur für uns beide, ja, aber welche Form ...?!“ Auch das ist mit meinem Gatten schwer umzusetzen und so wird nix aus der Pizza in Herzform.

Eigentlich hatte ich gewünscht, dass wir in den Tomatensugo, der die Basis für fast jede Pizza ist, kleine Knoblauchstückchen tun. Auch unser Maurer meinte, das sei unabdingbar für den Geschmack. Aber mein Mann ist davon nicht

begeistert. Ich esse Knoblauch wirklich gern und er gehört meiner Meinung nach zu einer gesunden Ernährung, denn er stärkt die Abwehrkräfte. So versuche ich, Riccardo mit guten Argumenten zu überzeugen, ich bitte ihn inständig und weil nichts zu fruchten scheint, greife ich zum letzten Mittel: Ich behaupte, die Wunderheilpflanze Knoblauch würde schon in der Bibel als „Erba santa", heiliges Kraut, erwähnt und seine Heilkraft sei dort mehr als einmal beschrieben. Das scheint Erfolg zu haben. Mein Mann wiegt jedenfalls bedächtig den Kopf. Doch zu früh gefreut, natürlich findet sich außer in den Salcicce nicht ein Stückchen Knoblauch auf irgendeiner Pizza wieder.
Na, vielleicht wird mal in Radio Maria positiv über den Knoblauch berichtet, dann hat er Chancen, auch von meinem Mann in der Küche häufiger verwendet zu werden.

Aber auch ohne Knoblauch schmecken alle Pizzen vorzüglich und Riccardo und Michi, ein Freund von uns, kommen gar nicht hinterher mit dem Backen. Michi kam elegant gekleidet und steht nun in Riccardos kurzen Hosen und einem weißem, zu kleinem Shirt vor dem Ofen. Beide sind mit Enthusiasmus bei der Sache, als hätten sie nie in ihrem Leben etwas Anderes getan. Auch Felix darf mittlerweile mit an den Ofen und ich freue mich, wie interessiert er inzwischen an diesen Sachen ist.
Riccardo beglückt noch sämtliche Nachbarn mit Pizzen, vor allem die Älteren, die den Ofen aus früheren Zeiten kennen, als er einmal pro Woche genutzt wurde, um den Wochenvorrat an Pizzen, Brot, gerösteten weißen Bohnen, Cantuccini und Dolce herzustellen.

Es ist das erste große Fest, das wir in Sant`Ermo geben und ich habe eine große Freude daran, alles schön zu gestalten.
Dabei übertreibe ich vielleicht ein bisschen.
Es ist mir etwas peinlich, das zu erzählen, aber im Supermarkt finde ich ein Spray „balsamo lucidante fogliare", ein Lack für Pflanzen, wenn die Blätter staubig und fleckig aussehen. Da bei uns gelegentlich der Scirocco runter kommt, der Regen aus Afrika, der Sand mit sich bringt, drei Minuten dauert und alles einsaut, habe ich nun die Möglichkeit, sprüh, sprüh, glänzende Pflanzen zu haben. Ich freue mich, wie toll das aussieht. Der Spray kommt natürlich nicht auf meine biologischen Tomaten, auch nicht auf die Zitronenbäumchen und den Basilikum.
Auf den jahrhundertealten Natursteinmauern postiere ich Windlichter mit weißem Stoffbezug, die von einer Hochzeit übrig geblieben sind.
Neben dem Fenster im zweiten Stock befinden sich zwei kleine Terrakottanischen, wer weiß, wozu sie gedient haben, auch dort kann ich zwei Kerzen hinein stellen. Ich liebe Kerzen und Blumen und hätte gern beides überall.

Fast alles, womit ich mich hier umgebe, hat eine Geschichte zu erzählen. Als der Ofen das letzte Mal brannte, standen wahrscheinlich noch Kühe unten im Stall, wo jetzt das Himmelbett steht und wo im Nebenraum die neue Küche hinkommt. Nello Pratelli, schon lange tot, stand hier am Ofen. Hatte er ahnen können, dass lange niemand mehr ein Feuer darin entfachen würde? Verging einfach allen irgendwann die Lust an der schweren Arbeit und man kaufte sich die Pizza in schön bunter Verpackung lieber im Supermarkt? So gern würde ich mehr Geschichten erfahren und wir beschließen, ein weiteres Fest mit den Bewohnern von Sant`Ermo zu machen. Uns interessiert, wie sie früher gelebt haben, wir sind neugierig auf alte Rezepte, möchten hören, wie das Leben war, und wieder „veglia“ halten, die Abendwache, das abendliche Zusammensein, bei dem geredet wird, das ein Gefühl der Zusammengehörigkeit und Geborgenheit vermittelt in diesem gemütlichen Dorf, das schwierige und schöne Zeiten erlebt hat.

Die Abendglocken läuten, die Sonne geht glutrot unter, das Feuer leuchtet, die Kerzen unterstreichen die Wärme des Abends, dazu Pizza, Vino rosso, Gelato, amici – Pizza, Rotwein, Eiskrem und Freunde, la pura dolce vita, das ist das wahre süße Leben!

Lieblingspizzen aus dem Haus Troiani – Schmidt:
Hier das Rezept für den Teig:
500 g Mehl, 250 ml lauwarmes Wasser, 10 g Salz, 20 g Hefe, etwas Olivenöl. Alles zu einem glatten Teig verkneten und an einem warmen Ort 1–2 Stunden gehen lassen.
Pizzateig kann man hier übrigens auch frisch und fertig im Supermarkt kaufen und im normalen Ofen backen

Riccardos Lieblingspizza ist der „Calzone“, das Hosenbein: gekochter Schinken, Mozzarella, etwas Tomatensoße. Dann Teig zusammenklappen, so dass ein Halbmond entsteht, backen und danach mit Öl bestreichen.
Kristinas Lieblingspizza: mit rohem Schinken oder Speck strahlenförmig belegen, mit Mascarponecreme dick bestreichen, backen und anschließend frischen Ruccola drauf.
Felixs Lieblingspizza: Pizza Napoletana mit Sardellen (filetto di alice sott'olio), Tomatensugo, 10 Minuten vorbacken, dann Mozzarella dazu und fertig backen.
Filippos Lieblingspizza: Pizza Margherita mit Wurstel, wie die Italiener sagen, Tomatensugo, Mozarella, Würstchen in Scheiben.
Lucas Lieblingspizza: einfacher Pizzateig als Fladen gebacken mit Öl drauf.

Und als willkommener Abschluss „dolce“ für alle:
Warme dünne Pizzateigfladen mit Nutella bestrichen.

Toskanischer Kalender
Calendario toscano

Das Leben, der Wechsel der Jahreszeiten und das Klima sind in der Toskana doch recht verschieden zu Deutschland und zu jedem Monat gibt es jede Menge zu erzählen, jeder hat dabei seine ganz eigene Faszination.

Januar
Gennaio

Der Januar ist vielleicht der stillste Monat des Jahres. Die Natur verharrt in Schweigen, die Olivenbäume werden jetzt überall verschnitten. Auch wir stehen etwas irritiert vor der Ruhe nach dem Weihnachtstrubel. Aber wir lassen uns etwas einfallen.
Zunächst kommt hier am 6. Januar die Befana. Meine Kinder haben es gut, sie feiern die deutschen Bräuche und die italienischen. Im Dezember kommt der Nikolaus zu ihnen, den man hier nicht kennt, und im Januar die Befana, später dann der Osterhase.
Der Name Befana kommt von Epifania (Epiphanie – Erscheinung) oder dem Dreikönigsfest. Die Befana ist eine Sagengestalt, die in der Dreikönigsnacht die italienischen Kinder mit Süßigkeiten beschenkt. Sie sieht hexenähnlich aus, schwarz gekleidet mit einem Kopftuch und kaputten Schuhen, aus denen die großen Zehen herausschauen. Man erzählt, dass die heiligen Drei Könige die Alte trafen, als sie das Jesuskind suchten und sie nach dem Weg fragten. Sie gab ihnen aber keine Auskunft und schickte sie fort. Später hat sie es sich anders überlegt und machte sich ebenfalls mit Geschenken auf den Weg zu dem Christuskind. Da sie es aber nicht fand, ließ sie die Geschenke in den Häusern der anderen Kinder.

Die Kinder hängen in dieser Nacht einen Strumpf vor dem Kamin auf, denn die Befana rutscht immer durch den Kamin und ist deshalb auch so schwarz und schmutzig. Sie legt dann für liebe Kinder Süßigkeiten in die Strümpfe und

für Kinder, die unartig waren, Kohle. Die Kohle ist aber aus Zucker und verfehlt damit ihre erzieherische Wirkung. Natürlich wurden die Befana, sowie der Nikolaus und der Osterhase nie gesehen, denn die kommen ja heimlich oder nachts.
Einmal jedoch kommt die Befana persönlich nach Sant`Ermo in die Cantina Volpi. Na, da sind wir mal gespannt.
Sie soll zur kinderfreundlichen Zeit abends um halb neun erscheinen.
Wir essen gemütlich zu Hause und verspäten uns etwas. Deshalb verpassen wir leider ihren Einmarsch. Als wir ankommen, thront sie bereits inmitten einer Kinderschar.
Fantastisch sieht sie aus, dick und mit richtigen Hexensachen an und einer witzigen Maske vor dem Gesicht, hinter der sich Manuela, die sympathische Friseurin aus dem Dorf versteckt. Sprechen kann sie offenbar nicht, aber dafür lacht sie oft in einer Art, dass wir ebenfalls losprusten.
Luca findet das nicht so lustig und klammert sich an mir fest, er ist auch nicht bereit, ihr ein Küsschen für den Strumpf mit Süßigkeiten zu geben, den sie ihm in die Hand drückt.
Hinter der Befana dampft der Glühwein. Die deutsche Nachbarin Elisabeth lässt keine occasione, keine Gelegenheit aus, um die Gaumen unserer toskanischen Mitbewohner an dieses deutsche Wintergetränk zu gewöhnen. Und siehe da, der Glühwein mundet. Riccardo hat dazu einen Ciambellone, einen Kuchenring, und Orianna einen Orangenkuchen gebacken. Jeder hat etwas mitgebracht.
Die Befana, was für ein Gaudi, wird in der Schubkarre herausgefahren. Meine Jungs wollen natürlich unbedingt hinterher und wir rennen zur Tür, um sie abzufangen. Die Befana verschwindet samt Schubkarre gerade in der Straße hinter der Kirche, die zu unserem Haus führt.
Dann kippen die Kinder den Inhalt der Strümpfe auf den Tisch und schauen etwas enttäuscht, dass sich so viel Kohle darunter befindet. Dass die Kohle aus Zucker ist, beruhigt sie einigermaßen.
Als wir später nach Hause zurückkehren, stellen wir die Tre Re Magi, die heiligen drei Könige, in unseren Pizzaofen hinter Maria, Gesù und das Jesuskind. Das macht man so am 6. Januar und alle sind zufrieden, auch wenn ich diese zwei unterschiedlichen Bräuche nicht so richtig verstehe.

Ein paar Tage später, wenn die kirchlichen Feste vorbei sind, packen wir die ganzen Weihnachtssachen weg, zersägen den Christbaum, stecken die Teile in den Kamin und verpacken die heilige Familie in Kartons, die wir unters Bett schieben. Wird auch Zeit, denn die ersten lila Frühlingsblümchen stecken ihre Köpfchen aus der Erde und kurze Zeit später werden die knallgelben Mimosenbäume blühen.

Dann wenden wir uns anderen, jecken Dingen zu, denn der Januar ist der Monat der Karnevalsvorbereitungen. Wir fahren nach Viareggio über die „autostrada del sole“, die Autobahn die Napoli mit Mailand verbindet, in die „Cittadella del Carnevale“, in die Karnevalstadt.
Cesare, der Mann meiner Freundin Ilse, kommt aus Viareggio und baut an einem Carro, einem gigantischen Karnevalswagen, mit. Ihn wollen wir besuchen.
Wir kommen dort an und sofort aus dem Staunen nicht heraus. Ich hatte einen Platz mit alten Industrieschuppen erwartet, stattdessen stehen wir vor einem hochmodernen Hangarkomplex. Hangare sind eigentlich Flugzeughallen, aber hier werden darin die Karnevalswagen gebaut, Türhöhe 13,4 Meter, Gesamthöhe 16 Meter.
Und was wir dort alles sehen, mein Herz hüpft vor Freude. Das ist ein Riesenspielplatz für Jungs, auch wenn sie schon erwachsen sind. Da stehen sie, drei bis fünf Monate lang jeden Tag acht Stunden, und basteln. Dass es so etwas heute noch gibt.
Und was man da alles sieht, Riesenbabys, gigantische Köpfe, nackte Hintern aus Papiermaschee, Gespenster, Elefanten, den Papst, Berlusconi, Obama, die Freiheitsstatue, Clowns, Teufel.
Es wird Styropor geschnitzt, tausende Seiten Zeitungspapier mit Leim eingepinselt und in Form gebracht, gemalt, geschweißt, gelötet, gelacht, gesungen, geflucht.

Der ganze Spaß und Aufwand dient dazu, an fünf Nachmittagen Menschen zum Staunen, Tanzen, Feiern und Lachen zu bringen.
Danach wird die Arbeit von Monaten zerstört oder die Figuren werden verkauft und es kehrt für eine gewisse Zeit Ruhe in die Hangar ein.

Februar
Febbraio

Endlich ist es soweit, es ist Karneval und die Stadt Viareggio gerät aus den Fugen.
Wir gehen jedes Jahr dorthin und nun freuen wir uns ganz besonders darauf, denn wir haben bereits die Herstellung der riesigen Wagen gesehen. Es braucht einen sonnig klaren Tag wie diesen, damit der Karneval so richtig Spaß macht.

Viareggio ist ein vornehm wirkendes Seebad, sicher eines der schönsten an der Versilia-Küste. Das ehemalige Fischerdorf hat sich zu einem Badeort für die

Schönen und Reichen gemausert. Aber es gibt neben teuren Restaurants und Strandbädern auch immer noch die freien Strandabschnitte, wo man sein Handtuch ausbreiten kann, und die einfachen und guten Pizzerien an der Ecke. Viareggio ist auch bekannt für seine Werften, in denen Luxusjachten, unter anderem auch für Berlusconi, gebaut werden.
Wir hatten einmal die Gelegenheit, uns eine Jacht für 28 Millionen Euro anzuschauen. Riccardo hatte seine Nase neugierig in eine Bennetti-Werft, eine Werft der Extraklasse gesteckt, und ein netter Arbeiter dort zeigte uns, was sonst kaum jemand zu Gesicht bekommt: die gesamte Jacht von Abramowitsch.
Felix und manchmal auch mir ist Riccardos direkte Art auf Menschen zuzugehen, etwas peinlich, andererseits verschafft uns dies Erlebnisse und Einblicke der besonderen Art, und das freut uns wiederum sehr.
Inzwischen habe ich mir das etwas abgeschaut und da ich von Natur aus auch neugierig bin, frage ich nun ebenfalls ziemlich direkt, wenn ich etwas wissen will. Der Andere kann ja einfach „Nein“ sagen.

Der abgesperrte Abschnitt, in dem der Karneval stattfindet, ist etwa einen Kilometer lang. Es ist das erste Mal, dass wir es uns leisten können, um 15 Uhr, wenn der Umzug anfängt, dort hineinzugehen. Denn der Eintritt ist saftig: für Erwachsene 15 Euro und für Kinder ab 11 bis 15 Jahren 10 Euro. Der Umzug dauert bis 18 Uhr, geht man erst um 17.30 Uhr, dann muss man keinen Eintritt mehr zahlen, aber sieht natürlich auch nur noch das Ende vom Umzug. So haben wir es bislang gemacht.
Riccardo setzt uns am nördlichen Eingang ab und parkt etwas entfernt in einer Nebenstraße. Der Umzug verläuft auf der Viale, auf der Allee parallel zum Meer, und so machen wir erst mal einen Abstecher zum Meer. Es ist traumhaft klar und das Meer auf der einen Seite und die schneebedeckten Berge auf der anderen geben einen fantastischen Anblick.
Der Strand von Viareggio ist hell und breit. Und von dort aus erkennt man sogar Umzugswagen, die zwischen den Häusern vorbei ziehen.
Die Eintrittskarten gibt es an der Absperrung und dort steht auch gleich die Finanzpolizei. Was wollen die denn hier? Ich lobe sie höflich für ihre netten Kostüme und erkundige mich, wo sie die gekauft haben. Dann gehe ich aber mal lieber schnell weiter.
Die Carri, die Umzugswagen, sind einfach toll und wir können uns an ihnen gar nicht satt sehen, einer ist schöner als der Andere geworden.

Anfangs habe ich mich gewundert, wie hier der Karneval gefeiert wird. Da laufen zwar alle hinter den großen Karren her, aber kaum einer tanzt, singt oder lacht. Es ist eher ein gemütlicher Festumzug. Schön ist, das er auf einer palmenbesäumten Allee stattfindet mit unglaublich schönen Häusern rechts und links und einer frischen Meeresbrise. Später erleben wir einen rotglühenden Sonnenuntergang im Meer mit der Karnevalskulisse davor, das hat schon was.

Auf manchen Karren wird richtig Stimmung gemacht und auf anderen stehen verkleidete Leute mit ernsten Gesichtern. Das verstehe ich gar nicht. Von jedem Wagen schallt tolle Musik und es zuckt uns nur so in den Beinen. Felix meint abwechselnd zu mir und zu Riccardo, wir sollten weniger schreien und hüpfen, das wäre echt peinlich. Aber uns kann nichts halten.
Vor den Wagen spielen oft Orchester, einige Musiker machen Späße, andere sehen aus, als hätte man ihnen keine Pasta zu Mittag gegeben.
Man würde meinen, dass die temperamentvollen Italiener beim Karneval völlig aus dem Häuschen geraten, aber das ist nicht der Fall, alles geht sehr diszipliniert zu. Ich hätte Lust, richtig zu feiern, aber da müsste ich wohl nach Köln? Dort sind die Umzugswagen kleiner, dafür aber wird den ganzen Tag und mindestens die halbe Nacht gefeiert.

Wir sind als Dalmatinerfamilie verkleidet, das hat uns schon im letzten Jahr den ersten Preis beim Karneval in Casciana Terme eingebracht. Wir sehen echt süß aus. Ich bin der fetteste der Dalmatiner, denn ich trage eine Daunenjacke unter dem Kostüm.
Hier sind fast alle verkleidet und das macht Laune. Hat man kein Kostüm dabei, so kann man sich schnell an einer der Buden zumindest einen Hut besorgen. Luftschlangensprays und Konfetti werden überall verkauft und auch an Ständen mit Süßigkeiten mangelt es nicht. Ein süßer Duft liegt in der Luft und der ganze Umzug ist ein einziges Fest für die Sinne.
Die Wagen sind zum Teil so hoch wie die eleganten Jugendstil- und Klassizismushäuser an denen sie vorbei fahren und so breit wie die Straße. Sie werden von Traktoren gezogen, und es passt immer jemand auf, dass sie genug Platz haben. Wir bleiben entweder am Rand stehen und recken den Hals, wenn sie vorbeifahren, oder wir laufen ihnen ein Stück entgegen oder hinterher. Man muss schon sehr aufpassen, dass man ihnen rechtzeitig ausweicht, denn manche Wagen sind sehr ausladend.

Die Themen sind allesamt politischer Natur. „Berlusca“ wie Riccardo liebevoll Berlusconi nennt, ist der am meisten karrikierte Politiker. Ich sehe ihn als Riesenfigur in Strampler und mit Nuckelflasche, umgeben von schönen Frauen, als Feigenbaum, aus dem oben bestrapste Damenbeine herausschauen („il fico“, der Feigenbaum, hat hier noch eine andere Bedeutung, so nennt man auch einen Weiberhelden), als Gigant mit zwei Scheren, weil er offen-

sichtlich nicht die Steuern beschneidet, wie im Wahlkampf versprochen, sondern die Sozialleistungen. Und auf einem weiteren Wagen ist er als Ansager auf einem Fernsehbildschirm zu sehen.
Immer ist er jedoch als spitzbübisch lächelnder Berlusconi dargestellt und bei aller Kritik schimmert eine mir unbegreifliche Liebe zu ihm durch. Er ist halt ein charmanter, waschechter Italiener.

Auch Frau Merkel zieht zwei Mal lachend an uns vorbei, Obama ist allerdings öfter zu sehen, freundlich lächelnd über einem angeschlagenen Amerika.
Ein großer Wagen ist Michael Jackson gewidmet. Sein Gesicht ist ganz weiß und auf seiner „Thriller Party" tanzen neben schrillen Figuren unzählige Skelette.

Am Besten gefällt uns der Wagen, auf dem ein Schwanenpärchen, ein weißer und ein grauer Schwan, verliebt die Hälse in den Himmel recken. Der Wagen muss an die 30 Meter hoch sein und wirkt sehr imposant. Sein Name ist „C`é solo una madre terra", es gibt nur eine Mutter Erde. Unter dem Schwanenpärchen sind auf Blüten gebettet schlafende Babys von verschiedener Hautfarbe. Alles dreht sich um Rassismus, Gleichheit, Liebe, Erdverbundenheit, ein Sprecher und Musik untermalen das Ganze, während Kinder mit ihren Eltern tanzen.

Die Wagen sind nicht nur gigantisch groß, sondern alle auch mit viel Mechanik ausgestattet, so dass sich die Figuren bewegen: Drachen öffnen ihre Mäuler, Kanonen schießen Konfetti, Monster rauchen aus den Nüstern, Vögel fliegen, Scheren schnippeln, Köpfe drehen sich, Beine schlenkern, Hintern recken sich in die Höhe, ganze Wände schieben sich hin und her.
Es muss ein riesiger Spaß sein, diese Wagen zu entwerfen, zu bauen und zu bedienen. Wie sie es dann fertig bringen, sie zu zerstören, nachdem sie so viel Zeit mit so viel Hingabe daran gearbeitet haben, ist mir unbegreiflich.

Nach drei Stunden ist der ganze Spuk mit dem Abfeuern von drei Kanonenschüssen vorbei. Die Wagen halten an und werden später zurück in die Hangar gefahren, um dann an weiteren drei Sonntagen erneut ihre Runden zu drehen. Denn hier gibt es nicht nur einen Karnevalssonntag, sondern davon gleich vier und ein weiterer Umzug findet am Faschingsdienstag statt. Immerhin handelt es sich um den wichtigsten Karneval in Italien und um einen der größten in Europa, dessen Tradition auf das Jahr 1873 zurückgeht.

Wenn man sich überlegt, dass mindestens fünf Menschen drei Monate, das sind 20 Arbeitstage pro Monat (meist sind es acht Menschen und fünf Monate) um die 40 Stunden pro Woche an den Wagen arbeiten, das Ganze dann mal 16 Wagen, ergibt dies mindestens 5000 Stunden Arbeit für 12 Stunden Vorführung. Unglaublich!

Nach dem Umzug gehen wir wie jedes Jahr in die Pizzeria Rusticanella „Pizza a taglio“ holen, Pizza auf die Hand, die wir draußen auf einer Bank sitzend essen und dabei die Kostüme der anderen betrachten. Dann laufen wir den ganzen Weg zurück, der sich zieht, denn die Promenade ist über zwei Kilometer lang. So voll wie es zuvor war, so schnell stirbt das Stadtzentrum auch wieder aus. Die Händler bauen ihre Buden ab und die Umzugswagen rollen auf der anderen Straßenseite still und dunkel vorbei. In den vielen Boutiquen sieht man Leute einkaufen, die schick gekleidet sind, da kommt man sich plötzlich als Dalmatiner etwas eigenartig vor.

März
Marzo

Dieser Monat kommt endlich mit dem sehnsüchtig erwarteten Hauch von Frühling daher. Eine spätere Mimosenart blüht pünktlich zum 8. März, dem internationalen Frauentag, der hier tatsächlich gefeiert wird. Das freut mich als Ostkind natürlich. Kaffee und Kuchen und einen halben Tag frei, wie damals im VEB Sächsischen Modellbau gibt es nicht, aber zumindest ein Sträußchen duftender Mimosen. Leider haben diese die Unart, in der Vase sofort zu verwelken. Trotzdem kann es passieren, dass noch mal Nachtfrost kommt oder gar, dass es schneit. Dann bricht aus Mangel an Winterreifen erst mal das Chaos aus. Der ganze Spuk dauert sowieso nur ein, zwei Tage, denn dann ist alles wieder weg getaut. Aber in diesen zwei Tagen klappt nichts mehr, kein Bus fährt, kein Kindergarten hat geöffnet, keine Schule.
Unsere Kinder werden dick eingepackt und müssen, ob sie wollen oder nicht (meistens wollen sie nicht, denn ihnen ist das viel zu kalt), mit Riccardo eine Schneewanderung machen. Ihn treibt die Eile, denn der weiße Zauber liegt nur für kurze Zeit über der Landschaft.
Sollte plötzlicher Schneefall Riccardo an seiner Arbeitsstelle in der Ebene überraschen, telefonieren wir nicht 20 Mal am Tag, sondern doppelt so viel, denn wir müssen die aktuellen Schneestandsmeldungen vergleichen die bei einem Höhenunterschied von 132 Metern doch recht unterschiedlich ausfallen können, und ich muss mich versichern, dass er auch ja die richtige Straße für die Heimfahrt nimmt. Ich kenne ihn, er ist so schneebegeistert, während ich das Ganze eher routiniert-gelangweilt betrachte, dass er mal eben die Straße über den Hügel nimmt, um zu gucken, wie hoch der Schnee liegt, statt auf

geradem Weg durch die Ebene nach Hause zu kommen. Zwangsläufig bleibt er dann mit seinem kleinen Fiat in der nächsten Schneewehe stecken, und es ist die Frage, ob das drei oder fünf Kilometer von zuhause entfernt geschieht. Sieht man einen Mann mit Kapuze und Einkaufstüten rechts und links nachts über die Hügel wandern, so ist das garantiert mein Mann. Einmal habe ich Mitleid und lasse ihn von unseren deutschen Freunden retten, die Winterreifen haben, aber irgendwann versagen auch diese.

Generell stellen sich im März aber die ersten sonnigen Tage um die 15 Grad ein, die Rosen werden im Garten verschnitten und die ersten Blumen gepflanzt.
Auch in den Weinbergen wird nun emsig gearbeitet, die Reben müssen verschnitten werden und auch Felix's Weinrebe im Garten wird zurecht gestutzt.

Die Quaresima beginnen, die 40 Tage vor Ostern, und der Frühlingsputz hat zu erfolgen, bevor Don Bruno zur Haussegnung vorbei kommt. Riccardo isst nun freitags kein Fleisch mehr, was ich stets vergesse und dann sauer bin, wenn ich umsonst gekocht habe.

Meine Arbeit nimmt zu, neue Häuser kommen ins Angebot, ich fahre herum und mache Fotos, viele Reservierungen müssen bestätigt, Hochzeiten sorgfältig geplant, Gruppenprogramme zusammengestellt und Stadtführungen organisiert werden.
Das macht alles gleich vielmehr Spaß, wenn es wärmer ist und die Hände nicht mehr beim Schreiben am Computer erfrieren.

Ich besuche mit Riccardo neue Restaurants und wir gehen auch in unser Lieblingsrestaurant, um zu erkunden, was es Neues auf der Karte gibt. Für mich ist der persönliche Kontakt wichtig, und ich möchte genau wissen, was in den Restaurants und in den Küchen geschieht.

Wir unternehmen Ausflüge, um neue Ziele für meine Gäste zu erkunden, fahren in den Zitrusgarten bei Pescia, in den Pinocchiopark, beides in den Hügeln bei Lucca gelegen, und flanieren durch Lajatico auf den Spuren von Andrea Boccelli, dem berühmten blinden Sänger, oder leihen uns bei Poli in Lucca Fahrräder aus und fahren über die 4,5 km lange platanengesäumte alte Stadtmauer. Und anschließend geht es natürlich zu Nonna Sofia, pasta al pomodoro essen.

April
Aprile

Wir erfreuen uns am milden Frühlingswetter, das nun überwiegt, auch wenn man ihm noch nicht so ganz trauen kann.
Auf unseren Streifzügen durch die nähere Umgebung, durch Olivenhaine, Wiesen und Weinberge, sammeln wir Blumen und Kräuter. Von Jahr zu Jahr können wir die Spaziergänge großzügiger gestalten, denn die Gefahr wird geringer, auf dem Rückweg ein Kind, das dauernd sagt: „non ne posso più", ich kann nicht mehr, auf dem Arm mit schleppen zu müssen.
Die Abende werden nun wieder länger und das Wetter macht Lust darauf, den Garten auf Vordermann zu bringen, schließlich will man dort bald Ostereier verstecken und diese auch wieder finden.
Auch in dieser Hinsicht haben unsere Kinder eben wirklich Glück, denn wieder lassen wir die Bräuche beider Länder aufleben und vermischen sie eifrig. Wir besuchen die Ostermesse, hören die Ostergeschichte, essen Osterlamm und bringen ein Osternest in die Kirche, damit der Pfarrer die Eier segnet, die wir mit deutschen Farben bunt gefärbt haben. Die Zeiten für die Messe wechseln übrigens alle drei Monate, weil es nur einen Pfarrer für die drei Gemeindeteile gibt, und damit nicht ein Teil immer so zeitig aufstehen muss, beginnt die Messe mal um 9 Uhr (da gehe ich nie, sonst müsste ich ja sonntags um 8 aufstehen und mein deutsches Frühstück vernachlässigen), mal um 10.15 oder 11.30 Uhr.
Im Garten verstecken wir Ostereier, und zwar die großen italienischen Schokoeier, die mit irgendeiner Überraschung gefüllt sind. Sie ähneln schon den bei uns üblichen kleinen Kinderüberraschungseiern, sind aber mindestens 25 bis 30 cm groß und somit auch nicht so leicht zu verstecken, erst recht nicht in unserem 20 qm kleinen Garten. Meist haben wir 12 davon, denn Freunde bringen immer schon vor Ostern welche ins Haus. Es gibt Eier mit normaler Schokolade, Eier aus „Kinderschokolade", und teurere von den verschiedenen Fußballmannschaften sowie Riesenschokoeier. Die ersten der mindestens 12 Eier werden immer mit viel Freude verschlungen, die letzten bleiben dann ewig liegen, weil allen die Lust auf Schokolade vergangen ist. Jedes Jahr wird das Ostereieranmalen schöner, denn die Kinder werden größer und geschickter und ich kann mir mehr Zeit nehmen für diese Dinge.
Nur für meinen Osterstrauß, den ich mir in Deutschland immer mit viel Liebe selbst gebastelt habe, fehlt mir das nötige Material. Zarte Birkenzweige gibt es hier nicht, die wachsen nur in kühleren Gefilden, deshalb versuche ich es mit Olivenzweigen, aber das Ergebnis ist nicht so österlich wie gewohnt.
Das Ostereierverstecken lässt sich Felix nicht nehmen und das Suchen ist eine riesige, hier sonst unübliche Gaudi.

Und natürlich darf der italienische Osterkuchen, die „colomba“, nicht fehlen. Das ist ein aufgeplusterter Kuchen, ähnlich dem panettone oder weihnachtlichen pandoro, in Form einer Taube als Friedenssymbol zu Ostern, mit kandierten Mandeln, Puderzucker und Zuckerstreusel verziert, sehr lecker.
Die Tettoia wird nun im Frühling aufgeräumt und geputzt. Das ist das Terrakotta gedeckte Vordach in unserem Garten, unter dem früher wohl der Kuhkarren stand, und unter dem wir jetzt die Hollywoodschaukel, Tisch, Stühle, ein kleines Sofa und ein zum Tisch umfunktioniertes Vin Santo Fass stehen haben.
Ich gehe mit den Kindern ein Stückchen den Feldweg vor dem Haus hinab, um lange Bambusstangen abzusägen, die wir jedes Jahr für die Tomatenpflanzen brauchen. Wir suchen die längsten und dicksten aus, denn unsere fünf Tomatensträucher nehmen immer gigantischere Ausmaße an, obwohl wir ihnen außer Wasser nichts geben. Sie werden bis zu 4 Meter hoch und wir müssen die Bambusstöcke fest in den Boden schlagen und die Pflanzen gut daran festbinden, sonst reißt der Wind, der zum Teil stark vom Meer oder als tramontana aus den apuanischen Alpen kommt, sie um. Dazwischen pflanzen wir Basilikum. Und auch dieser wird üppig, so dass unser Caprese (Mozzarella und Tomaten in Scheiben mit Basilikum und Olivenöl) und das hausgemachte Pesto für den ganzen Sommer gesichert sind.
Im Sommer wird es dann auch wieder Streit zwischen mir und Riccardo wegen der Tomaten geben, denn er pflückt sie gern aus mir unerfindlichen Gründen, wenn sie noch hart sind, während ich sie gern sonnengereift ernten würde, wenn sie dunkelrot sind und so herrlich duften. Aber das gelingt mir nur selten, auch wenn ich ihm hundert Mal erkläre, wie das ist, wenn man zuvor jahrzehntelang geschmacklose Tomaten aus dem Gewächshaus gegessen hat. Aber ich gebe die Hoffnung nicht auf, vielleicht hat er irgendwann einmal Erbarmen mit mir und den Tomaten.
April ist der Monat, in dem alles grünt und blüht und die Täler vom rosa der Pfirsichblüten überzogen sind. Ledo, der Olivenmühlenbesitzer, arbeitet im Winter in der Mühle und im Sommer ist er Obstbauer, mit diesen zwei Saisongeschäften kann er gut überleben.
Endlich geht es auch wieder ans Meer. Die ersten Spaziergänge unternehmen wir zu Paolo an den breiten Sandstrand „Le Dune“. Das ist der Strand mit Sonnenschirmchen, kleiner Bar und Spielplatz in Calambrone, wo wir im Sommer sind, wenn wir nicht an die freien Strände von Vada, Rosignano oder Bibbona gehen.
Jetzt im Frühjahr sind noch keine Liegen und Sonnenschirme aufgebaut, aber man kann schon schön spielen und sich sonnen. Ich beobachte meine vier Jungs, wie sie im Sand tollen, und strecke mich wohlig aus.

Später werden wir das erste Eis in dieser Saison in Tirrenia auf der Piazza essen.

Mai
Maggio

Der Mai ist hier wirklich der Wonnemonat. In Deutschland kann man sich da nie so sicher sein, aber hier trifft es immer zu. Die Sonne wärmt angenehm, es riecht nach Frühling, nach Jasmin, Zitronenblüten, Lorbeer, Holunder und Akazien. Die Nächte sind so, dass man sie mit einem Jäckchen bekleidet draußen genießen kann.
Dann schnappe ich mir einen Rotkäppchen-Weißwein, eines unserer schönsten Ostprodukte, und etwas von den Leckereien, mit denen mich meine Gäste beglücken. Die Nachtigallen singen, ein Käuzchen ruft und unzählige Frösche quaken. Und da, war da nicht ein erstes Glühwürmchen zu sehen? Tatsächlich, hinter den Rosen am Gartentor blinkt es. Endlich, die ersten Sommerboten sind da.
Warum die Glühwürmchen hier blinken und in Deutschland, sofern man überhaupt noch welche sieht, ohne Unterbrechung leuchten, fragen mich manche Gäste. Sie müssen Strom sparen, erkläre ich dann schmunzelnd, denn schließlich haben wir die höchsten Stromkosten von ganz Europa!
Der Wein, ein bisschen Schokolade und ich bin glücklich in meiner kleinen Oase, umgeben von nächtlichen Naturgeräuschen. Ein schwarzer Kater mit weißem Lätzchen kommt die gusseiserne Wendeltreppe hinauf, aber Angiolina, unsere weiße Katzendame, habe ich schon ins Bad und somit in ihr Körbchen gesperrt.
Il gattino nero entschließt sich zum Rückzug.
Nun sind wieder öfter die Lichter der Autos zu sehen, die vom Meer zurück über die Hügel kommen. Wie auf einer Perlenschnur aufgefädelt, rollen sie ins Landesinnere, und es muss wunderschön sein, nun an den vom Vollmond beschienen Kornfeldern, an dem Castello Gellomattacino, den Agriturismi und dem Santuario della Madonina vorbei zu fahren.
Es ist die Zeit des Kirschfestes in Lari, die „sagra delle ciliege", dafür ist Lari seit 1957 in der ganzen Toskana bekannt. Ja, hier sind Ende Mai schon die ersten Kirschen reif. Zumindest sollten sie es sein, aber manchmal schaffen sie es nicht ganz. Wenn es vorher zu viel geregnet oder ein unverhoffter Eisregen die Blüten zerstört hat, dann wird es schwierig mit den Kirschen.
Bis zu drei Monate dauert die Kirschsaison, denn die Sorten reifen abgestimmt nacheinander. Fünfzig Prozent der Gesamtproduktion der Kirschen in der Toskana kommen aus Lari, oder mit anderen Worten 50.000 Kilo jedes Jahr.

Uns scheint das Land rings um Lari immer noch wie ein Paradies, aber die Larigiani sagen, früher war alles ein einziger blühender Garten, ein Traumlandschaft für Naturliebhaber.

Wir freuen uns jedes Jahr auf das Dorffest, das immer am letzten Maiwochenende und am 1. Juniwochenende stattfindet, und zu dem alle Dorfbewohner etwas beitragen. Lucia, Chiara und Rosa von der Nudelfabrik backen mit Kirschen gefülltes Schmalzgebäck, „le frittelle di nonna Rosa", aus. Edda macht ihre berühmten Ravioli mit Kirschen, ein süßes Gebäck,
und im Restaurant auf der Piazza gibt es Penne von Martellis mit kleinen Herzkirschen. Miriam verkauft nun Klamotten im Kirschlook, Michela bietet Kirschmarmelade an, natürlich in Lari produziert, und die Apotheke hat eine eigens kreierte Kirschkosmetik im Angebot.
Die reizenden Schwestern Annarita und Sabrina vom Casa Mena, das ich vermiete, gewinnen Preise mit ihren herrlichen Kirschkreationen, die sie an ihrem Stand präsentieren, und mit denen sich Papà Giancarlo für insgesamt 14 Jahre die Auszeichnung „goldene Kirsche" holt.
Es gibt Ballettaufführungen von Kindern und die hübschesten Mädchen vom Dorf machen eine Modenschau in knappen roten Kleidern. Auf dem Castello wird eine Gemäldeausstellung präsentiert, und abends gibt es Musik und Tanz, unzählige Marktstände mit Kirschen, Süßigkeiten, Keramik, Klamotten und vielem mehr, aber auch porchetta, das gegrillte Schwein, darf nicht fehlen, und das Festzelt für die Mittag- und Abendessen, bei denen man sich rechtzeitig anstellen muss, sonst wartet man ewig.

Ein italienisches Dorffest muss man einmal erlebt haben, dann versteht man, wie alle sind. Der Italiener nimmt ja, was mich begeistert, alles zum Anlass, um zu feiern: Kirschen, Wildschweine, Trüffel, Bohnen, Frühling, Pfirsiche, neues Olivenöl, Eulen, neuer Wein, Kaninchen, frittierte Teigbällchen, Frösche, Fische ... Eigentlich kann man sich fast das ganze Jahr durch Feste fressen.
Die Dorffeste werden immer auf großen Plakaten in der näheren Umgebung angekündigt.
Da geht man dann hin, schaut, wo die Menschenschlange aufhört, stellt sich hinten an, liest sich währenddessen das Menü durch, das meistens groß angeschrieben steht, wartet, bis man an der Reihe ist, bestellt – möglichst ohne etwas zu vergessen, sonst muss man sich wieder anstellen – bezahlt, ergattert sich einen freien Platz an einem Tisch, versucht die Kellner, meistens Leute aus dem Dorf, zu erwischen und ihnen den Zettel mit der Bestellung in die Hand zu drücken. Dann wartet man auf sein Essen, das auf Plastikgeschirr serviert wird. Die Abneigung gegen Plastikgeschirr verliert sich übrigens mit den Jahren, habe ich leicht erschrocken an mir festgestellt.

Wein bestellt man immer Flaschenweise. Italiener trinken regelmäßig Wein, aber eigentlich nur zum Essen und selten danach. Sie sind das so gewöhnt und ich habe selten einen Betrunkenen gesehen. Auch Alkoholkontrollen habe ich noch nie erlebt. Meinen Gästen, die deshalb oft besorgt sind, wenn sie von einer Weinprobe kommen, rate ich, die Außenspiegel einzuklappen und vor jeder Kurve zu hupen, ganz italienisch eben.
Als Nachtisch gibt es beim Kirschfest natürlich Kirschen, und man sollte nicht denken, Kirsche sei gleich Kirsche, es gibt hier in Lari allein 19 verschiedene Sorten mit klangvollen Namen wie Gambolungo, Cuore, Siso, Papalina, Del paretaio, Morella del Meini, Di Nello, Di Guglielmo, Orlando, Elia, Precoce di Cevoli, Morella, Di giardino, Marchianella di Lari, Usigliano, Morellona tardiva, Marchiana, Montemagno detta anche Angela, Crognola.

Pfingsten, das ja auch in den schönen Monat Mai fällt, spielt hier übrigens überhaupt keine Rolle. Die meisten wussten, wenn ich von „pentecoste", Pfingsten, sprach, nichts damit anzufangen. Und das in diesem katholischen Land, da kann man doch nur staunen!
Für mich beginnt mit Pfingsten die Hauptsaison. Ende Mai sind fast alle Ferienwohnungen ausgebucht, es ist die Zeit der Reisegruppen und Stadtführungen. Jetzt bin ich wieder täglich im Dorf und Giuseppina fragt mich, ob ich mein Bett bei ihr aufstellen möchte, es hätte doch gar keinen Sinn, noch nach Hause zu gehen.
Die Abende, auch wenn manche noch etwas frisch sind, verbringen wir draußen, richten den Garten her, spielen mit den Kindern, lassen die Nachbarn das unverkennbare Geräusch eines deutschen Bobycars sich einprägen oder gehen das erste Eis essen nach Casciana Terme. Dort bummeln die Leute, treffen sich, halten ihr Schwätzchen und lachen.
Es geht eindeutig auf einen herrlichen Sommer zu.

Juni
Giugno

Der Juni ist ein herrlicher Monat, es ist Sommer, aber noch nicht so heiß.
Leichte Panik macht sich bei mir breit, denn ich habe die Hochsaison vor mir und zugleich beginnen die mehr als drei Monate dauernden Ferien, sowohl für die Schule wie für den Kindergarten. Dem kann man als Mutter von drei Kindern nur mit einer gehörigen Portion Fatalismus und mit Humor entgegensehen.
Zunächst gibt es Zeugnisse. Felix ist ein intelligenter Junge, aber er hat nicht allzu große Lust zu lernen. So erwarte ich sein Zeugnis eher mit leichter

Besorgnis. In Italien kann man ganz schnell sitzen bleiben, viel schneller als in Deutschland. Und als ehrgeizige Mutter hätte ich gern nur Neuner oder Zehner im Zeugnis meines Sohnes. Die Zensuren gehen hier von 1 bis 10, 10 ist die beste Note.

Als ich sein Zeugnis von der 2. Media (7. Klasse) sehe, erstarre ich. Was ist denn das? Auf der linken Seite steht: sex, sex, sex, insgesamt sechs Mal. Die Lehrerin, immerhin eine seriöse Dame um die 60, hatte, statt „sei" zu schreiben, überall „sex" hingeschrieben.

Und ich schwöre, ich denke mir das nicht aus.

Riccardo gab mir dann folgende Erklärung: Da man aus „sei" leicht „sette" machen könne, indem man das i hochzieht und ein t und ein e dranhängt, schreibt man eben „sex" hin. Mit sette, sieben, würde man sich ja eine bessere Note erschleichen. Vielleicht ist auch logischer, dass man immer noch die lateinischen Zahlen verwendet?

Seitdem aber muss Felix es sich gefallen lassen, dass ich ihn auf jeden Erotikshop hinweise, den wir sehen. Kein Wunder, dass aus diesen kleinen Italienern mal solche Machos werden.

Italienisches Sexy-Zeugnis

Da im Juni noch nicht so viele Feriengäste da sind, versuchen wir, die ersten zwei Wochen wieder auf dem Campingplatz in der Nähe Urlaub zu machen. Dann tanke ich Kraft für den Sommer und bin doch ganz in der Nähe von Lari, falls es zu irgendwelchen, nicht voraussehbaren Notfällen kommt wie: Hund krank, Auto kaputt, Kreditkarte funktioniert nicht.
In den folgenden Wochen gehen die Kinder in die „Campi solari", in die Ferienspiele, eine recht kostspielige Aufbewahrungsstätte. Felix plant derweil schon seine eigenen Ausflüge und Reisen und wir dienen nur noch dazu, ihn irgendwo hinzufahren, wieder abzuholen und dass nötige „Kleingeld" bereit zu halten.

Meine Gäste kommen, ausgestattet mit einer Anreisebeschreibung und ausführlichem, von mir geschriebenem Reiseführer, an und ich begrüße sie immer dienstags beim Gästetreffen. Danach zeige ich ihnen die Nudelfabrik, wir gehen zum Metzger und probieren die Pasta Martelli anschließend im Restaurant il Gallo und nachmittags findet eine deutschsprachige Weinprobe statt. Mit einigen, mit denen wir uns inzwischen angefreundet haben, verabreden wir uns auch zum Essen oder wir machen einen Pizzabend auf dem Weingut.

Und dann kommt der ...

Sommer in der Toskana – Juli & August

Estate in Toscana – luglio e agosto

Sommer in der Toskana, das bedeutet: abends lange draußen sitzen, laue Nächte, Feste, Sagre, eine andere Bezeichnung für Volksfeste, Besuch von Freunden, lange pausa pranzo, Mittagspause oder Siesta, drei Monate Ferien und kein Zwang zum Aufstehen, reichlich Vino Bianco, Weißwein, und Aperitif mit viel rotem Farbstoff, Campari oder Bitter, tagsüber brennend heiße Sonne, da hält man es nur schlafend im abgedunkelten Zimmer oder am Meer bei einer frischen Brise aus, das beste Eis der Region auf der Piazza von Casciana Terme genießen, bis Mitternacht tobende Kinder, während ich öfter mal zusammenzucke, weil scheinbar ein Kind verschwunden ist, wenn wir uns mit Bekannten im Gespräch verlieren. Schön sind diese Monate, wo sich der ganze Lebensrhythmus noch mal um zwei Stunden verschiebt. Statt um halb oder um zehn gehen die Kinder erst gegen elf, manchmal auch um Mitternacht ins Bett. Danach muss noch das Haus aufgeräumt werden, schließlich fallen auch wir um, im wahrsten Sinne des Wortes. Es ist wunderbar, wenn die Kinder so lange im Meer, im Schwimmbad oder draußen getobt haben, dass

sie dann fast zu müde sind zum Zähne putzen und danach sofort in Tiefschlaf fallen.
Es ist die Zeit des Marmeladekochens aus den Früchten der Saison, Kirschen, Erdbeeren, Pfirsiche. Die Tomaten reifen und es gibt sie fast jeden Abend mit Olivenöl und Mozzarella.
Wir gehen an den Strand, so oft es möglich ist, und machen vorher Nudel- oder Reissalat oder nehmen einfach nur frisches Weißbrot mit, das wir mit Knoblauch einreiben, Öl, Tomaten und Mozzarella dazu, köstlich.
Vor jedem Sommer steht Ratlosigkeit: Was mache ich bloß dreieinhalb Monate lang mit unseren Kindern? Aber ich habe mich dazu entschlossen, den gemeinsamen Sommer zu genießen. Es ist herrlich, so beinahe losgelöst von Raum und Zeit sich dahin treiben zu lassen.
Der Lebensrhythmus ändert sich zwei Mal im Jahr komplett von einem Tag auf den nächsten, einmal wenn die Ferien anfangen und dann, wenn sie wieder aufhören.
Natürlich habe ich gerade in den Sommermonaten besonders viel zu tun, aber jedes Frühstück, jedes Abendessen auf der Terrasse, jedes Lachen aus einem sommergebräunten Kindergesicht, jeder Blick aus dem Fenster, jedes Glas Wein, in dem sich die untergehende Sonne spiegelt, entschädigt tausendfach für die Mühen.

Menschen, die in der Sonne leben, haben vielleicht ein leichteres Herz. Und das Staunen nicht zu verlernen, ist etwas sehr Wichtiges.

September
Settembre

Der Sommer neigt sich langsam dem Ende zu.
Unsere Nachbarn bringen uns abwechselnd Weintrauben von ihren Weinbergen vorbei. Es sind kleine, eher unansehnliche Trauben, aus denen der Wein gemacht wird, aber sie haben einen wunderbar süßen Geschmack.
Es ist die Zeit der Feigen, in der auch Feigenmarmelade gekocht wird.
Die gelben Margeriten leuchten in der sich langsam wieder grün färbenden Landschaft. Der französische Lavendel blüht im Dorf und wir nehmen uns etwas davon mit ins Haus, bevor ihn die Gemeinde abschneiden lässt.
Schwere Sommergewitter fegen über das Land und lassen uns nachts aufspringen, um schnell sämtliche Stecker zu ziehen. Wir betrachten zusammen mit den Kindern die Blitze und kriechen unter die Decken, wenn es donnert. Die Nächte sind dann eher unruhig, denn bei dem Krach draußen schläft

kaum einer durch. Die Luft kann dann schon mal um mehrere Grad abkühlen und kündigt den nahenden Herbst an.
Im Meer wird zum letzten Mal gebadet, bevor wieder die Schwimmbadzeit beginnt. Das ist zumindest mir ein Gräuel, denn die Bäder hier sind nicht zu vergleichen mit unseren Schwimmbädern oder Erlebnislandschaften. Als ich in Pontedera das Schwimmbad zum ersten Mal betrat, war ich schockiert. Es wird von der Gemeinde betrieben, und man sieht, dass ihr Geld fehlt. Als dann bei einem weiteren Besuch ein quadratmetergroßes Zementstück von der riesigen Gewölbedecke ins Becken stürzte und einen Schwimmer nur knapp verfehlte, verging es mir endgültig, dort zu baden. Seitdem bete ich, wenn Riccardo mit den Kindern in diesem Schwimmbad ist.

Im September ist auch Wanzenzeit. Die sind hier grün, und ganz harmlos. Aber sie nerven, weil sie so laut brummen, während sie ihre endlosen Kreise um die Lampen ziehen.
Man sollte sich gründlich davor hüten, sie zu zerquetschen. Sie stinken nämlich erbärmlich. Deshalb werden sie im Volksmund auch „puzzola“ genannt, Stinktier. Einmal hat mir eine das Abendessen verdorben. Die Pasta war gerade fertig, da fiel die Wanze doch glatt ins kochende Nudelwasser. Diesen Gestank vergisst man nie wieder.

Und die Jagdsaison beginnt natürlich pünktlich am 1. September.
Schule und Kindergarten beginnen hingegen Mitte September. Dann ticken die Uhren schlagartig wieder ganz anders und das Leben geht seinen geregelten Gang. Einfach ist diese Umstellung nicht. Nicht für die Kinder und auch nicht für die Eltern.

Der 15. September, ein Morgen wie jeder andere und doch alles neu: Felix kommt in die Scuola Media, die Mittelschule, 6. Klasse, Filippo in die Scuola materna, wortwörtlich übersetzt in die mütterliche Schule, was hier Vorschule meint, und Luca kommt in den Asilo nido, klingt wie Asylheim, bedeutet aber Kinderkrippe.
Ich habe noch nicht die blasseste Ahnung, wann die Schulbusse fahren, wie die Stundenpläne aussehen, wann wer zum Essen zu Hause ist, wie die Bezahlung funktioniert und was für Material gebraucht wird.
Als durchorganisierter Mensch fordert mich das jedes Jahr aufs Neue heraus.

Felix ist am Vorabend völlig aufgeregt, springt herum wie ein junges Fohlen und lässt sich durch nichts beruhigen.
„Die Synapsen sind auf Kreuzfahrt“ würde meine Freundin Heidrun sein Verhalten kommentieren.

Wir gehen spät ins Bett, denn noch sind wir die Sommerzeit gewöhnt.
Für jedes Kind muss alles vorbereitet werden, für Felix die Schulsachen, für Filippo ein Karton mit Klamotten zum Wechseln, für Luca Wechselklamotten und Handtücher.

Nachts geht es Riccardo plötzlich schlecht, er hat Krämpfe in der Magengegend. Ich bin beunruhigt, auch weil er über einen eingeschlafenen linken Arm klagt. Es ist einer jener Momente, der einen auf den Boden zurückholt, wo man betet, dass es nichts Ernstes ist und das Leben so weiter geht wie bisher. Ich streichle meinen Mann und merke, wie sehr ich ihn liebe. Er bekommt erst mal Beruhigungstee und ich rufe nach einigem Zögern die Guardia Medica, den Notarzt an, der in Lari vermutlich in der „Misericordia" (das bedeutet „Barmherzigkeit" und ist in dem Falle die Praxis des Notarztes) im Bett liegt und hofft, eine ruhige Nacht zu haben. Die Dottoressa sagt zu, sofort zu kommen. Nach fünf Minuten, solange dauert es, um von Lari nach Sant`Ermo zu fahren, gehe ich hinaus, ihr entgegen. Es ist Vollmond, ich bitte besser auch ihn noch um Hilfe. Es ist auf einmal kalt geworden und ein eisiger Wind fegt durch die leeren Straßen. Ich spaziere auf und ab, kein Mensch oder Auto zu sehen. Dafür entdecke ich zufällig die Fahrpläne für den Pulmino, den kleinen gelben Schulbus, der die Kinder ab Montag in ihre Schulen bringt. Dieser Aushang wäre mir sonst gar nicht aufgefallen, er ist mit einem Faden an das Straßengeländer gebunden und völlig aufgeweicht, da es geregnet hat.
So funktioniert das also in Italien mit den Schulbussen. Wieder etwas dazu gelernt!
Riccardo geht es inzwischen besser, ich schaue immer wieder nach ihm. Weitere zwanzig Minuten vergehen. Ich bin zum Umfallen müde und morgen werde ich merken, dass ich heute Nacht kaum geschlafen habe. Das wird den Tag sehr anstrengend machen.
Dann, nach weiteren 30 Minuten, inzwischen ist über eine Stunde vergangen, kommt die Dottoressa.
Nanu, da sitzt ja noch jemand mit im Auto. Es ist die Mama, wie sich herausstellt, die ihrer Tochter ein wenig „compania", Gesellschaft, leistet. Jetzt habe ich auch eine Erklärung dafür, warum man für die fünf Kilometer von Lari nach Sant`Ermo so lange braucht.
Zum Glück hatte Riccardo nichts Schwerwiegendes, nur eine Magenverstimmung, meint die Ärztin.
Sie misst Blutdruck und Puls, Mama wartet im kalten Auto, obwohl ich sie herein gebeten hatte. Kurz danach können wir endlich schlafen und erstaunlicherweise schlafen auch alle Kinder durch, so dass ich wenigstens noch ein bisschen Nachtruhe finde.

Ein halbes Jahr später stellt sich heraus, dass Riccardo eine erste Kolik aufgrund einer Entzündung der Bauchspeicheldrüse hatte, wegen seiner Gallensteine. Bei der nächsten Kolik befindet er sich gerade im Schwimmbad von Pontedera und somit ganz in der Nähe des Krankenhauses, er wird umgehend, ohne Mama und Begleitung dorthin gefahren, und wenige Tage später operiert.

Am Morgen des 15. September stehe ich eine Stunde früher auf und decke den Tisch, endlich hat das Leben seine Ordnung wieder! Das tut gut nach dreieinhalb Monaten Ferien. Alles war aus den Fugen, jeder stand auf, wann er wollte, frühstückte, wann er wollte, und nachts waren wir unterwegs, bis Einer nach dem Anderen vor Müdigkeit umfiel.
Trotz der Stunde extra, die ich mir an diesem Morgen Zeit nehme, gibt es natürlich Hektik, Felix findet keine passenden Strümpfe und schreit vor dem Spiegel, während er sich die Haare trocknet. Luca findet angeblich auch keine Strümpfe, dabei will er nur keine anziehen. Aber es ist zu frisch geworden für Sandalen. Filippo will mehr Cornflakes, obwohl seine Schale voll ist, wir schmieren auf den letzten Drücker die Schulbrote. Und als wir endlich an der Schule von Felix ankommen, sind wir die Letzten. Die Aula ist voll mit groß gewordenen Kindern, 3,5 Monate sieht man in diesem Alter ganz schön.
Wir kennen viele Leute, das ist sehr nett, überall ein lautes Hallo, hier ein „Ciao" natürlich.
Dann entschwindet Felix in seine Klasse, weg ist er. Filippo klammert sich an mich, auch Luca möchte auf den Arm, sie merken, heute ist alles anders als sonst.
Riccardo fährt dann mit Luca nach Ponsacco, wo der Kleine nun in die Krippe geht. Mir fällt es nicht leicht, ihn herzugeben.
Mit Filippo fahre ich nach Parlascio zu seiner Scuola materna. Es ist ein unglaubliches Tohuwabohu dort, über 50 Kinder in einem Zimmer von 20 Quadratmeter, einige sind schon älter, andere gerade erst drei geworden. Ich zeige Filippo alles und er ist sehr interessiert. Dann kommt zum Glück Jonathan, sein kleiner schweizer Freund, und Filippo ist zufrieden. Die Maestre, die Kindergärtnerinnen, machen keine großen Anstalten, sich um die Kinder zu kümmern, die sich noch nicht in die Gruppe eingefügt haben und irgendwo weinen.
Auch nach Filippo schaut keine der Kindergärtnerinnen, und so macht er halt, was er will, läuft herum, spielt an der Plastikwerkbank und begibt sich dann in die Gruppe der Größeren zu Jonathan.
Ich sage ihm, dass ich nun gehe und ihn dann vom Schulbus abhole. Er nimmt das gelassen, er ist ein unkompliziertes Kind.

Zwischendurch rufe ich noch in der Kinderkrippe von Luca an, er hat etwas geweint. Das ist der traurige Preis, wenn Mama und Papa arbeiten. Mit seinen zwei Jahren ist er halt noch klein und sehr anhänglich.
Bisher war er zusammen mit seinem Bruder bei der Tagesmutter und das war viel persönlicher und vertrauter. Sie wurde aber schwanger und konnte ihn deshalb nicht noch ein Jahr in Obhut nehmen.

Felix hat in den ersten zwei Wochen keine Schulbücher. Ich hätte sie vorher bestellen müssen, aber woher sollte ich das nun wieder wissen. Hing der Hinweis vielleicht auch an einem Straßengeländer im Dorf in einer aufgeweichten Plastikhülle? Bislang wurde am ersten Schultag mitgeteilt, was man alles kaufen und bestellen muss, aber diesmal sollte alles schon gleich da sein. Es tut mir leid für Felix und ich hoffe, dass es keinen schlechten Eindruck macht. Der Preis für die Bücher haut mich fast um, 500 Euro für das gesamte Schulmaterial sind auf einmal weg.
Die Anforderungen in der Scuola Media dürften ziemlich hoch werden. Bei dreieinhalb Monaten Ferien muss man ja auch irgendwann mal richtig lernen. Dafür ist allerdings auch samstags Schule und von Wochenende kann somit keine Rede sein.

Weil die Schule von Felix nicht zu unserer Gemeinde gehört, muss ich eine Sondergenehmigung beantragen, damit er bei uns in den Schulbus zusteigen kann. Alles sehr kompliziert und wieder einmal denke ich ans Auswandern oder Zurückwandern.
Während Felix Bücher, Hefte, Malkarton und vieles mehr braucht, muss ich für Filippo eine Packung Tempotaschentücher und zwei Rollen Küchenpapier kaufen. Das Küchenpapier ist zum Hände abtrocknen, das geht schneller als mit Handtüchern. Bei 56 Kindern und zwei Kindergärtnerinnen muss zeitsparend gedacht werden. Nein, ökologisch ist das nicht, aber wer fragt schon nach Ökologie in Italien.

Hundertundzwölf Schuhe ausziehen während der Mittagspause geht auch nicht, und so legen sie die Kleinen samt Schuhen in ihre Klappbettchen. Die Spielzeuge, vor allem die im Garten, sind alt und teilweise kaputt. Aber auch das stört die Kinder wenig, sie spielen ja mit allem was sie finden.
Ein besonderes Beispiel für ihre Kreativität habe ich bei Felix und seinen kleinen Freunden erlebt. Einmal holte ich ihn vom Kindergarten ab und die Kinder kamen freudig aufgeregt mit einem Eimerchen zum Gartentor gelaufen „Guarda che cosa abbiamo qua", schau mal was wir hier haben. Interessiert blickte ich in ihr Eimerchen, und erwartete Sand oder Spielzeug darin zu sehen, nein, darin waren ein paar schwarze Skorpione die sie eingefangen

hatten. Gut, die sind hier nicht eben groß und ihr Stich bringt auch keinen um, aber ich war nicht ganz so begeistert wie sie, auch wenn ich mir den Schrecken nicht anmerken lies und sie vorsichtig anregte, die lieben Tierchen doch wieder laufen zu lassen. Aber es kam einige Tage später noch ganz anders, da erzählte mir Felix, wieder ganz stolz, die Feuerwehr wäre dagewesen. „Nanu, warum denn das?“ Na, unter der Mauer vom Kindergarten ist ein Vipernnest gewesen und das mussten sie ausheben, da waren kleine und große Schlangen drin. „Hm...“ meinte ich nur trocken und setzte mich erst mal ganz schnell hin.

Was mich wirklich stört, ist, dass die Fensterläden vom Kindergarten fast den ganzen Tag geschlossen bleiben und die Kinder bei Neonlicht spielen. Auch in den Garten gehen sei zu umständlich, wie soll man 56 Kinder an- und ausziehen? Also gehen sie lieber gar nicht raus ... Angeblich möchten das auch die italienischen Mamas nicht, denn die Kinder könnten sich erkälten.
Das ist ein Jammer, denn der Kindergarten hat eine wunderbare Lage auf einem Hügel, umgeben von Grün.

Während ich Gäste durch die Nudelfabrik führe, ist Filippo vielleicht zwei Stunden im Kindergarten, da rufen die Kindergärtnerinnen schon an, um zu fragen, wann ich ihn abhole. Ganz klar, sie möchten gern nach Hause gehen, aber Filippo sitzt noch dort. Alle anderen Kinder wurden von ihren Eltern oder Großmüttern bereits wieder abgeholt.
Bis Anfang Oktober funktioniert die Mensa im Kindergarten nicht, weil die Ausschreibung, wer das günstigste Essen anbietet, erst dann erfolgt, als hätte man nicht 3 Monate lang Zeit dafür gehabt. Der Kindergarten ist daher für weitere 3 Wochen nur vormittags für drei Stunden geöffnet. Die Schulbusse holen die Kinder um acht, aber um 11 stehen die Kleinen schon wieder vor der Tür. Holt man die Kinder selbst ab, geht das auch noch bis 12.30 Uhr.

Diese Zeiten stellen mich vor große Probleme. Wann ändert der italienische Staat diese Zustände?
Ich muss jedenfalls noch zum Friseur, daran ist nicht zu rütteln, und solange müssen sie eben noch warten.
Heute steht unsere ganze Familie Fotomodell für den neuen Hellweg-Gartenkatalog. Die Fotografen hatten mich kontaktiert, als sie für die Aufnahmen ein Traumhaus am Meer suchten, und haben uns fünf gleich als Fotomodelle dazu gebucht. Im Kindergarten sehen sie mich danach natürlich schief an und denken sich wahrscheinlich, ‚Na, die geht zum Friseur, statt sich um die Eingewöhnung ihres Kindes zu kümmern‘. Meine Arbeit sieht mal wieder keiner.

Nachmittags machen wir dann die Fotos für den Katalog. Die Fotografen haben dafür eines der schönsten Ferienhäuser mit Meeresblick aus meinem Angebot ausgewählt. Weitere Fotomodelle habe ich aus meinem Freundeskreis zusammengestellt.
Die Kinder sind wie aufgezogen, es ist kaum möglich, sie ins Bild zu bekommen. Dennoch ist der Katalog zum Schluss richtig schön geworden.

Oktober
Ottobre

Mit dem Oktober naht der Herbst. Anfangs merkt man das noch nicht so, aber ab Mitte Oktober heißt es wieder nachts Strümpfe anziehen und die Wärmflaschen herausholen. Jawohl, ich schlafe mit Wärmflaschen, plurale, Mehrzahl. Mit meinem Mann schlafe ich ab und zu, mit den Wärmflaschen im Winter immer.
Mit kalten Füßen einschlafen, das geht gar nicht. Später hole ich dann auch noch mein Federbett heraus und mindestens eine Decke. Das ist zwar ein krasses Kontrastprogramm zum sommerlichen Nacktschlafen, aber da kenne ich nichts, wenn im Haus 15 Grad sind, muss es im Bett kuschelig warm sein.

Das letzte Sonnenbad am Meer steht an. Ein paar verrückte Touristen springen sogar noch ins Wasser, wie ich das vor zehn Jahren auch getan hätte, aber heute nicht mehr. Im Bikini sich am Strand rekeln, vielleicht ein Eis verspeisen und dem Sommer wehmütig hinter her trauern und den nächsten schon sehnsüchtig erwarten, so ist das Mitte Oktober. Um sechs wird es am Meer schon frisch und um halb acht wird es bereits dunkel. Die Kinder liegen um 9 im Bett, denn nun hat sie ihr Schulalltag wieder.
Allerdings finden jetzt auch wieder die Gewerkschaftssitzungen statt, natürlich während der Kindergarten- und Schulzeit. Die dort beschlossenen Streiks erfolgen immer freitags und manchmal sogar auch noch montags. Das ist ja auch praktisch, da kann man mit den Kindern noch mal ans Meer fahren und Sommerabschied feiern. Das Ganze zieht sich dann bis in den Frühling hin. Auch Karnevalsdienstag und der 8. März, der Frauentag, sind beliebte Streiktage.

Für die Kinder muss ich nun wieder die wärmeren Sachen in die Schränke einordnen. Ich weiß nicht, wie andere Eltern das machen, aber ich verzweifele fast immer, wenn ich für drei Kinder Sommer- in Wintersachen umtauschen und dabei noch beachten muss, dass sich wieder alle Größen geändert haben.

Der Pizzaofen wird zum letzten Mal im alten Jahr angezündet, denn Pizza machen lohnt sich nur für viele Leute, da der Ofen solange angeheizt werden muss, und so ist das jedes Mal die letzte Gartenparty. Dafür wird dann wieder der Kamin im Haus angezündet. In diesem Jahr musste nicht mal der Schornsteinfeger kommen, denn eine Taube war von oben in den Kamin geflogen. Ich stand längere Zeit unten davor, um sie gegebenenfalls aufzufangen und aus dem Fenster wieder rauszulassen, aber sie hat fleißig einige Minuten den Kamin hoch und runter geputzt, um dann oben wieder raus zu kommen und wahrscheinlich ihre Artgenossen mit ihrem veränderten Aussehen zu erschrecken.

Die Heizung wird erst Anfang November angestellt, angeblich darf man das nicht eher. Das wäre mir aber egal, würde es zeitiger kalt werden, aber das geschieht meistens nicht.
Die Natur ist jetzt traumhaft saftig grün. Nach dem langen, meist sehr trockenen Sommer saugen sich die Felder voll mit Wasser und überall fängt es an zu sprießen. Auch Felix darf nun wieder Rasen mähen, das macht er gern und ärgert sich, dass es im Sommer nicht nötig ist.
Wir fahren in die Hügel bei Lucca und holen uns Esskastanien oder Freunde bringen uns welche vorbei. Sie werden kreuzweise eingeschnitten, denn sonst würden sie in der Kastanienpfanne, die aus Aluminium besteht und gestanzte Löcher hat, explodieren. Das kann richtig gefährlich sein. Bevor man sie in der Pfanne oder im Kaminfeuer röstet, werden sie mit Rotwein beträufelt. Sie schmecken lecker und läuten den Herbst ein. Dann weiß man, dass die Olivenernte und somit das Fest in der Olivenmühle nicht mehr fern ist, und um den 25. Oktober ist es endlich wieder so weit: Wir gehen in die Olivenmühle und erfreuen uns am Duft des frischen noch grünlichen Olivenöls.

November
Novembre

Im November läuft die Olivenernte auf Hochtouren! Jetzt besuche ich dienstags mit meinen Gästen nicht nur die Martelli-Nudelfabrik, sondern auch die Ölmühle, il frantoio. Das ganze Jahr freue ich mich auf den Moment, während der Olivenernte die Ölmühle zu betreten.
Die großen Steinräder sind in Bewegung und man kann den Prozess der Olivenölgewinnung genau verfolgen. Fährt man von Casciana Terme nach Casciana Alta, wo die Olivenmühle der Figli Caprei, der Gebrüder Caprei, steht, riecht man bereits fünf Kurven vorher, dass Öl gepresst wird. Ich lasse dann alle Fenster runter und rufe meinem Beifahrer, egal, wer es gerade ist,

begeistert zu: „Nun riech doch mal, riechst Du es? Das riecht doch fantastisch!“

Jedes Mal halte ich an, wenn ich an der Mühle vorbei komme, und ich schaue, ob mit oder ohne Kinder, den großen Mühlrädern zu, die je nach Olivensorte rote, braune oder grünliche Pampe produzieren.

Fährt man über Land, sieht man überall die orangeroten Khakifrüchte an den entlaubten Bäumen hängen. Mir schmecken sie nicht so, aber man kann gut Marmelade aus ihnen kochen, und sie sind sehr gesund.

Auch die Jagd ist in vollem Gange. Unseren Nachbarn Mario sieht man nun entweder mit seinem kleinen roten Traktor in den Olivenhain fahren oder mit dem Jagdgewehr herum laufen.

Vanda und Luisa, beide Mitte 80, sitzen in dem Wirtschaftsraum von Vandas Haus, direkt an der Straße, und zupfen gemeinsam einen Fasan. Kopf und Füße sind noch dran, während man ihn langsam seines Federkleides entledigt. Das geschieht in aller Seelenruhe, diese Hände haben das schon Hundert Mal gemacht.

Ein paar Wandergruppen kommen durch unser Dorf, es fehlt eine Schänke, in der sie einkehren könnten.

Meine Arbeit ist im Winter ruhiger. Ich schaue Häuser an, die ich gern in mein Angebot aufnehmen würde, überarbeite die Homepage, versehe die Hochzeits-Website mit den aktuellen Fotos der Brautpaare dieser Saison und verschönere die Website mit den Ferienwohnungen.

Viele Jahre habe ich den Winter genutzt, um am Haus weiter bauliche Veränderungen vorzunehmen, das wird nun langsam weniger.

Der Garten wird Ende November winterfest gemacht. Das bedeutet, die Basilikumbüsche werden abgepflückt und zum letzten Pesto für dieses Jahr verarbeitet. Frischer Pecorino romano oder Grana padano, Parmesan, kommt da mit hinein, gutes Olivenöl, etwas Knoblauch und Pinienkerne. Ich erinnere mich an die Zeit, als ich mit den Kindern in der „Casa dei Bambini“ Pinienzapfen suchte, die Kerne raus schüttelte und wir die Schale mit dem Hammer abschlugen. Eine mühselige Arbeit und ich habe volles Verständnis für den Preis von Pinienkernen. Das Ganze dauert recht lange und man bekommt ordentlich schwarze Finger davon.

Die Tomatenpflanzen, die mittlerweile eine stattliche Höhe von vier Metern und einen Stammdurchmesser von fünf Zentimetern erreicht haben, werden raus gezogen, und die Zitronen an den Bäumchen begutachtet und gezählt. Einundzwanzig sind es in diesem Jahr, damit könnte man fast schon einen Limoncello, den beliebten Zitronenlikör machen. Der Hibiskus blüht zum letzten Mal und vereinzelt eine Rose.

Jetzt kaufen wir wieder bei Gianni in La Capannina Orangen. Er kommt mit seinem LKW, mit dem er die Orangen, anderes Obst (im Sommer herrliche

Melonen), Gemüse und weißen Büffelmozzarella direkt aus Kalabrien importiert. Wir kaufen ganze Stiegen und pressen häufig frischen Orangensaft. Orangensaft, Olivenöl, Knoblauch, Zwiebeln und täglich ein Gläschen Rotwein, das sind unsere Fitmacher im Winter.
Ich meine, was heißt schon Winter ... An manchen Tagen ist es bis zu 20 Grad warm und wir fahren noch mal ans Meer, für einen Spaziergang in der Sonne. Abends wird nun der Kamin oder der Holzofen öfter angezündet, die brauchen viel Feuerholz. Das holen wir mit Faustos kleinem LKW. Riccardo kriecht dann in den großen Hohlraum unter dem Pizzaofen, um es zu stapeln, während ich ihm zusammen mit Felix die großen Holzscheite reiche. Wenn wir uns an den Kastanien überfressen haben, grillen wir gern mal im Kamin, erinnern uns an die vielen Abende, die wir im Sommer im Garten mit Freunden verbracht haben und schmieden Pläne für das nächste Jahr.

Dezember
Dicembre

Im Dezember, das ist klar, denkt man daran, das Weihnachtsfest vorzubereiten. Als erstes werden Kekse gebacken. Ganz einfach nach Omas Rezept: 500 Gramm Mehl, 250 Gramm Zucker, 250 Gramm Butter, 2 Eier, alles zu einem Teig verkneten, diesen ausrollen, mit Förmchen ausstechen und mit Eigelb bestreichen. Wenn der Duft sich im ganzen Haus ausbreitet, dann ist bald Weihnachten. Für das Backen kann ich die Kinder begeistern, Teig kneten finden sie toll, beim Ausrollen und Ausstechen ist der Ärger vorprogrammiert, aber vor dem Ofen stehen dann alle wieder mit leuchtenden Augen.
Aus Deutschland lasse ich mir eine Monatsweihnachtskerze schicken, auf der für jeden der 24 Tage bis Weihnachten ein Zentimeter zum Abbrennen markiert ist. Jeden Tag zünden wir sie also an und beobachten so voller Vorfreude, wie sich Weihnachten langsam nähert. Aus dem Pennymarkt werden Weihnachtskalender, Lebkuchen, Baumbehang und Stollen besorgt.
Advent kennt hier keiner, und so begehe ich diese Tage quasi alleine.
Immerhin gehen wir in den Wald „Il Poggio", füttern die Esel dort und lesen Pinienzweige auf, die der Wind von den Bäumen geschüttelt hat. Das macht den Kindern Spaß, wenn auch nur kurz. Aus den Zweigen bastele ich zuhause einen Adventskranz. Als Basis nehme ich das Rad von einem Fahrrad, umwickle es mit Pinienzweigen, schmücke und bestücke das Ganze mit Kerzen. Den Kranz hänge ich dann unter die Holzbalkendecke.
Den Baum stellen hier alle bereits Anfang Dezember auf, während es bei uns üblich war, ihn erst am 24. aufzustellen und zu schmücken.

Ich bin vermutlich die Einzige weit und breit, die altmodisch daran festhält, ebenso an echten Kerzen, die ich aus Deutschland mitbringen lassen muss. Oft ist der Baum nicht an, weniger weil das bei drei Kindern ein Risiko ist als weil meine 4 Männer irgendwie keinen wahren Bezug zu Besinnlichkeit zu haben scheinen.
Die Meisten haben hier entweder synthetische Bäume oder falls sie doch einen echten Baum haben, dann ist er über und über mit Kugeln und Lichterketten beladen.
Den Baum kaufen wir meist auf den letzten Drücker und erstehen deshalb dann eher einen, dem man noch mit Nagelbohrer und Säge zu Leibe rücken muss.

Es gibt nun jede Menge zu tun. Auch die Lichterketten müssen aufgehängt werden. Sie führen an der Hausfassade entlang bis zum Pizzaofen.
Die größeren Orte werden hier alle mit Lichterketten geschmückt. Am Anfang waren mir diese blinkenden Ketten ein Dorn im Auge, aber mittlerweile habe ich mich daran gewöhnt.
In das herrliche Gewölbe des Pizzaofens kommt ein Presepio, eine Weihnachtskrippe, die Riccardo liebevoll herrichtet, so dient er auch im Winter zu unser aller Freude.
Die Kinder dürfen nun jeden Tag ein Fensterchen an ihrem Weihnachtskalender öffnen und jedes Jahr lege ich den gleichen Schwur ab: Nie mehr Weihnachtskalender kaufen!
Unsere lieben Kleinen streiten sich bis aufs Messer, weil sie nicht nur ein Schokoladenstückchen pro Tag wollen, sondern am Liebsten alle. Da wird der Stuhl zum Schrank geschoben und sich unter Lebensgefahr an der Biedermeiertür entlang gehangelt, und man kann hundert Mal erklären, dass man nur ein Schokoladenstückchen pro Tag essen darf, weil der Weihnachtsmann sonst durcheinander kommt. Es nützt nichts!
Felix musste ganze 12 Jahre alt werden, bis er es zum ersten Mal schaffte, sich nicht sträflich an dem Kalender zu vergreifen und ihn sofort komplett leer zu futtern. Manchmal ließ ich mir ja schon etwas einfallen, und er bekam zwei Kalender, einen zum disziplinierten täglichen Türchen öffnen, und einen, den er gleich hemmungslos plündern durfte.

Geschenke, ach ja, Geschenke muss man auch kaufen. Da herrscht nun Ratlosigkeit meinerseits und meine ansonsten so ausschweifende Fantasie lässt mich im Stich. Aber die Kinder helfen zum Glück nach, denn sie wissen genau, was sie wollen. Felix ein Motorrad und eine Playstation, und die Kleinen wollen mostri trasformabili, verwandelbare Monster. Mit diesem Wunsch kann ich leider nicht so viel anfangen, aber sie schleppen Kataloge wer weiß woher an und zeigen mir alles ganz genau. Nein, tut mir leid, ihr Süßen, so etwas Scheußliches gibt es nicht. Schließlich ist Weihnachten das Fest der Freude und, nicht zu vergessen, der Geburt von Jesus und nicht irgendein heidnisches Monsterfest.

Natürlich dürfen zum Weihnachten Panetone und Pandoro nicht fehlen, das sind die traditionellen italienischen Weihnachtskuchen. Der Panetone ist ein aufgeplusterter runder Kuchen mit Rosinen und kandierten Früchten dessen Ursprung aus Milano, aus Mailand kommt, während der Pandoro mit Ursprung in Verona, eine langgezogene Guckelhupfform hat. Man kann ihn einfach oder gefüllt mit Creme, Schokolade oder Marzipan haben. Ihn kauft man in großen Kartons die feierlich geöffnet werden. Darin befindet sich in einer Plastiktüte der leichte hohe Kuchen und extra in einer kleinen Tüte der Puderzucker. Diesen gibt man dann in die große Tüte, dreht sie zu und schüttelt zur Freude aller den Kuchen solange darin bis er über und über weiß ist und beim Öffnen der Tüte den langersehnten weihnachtlichen Duft verbreitet. Das macht Spaß und ist sehr feierlich. Aber natürlich dürfen eben auch Christstollen, Lebkuchen und Dominosteine nicht in unserem Hause fehlen.

Das Jahr neigt sich dem Ende. Silvester verbringen wir meist zuhause und nachts gehen wir auf das Castello in Lari, um von dort oben das Feuerwerk über Pisa zu sehen. Es sind besinnliche Momente. Wir lassen das alte Jahr Revue passieren, stoßen mit Sekt an und wünschen uns etwas für das neue Jahr. Und natürlich essen wir, wie es der Brauch verlangt, am 1. Tag des neuen Jahres Linsen mit Cotechino, hausgemacht vom Fleischer Ceccotti, das ist eine Kochwurst aus Schweinefleisch, Schweinskopf und Schweinenacken. Die vielen Linsen sollen Wohlstand bringen.
Und natürlich gehen wir in die Neujahrsmesse.

Je länger ich hier lebe, desto mehr finde ich hier meinen Platz, auch wenn ich manchmal damit hadere, dass es mich in ein anderes Land verschlagen hat. Manchmal werde ich gefragt, ob ich gern zurückgehen würde. Nein, ich bin glücklich hier. Aber ohne den Kontakt zu meinen deutschsprachigen Gästen, die mir dankenswerterweise den ganzen Sommer lang meine Kultur herbringen, würde es mir schwerer fallen, hier zu leben. Die Lebensgewohnheiten sind doch sehr anders hier. Es braucht Toleranz, Offenheit, Anpassungsfähigkeit, Mut und Einfühlungsvermögen, einen solchen Schritt zu tun.
Und jedes Jahr komme ich meinem Traum von einem glücklichen, erfüllten Leben mit meiner Familie näher, jedes Jahr wird mir die Kultur vertrauter, möchte ich das wärmere Klima, die Nähe zum Meer, das einfachere Leben, die wunderbare Natur weniger missen.

Das Leben ist so schön

La vita è così bella

Dieses Buch wurde in zwölf Jahren geschrieben, es ist eine Art Tagebuch geworden, in dem sich Lebenslust, Trauer, Enttäuschung, Neugier und die Liebe zu den Menschen und zu einem Ort wiederfinden.

Um das Buch endlich abzuschließen und dafür die notwendige Ruhe zu haben, nehme ich mir eine kleine Familienauszeit und beziehe für einen Tag und eine Nacht ein kleines Holzhaus auf einem Campingplatz am Meer.
Das ist gar nicht so einfach. Denn ich bin es seit Jahren nicht mehr gewöhnt, allein zu sein. Ganz im Gegenteil, immer stecke ich mitten im italienischen Trubel, und auf dem Campingplatz ist plötzlich alles so still. Mit dem Alleinsein konnte ich eigentlich noch nie gut umgehen und ich bin gespannt, wie es nun für mich werden wird.
Zunächst verbummele ich den halben Tag. Eigentlich will ich schlafen, um die Nacht durch zu arbeiten, denn ich bin ein Nachtmensch. Deshalb komme ich morgens meist schwer auf die Beine, Riesengewichte scheinen an ihnen zu hängen. Aber je später der Abend desto größer mein Energieempfinden und ich blühe auf wie ein Nachtschattengewächs. Das läuft meinem Alltag allerdings eher zuwider, und ich wünschte oft, ich könnte die innere Uhr umstellen.
Der Campingplatz Casa di Caccia in Bibbona befindet sich neben dem Campingplatz Esperidi, auf dem wir sonst immer Urlaub machen. Dieser ist leider schon geschlossen und so buche ich nebenan.
Als erstes gehe ich am Strand spazieren, das Meer hat eine ungeheuere Anziehungskraft für mich und ich tanke sofort Energie.
Da vorne in den Wellen riss Riccardo bei der Morgengymnastik, sprich balli di gruppo, abwechselnd Arme und Beine enthusiastisch hoch. Jetzt ist der Strand gähnend leer, denn es ist Mitte Oktober.
In meiner Erinnerung sehe ich unsere Kleinen, wie sie sich ins Wasser stürzen oder hingebungsvoll im Sand buddeln. Ihr Papa baut mit ihnen eine Piste, auf der man mit Plastikkugeln spielen kann. Die entsteht ganz leicht, indem man sein Kind in den Sand setzt, an den Füßen packt und einmal rennbahnförmig über den Strand zieht. Der Abdruck vom Po bildet eine ideale Piste. Die kleinen Plastikbälle dafür verkaufen die senegalesischen Strandverkäufer.

Felix kommt ab und zu angerannt, um sich Geld für Eis oder den Fahrradverleih zu holen.
Das Wetter ist heute fantastisch, während aus Deutschland Hiobsbotschaften von ersten starken Schneefällen kommen.
Es ist einer dieser goldenen Oktobertage von besonderem Licht, es ist noch angenehm warm und die Luft ist ganz klar.
Auf dem Campingplatz fühle ich mich fast wie zuhause. Die anderen Gäste, insgesamt um die 70 Leute, sind Deutsche, Österreicher oder Schweizer. Für Italiener ist es schon viel zu frisch und die Kinder haben schließlich lange genug Ferien gehabt und drücken nun endlich wieder die Schulbank, während die deutschen Kinder erneut Ferien haben.
Noch mehr wundert mich, dass die Wege im Pinienhain zum Teil deutsche Namen haben, ich stehe vor der „Faunschneise", sehe den „Trollweg" und den „Puckpfad" neben Via Lungomare und Via Stella Marina. Mein Häuschen steht in der Via al Mare, das Meer ist auch nur 30 Meter entfernt, und es handelt es sich bei der „Via" keineswegs um eine Straße, sondern um einen Sandweg zwischen windverbogenen Pinien.
Abends gehe ich einkaufen, Pasta und Pesto, Schokoriegel, und weil es mir nicht gelungen ist, Siesta zu halten, und Coca Cola. Wenn das meine Kinder sehen würden! So ein Abendessen wäre bei uns verboten.
Überall folgen mir Blicke, denn es ist etwas ungewöhnlich, eine Frau hier allein zu sehen. Mir ist das wurscht.
Im Vorbeigehen grüßt man sich mit „Hallo, guten Tag, guten Abend", das ist mir einerseits fremd hier in Italien und andererseits freue ich mich darüber.
Beim Sonnenuntergang weiß ich endlich, warum ich hier bin. Es ist einer der schönsten Sonnenuntergänge, die ich je gesehen habe. Das will etwas heißen, denn als Romantikerin, die einen Katzensprung vom Meer entfernt wohnt, habe ich schon viele gesehen. Die Sicht ist klar wie selten. Am Horizont zeichnen sich die Inseln Elba, Korsika, Capraia und Gorgona ab. Vor Gorgona entdecke ich ungewöhnliche Lichteffekte, die man hier öfter sieht. Die Insel scheint zu schweben.
Der rotgelbe Sonnenball versinkt gerade im Meer, als ich am Strand ankomme, schweigend stehen die Menschen dort und bewundern das Naturschauspiel. Alles ist plötzlich in rotes Licht getaucht und überall sind dunkle Wolken zu sehen, deren Ränder golden aufleuchten. Aus einigen Wolken weiter hinten regnet es. Die Wellen rollen an Land und hinterlassen weißen zischenden Schaum, dazu klirren die Steine, wenn sich das Meer zurückzieht.
In diesem Moment empfinde ich ein großes Glücksgefühl. In Zeitlupe ziehen die letzten Jahre an mir vorbei, der traurige Teil nur kurz. Ich bin erfüllt von der Gegenwart, alles ist gut, so wie es ist. Es ist manchmal nicht leicht, oft anstrengend, es gibt noch viel zu tun, und doch: das ist fortuna, felicità &

amore. Das ist mein Leben hier. Ich bin nicht mehr allein und ich habe so viele liebenswerte Menschen um mich.
Das mit der Natur verbundenere Leben lehrt Demut, sich selbst nicht so wichtig zu nehmen und auch die kleinen Dinge zu genießen.
Mir ist, als würden sie in diesem magischen Moment alle hinter mir stehen, meine verflossenen Lieben, mein Mann, meine Jungs, meine Mutter, meine spanische Großmutter, meine Familie, meine Freunde. Ich fühle mich so geborgen und wohl und wünsche mir nur Eines: Dass dies so lange wie möglich anhält und alle gesund und munter bleiben.
Die Sonne versinkt langsam im Meer und ich freue mich auf die Nacht, in der ich schreiben werde, und den nächsten neuen Tag.

La vita è così bella – das Leben ist so schön!

Über die Autorin

Sulla scrittrice

Kristina Schmidt wurde 1966 in Leipzig geboren. Obwohl es nie ihr Traum war, in die Toskana zu ziehen, hat sie sich dort in der Nähe des mittelalterlichen Dörfchens Lari einen Traum geschaffen.
Der Weg dorthin war nicht einfach. Eine Liebe, die nicht hielt, führte sie 1999 in die Toskana. Sie verliebte sich stattdessen unsterblich in das kleine Dorf Lari mit seinen romantischen Gässchen, dem Castello mit Blick zum Meer und zum Schiefen Turm von Pisa, seinen wenigen Einwohnern, und sie lernte das viel gerühmte „dolce vita italiana" schätzen, eine Lebensqualität, die ihresgleichen sucht.
Es gelingt ihr mühelos, das italienische Leben anschaulich zu beschreiben und man ist wirklich mittendrin in ihrem Leben.
Heute vermittelt sie Ferienwohnungen und Immobilien, bietet Führungen an, organisiert Hochzeiten auf dem Castello di Lari und Programme für Gruppen. Damit hat sie in diesem kleinen toskanischen Dorf schon so manches bewegt. Auch ihr persönliches Glück hat sie an der Seite eines wunderbaren Italieners und als Mutter dreier Söhne gefunden.

Besuchen Sie zeitgleich beim Lesen ihre Homepage www.toskanaferien.de.
Dort können Sie sich ein eigenes Bild machen. Sie finden viele der Personen wieder, über die sie schon gelesen haben, finden Fotos, Videos und
viele Anregungen und Tipps – vielleicht für den nächsten Urlaub oder eine Traumhochzeit in der Toskana
Und auf diesem Blog können Sie auch weiterhin ein Stück toskanischen Alltag erleben:
http://toskanaferien-lari.blogspot.it/

Danksagung
Ringraziamento

Mein großer Dank gilt allen Einwohnern des toskanischen Dörfchens Lari, die mir mit der Zeit ihr Herz und ihr Haus geöffnet haben, und meinen wunderbaren Feriengästen, die Lari bunter und lebendiger machen.
Ich danke Nancy, meiner Freundin und „Wahrsagerin", die ich in schwierigen Situationen aufsuchte, und die mir, bevor ich auswanderte, sagte: „Es wird alles ganz anders, als Du Dir das vorstellst in Italien", und ein weiteres Mal: „Ich sehe dich ein Buch schreiben ...".
Das gab den Auslöser für dieses Werk.
Dem MDR und dem Regisseur Hendrik Frenzel danke ich, die mit der Sendung „Hier nach 4" 2001 meinen Anfang dokumentiert haben, und dem WDR und Tamina Kallert mit der Sendung „Wunderschöne Toskana", die darin 2006 über meinen Werdegang berichteten.
Meinem Mann Riccardo danke ich, weil er das private Glück in mein Leben gebracht hat, mir ein guter Begleiter bei all meinen aufregenden Projekten ist, die besten Geschichten und Episoden für dieses Buch geliefert hat und für die witzigen Zeichnungen.

Meinen drei wundervollen Söhnen Felix, Filippo und Luca, die mein Leben so sehr bereichern, danke ich für jeden Tag den ich mit ihnen sein darf und für alles, dass ich durch sie lerne. Besonders Felix hat mir den Neuanfang in der Toskana erleichtert, weil er als kleiner süßer Blondschopf sofort die Aufmerksamkeit im Dorf auf sich zog, überall neugierig hinein lief und mir so den Kontakt zu den Einheimischen erleichterte.
Meiner geliebten Mutter danke ich ganz besonders und von ganzem Herzen. Sie ist eine wundervolle Person, hat viel Mühe in die Erziehung ihres eigenwilligen, dickköpfigen, aufmüpfigen Töchterchens gesteckt, fest an mich geglaubt, mir immer ihre Liebe gezeigt und jederzeit bestmögliche Unterstützung gegeben.
Meinen Freunden Heidrun, Katja, Thomas und Steffen möchte ich für ihren Enthusiasmus nach dem Lesen meiner ersten Zeilen danken, mit dem sie mir den Mut gaben, weiter zu machen und an eine Veröffentlichung zu denken. Mille Grazie a Vinicio für die Mithilfe beim Layout. Und ganz besonders danke Palma Müller-Scherf, meiner einzigartigen Lektorin für die wunderbare und einfühlsame Zusammenarbeit bei der Fertigstellung des Buches.
Prof. Dr. Thorsten Koch, vor vielen Jahren zu Gast in einer Ferienwohnung hier, und mittlerweile zum besten Freund geworden, habe ich eine nochmalige Überarbeitung zu verdanken. Seinen Argusaugen entging nichts und so wurde das Buch endlich rund.

Und schließlich und endlich danke ich der Macht, die mich hierher geführt hat und durch die ich große Erfüllung und Freude finden durfte.

GRAZIE!